Contemporánea

José Saramago
La balsa de piedra

Traducción de
Basilio Losada

DEBOLS!LLO

Papel certificado por el Forest Stewardship Council®

MIXTO
Papel procedente de
fuentes responsables
FSC
www.fsc.org   FSC® C117695

Penguin
Random House
Grupo Editorial

Título original: *A Jangada de Pedra*

Primera edición en Debolsillo: septiembre de 2015
Octava reimpresión: junio de 2023

© 1986, Herederos de José Saramago
© 2015, Penguin Random House Grupo Editorial, S.A.U.
Travessera de Gràcia, 47-49. 08021 Barcelona
© Basilio Losada, por la traducción
Diseño de la cubierta: Penguin Random House Grupo Editorial
Ilustración de la cubierta: © Álvaro Domínguez
Fotografía del autor: © Carmelo Rubio

Printed in Spain – Impreso en España

ISBN: 978-84-9062-869-0
Depósito legal: B-15.735-2015

Impreso en Prodigitalk, S.L.

P 62869 C

Todo futuro es fabuloso
ALEJO CARPENTIER

Cuando Joana Carda hizo una raya en el suelo con la vara de negrillo, todos los perros de Cerbère empezaron a ladrar, llevando el pánico y el terror a sus habitantes, pues se creía desde los tiempos más antiguos que, al ladrar allí animales caninos que siempre habían sido mudos, estaría pronto a extinguirse el mundo universal. Sobre cómo se había formado la arraigada superstición, o convicción firme, que es, en muchos casos, la expresión alternativa paralela, nadie hoy recuerda nada, aunque, por obra y fortuna de aquel conocido juego de oír el cuento y repetirlo con aire nuevo, las abuelas francesas solían distraer a sus nietos con la fábula de que, en aquel mismo lugar, comuna de Cerbère, departamento de los Pirineos Orientales, ladró, en eras griegas y mitológicas, un can de tres cabezas que al dicho nombre de Cerbero respondía si lo llamaba el barquero Caronte, su contratante. Otra cosa que tampoco se sabe es por qué mutaciones orgánicas habrá pasado el famoso y altisonante cánido hasta llegar a la mudez histórica y comprobada de sus descendientes de una sola cabeza, degenerados. No obstante, y este punto de la historia pocos lo ignoran, sobre todo si pertenecen a la vieja generación, el Cancerbero, que así en nuestra lengua se escribe y debe decirse, guardaba terriblemente la entrada del infierno, para que de él no osaran salir las almas y, en consecuencia, quizá por misericordia final de dioses ya moribundos, se callaron los perros futuros para toda la restante eternidad, a ver si con el silencio se apagaba la memoria de la infernal región. Pero, no pudiendo lo de siempre durar siempre, como explícitamente nos ha enseñado la edad moderna, bastó que en estos días, a cientos de kilómetros de Cerbère, en un lugar de Portugal cuyo nombre más tarde recordaremos, bastó que la mujer llamada Joana Carda hiciera una raya en el suelo con la vara de negrillo, para que todos los perros del más allá saliesen vociferantes a la calle, ellos que, repito, jamás habían ladrado. Si alguien le preguntara a Joana Carda a qué venía aquella idea suya de hacer una raya en el suelo con un palo, gesto más bien de adolescente lunática que de mujer cabal, si no había pensado en las consecuencias de un acto que parecía sin sentido, y ésos, recordadlo, son los que mayor peligro comportan, tal vez respondiera, No sé qué me ocurrió, estaba la vara en el suelo, la cogí e hice la raya, Y no se le pasó por la cabeza la idea de que podría ser una varita mágica, Para varita mágica me pareció grande, y siempre he oído decir que las varitas mágicas están hechas de oro y cristal, con un halo de luz y una estrella en la punta, Sabía que la vara era de negrillo, De árboles sé poco, luego me dijeron que negrillo es lo mismo que olmo, ninguno de ellos tiene poderes sobrenaturales, ni cambiándoles el nombre, aunque para este caso estoy segura de que el palo de un fósforo habría causado el mismo efecto, Por qué dice eso, Lo que ha de ser, ha de ser, y tiene mucha fuerza, nada se le puede resistir, mil veces se lo he oído a la gente mayor, Cree en la fatalidad, Creo en lo que tiene que ocurrir.

En París se rieron mucho de las súplicas del alcalde, que parecía que estaba telefoneando desde una perrera a la hora de echarle el almuerzo a los animales, y sólo ante los ruegos insistentes de un diputado de la mayoría, nacido y criado en aquella comuna, por tanto conocedor de las leyendas y relatos locales, acabaron por mandar al sur a dos veterinarios cualificados del Deuxième Bureau, con la especial misión de estudiar el fenómeno insólito y presentar un informe y propuestas de acción. Entretanto, desesperados, a punto de ensordecer, los habitantes vagaban por las calles y plazas de la apacible estación balnearia, ahora estación infernal, sembrando docenas de bolas de carne envenenadas, método de simplicidad suprema cuya eficacia ha sido confirmada por la experiencia en todo tiempo y latitud. En total, sólo murió un perro, pero bastó para que los supervivientes aprendieran la lección y, en un instante, ladrando y aullando, desaparecieron por los campos de los alrededores donde, sin motivo que lo justificara, se callaron al poco tiempo. Cuando al fin llegaron los veterinarios les fue presentado el triste Medor, frío, hinchado, tan distinto del feliz animal que acompañaba a la señora en sus compras, y que, por ser ya viejo, solía dormir al sol sin más cuidados. Pero como la justicia no ha abandonado aún por completo este mundo, decidió Dios, poéticamente, que Medor muriera de la albóndiga preparada por su ama bienamada, la cual, bueno es que se sepa, tenía en el pensamiento una cierta perra de la vecindad que no le salía del jardín. El mayor de los veterinarios dijo ante el fúnebre despojo, Vamos a hacer la autopsia, y realmente no valía la pena, pues cualquier habitante de Cerbère podría, si quisiera, testimoniar la causa mortis, pero el móvil oculto de la Facultad, como en la jerga del servicio secreto le llamaban, era proceder, disimuladamente, al examen de las cuerdas vocales de un animal que entre la mudez por muerte ahora definitiva y el silencio que parecía ser para toda la vida, tuvo unas horas de habla y pudo ser igual al común de los perros. Esfuerzo baldío, Medor ni cuerdas tenía. Se quedaron los cirujanos asombrados, pero el alcalde dio su opinión, administrativa y sensata, No es extraño, tantos siglos estuvieron los perros de Cerbère sin ladrar, que se les atrofió el órgano, Y cómo es que, de repente, Eso no lo sé, no soy veterinario, pero nuestras preocupaciones se han acabado, los chiens han desaparecido, allí donde están no se les oye. Medor, descuartizado y mal cosido, fue entregado a su llorosa ama, como un remordimiento vivo, que es lo que son los remordimientos incluso después de muertos. Camino del aeropuerto, donde tomarían el avión para París, los veterinarios acordaron pasar por alto, en el informe, el intrigante suceso de las cuerdas vocales desaparecidas. Y parece que definitivamente, pues aquella misma noche empezó a rondar por Cerbère un can de tres cabezas, alto como un árbol, pero silencioso.

Por estos mismos días, quizá antes, quizá después de haber trazado Joana Carda su raya en el suelo con la vara de negrillo, andaba un hombre paseando por la playa, ocurría esto al atardecer, cuando el rumor de las olas apenas se oye, breve y contenido como un suspiro sin causa, y ese hombre, que más tarde dirá que se llama Joaquim Sassa, iba andando sobre la línea de la marea, que distingue la arena seca de la arena mojada, y de vez en cuando se inclinaba para coger una concha, una pinza de cangrejo, una hilacha de alga verde, no es raro que mate uno el tiempo así, y así lo mataba este paseante solitario. Como no llevaba bolsillos ni bolsa para guardar sus hallazgos, devolvía al agua los restos muertos cuando tenía las manos llenas, al mar lo que al mar pertenece, la tierra que se quede con la tierra. Pero toda regla tiene sus excepciones, y una piedra que vio más alejada, fuera del alcance de la marea, la levantó Joaquim Sassa, y era pesada, ancha como un disco, irregular, que si fuera de las otras, manejables, de contorno liso, de esas que caben holgadas entre el pulgar y el índice, Joaquim Sassa la habría tirado rasando el agua llana para verla saltar, puerilmente feliz con su destreza, y hundirse al fin, perdido ya el impulso, piedra que parecía tener su destino marcado, reseca al sol, mojada sólo por la lluvia, y hundida ahora en las oscuras profundidades esperando un millón de años hasta que este mar se evapore, o retrocediendo la devuelva a la tierra donde permanecerá otro millón de años, dando tiempo a que baje a la playa otro Joaquim Sassa, que sin saberlo repetirá el gesto y el movimiento, ningún hombre diga, No lo haré, segura y firme no está piedra alguna.

En los arenales del sur, en esta hora tibia, hay quien se da el último baño, nada, salta como una bola, se hunde en las olas, o reposa quizá bogando sobre un colchón de aire, o, sintiendo en la piel la primera brisa del atardecer, acomoda el cuerpo para recibir la caricia última del sol que va a ponerse en el mar dentro de un segundo, el más largo de todos, porque lo miramos y él se deja mirar. Pero aquí, en esta playa del norte donde Joaquim Sassa sostiene en la mano una piedra, tan pesada que ya la mano se cansa, el viento sopla frío y el sol está a medias hundido, ni gaviotas vuelan sobre las aguas. Joaquim Sassa tiró la piedra, pensó que caería allí delante, casi a sus pies, uno tiene la obligación de conocer sus propias fuerzas, no había testigos que se pudieran reír del frustrado discóbolo, él sí estaba preparado para reírse de sí mismo, pero no ocurrió lo que esperaba, la oscura y pesada piedra ascendió en el aire, cayó luego y chocó con el agua de plano, con el choque volvió a subir, en gran vuelo o salto, y bajó de nuevo y subió, hundiéndose luego a lo lejos, si la blancura que acabamos de ver, distante, no es sólo la franja de espuma al quebrarse la ola. Cómo es posible, pensó perplejo Joaquim Sassa, cómo yo, de tan poca fuerza natural, he lanzado tan lejos una piedra tan pesada, al mar que ya está oscureciendo, y no hay nadie para decirme, Muy bien, Joaquim Sassa, soy testigo para el Guinness de los Récords, una hazaña así no puede ser ignorada, poca suerte, si cuento lo ocurrido todos me llamarán mentiroso. Una ola muy alta vino de mar adentro, espumeante y reventando, al final la piedra cayó al mar, éste es el efecto conocido desde los ríos de la infancia de quien en la infancia tuvo ríos, la ondulación concéntrica que las piedras arrojadas causan. Joaquim Sassa corrió playa arriba, y la onda se deshizo en la arena arrastrando conchas, pinzas de cangrejos, algas verdes, pero también de las otras, fucos, sanguinas, laminarias. Y una piedra pequeña, manejable, de esas que caben entre el pulgar y el índice, cuántos años llevaría sin ver la luz del sol.

Acto dificilísimo es el de escribir, responsabilidad de las mayores, basta pensar en el trabajo agotador que supone disponer por orden temporal los acontecimientos, primero éste, luego aquél, o, si conviene a las exigencias del efecto buscado, el suceso de hoy colocado antes del episodio de ayer, y otras no menos arriesgadas acrobacias, el pasado como si hubiera sido ahora, el presente como un continuo sin principio ni fin, pero, por mucho que se esfuercen los autores, hay una habilidad que no pueden exhibir, poner por escrito, al mismo tiempo, dos casos en el mismo tiempo acontecidos. Hay quien cree que la dificultad se resuelve dividiendo la hoja en dos columnas, lado con lado, pero el truco es ingenuo, porque primero se escribió un lado y después el otro, sin olvidar que el lector tendrá que leer primero éste y luego aquél, o viceversa, quienes lo tienen bien son los cantantes de ópera, cada uno con sus partes en los concertantes, tres cuatro cinco seis entre tenores bajos sopranos y barítonos, todos cantando palabras diferentes, por ejemplo, el cínico escarneciendo, la ingenua suplicando, el galán tardo en acudir, al espectador lo que le importa es la música, pero el lector no es así, lo quiere todo explicado, sílaba por sílaba y una tras otra, como aquí se muestran. Por eso, habiendo primero hablado de Joaquim Sassa, hablaremos ahora de Pedro Orce, cuando lanzar Joaquim la piedra al mar y levantarse Pedro de la silla fue todo obra de un instante único, aunque en los relojes hubiera una hora de diferencia, es el resultado de estar éste en España y aquél en Portugal.

Sabido es que todo efecto tiene su causa, es ésta una verdad universal, pero no es posible evitar algunos yerros de juicio, o de simple identificación, pues ocurre que consideramos que este efecto proviene de aquella causa cuando en definitiva fue otra, muy fuera del alcance del entendimiento que tenemos y de la ciencia que creemos tener. Por ejemplo, pareció quedar demostrado que si los perros de Cerbère ladraron fue porque Joana Carda hizo una raya en el suelo con una vara de negrillo, aunque sólo un chiquillo muy crédulo, si queda alguno de los dorados tiempos de la credulidad, o inocente, si el santo nombre de inocencia así puede ser jurado en vano, un chiquillo capaz de creer que, cerrando la mano, guardó dentro la luz del sol, sólo ese chiquillo creería que fuesen capaces de ladrar los perros que nunca antes ladraron por razones que son tanto de orden histórico como fisiológico. En estas decenas y decenas de millares de lugarejos, aldeas, villas y ciudades lo que no faltan son personas que jurarían ser causa y causas, tanto del ladrar de los perros como de todo lo que vendrá, porque tropezaron con una puerta, o se cortaron una uña, o arrancaron una fruta del árbol, o corrieron una cortina, o encendieron un pitillo, o murieron, o, no las mismas, nacieron, hipótesis éstas, las de muerte y nacimiento, que más difíciles serían de admitir teniendo en cuenta que tendríamos que ser nosotros quienes las propusiéramos, pues quien nace no viene hablando de la barriga de la madre y quien muere no habla tras haber entrado en la barriga de la tierra. Y de nada sirve añadir que a cualquiera le sobran razones para juzgarse causa de los efectos todos, éstos de los que venimos hablando y más los que son nuestra parte exclusiva para el funcionamiento del mundo, lo que mucho me gustaría saber es cómo será este mundo cuando ya no haya hombres y los efectos que sólo ellos causan, lo mejor es no pensar en tal inmensidad, que da vértigo, ahora bien, bastará que sobrevivan unos animalillos, unos insectos, y habrá mundos, el de la hormiga, el de la cigarra, no abrirán cortinas, no se mirarán en un espejo, qué más da eso, al fin y al cabo la única gran verdad es que el mundo no puede morir.

Diría Pedro Orce, si a tanto se atreviera, que la causa de que la tierra temblara fue que golpeó con los pies en el suelo al levantarse de la silla, fuerte presunción la suya, si no nuestra, que livianamente dudamos, si cada hombre deja en el mundo al menos una señal, ésta podría ser la de Pedro Orce, por eso dice, Puse los pies en el suelo y la tierra empezó a temblar. Extraordinaria sacudida aquélla, que nadie dio muestras de sentir, e incluso ahora, pasados dos minutos, cuando en la playa se ha retirado la ola y Joaquim Sassa se dice a sí mismo, Si lo contara me llamarían mentiroso, la tierra vibra como sigue vibrando la cuerda que ya ha dejado de oírse, la siente Pedro Orce en la planta de los pies, sigue sintiéndola cuando sale de la farmacia a la calle, y nadie allí parece haberse enterado, es como estar mirando una estrella y decir, Qué luz tan hermosa, qué estrella tan bonita, y no poder saber que se apagó a la mitad de la frase, y los hijos y los nietos repetirán las palabras, los pobres, hablan de lo ya muerto y le llaman vivo, no sólo en la ciencia astronómica acontece engaño tal. Aquí es lo contrario, todos jurarían que la tierra está firme y sólo Pedro Orce aseguraría que tiembla, menos mal que se calló y no salió corriendo despavorido, por otra parte no vacilan las paredes, las lámparas colgadas están inmóviles como plomada, y los pájaros en la jaula, que suelen ser los primeros en dar la alarma, duermen tranquilos en la vara, la cabeza bajo el ala, la aguja del sismógrafo trazó y sigue trazando una línea recta horizontal en el papel milimetrado.

A la mañana siguiente, un hombre atravesaba una llanura yerma, de matojos y herbazales cenagosos, iba por trochas y senderos bajo los árboles, altos como el nombre que les fue dado, chopos y fresnos, y muchos tamariscos, con su olor africano, ese hombre no podría haber elegido mayor soledad y más alzado cielo, y por encima de él, volando con estrépito inaudito, lo acompañaba una bandada de estorninos, tantos que formaban una nube oscura y enorme, como de tempestad. Cuando se paraba, los estorninos se quedaban volando en círculo o se lanzaban fragorosos sobre un árbol, desaparecían entre las ramas y todo el follaje se estremecía, la copa resonaba de sones ásperos, violentos, parecía que dentro de ella se trabara ferocísima batalla. Volvía a andar José Anaiço, éste era su nombre, y los estorninos se alzaban de repente, todos a un tiempo, vruuuuuuuuuu. Si, no sabiendo quién es este hombre, nos pusiéramos a querer adivinarlo, diríamos que tal vez sea un pajarero de oficio o, como la serpiente, tiene poder de encanto y habilidades atractivas, cuando lo cierto es que José Anaiço está tan incierto como nosotros de las causas de tan alado festival, Qué querrán de mí estas creaturas, no nos extrañe la palabra desusada, hace días que las comunes no apetecen.

Venía el caminante de naciente a poniente, cayó así el camino y el paseo, pero por tener que bordear un gran pantano viró hacia el sur en curva, a lo largo de la orilla. Es de mañana y ha empezado a picar el sol, aunque sopla una brisa fresca y límpida aún, lástima no poderla guardar en el bolsillo para cuando el sol apriete de verdad. Iba José Anaiço discurriendo estos pensamientos, vagos e involuntarios como si no le pertenecieran, cuando se dio cuenta de que los estorninos se habían quedado atrás, revoloteaban más allá, donde el camino da una vuelta para acompañar la laguna, proceder extraordinario sin duda, pero en fin, como suele decirse, quien va va, quien está está, adiós pajarillos. José Anaiço acabó de contornear el pantano, casi media hora de camino difícil entre espadañas y cambrones, y volvió al camino primero, en la misma dirección en que viniera, de oriente a occidente como el sol, cuando de súbito, vruuuu, aparecieron otra vez los estorninos, dónde se habrían metido entretanto. Ahora bien, para este caso no hay explicación. Si una bandada de estorninos acompaña a un hombre en su paseo matinal como un perro fiel a su dueño, si espera a darle tiempo a que bordee una laguna y luego lo sigue como antes venía haciendo, no se le pida que diga o que averigüe los motivos, no tienen los pájaros razones sino instintos, tantas veces vagos e involuntarios como si no nos pertenecieran, hablábamos de los instintos pero también de las razones y de los motivos. Y tampoco preguntemos a José Anaiço quién es y qué hace en la vida, de dónde vino y adónde va, lo que de él haya de saberse, sólo por él se sabrá, y esta discreción, esta contención informativa, deberán valer igualmente para Joana Carda y su vara de negrillo, Joaquim Sassa y la piedra que tiró al mar, Pedro Orce y la silla de donde se levantó, las vidas no empiezan cuando las personas nacen, si así fuese cada día era un día ganado, las vidas empiezan más tarde, cuántas veces demasiado tarde, sin contar aquéllas que apenas iniciadas se acaban, por eso gritó el otro, Ah, quién escribirá la historia de lo que podría haber sido.

Y ahora esta mujer, María Guavaira le llaman, extraño nombre aunque no gerundio, que subió al desván de la casa y encontró un calcetín viejo, de aquellos antiguos y verdaderos que servían para guardar dinero y lo hacían tan bien como una caja fuerte, simbólicos peculios, graciosas economías, y hallándolo vacío empezó a deshacerle las mallas, por hacer algo, como quien no tiene nada mejor en que ocupar sus manos. Pasó una hora, y otra hora, y el largo hilo de lana azul no paraba de caer, pero el calcetín no parecía disminuir de tamaño, como si no fueran suficientes los cuatro enigmas ya contados, éste nos demuestra que, al menos una vez, el contenido puede ser mayor que el continente. A esta casa silenciosa no llega el rumor de las olas del mar, si pasan aves su sombra no oscurece la ventana, perros habrá, pero no ladran, la tierra, si tembló, no tiembla. A los pies de la devanadora el hilo es una montaña que va creciendo. María Guavaira no se llama Ariadna, con este hilo no saldremos del laberinto, quizá con él lo que consigamos sea perdernos. El cabo, dónde está.

La primera grieta apareció en una gran laja natural, lisa como la mesa de los vientos, en algún lugar de estos montes Alberes que, en el extremo oriental de la cordillera, van descendiendo acompasadamente hacia el mar y por donde vagan ahora los desventurados canes de Cerbère, alusión nada descabellada en tiempo y lugar, pues todas estas cosas, hasta cuando no lo parecen, están trabadas entre sí. Expulsado, como queda dicho, de la pitanza doméstica, y forzado en consecuencia por necesidad a recordar en la memoria inconsciente las mañas de sus antepasados cazadores para conseguir atrapar algún gazapo extraviado, uno de esos canes, de nombre Ardent, gracias al finísimo oído de que está dotada la especie, habrá sentido restallar la piedra y, no murmurando sólo porque no puede, se acercó a ella, dilatando las narices, erizado el pelo, con tanta curiosidad como miedo. La hendidura, sutil, recordaría al observador humano una raya hecha con la punta afilada de un lápiz, muy diferente de aquel otro trazo con un palo, en tierra dura, o en el polvo suelto y blando, o en el barro, si con tales devaneos perdiésemos nuestro tiempo. Sin embargo, mientras el perro se acercaba, la grieta se fue ensanchando, se hizo más profunda y avanzó, desgarrando la piedra, hasta los extremos de la laja, y después de allá para acá, cabría dentro la mano entera, el brazo también en grosor y largura, si hubiese aquí hombre con valor para medir tal fenómeno. El perro Ardent rondaba inquieto, pero no podía huir, atraído por aquella serpiente de la que ya no se veía ni cabeza ni cola y súbitamente perdido, sin saber de qué lado quedarse, si en Francia, donde estaba, si en España, distante ya tres cuartas. Pero este perro, a Dios gracias, no es de los que se acomodan a las situaciones, la prueba es que, de un brinco, saltó sobre el abismo, con perdón de la evidente exageración expresiva, y se encontró del lado de acá, prefirió las regiones infernales, nunca sabremos qué nostalgias mueven el alma de un perro, qué sueños, qué tentaciones.

La segunda grieta, pero primera para el mundo, se inició a muchos kilómetros de distancia, en las cercanías del golfo de Vizcaya, no lejos de un lugar dolorosamente célebre en la historia de Carlomagno y sus Doce Pares, Roncesvalles llamado, donde murió Roldán soplando su olifante, sin Angélica ni Durandal que le acudieran. Allí, bajando a lo largo de la falda de la sierra de Abodi, por la banda del noroeste, corre un río, el Irati, que, nacido en Francia, va a desembocar en el Erro, español, afluente a su vez del Aragón, el cual es tributario del Ebro, que al fin llevará y lanzará al Mediterráneo las aguas de todos. En el fondo del valle, en la margen del Irati, hay una ciudad, Orbaiceta de nombre, y en la montaña existe un pantano, un embalse como allí dicen.

Es hora de explicar que cuanto aquí se diga o se venga a decir es verdad pura y puede comprobarse en cualquier mapa, a condición de que el tal mapa sea lo bastante minucioso como para mostrar informaciones de tan insignificante apariencia, pues la virtud de los mapas es ésa, exhiben la reductible disponibilidad del espacio, previenen que todo puede acontecer en él. Y acontece. Hemos hablado ya de la vara del destino, probamos ya que una piedra, aunque esté apartada de la línea de la marea más alta, puede acabar cayendo en el mar o regresar de él, ahora le toca el turno a Orbaiceta, donde, tras la agitación saludable causada por la construcción del embalse, hace ya años, volvió a instalarse la calma, ciudad de provincia navarra, adormecida entre montañas, ahora agitada de nuevo. Durante algunos días Orbaiceta fue el centro neurálgico de Europa, si no del mundo, allí se juntaron miembros de gobiernos, políticos, autoridades civiles y militares, geólogos y geógrafos, periodistas y mineralogistas, fotógrafos, operadores de televisión y cine, ingenieros de todas las disciplinas, observadores y curiosos. Pero la celebridad de Orbaiceta no durará mucho, sólo unos breves días, poco más que las rosas de Malherbe, y cómo podrían durar éstas siendo como son de mala hierba, pero de Orbaiceta hablamos, que no de otra cosa, y sólo hasta declararse en otra parte una celebridad mayor, siempre es así con las celebridades.

En la historia de los ríos nunca aconteció un caso tal, estar pasando el agua en su eterno pasar y de repente deja de pasar, como grifo súbitamente cerrado, por ejemplo, alguien está lavándose las manos en una bacía, quita el tapón del fondo, cierra el grifo, el agua se va sumiendo, baja, desaparece, lo que queda en la concha esmaltada pronto se evaporará. Explicándolo con palabras más propias, el agua del Irati se retiró como ola que de la playa refluye y se aleja, el lecho del río quedó a la vista, piedras, lodo, limo, peces que saltando boquean y mueren, el súbito silencio.

Los ingenieros no estaban en el lugar cuando ocurrió el increíble hecho, pero se apercibieron de que algo anormal había ocurrido, los paneles, en los bancos de observación, indicaron que el río dejó de alimentar la gran bacía acuática. En un jeep fueron tres técnicos a averiguar el asombroso suceso, y, de camino, por la margen del embalse, examinaron las más diversas hipótesis posibles, no les faltó tiempo para eso en casi cinco kilómetros, y una de esas hipótesis era que un desprendimiento o corrimiento de tierras en la montaña hubiese desviado el curso del río, otra que fuese obra de los franceses, perfidia gala, pese al acuerdo bilateral sobre aguas fluviales y sus aprovechamientos hidroeléctricos, otra, y ésta la más radical de todas, que se hubiese agotado el manantial, la fuente, el hontanar, la eternidad que parecía ser y finalmente no era. En este punto se dividían las opiniones. Uno de los ingenieros, hombre sosegado, de la especie contemplativa, y que apreciaba la vida en Orbaiceta, temía que lo mandasen lejos, los otros se frotaban las manos de contento, a ver si los llevaban a uno de los embalses del Tajo, más cerca de Madrid, y de la Gran Vía. Debatiendo estas ansiedades personales llegaron al punto extremo del embalse, donde era el desaguadero, y el río no estaba allí, sólo un menguado hilillo de agua que aún rezumaba de las tierras blandas, un borboteo de agua cenagosa que no tendría fuerza ni para mover una aceña. Dónde rayos se habrá metido el río, eso dijo el conductor del jeep, y no se podría ser más expresivo y riguroso. Perplejos, atónitos, desconcertados, inquietos también, los ingenieros volvieron a discutir entre sí las ya explicadas hipótesis, y hecho esto, comprobada la inutilidad práctica de la prosecución del debate, regresaron a los despachos del pantano, siguieron luego hacia Orbaiceta, donde los esperaba la jerarquía, informada ya de la mágica desaparición del río. Hubo discusiones acerbas, incredulidades, llamadas telefónicas a Pamplona y Madrid, y el resultado del fatigoso trabajo y trato acabó expresándose en una orden muy sencilla, dispuesta en tres partes sucesivas y complementarias, Suban río arriba, descubran lo que ocurre y no les digan nada a los franceses.

La expedición partió al día siguiente, antes de salir el sol, camino de la frontera, siempre al lado o a la vista del río seco, y cuando los fatigados inspectores llegaron, comprendieron que nunca más volvería a haber Irati. Por una grieta que no tendría más de tres metros de ancho se precipitaban las aguas hacia el interior de la tierra, rugiendo como un pequeño Niágara. Del otro lado había ya ayuntamiento de franceses, sería sublime ingenuidad pensar que los vecinos, astutos y cartesianos, no iban a enterarse del fenómeno, pero al menos se mostraban tan estupefactos y desorientados como los españoles de este lado, y todos hermanados en la ignorancia. Llegaron a hablar ambas partes, pero la conversación no fue extensa ni provechosa, poco más que las interjecciones de un justificado asombro, un vacilante aventurar hipótesis nuevas por el lado de los españoles, en fin, una irritación general que no hallaba contra quién volverse, los franceses poco después sonreían, en definitiva seguían dueños del río hasta la frontera, no tendrían que reformar los mapas.

Aquella tarde, helicópteros de los dos países sobrevolaron el lugar, hicieron fotografías, bajaron por cuerdas observadores que, suspensos sobre la catarata, miraban y nada veían, sólo aquella enorme boca negra y el dorso curvo y reluciente del agua. Para ir adelantando algo de provecho, las autoridades municipales de Orbaiceta, por el lado español, y las de Larrau por el lado francés, se reunieron junto al río, bajo un toldo armado para el caso y dominado por tres banderas, las bicolor y tricolor nacionales, más la de Navarra, con el propósito de estudiar las virtualidades turísticas de un fenómeno natural sin duda único en el mundo y las condiciones de su explotación en interés mutuo. Considerando la insuficiencia y el carácter provisional de los elementos de análisis disponibles, no surgió de la reunión ningún documento definidor de las obligaciones y derechos de las partes, pero fue nombrada una comisión mixta que, en brevísimo plazo, elaboraría la agenda del próximo encuentro, ya formal. No obstante, a última hora, un factor de perturbación vino a enturbiar el relativo consenso a que se había llegado, y fue la intervención, casi simultánea en Madrid y París, de los representantes de los dos Estados en la comisión permanente de límites fronterizos. Planteaban esos señores una grave duda, Primero hay que saber hacia qué lado se abre el agujero, si hacia el francés o hacia el español. Parecía detalle intrascendente, pero, una vez explicado el fundamento, la delicadeza del caso saltó a la vista. Era indiscutible, claro está, que el Irati, a partir de ahora, pertenecía enteramente a Francia, departamento de los Bajos Pirineos, pero si la grieta se abría enteramente hacia el lado de España, provincia de Navarra, la cosa tendría que ser estudiada muy a fondo, dado que cada uno de los dos países, en cierta manera, habría contribuido por parte igual. Si, por el contrario, también la grieta era francesa, el negocio les pertenecería a ellos por entero como les pertenecían las respectivas materias primas, el río y el vacío. Ante la nueva situación, las dos autoridades, ocultando reservas mentales, acordaron mantenerse en contacto mientras no se aclarara aquella acuciante cuestión. Por su parte, en una declaración conjunta laboriosamente redactada, los ministerios de Asuntos Exteriores de ambos países anunciaron la intención de proseguir conversaciones urgentes en el ámbito de la referida comisión permanente de límites, asesorada, lógicamente, por los respectivos equipos de técnicos geodésicos.

Fue entonces cuando, en profusión y diversidad internacional, aparecieron los geólogos. Entre Orbaiceta y Larrau ya había de todo un poco, si no mucho, como antes se enumeró. Ahora llegaban en multitud los sabios de la tierra y de las tierras, los averiguadores de movimientos y accidentes, estratos y bloques erráticos, martillo en mano, batiendo cuanto fuese piedra o piedra pareciese. Un periodista francés, Michel y cínico, le decía a un colega español, serio y Miguel, quien ya había anunciado a Madrid que la grieta era ab-so-lu-ta-men-te española, o, para hablar con precisión geográfica y nacionalista, navarra, Pues quédense ustedes con ella, fue lo que dijo el francés insolente, si les da tanto gusto y tan necesitados están, sólo en el Cirque de Gavarnie tenemos los franceses una cascada de cuatrocientos veinte metros de altura, no necesitamos agujeros artesianos vueltos al revés. No se le ocurrió a Miguel la respuesta de que también en este lado español de los Pirineos abundan las caídas de agua, muy bellas y altas, pero la cuestión era otra, una cascada a cielo abierto no es ningún misterio, siempre igual, a la vista de la gente, mientras que a la grieta del Irati se le ve el principio pero no se le conoce el final, es como la vida. Sin embargo, fue otro periodista, gallego y de paso, como suelen andar siempre los gallegos, quien lanzó la pregunta que aún faltaba por hacer, Hacia dónde va el agua. Estaban discutiendo entonces, con ciencia brusca y seca, los geólogos de ambas partes, y la pregunta, como de niño tímido, sólo fue oída por quien ahora la registra. Siendo la voz gallega, y por tal discreta y comedida, la sofocaron de inmediato la elocuencia gala y la arrogancia castellana, pero luego otros repitieron lo dicho arrogándose vanidades de primer descubridor, a los pueblos pequeños nadie les da oídos, no es manía persecutoria, sino histórica evidencia. La discusión de los sabios se había vuelto casi impenetrable para entendimientos legos, pero, aun así, se veía que eran dos las tesis centrales en discusión, la de los monoglacialistas y la de los poliglacialistas, ambas irreductibles y a no tardar enemigas, como dos religiones antitéticas, monoteísta una, politeísta la otra. Algunas declaraciones llegaban a parecer interesantes, como la de las deformaciones, ciertas deformaciones, que podrían ser debidas, bien a una elevación tectónica, bien a una compensación isostática de la erosión. Tanto más, añadían, cuanto que el examen de las formas actuales de la cordillera permite afirmar que no es antigua, geológicamente hablando, claro. Todo esto, probablemente tendría que ver con la hendidura. En definitiva, una montaña sujeta a tales juegos de tracción y palanca no es extraño que un día se vea obligada a ceder, a partirse, a desmoronarse, o, como en este caso, a rajarse. No fue ése el caso de la laja grande, inerte sobre los montes Alberes, pero ésa no la vieron nunca los geólogos, estaba lejos, en un yermo desolado, nadie se acercó a ella, el perro Ardent se fue tras el conejo y no volvió.

Pasados dos días, estaban los miembros de la comisión de límites fronterizos en trabajo de campo, con los teodolitos midiendo, con las tablas confiriendo, con las calculadoras calculando, y todo confrontado con las fotografías aéreas, los franceses poco satisfechos porque ya eran mínimas las dudas de que la grieta era española, como el periodista Miguel pioneramente defendió, cuando hubo súbita noticia de una nueva hendidura. De la tranquila Orbaiceta no se volvió a hablar, ni del cortado río Irati, sic transit gloria mundi y de Navarra. A toda prisa, los hombres de la información, algunos de los cuales eran mujeres, plantaron su enjambre en los Pirineos Orientales, que era la región crítica, felizmente dotada de mejores medios de acceso, tantos y tan excelentes que en pocas horas allí se reunió el poder del mundo, con gente llegada hasta de Toulouse y Barcelona. Las autopistas pronto se atascaron, cuando las policías de uno y otro lado intentaron desviar los flujos de tráfico era tarde, kilómetros y kilómetros de automóviles retenidos, el caos mecánico, luego fue preciso aplicar providencias drásticas, hacer regresar a toda aquella gente por la otra banda de rodaje, burlando para ello las prohibiciones, ocupando los arcenes, un infierno, razón tenían los griegos cuando en esta región lo colocaron. Valieron para la emergencia especialmente los helicópteros, esos artefactos voladores o pajarracos capaces de posarse casi en cualquier lugar, y, cuando la cosa es del todo imposible, hacen como el colibrí, se acercan hasta casi tocar la flor, los pasajeros ni escalera necesitaban, un saltito y basta, entran luego en la corola, entre estambres y pistilos, aspirando los aromas, cuántas veces de napalm y de carne quemada. Salen corriendo, bajando la cabeza, y van a ver lo que sucede, algunos llegan directamente del Irati, ya con experiencia tectónica, pero no ésta.

La hendidura corta la autopista, toda una gran área de estacionamiento, y se prolonga, estrechándose hacia los lados, en dirección al valle, donde se pierde, serpenteando ladera arriba hasta desaparecer entre los matojos. Estamos en el justo y exacto lugar de la frontera, la auténtica, la línea de separación, en este limbo sin patria entre los puestos de las dos policías, la aduana y la douane, la bandera y le drapeau. A una distancia prudente, porque se admite la probabilidad de desmoronamientos de los bordes de la terrestre herida, autoridades y técnicos cambian frases de nulo sentido y eficacia nula, no se puede llamar diálogo a tal ruido de voces, y usan altavoces para mejor oírse, mientras otros personajes más cualificados, dentro de las instalaciones, hablan por teléfono, ora entre ellos, ora con Madrid y París. Apenas desembarcaron, los periodistas corren a indagar cómo ocurrió esto, y recogen todos la misma historia, con algunas elaboradas variantes que su propia imaginación enriquecerá aún más, pero, poniendo las cosas sencillamente, quien dio fe del acontecimiento fue un automovilista, que pasando cuando la noche ya se cerraba, notó que el coche daba un salto brusco, como si las ruedas hubiesen entrado y salido de un surco transversal y bajó a ver lo que era, por si estaban trabajando en el pavimento y, de manera imprudente, se habían olvidado de poner señales. La grieta tenía entonces media cuarta de ancho, unos cuatro metros de largo, si llegaba. El hombre, portugués, llamado Sousa, que viajaba con mujer y suegros, volvió al coche y dijo, Parece como si estuviéramos ya en Portugal, fíjate, una zanja enorme, podía haberme deformado las llantas, partir un eje. No era ni zanja ni enorme, pero las palabras, así las hemos hecho, tienen mucho de bueno, ayudan, sólo porque las decimos exageradas alivian de inmediato los sustos y las emociones, por qué, porque los dramatizan. La mujer, sin prestar demasiada atención a lo que el hombre decía, respondió, Pues mira, y él pensó que era un consejo a seguir, aunque no hubiera sido aquélla la intención, la frase de la mujer, más interjección que recomendación abreviada, era de esas que sólo hacen las veces de respuesta, volvió él a salir y comprobó las llantas, daños visibles no había, a Dios gracias. Días después, ya en su patria portuguesa, será héroe, le harán entrevistas por la tele, la radio y la prensa. Fue el primero en verlo, señor Sousa, cuéntenos sus impresiones de aquel momento terrible. Lo repetirá incontables veces, y siempre hay que rematar el ornamento histórico con una pregunta ansiosa y retórica, que causaría estremecimiento y que a sí mismo le estremece deliciosamente, como un éxtasis, Si la brecha fuese mayor, se da cuenta, como dicen que es ahora, nos habríamos caído dentro, sabe Dios hasta qué profundidades, y más o menos era lo que había preguntado el gallego, si se acuerdan, Hacia dónde va el agua.

Adónde, he ahí la cuestión. La primera providencia objetiva sería sondear la herida, averiguar la profundidad, y estudiar luego, definir y poner en práctica los procesos adecuados para colmatar la brecha, nunca expresión alguna puede ser tan rigurosa, por eso es francesa, que hasta piensa uno si a alguien se le ocurrió un día, o la inventó, para que se usara, con plena propiedad, cuando se rajase la tierra. El sondeo, que realizaron de inmediato, registró poco más de veinte metros, una insignificancia para los medios de la moderna ingeniería de obras públicas. De España y de Francia, de lejos y de cerca, llegaron hormigoneras, mezcladoras, esas interesantes máquinas que, con sus movimientos simultáneos, recuerdan a la tierra en el espacio, rotación, traslación y, llegando al punto, vuelcan el hormigón, torrencial, dosificado para el efecto buscado con grandes cantidades de piedra gruesa y cemento rápido. Estaban en plena operación de relleno cuando un ingenioso perito propuso que colocasen, como se hacía antes en heridas de persona, unas grapas, grandes, de acero, que aseguraran los bordes, ayudando, por así decirlo, y acelerando, la cicatrización. La idea fue aprobada por la comisión bilateral de emergencia, las siderurgias españolas y francesas empezaron inmediatamente los estudios necesarios, mezcla, espesor y perfil de material, relación entre el tamaño de la uña que quedaría clavada en el suelo y el vano abarcado, pormenores técnicos sólo para entendidos, enunciados aquí muy por encima.

La brecha engullía el torrente de piedras y barro ceniciento como si fuese el río Irati cayendo en el interior de la tierra, se oían los ecos profundos, se llegó a admitir la probabilidad de que hubiera abajo un hueco gigantesco, una caverna, una especie de fauces insaciables, Si es así, no vale la pena seguir, se levanta un puente por encima de la zanja, y hasta es posible que esta solución sea más fácil y económica, llamemos a los italianos, que tienen gran experiencia en viaductos. Pero al cabo de no se sabe cuántas toneladas y metros cúbicos, la sonda señaló fondo a diecisiete metros, luego a quince, a doce, el nivel del hormigón iba subiendo, subiendo, la batalla estaba ganada. Se abrazaban los técnicos, los ingenieros, los obreros, los policías, se agitaban las banderas, los locutores de televisión, nerviosos, leían el último comunicado y daban sus propias opiniones, enalteciendo la lucha titánica, la gesta colectiva, la solidaridad internacional en acción, hasta de Portugal, ese pequeño país, salió un convoy de diez hormigoneras, carretera adelante, tiene ante él un largo viaje, más de mil quinientos kilómetros, esfuerzo extraordinario, no se va a necesitar el hormigón que traen pero la historia registrará el simbólico gesto.

Cuando el relleno alcanzó el nivel de la carretera, explotó la alegría en un delirio colectivo, como en un añoviejo, fuegos de artificio y corrida de San Silvestre. Conmovieron los aires los cláxones de los automovilistas que habían logrado llegar justo hasta allí una vez desatascada la calzada, los camiones liberaban los mugidos roncos de los avertisseurs y de las bocinas, y los helicópteros aleteaban gloriosamente sobre las cabezas, como serafines posesos de potencias quizá nada celestiales.

Crepitaron incesantes las máquinas fotográficas, los operadores de televisión se acercaron, dominando los nervios, y allí al borde mismo de la brecha que ya no era tal, registraron grandes planos de la superficie irregular del cemento, prueba de la victoria del hombre sobre un capricho de la naturaleza. Y fue así como los espectadores, lejos de aquel lugar, en el bienestar y seguridad de sus hogares, recibiendo en directo las imágenes tomadas en la frontera francoespañola del Collado de Perthus, pudieron ver cuando ya reían y batían palmas, y cuando festejaban el suceso como proeza propia, pudieron ver, digo, sin querer ahora creer en sus propios ojos, vieron moverse la superficie aún blanda del hormigón y comenzar a descender, como si la masa enorme fuera succionada desde abajo, lenta pero irresistiblemente, hasta que de nuevo quedó a la vista la brecha abierta de par en par. La hendidura no se había ensanchado, y eso sólo podía significar que la junción de las paredes ya no se hacía como antes a veinte metros de profundidad, sino a muchos más, sólo Dios sabe cuántos. Los operadores retrocedieron, asustados, pero el deber profesional, convertido en instinto adquirido, mantuvo funcionando las cámaras, trémulas sí, y el mundo pudo ver los rostros alterados, el pánico irrefrenable, se oían las exclamaciones, los gritos, fue general la fuga, en menos de un minuto apareció desierta el área de estacionamiento, se quedaron las hormigoneras abandonadas, aquí y allá aún alguna funcionando, con las mezcladoras girando todavía, llena de un cemento que minutos antes había dejado de ser preciso y ahora resultaba inútil.

Por primera vez, un estremecimiento de horror cruzó la península entera y toda la cercana Europa. En Cerbère, muy cerca de allí, las personas corriendo por la calle pre-monitoriamente como antes lo habían hecho sus perros, se decían unas a otras, Estaba escrito, cuando ladraran se acababa el mundo, y no era precisamente así, nunca escrito estuvo, pero en los grandes momentos precisamos siempre grandes frases, y ésta, Estaba escrito, no sabemos qué prestigio tiene que ocupa el primer lugar en los prontuarios de estilo fatal. Temiendo, con más razones que nadie, lo que estaba a punto de ocurrir, los habitantes de Cerbère empezaron a abandonar la ciudad en compacta emigración hacia tierras más sólidas, tal vez el fin del mundo no llegase tan lejos. En Banyuls-sur-Mer, Port Vendrès y Collioure, por hablar sólo de las poblaciones de la línea ribereña, no quedó alma viva. Las muertas, como habían muerto, se quedaron allí, con aquella inquebrantable indiferencia que las distingue del resto de la humanidad, si alguna vez alguien dijo lo contrario, que Fernando visitó a Ricardo, estando muerto el uno y vivo el otro, fue imaginación insensata y nada más. Pero uno de estos muertos, en Collioure, se movió un poco, como si estuviese dudando, voy o no voy, hacia dentro de Francia nunca, sólo él sabría hacia dónde, tal vez también nosotros acabemos sabiéndolo aquí.

Entre las mil noticias, opiniones, comentarios y mesas redondas que ocuparon al día siguiente periódicos, televisión y radio, pasó casi inadvertido el breve comentario de un sismólogo ortodoxo, Me gustaría saber por qué pasa todo esto sin que tiemble la tierra, a lo que otro sismólogo, de la escuela moderna, pragmático y flexible, respondió, A su tiempo lo explicaremos. Ahora bien, en una población al sur de España, un hombre, oyendo estas diferencias, salió de su casa rumbo a Granada, para decirles a los señores de la televisión que llevaba ya ocho días notando que la tierra temblaba, que si hasta ahora ha guardado silencio es porque pensaba que nadie iba a creerle, y que allí estaba, en persona, para que se viese cómo un simple hombre puede ser más sensible que todos los sismógrafos del mundo juntos. Quiso su destino que un periodista le prestara oído, o por simpatía benevolente, o seducido por lo insólito del caso, en cuatro líneas fue resumida la novedad, y la noticia, aunque sin imagen, fue dada en el telediario de la noche, con risueña reserva. Al día siguiente, la televisión portuguesa, por falta de materia local propia, aprovechó y desarrolló el tema, oyendo en el estudio a un especialista en fenómenos paranormales que en nada contribuyó a la comprensión del caso, según se puede concluir de su más importante declaración, Como siempre, depende de la sensibilidad.

Mucho se lleva hablado aquí de causas y de efectos, siempre con extremada ponderación, observando la lógica, respetando el buen sentido, reservando el juicio, pues a todos es patente que del callejón nadie va a sacar una plaza como la de Rossio. Se aceptará no obstante, como natural y legítima, la duda de que fuera aquella raya en el suelo, hecha por Joana Carda con la vara de negrillo, causa directa de que se estén desgarrando los Pirineos, que es lo que venimos insinuando desde el principio. Pero no se rechace este otro hecho y entera verdad, que fue el que saliera Joaquim Sassa en busca de Pedro Orce por haber oído hablar de él en las noticias de la noche, y lo que dijo.

Madre amorosa, Europa se afligió con la suerte de sus tierras extremas, a Occidente. Por toda la cordillera pirenaica estallaban los granitos, se multiplicaban las brechas, aparecieron cortadas otras carreteras, otros ríos, arroyos y torrentes se hundieron hacia lo invisible. Sobre los picos cubiertos de nieve, vistos desde el aire, se abrió una línea negra y rápida como un reguero de pólvora, por donde resbalaba la nieve y desaparecía, con un rumor blanco de pequeño alud. Los helicópteros iban y venían sin descanso, observaban los picos y los valles, abarrotados de peritos y especialistas de todo cuanto pudiera ser de alguna utilidad, geólogos, ésos por derecho propio, pese a estarles vedado ahora el trabajo de campo, sismólogos, perplejos, porque la tierra se obstinaba en permanecer firme, sin un estremecimiento, sin una vibración siquiera, y también vulcanólogos, secretamente esperanzados, pese a estar el cielo limpio, despejado de humos y fuegos, perfecto y liso azul de agosto, el reguero de pólvora no pasa de comparación, es un peligro tomarlas al pie de la letra, a ésta y a otras, si antes no aprendemos a andar prevenidos. No podía nada la fuerza humana contra una cordillera que se abría como una granada, sin dolor aparente, apenas, quiénes somos nosotros para saberlo, por haber madurado y llegado su tiempo. Sólo cuarenta y ocho horas después de que Pedro Orce fuera a la televisión a decir lo que sabemos, ya no era posible, desde el Atlántico al Mediterráneo, atravesar la frontera a pie o en vehículos terrestres. Y en las tierras bajas del litoral, los mares, cada uno por su lado, empezaban a entrar por los nuevos canales, misteriosas gargantas, ignotas, cada vez más altas, con aquellas paredes a pique, rigurosamente en la vertical del péndulo, el corte liso mostrando la disposición de los estratos arcaicos y modernos, los sinclinales, las intercalaciones arcillosas, los conglomerados, las extensas lentillas calcáreas y de areniscas blandas, los lechos pizarrosos, las rocas silicosas y negras, los granitos, y mucho más que no sería posible añadir, por insuficiencia del relator y falta de tiempo. Ahora vamos sabiendo ya la respuesta que se debería haber dado al gallego que preguntó, Hacia dónde va el agua, Va a caer al mar, le diríamos, en lluvia finísima, en un riego de polvo, en cascada, depende de la altura desde donde se precipite y del caudal, no, no estamos hablando del Irati, ése está lejos, pero se puede apostar que todo vendrá a ser conforme sabemos, juegos de agua, arco iris también, cuando el sol pueda entrar en estas sombrías profundidades.

En una franja de unos cien kilómetros a cada lado de la frontera, las gentes abandonaron sus casas, se recogieron a la seguridad relativa de las tierras interiores, el único caso complicado fue el de Andorra, país del que, imperdonablemente, nos íbamos olvidando, a eso están sujetos todos los países pequeños, bien podían haberse hecho mayores.

Al principio, no faltaron vacilaciones sobre la consecuencia final de aquellas brechas, las había a ambos lados, en las dos fronteras, y también porque siendo los habitantes, unos, españoles, otros, franceses, otros, andorranos de nación, cada uno se inclinaba a la querencia natural, con perdón, o se determinaba por razones e intereses del momento, con peligro de dividirse las familias y otras sociedades. Al fin, la línea continua de fractura se estableció en la frontera con Francia, los pocos millares de franceses fueron evacuados por vía aérea en una brillante operación de salvamento que recibió el nombre de código Mitre d'Évêque, designación que mucho desagradó al obispo de Urgel, su involuntario inspirador, pero que no le arrebató la alegría de ser, para el futuro, el único soberano del principado si éste, sólo abrazado por el lado de España, no acababa cayendo al mar. En el desierto así creado por la evacuación general circulaban sólo, y con el credo en la boca, algunos destacamentos militares continuamente sobrevolados por helicópteros, dispuestos a recoger al personal al mínimo indicio de inestabilidad geológica, y también los inevitables saqueadores, en general aislados, que las catástrofes siempre sacan de sus cubiles o huevos serpentinos, y que, en este caso, igualitos a los militares que los fusilaban sin piedad ni duelo, andaban también con su credo en los labios, según la fe profesada, todo ser vivo tiene derecho al amor y a la protección de su dios, sobre todo cuando en abono o disculpa de los ladrones se podría alegar que quien abandona su propia casa no es merecedor de vivir y aprovecharse de ella, muy justo dictado, la verdad sea dicha, Todo pájaro come trigo y sólo el pardillo paga, decida cada cual si encuentra adecuación entre el proverbio y el caso particular.

Cabría aquí la lamentación primera de que no sea libreto de ópera este verídico relato, pues si lo fuese haríamos avanzar hacia las candilejas un concertante como jamás se oyó, veinte cantores, entre líricos y dramáticos de todas las cuerdas, gorgoriteando las partes, una por una o en coro, sucesivas o simultáneas, a saber, la reunión de los gobiernos español y portugués, el corte de las líneas de transporte y electricidad, la declaración de la Comunidad Económica Europea, la toma de posición de la Organización del Tratado del Atlántico Norte, la desbandada en pánico de los turistas, el asalto a los aviones, la congestión del tráfico en las carreteras, el encuentro de Joaquim Sassa y José Anaiço, el encuentro de los dos con Pedro Orce, la inquietud de los toros en España, el nerviosismo de las yeguas en Portugal, la alarma de las costas del Mediterráneo, las perturbaciones de las mareas, la fuga de los ricos y de los poderosos capitales, pronto empezarán a faltarnos cantores. Espíritus curiosos, por no decir escépticos, quieren saber la causa de tantos, y tan diversos, y tan graves efectos, que parece que no debería bastarles el simple hecho de que se raje la cordillera, convirtiendo ríos en cascadas y avanzando los mares unos kilómetros tierra adentro, tras tantos millones de años de haberse retirado de ella. Y es que, y en este punto fatal la mano duda, cómo va a escribir, de manera plausible, las próximas palabras, esas que lo van a comprometer todo sin remedio, y más cuando tan difícil se hace deslindar, si en algún momento fue posible hacerlo, verdad y fantasía. Y es que, concluyamos lo que en suspenso quedó, por un gran esfuerzo de transformar por la palabra lo que quizá sólo por la palabra pueda ser transformado, llegó el momento de decir, ahora llegó, que la Península Ibérica se apartó de repente, toda ella por entero y por igual, diez súbitos metros, quién me va a creer, se abrieron los Pirineos de arriba abajo como si de las alturas hubiera caído un hacha invisible, introduciéndose en las brechas profundas, cortando la tierra hasta el mar, ahora sí, ahora podemos ver al Irati cayendo, mil metros, como el infinito, en caída libre, abriéndose al viento y al sol, abanico de cristal o cola de ave del paraíso, es el primer arco iris suspendido sobre el abismo, el primer vértigo de gavilán que con las alas mojadas planea, teñidas de siete colores. Y veríamos también el Visaurín, el monte Perdido, el pico Perdiguero, el de Estats, dos mil metros, tres mil metros de escarpes insoportables de mirar, ni el fondo se les alcanza, brumoso de agua y de distancia, y después vendrán las nubes nuevas al ampliarse este espacio, tan seguro como que existe el destino.

Pasan los tiempos, se confunden las memorias, casi no se distinguen la verdad y las verdades, antes tan claras y delimitadas, y entonces, queriendo apurar lo que ambiciosamente llamamos el rigor de los hechos, vamos a consultar testigos de la época, documentos varios, periódicos, películas, grabaciones en vídeo, crónicas, diarios íntimos, pergaminos, sobre todo los palimpsestos, interrogamos a los supervivientes, con buena voluntad de un lado y otro conseguimos creer lo que dice el anciano sobre lo que vio y oyó en la infancia, y de todo habremos de extraer una conclusión, ante la falta de convictas certezas se disimula, pero lo que parece positivamente averiguado es que hasta que estallaron los cables de energía eléctrica no hubo en la península auténtico miedo, aunque lo contrario se haya dicho, algún pánico sí, pero no miedo, que es sentimiento de otro calibre. Claro es que mucha gente conserva en la memoria viva la dramática escena de Collado de Perthus, cuando el hormigón desapareció de la vista de los que gritaban, Vencimos, vencimos, pero de hecho el episodio sólo fue impresionante para quien estuvo allí, los otros asistieron de lejos, en casa, en ese teatro doméstico que es la televisión, en el pequeño rectángulo de cristal, patio de los milagros donde una imagen barre a la anterior sin dejar vestigios, todo en escala reducida, hasta las emociones. Y aquellos espectadores sensibles, que aún los hay, aquellos que por nada empiezan a lagrimear y a disimular el nudo de la garganta, ésos hicieron lo de costumbre cuando no se puede aguantar más, ante el hambre de África y otras calamidades, desviaron los ojos. Al margen de esto, no olvidemos que en gran parte de la península, en sus interiores hondos y profundos, donde no llegan los periódicos y apenas se entiende la televisión, había millones, sí, millones de personas que no comprendían lo que pasaba, o tenían de ello una idea vaga, formada sólo de palabras cuyo sentido a medias entendían, o ni siquiera eso, con tan débil seguridad que nadie encontraría diferencia entre lo que uno creía saber y lo que otro ignoraba.

Pero cuando todas las luces de la península se apagaron al mismo tiempo, apagón le llamaron luego en España, negrum en una aldea portuguesa aún inventora de palabras, cuando quinientos ochenta y un mil kilómetros cuadrados de tierras se volvieron invisibles en la faz del mundo, entonces ya no hubo más dudas, había llegado el fin de todo. Menos mal que la extinción total de las luces no duró más de quince minutos, hasta que se completaron las conexiones de emergencia, que ponían en acción recursos energéticos propios, escasos en este momento del año, en pleno verano, agosto pleno, sequía, mengua de albuferas, escasez de centrales térmicas, las nucleares malditas, pero fue verdaderamente el pandemónium peninsular, los diablos sueltos, el miedo frío, el aquelarre, un terremoto no tendría peores efectos morales. Era de noche, o el comienzo, cuando ya la mayoría de la gente se había recogido en sus casas, están unos sentados viendo la televisión, en las cocinas las mujeres preparan la cena, un padre más paciente aclara, inseguro, el problema de aritmética, parece que la felicidad no es mucha, pero pronto se verá cuánto valía, este pavor, esta oscuridad de brea, esta mancha de tinta caída sobre Iberia, No nos quites la luz, Señor, haz que vuelva y te prometo que hasta el fin de mi vida no te pediré otra cosa, eso decían los pecadores arrepentidos, que siempre exageran. Quien vivía en un bajo podía imaginarse dentro de un pozo tapado, quien viviese en un alto, subía aún más y, en muchas leguas a la redonda, no distinguía ni un lucero, era como si la tierra hubiese cambiado de órbita y viajara ahora por un espacio sin sol. Con manos trémulas se encendieron velas en las casas, linternas de pilas, candiles de petróleo guardados para una ocasión, pero no ésta, candelabros de plata fina, los de bronce sólo servían de adorno, palmatorias de latón, olvidados candiles de aceite, luces débiles que poblaron de sombra las sombras y mostraron vagos vislumbres de rostros atemorizados, descompuestos como reflejos en el agua. Muchas mujeres gritaron, muchos hombres se estremecieron, de los niños diremos que están todos llorando. Pasados quince minutos, que, según la frase, parecieron quince siglos, aunque nadie haya vivido tantos siglos como para comparar, volvió la corriente eléctrica, poco a poco, pestañeando, cada lámpara como un ojo somnoliento lanzando a su alrededor turbias miradas, pronta a caer de nuevo en el sueño, al fin soportó la luz que era, y la sustentó.

Media hora después la televisión y la radio recomenzaron a emitir, dieron noticias del acontecimiento, y supimos así que todos los cables de alta tensión entre España y Francia habían estallado, algunas torres cayeron, por imperdonable olvido a ningún ingeniero se le ocurrió desconectar las líneas, ya que era imposible bajarlas. Felizmente el fuego de artificio de los cortocircuitos no causó víctimas, manera egoísta de decir, porque si es verdad que no murieron personas, un lobo al menos no pudo librarse de la fulminación y acabó convertido en carbón ardiente. Pero el estallido de los cables era sólo la mitad de la explicación para la falta de la luz, la otra mitad, pese a la aclaración con palabras premeditadamente confusas, no tardó en resultar inteligible, ayudando cada vecino a su prójimo, Lo que no quieren confesar es que ya no son sólo aquellas brechas en el suelo, si sólo fuera eso no se habrían roto los cables, Entonces, qué crees que ha ocurrido, Pues mira, blanco es y la gallina lo pone, pero esta vez no es huevo, los cables se rompieron porque fueron estirados, y fueron estirados porque las tierras se han separado, y si no es así, que pierda el nombre que llevo, No me digas, Te digo, te digo, ya verás como acaban por confesarlo. Exactamente, pero no lo hicieron hasta el día siguiente, cuando ya eran tantos los rumores que una noticia más, incluso verdadera, no podía aumentar la confusión, pero no lo dijeron todo, ni claramente, apenas, con estas palabras exactas, que una alteración de la estructura geológica de la cordillera pirenaica se había resuelto en falla continua, en solución de continuidad física, interrumpiendo de momento las comunicaciones por vía terrestre, entre Francia y la península, las autoridades siguen atentamente la marcha de la situación, se mantienen las comunicaciones aéreas, todos los aeropuertos están abiertos y en pleno funcionamiento, y se cuenta con que, a partir de mañana, será posible duplicar los vuelos.

Y bien precisos eran. Cuando se hizo patente e inocultable que la Península Ibérica se había separado por completo de Europa, así se iba diciendo, Se ha separado, centenares de miles de turistas, como sabemos era el tiempo de su mayor sazón, abandonaron precipitadamente, y dejando cuentas por pagar, los hoteles, paradores, posadas, hostales y residencias, las casas y apartamentos alquilados, los campamentos, las tiendas, las caravanas, provocando de inmediato gigantescos atascos de tráfico, que se agravaron aún más cuando empezaron a ser abandonados los coches en cualquier parte, tardó esto en ocurrir, pero luego fue como un reguero de pólvora, en general la gente es lenta en darse cuenta y aceptar la gravedad de las situaciones, por ejemplo, esta de que no sirve el auto para nada, dado que estaban cortadas las carreteras que llevaban a Francia. En torno de los aeropuertos, como una inundación, había una masa de coches de todo tamaño, modelo, marca y color, cerrando arracimados calles y accesos, y desorganizando totalmente la vida de las comunidades locales. Españoles y portugueses, rehechos ya del susto del apagón y negrum, asistían al pánico y no le veían la razón, En definitiva hasta ahora no ha muerto nadie, estos extranjeros, en cuanto los sacan de su rutina, pierden la cabeza, ése es el resultado de tanto adelanto como tienen en ciencia y técnica, y después de este juicio condenatorio iban a escoger, entre los automóviles abandonados, el que más satisfacía su gusto y coronaba sus sueños. En los aeropuertos, los mostradores de las compañías aéreas se veían embestidos por la multitud excitada, babel furiosa de gestos y de gritos, se intentaban y practicaban sobornos nunca vistos para lograr pasaje, se vendía todo, se compraba todo, joyas, máquinas, ropas, reservas de droga, negociada ahora a las claras, el coche está ahí fuera, aquí tiene las llaves y los documentos, si no encuentro plaza para Bruselas me voy aunque sea a Estambul, al infierno, ese turista era de los distraídos, estuvo en el pueblo y no vio las casas. Sobrecargados, con las memorias pletóricas, saturadas, los ordenadores vacilaron, se multiplicaron los errores hasta el bloqueo total. Ya no se vendían pasajes, la gente asaltaba los aviones, un espectáculo feroz, los hombres primero porque eran más fuertes, luego las frágiles mujeres y los inocentes niños, no pocos, niños y mujeres, quedaron pisoteados entre la puerta de la terminal y la escalera de acceso, primeras víctimas, y luego segundas y terceras cuando a alguien se le ocurrió abrirse paso empuñando una pistola y fue abatido por la policía. Se trabó un tiroteo, había otras armas entre la multitud y dispararon, no vale la pena decir en qué aeropuerto ocurrió la desgracia, abominable suceso repetido en dos o tres lugares más, aunque con menos graves consecuencias, allí murieron dieciocho personas.

De repente, recordando alguien que también por mar se podía huir, se inició otra carrera de salvación. Refluyeron los fugitivos, otra vez en busca de sus abandonados automóviles, los encontraron algunos, otros no, pero qué importaba eso, si no había llaves, o las llaves no servían, se hacía un puente, quien no sabía hacerlo aprendió, Portugal y España se convirtieron en el paraíso de los ladrones de automóviles. Cuando llegaban a los puertos, iban en busca de lancha o batel que los llevase, o mejor una trainera, un remolcador, un velero, un quechemarín, y así abandonaban sus últimos haberes en la tierra maldita, partían con la ropa que llevaban en el cuerpo o poco más, un pañuelo, sucio ya, un encendedor sin valor ni gas, una corbata que a nadie le había gustado, no está bien que con tanta saña nos aprovechásemos del infortunio ajeno, fuimos como salteadores de la costa despojando a los náufragos. Desembarcaban los pobres donde podían, donde los llevaban, a algunos los dejaron en Ibiza, Mallorca y Menorca, en Formentera o en las islas de Cabrera o Conejera, al azar, se quedaban los desgraciados, por así decirlo, entre Guatemala y Guatepeor, cierto es que las islas hasta ahora no se habían movido, pero quién podrá adivinar lo que pasará mañana, sólidos para la eternidad parecían los Pirineos, y ya ven. Miles y miles fueron a parar a Marruecos, huidos tanto del Algarve como de la costa española, éstos los que estaban por debajo del cabo de Palos, quienes estaban de ahí para arriba preferían que los llevasen directamente a Europa a poder ser, preguntaban así, Cuánto quiere por llevarme a Europa, y el contramaestre fruncía las cejas, hacía una mueca despectiva, miraba al fugitivo calculando sus posibles, Sabe usted, Europa está donde Cristo perdió el poncho, queda en el fin del mundo, y ni valía la pena responderle, Qué exageración, son sólo diez metros de agua, una vez un holandés se atrevió a usar el sofisma, un sueco lo confirmó, y cruelmente les respondieron, Ah, pues si son diez metros vayan a nado, tuvieron que pedir disculpas y pagar el doble. El negocio floreció hasta que, todos de acuerdo, los países establecieron puentes aéreos para el transporte masivo de sus naturales, pero incluso después de esta providencia humanitaria, hubo quien se hizo rico entre la clase marinera y piscatoria, basta recordar que no toda la gente viajera anda en paz con la legalidad, ésos estaban dispuestos a pagar lo que fuese, no tenían otro recurso, pues las fuerzas navales de Portugal y España patrullaban asiduamente las costas, en alerta máxima, bajo la vigilancia discreta de formaciones navales de las potencias.

También hubo turistas que resolvieron no marcharse, aceptaron como una fatalidad irresistible la ruptura geológica, la tomaron como señal imperiosa del destino, y escribieron a las familias, tuvieron al menos esa atención, les dijeron que no pensaran más en ellos, que se les había mudado el mundo, y la vida, no era culpa suya, eran generalmente gentes de voluntad débil, de esas que van aplazando las decisiones, siempre diciendo, mañana, mañana, pero eso no significa que no tengan sueños y deseos, lo malo es morir antes de poder y saber vivir una parte de ellos. Otros actuaron a la callada, eran los desesperados, desaparecieron simplemente, olvidaron y se hicieron olvidar, la verdad es que cualquiera de estos casos humanos daría, él solo, una novela, la historia de lo que conseguirán ser, e, incluso si no llegan a nada, otra nada será, que no se encuentran dos iguales.

Pero hay quien carga sobre sus hombros obligaciones más pesadas, y de ellas no se les permite huir, tanto es así que cuando los negocios de la patria van mal en seguida nos preguntamos, Y éstos qué hacen, están esperando qué, estas impaciencias contienen una gran parte de injusticia, al final, pobrecillos, tampoco pueden escapar del destino, como mucho le piden al presidente que no cuente con ellos, pero no en una situación como ésta, que sería gran ignominia, la historia juzgaría severamente a los hombres públicos que abandonaran ahora, en estos días en que, hablando con propiedad, el agua se lo lleva todo. Cada uno por su lado, en Portugal y en España, los gobiernos leyeron comunicados tranquilizadores, garantizaron formalmente que la situación no autorizaba excesivas preocupaciones, extraño lenguaje, y también están asegurados todos los medios para la salvaguarda de personas y bienes, en fin, fueron a la televisión los jefes de gobierno, y después, para calmar los ánimos inquietos, aparecieron también el rey de allí y el presidente de aquí, Friends, Romans, countrymen, lend me your ears, dijeron, y, portugueses y españoles, reunidos en sus foros, respondieron a la vez, Sí, sí, words words, sólo words. Ante el descontento de la opinión pública, se reunieron en lugar secreto los primeros ministros de los dos países, primero a solas, luego con miembros de los respectivos gobiernos, conjuntamente y por separado, fueron dos días de conversaciones agotadoras, y al fin se decidió constituir una comisión paritaria de crisis, cuyo objeto principal sería coordinar las acciones de la defensa civil de ambos países, en base a facilitar la potenciación mutua de los recursos y medios técnicos y humanos para hacer frente al reto geológico que apartó la península de Europa diez metros, Si esto no va a más, se decían confidencialmente en los pasillos, el caso no será de gravedad extrema, diré incluso que sería una jugarreta para los griegos, un canal mayor que el de Corinto, tan famoso, Con todo, no podemos olvidar que los problemas de nuestra comunicación con Europa, ya tan complejos históricamente, van a resultar muy dañados, Bueno, pues tendemos unos puentes, A mí, lo que me preocupa es la posibilidad de que el canal se ensanche tanto que puedan navegar por él navíos, sobre todo petroleros, sería un rudo golpe para los puertos ibéricos, y las consecuencias tan importantes, mutatis mutandis, claro está, como las que resultaron de la apertura del canal de Suez, es decir el norte de Europa y el sur de Europa dispondrían de una comunicación directa, y quedaría en desuso, por así decirlo, la ruta de El Cabo, Y nosotros nos quedábamos viendo pasar los barcos, comentó un portugués, los otros creyeron haber entendido que los navíos de los que hablaba eran los que fueran pasando por el nuevo canal, sin embargo, sólo nosotros, portugueses, sabemos que son muy otros esos tales barcos, llevan carga de sombras, de anhelos, de frustraciones, de engaños y desengaños, abarrotando las bodegas, Hombre al agua, gritaron, y nadie acudió.

Durante la reunión y como previamente se había acordado, la Comunidad Económica Europea hizo pública una declaración solemne, de cuyos términos se desprendía que la dislocación de los dos países hacia occidente no afectaba los acuerdos en vigor, sobre todo porque se trataba de un alejamiento mínimo, unos metros, si comparamos con la distancia que separa Inglaterra del continente, por no hablar ya de Islandia y Groenlandia, que ya de Europa tienen poco. Esta declaración, objetivamente clara, fue el resultado de un encendido debate en el seno de la comisión, en el que algunos países miembros llegaron a manifestar cierto desprendimiento, palabra entre todas la más exacta, hasta el punto de que llegaron a insinuar que si la Península Ibérica quería marcharse, que se fuera, que el error fue haberla dejado entrar. Naturalmente que todo era un juego, un joke, en estas difíciles reuniones internacionales también la gente debe distraerse, no va a ser todo trabajar, trabajar, pero los comisarios portugués y español repudiaron enérgicamente la actitud poco delicada, provocativa y evidentemente anticomunitaria, citando, cada cual en su lengua, el conocido dicho ibérico, Los amigos son para las ocasiones. También se pidió a la Organización del Tratado del Atlántico Norte una declaración de solidaridad atlantista, pero la respuesta, aunque no negativa, se resumió en una frase impublicable, Wait and see, lo que, por otra parte, no expresaba una completa verdad, considerando que, por si acaso, habían sido puestas en situación de alerta las bases de Beja, Rota, Gibraltar, El Ferrol, Torrejón de Ardoz, Cartagena, San Jorge de Valenzuela, por no hablar de instalaciones menores.

Entonces, la Península Ibérica se movió un poco más, un metro, dos metros, como probando fuerzas. Las cuerdas que servían de testigos, lanzadas de borde a borde, como hacen los bomberos en las paredes que presentan brechas y amenazan venirse abajo, se rompieron como simples cordeles, algunas más sólidas arrancaron de raíz los árboles y los postes a los que estaban atadas. Hubo luego una pausa, se sintió pasar por los aires un gran soplo, como la primera respiración profunda de quien despierta, y la masa de piedra y tierra, cubierta de ciudades, aldeas, ríos, bosques, fábricas, matos bravíos, campos de cultivo, con su gente y sus animales, empezó a moverse, barca que se aleja del puerto y apunta al mar otra vez desconocido.

Este olivo es cordovil, o cordovío, o cordobés, tanto da, que estos tres nombres se usan, sin diferencia, en tierra portuguesa, y a la aceituna que genera, por tamaño y hermosura, la llamaríamos aquí aceituna reina, pero cordobesa no, aunque estamos más cerca de Córdoba que de la frontera del más allá. Parecen pormenores excusados, cosas superfluas, vocalizaciones melismáticas, artificios ornamentales de un canto llano que sueña con alas de música plena, cuando mucho más importaría hablar de estos tres hombres que están sentados bajo el olivo, uno es Pedro Orce, otro Joaquim Sassa, el tercero es José Anaiço, sucesos prodigiosos o deliberadas manipulaciones los habrán reunido en este lugar. Pero decir que es cordovil el olivo servirá, al menos, para observar hasta qué extremos pecaron por omisión, por ejemplo, los evangelistas cuando se limitaron a escribir que Jesús maldijo la higuera, parece que debiera bastarnos la información y no nos basta, no señor, porque, pasados veinte siglos, no sabemos aún si el árbol desgraciado daba higos blancos o negros, tempranillos o tardíos, de capa-rota o gota-de-miel, no es que con esta carencia vaya a padecer la ciencia cristiana, pero la verdad histórica seguro que sufre.

Es cordovil, pues, el olivo, y están sentados tres hombres debajo. Tras los cerros, pero no visible desde aquí, hay una aldea donde Pedro Orce vivió, y por una casualidad, primera de ellas, si lo es, tienen él y ella el mismo nombre, lo que no quita ni pone verosimilitud al cuento, que un hombre puede llamarse Cabeza de Vaca o Maltiempo y no ser carnicero ni meteorólogo. Ya hemos dicho que son azares, y manipulaciones, pero de buena fe.

Están sentados en el suelo, en medio de ellos suena la voz gangosa de una radio que debe de tener ya las pilas cansadas, y lo que está diciendo el locutor es esto, De acuerdo con las últimas mediciones, la velocidad de dislocación de la península se ha estabilizado en unos setecientos cincuenta metros por hora, unos dieciocho kilómetros por día, no parece mucho, pero si hacemos cuentas detalladas, eso quiere decir que cada minuto nos apartamos doce metros y medio de Europa, y aunque debemos evitar caer en alarmismos disolventes, la situación es realmente preocupante, Y todavía lo sería más si dijeses que cada segundo son dos centímetros y pico, comentó José Anaiço que, aunque rápido en cálculo mental, no puede llegar a décimas y centésimas, Joaquim Sassa le pidió que se callara, quería oír al locutor, y valía la pena, Según informaciones recién llegadas a nuestra redacción, ha aparecido una gran brecha entre La Línea y Gibraltar, razón por la que se prevé, teniendo en cuenta las consecuencias hasta ahora irreversibles de las fracturas, que el Peñón se va a quedar aislado en medio del mar, y si esto acontece no culpemos a los británicos, la culpa, sí, la tenemos nosotros, la tiene España, por no haber sabido recuperar a tiempo ese pedazo sagrado de patria, ahora es tarde, él mismo nos abandona, Este hombre es un artista de la palabra, dijo Pedro Orce, pero el locutor había cambiado ya de tono, dominando la emoción, El gabinete del primer ministro de la Gran Bretaña distribuyó una nota en la que el gobierno de Su Majestad Británica reafirma lo que llama sus derechos sobre Gibraltar, confirmados ahora por el hecho indiscutible de que The Rock esté separándose de España, con lo que quedan unilateral y definitivamente suspendidas todas las negociaciones dirigidas a una eventual, aunque problemática, transferencia de soberanía, Tampoco ahora acaba el imperio británico, dijo José Anaiço, En declaración ante el Parlamento, la oposición de Su Majestad exigió que el futuro lado norte de la nueva isla sea rápidamente fortificado a fin de que la roca sea, en todo su perímetro, un bastión inexpugnable, orgullosamente aislado en medio del Atlántico ahora ampliado, como símbolo del inmortal poder de Albión, Están locos, murmuró Pedro Orce, mirando las alturas de la sierra de Sagra ante él, Por su parte, el gobierno, intentando reducir el impacto político de la reivindicación, respondió que Gibraltar, en las nuevas condiciones geoestratégicas, seguirá siendo una de las joyas de la corona de Su Majestad Británica, fórmula que, como la Carta Magna, tiene la magna virtud de satisfacer a todos, de este final irónico es responsable el locutor, que se despidió, Volveremos a dar noticias, salvo imprevisto, dentro de una hora. Una bandada de estorninos pasó como un tifón sobre la colina árida, vruuuuuu, Son los tuyos, preguntó Joaquim Sassa, e, incluso sin mirar, José Anaiço respondió, Son los míos, tiene la obligación de saberlo, desde aquel primer día, en los verdes campos de Ribatejo, casi no se habían separado, sólo para comer y dormir, el hombre no se alimenta de gusanos o granos perdidos, el pájaro duerme en los árboles, sin sábanas. La bandada dio una amplia vuelta, estremecida, las alas vibrantes, los picos bebiendo el aire y el sol, y el azul, las pocas nubes, blancas y acastilladas, navegan en el espacio como galeones, los hombres, éstos y todos los demás, miran estas cosas diversas y, como de costumbre, no acaban de entenderlas.

No fue para oír, en buena compaña, una radio de pilas para lo que, llegados de tan diferentes lugares, aquí se juntaron Pedro Orce, Joaquim Sassa y José Anaiço. Sabemos desde hace tres minutos que Pedro Orce vive en la aldea oculta tras estos accidentes, sabíamos desde el principio que Joaquim Sassa vino de una playa del norte de Portugal, y José Anaiço, ahora lo sabemos a ciencia cierta, por los campos de Ribatejo andaba paseando cuando tropezó con los estorninos, y lo habríamos sabido de inmediato si hubiésemos prestado atención suficiente a los pormenores del paisaje. Falta ahora saber cómo se encontraron los tres y por qué andan clandestinos por aquí, bajo un olivo, el único del lugar, entre raros y confusos árboles enanos que se agarran al suelo blanco, el sol reverbera en toda la llanura, el aire se estremece, es el calor andaluz, pese a estar en medio de un ruedo de montañas cobramos conciencia repentina de estas materialidades, entramos en el mundo real, o fue él quien nos echó abajo la puerta.

Pensándolo bien, no hay un principio para las cosas y para las personas, todo lo que un día comenzó había comenzado antes, la historia de esta hoja de papel, tomemos el ejemplo más próximo de las manos, para que sea verdadera y completa tendría que ir remontándose hasta los principios del mundo, aposta se ha usado el plural en vez del singular, y aun así dudemos, que esos primeros principios no fueron sólo puntos de paso, rampas de caída, pobre cabeza nuestra, sujeta a tales tirones, admirable cabeza pese a todo, que por todas las razones es capaz de enloquecer menos por ésa.

No hay, pues, principio, pero hubo un momento en que Joaquim Sassa salió de donde estaba, playa del norte de Portugal, tal vez Afife, la de las piedras enigmáticas, tal vez A-ver-o-Mar, mejor ésta, porque tiene el más perfecto nombre de playa que se pueda imaginar, poetas y novelistas de libros no serían capaces de inventar uno así. De allí vino Joaquim Sassa por haber oído que un tal Pedro Orce de España sentía temblar el suelo bajo sus pies cuando el suelo no temblaba, es muy natural curiosidad de quien tiró una piedra pesada al mar con fuerza que no tenía, sobre todo cuando se está arrancando la península de Europa sin conmoción ni dolor, como un pelo que silenciosamente cae, por simple voluntad de Dios, a lo que dicen. Se echó al camino, en su Dos Caballos viejo, no se despidió de la familia doloridamente, que familia no tiene, y tampoco dio cuenta al jefe de la oficina donde trabaja. Es tiempo de vacaciones, puede ir y volver sin licencia, ahora ya ni pasaporte exigen en la frontera, se enseña sólo el carnet de identidad y es nuestra la península. Sobre el asiento, al lado, lleva la radio de pilas, se distrae oyendo música, el parloteo de los locutores, suave y adormecedor como una canción de cuna acústica, irritante de súbito, eso era en los tiempos normales, ahora el éter está surcado por palabras febriles, las noticias que llegan de los Pirineos, el éxodo, el paso del mar Rojo, la retirada de Napoleón. Aquí, en las carreteras del interior, el tráfico es escaso, nada comparable a lo del Algarve, aquella confusión y convulsión, y en Lisboa, en las autopistas del sur y del norte, el aeropuerto de Portela más bien parece una plaza sitiada, un asalto de hormigas, limaduras de hierro atraídas por el imán. Joaquim Sassa va tranquilamente, por los sombreados caminos de la Beira, lleva como destino una aldea llamada Orce, en la provincia de Granada, país de España, donde vive el tal hombre de quien se ha hablado en televisión, Voy a saber si existe alguna relación entre lo que me ocurrió a mí y eso de sentir la tierra temblando bajo los pies, uno se pone a pensar, junta las cosas todas entre sí, casi siempre se equivoca, a veces acierta, una piedra tirada al mar, el suelo que tiembla, una cordillera que se abre. Joaquim Sassa va también entre montañas, aunque no se pueden comparar éstas con las de aquellos titanes, pero de repente se inquieta, Y si ocurriera lo mismo aquí, que se abriera la sierra de Estrela, que se hundiera el Mondego en las profundidades, los chopos otoñales sin espejo en el que mirarse, el pensamiento se le ha vuelto poético, ya pasó el peligro.

En este momento se interrumpe la música, el locutor lee noticias, no varían mucho, la única novedad, aunque relativa, procede de Londres, el primer ministro ha acudido a la Cámara de los Comunes para afirmar, categóricamente, que la soberanía británica sobre Gibraltar no admitía discusión, cualquiera que fuese la distancia que separa la Península Ibérica de Europa, a lo que el leader de la oposición añadió una formal garantía, esto es, La más leal colaboración de nuestros escaños y de nuestro partido en este gran momento histórico que vivimos, pero añadió a su discurso una cierta ironía que hizo reír a los diputados, El señor primer ministro ha incurrido en un error grave al llamar península a aquello que es hoy ya, sin duda alguna, isla, aunque sin la firmeza de la nuestra, of course. Los diputados de la mayoría aplaudieron la conclusión y cambiaron sonrisas complacientes con los adversarios, para unir a los políticos no hay nada como el interés de la patria, verdad incontrovertible. Joaquim Sassa sonrió también, Qué teatro, y de repente se le cortó la respiración, el locutor había dicho su nombre, Se ruega a don Joaquim Sassa, de viaje por alguna parte del país, repetimos, se ruega a don Joaquim Sassa, por favor, lo pedían por favor, que se presente urgentemente ante el gobernador civil más próximo del lugar donde se encuentre, a fin de colaborar con las autoridades en el esclarecimiento de las causas de la ruptura geológica sobrevenida en los Pirineos, pues las autoridades competentes tienen la convicción de que dicho señor Sassa dispone de información de interés nacional, repetimos el llamamiento, Se ruega a don Joaquim Sassa, pero el señor Sassa no escuchaba ya, tuvo que parar el coche para recobrar la serenidad, la sangre fría, con las manos temblándole de modo que ni conducir podía, los oídos zumbándole como una caracola. Vaya por Dios, y cómo se habrán enterado de lo de la piedra, en la playa no había nadie, al menos que yo viera, y no he hablado del asunto, que me tomarían por mentiroso, seguro que había alguien observándome, pero quién se va a fijar en uno que tira piedras al agua, pues ya ve, en mí se fijaron, mala suerte, y luego sabemos lo que pasa, uno se lo dice al otro y añade éste lo que imaginó y no llegó a ver, cuando esta historia llegó a oídos de las autoridades ya la piedra debería de ser de mi tamaño, por lo menos, y ahora qué voy a hacer. No iba a responder a la llamada, no se presentaría a ningún gobernador civil ni militar, imagínense qué conversación tan absurda, el despacho cerrado, la grabadora grabando, Señor Sassa, usted tiró una piedra al mar, Sí, la tiré, Y cuánto supone que pesaría, No sé, tal vez dos o tres kilos, O más, Sí, podían ser más, Aquí tiene unas piedras, pruebe con ellas y dígame cuál se aproxima en peso a la piedra que tiró, Ésta, Vamos a pesarla, así, bien, pues haga el favor de comprobarlo con sus propios ojos, No pensé que fuese tanto, cinco kilos y seiscientos gramos, Dígame ahora, le ha ocurrido alguna vez un caso parecido a éste, Nunca, Está seguro, Absolutamente, No sufre perturbaciones mentales o nerviosas, epilepsia, sonambulismo, trances de diverso tipo, No señor, Y en su familia, hay o hubo casos semejantes, No señor, Luego haremos un electroencefalograma, intente ahora hacer fuerza en este aparato, aquí, Qué es, Un dinamómetro, haga toda la fuerza que pueda, No puedo más, Sólo esto, Nunca fui hombre de mucha musculatura, Señor Sassa, usted no puede haber tirado aquella piedra, Lo mismo digo yo, pero la tiré, Sabemos que la tiró, hay testigos, gente de toda confianza, por eso tiene que decirnos cómo lo consiguió, Se lo he explicado ya, iba por la playa, vi la piedra, la levanté y la tiré, No puede ser, Los testigos lo han confirmado, Es verdad, pero los testigos no pueden saber de dónde le vino esa fuerza, usted sí debe saberlo, Le he dicho ya que no lo sé, La situación, señor Sassa, es muy grave, aún más, gravísima, la ruptura de los Pirineos no se explica por causas naturales, de ser así estaríamos metidos en una catástrofe planetaria, y a partir de esa evidencia hemos empezado a investigar casos insólitos ocurridos en estos últimos días, el suyo es uno de ellos, Dudo que tirar una piedra al mar pueda ser causa de que se rompa un continente, No quiero entrar en vanas filosofías, pero respóndame si ve alguna relación entre el hecho de que un mono haya bajado de un árbol hace veinte millones de años y la fabricación de una bomba nuclear, La relación es, precisamente, esos veinte millones de años, Buena respuesta, pero imaginemos ahora que es posible reducir a horas el tiempo entre una causa, que en este caso sería el lanzamiento de esa piedra, y un efecto, que es la separación de Europa, en otras palabras, imaginemos que, en condiciones normales, esa piedra tirada al mar no produce efectos hasta dentro de veinte millones de años, pero que, en otras circunstancias, precisamente las de la anormalidad que estamos investigando, el efecto se comprueba al cabo de pocas horas, o días, Es pura especulación, la causa puede ser otra, O un conjunto concomitante de ellas, Entonces va a tener que investigar otros casos insólitos, Es lo que estamos haciendo, y los españoles también, como el del hombre que siente temblar la tierra, Por ese camino, después de examinar los casos insólitos, tendrán que pasar a los casos sólitos, Casos qué, Sólitos, Qué quiere decir esa palabra, Sólito es lo contrario de insólito, es su antónimo, Pasaremos de los insólitos a los sólitos si es preciso, tenemos que descubrir la causa, Van a tener mucho que examinar, Estamos empezando, dígame de dónde sacó su fuerza. Joaquim Sassa no respondió, hizo enmudecer la imaginación, porque el diálogo amenazaba con volverse circular, ahora tendría que repetir, No lo sé, y el resto sería igual, con algunas variantes, pero mínimas, sobre todo formales, pero ahí precisamente debería andar con más cautela, porque, como se sabe, por la forma se llega al fondo, por el continente al contenido, por el sonido de la palabra a su significado.

Puso a Dos Caballos en movimiento, al paso, si tal se puede decir de un automóvil, quería pensar, precisaba pensar maduramente. Había dejado de ser un viajero vulgar camino de una frontera, hombre común sin cualidades ni importancia, ahora no, probablemente en este momento estarían imprimiendo carteles con su retrato, y los datos personales, Wanted en grandes letras rojas, la caza del hombre. Miró el retrovisor y vio un coche de la policía de carreteras, venía tan rápido que parecía quererle entrar por la ventana trasera, Me han visto, dijo, y aceleró pero corrigió de inmediato, sin frenar, todo innecesario, el coche de la policía pasó en tromba, debía de ir a algún servicio determinado, ni lo miraron, no podían adivinar los apresurados policías quién iba allí, Dos Caballos hay muchos, parece una contradicción matemática, pero no lo es. Joaquim Sassa volvió a mirar el retrovisor, ahora para verse a sí mismo, reconocer el alivio en sus ojos, para poco más daba el espejo, un pedacito de rostro, así es difícil saber a quién pertenece, a Joaquim Sassa, ya lo sabemos, pero Joaquim Sassa quién es, un hombre aún joven, tendrá treinta y tantos años, más cerca de los cuarenta que de los treinta, llega un día que no se puede evitar, cejas negras, ojos castaños a la portuguesa, nítida la línea de la nariz, son facciones realmente comunes, sabremos más de él cuando se vuelva hacia nosotros. No obstante, pensó, es sólo una llamada de la radio, lo peor va a ser en la frontera, y para colmo, este apellido mío, Sassa, hoy me convenía ser un Sousa cualquiera, como el otro de Collado de Perthus, un día miró en el diccionario si la palabra existía, Sassa, no Sousa, y qué significaba, se enteró de que era un árbol corpulento de Nubia, lindo nombre, de mujer, Nubia, está junto al Sudán, África Oriental, página noventa y tres del atlas, Y esta noche, dónde voy a dormir, en un hotel ni soñarlo, están siempre con la radio puesta, a estas horas ya toda la hostelería portuguesa debe de andar con el ojo encima de quienes piden habitación para una sola noche, refugio de perseguidos, es fácil imaginar la escena, Bien, sí señor, tenemos un excelente cuarto libre, en el segundo piso, el doscientos uno, Pimenta, acompaña al señor Sassa, y cuando se hubiese echado a descansar, vestido aún, el gerente, nerviosísimo, al teléfono, Aquí tengo al tipo ese, vengan en seguida.

Paró a Dos Caballos en el arcén, salió a desentumecer las piernas y a refrescar el pensamiento, que sin embargo no supo ser buen consejero al proponerle una irregularidad, Te quedas en una ciudad más populosa, que tiene de esas comodidades, buscas una casa de putas, pasas la noche con una, ahí no te van a pedir carnet de identidad, con tal de que pagues, y si no te apetece recrear la carne, con las preocupaciones, al menos podrás dormir, hasta es posible que te resulte más barato que el hotel,

Absurdo, respondió Joaquim Sassa a la propuesta, la solución va a ser dormir en el coche, ahí en un camino apartado, Y si aparecen unos vagabundos, unos bergantes, o gitanos, si te atracan y te roban, si te matan, Estas tierras son tranquilas, Y si viene un incendiario de oficio o de manía y pega fuego a los pinares, estamos en tiempo de incendios, te quedas cercado por las llamas y mueres abrasado, que ha de ser la peor de las muertes, según he oído decir, recuerda los mártires de la Inquisición, Absurdo, volvió a decir Joaquim Sassa, está decidido, duermo en el coche, y se calló su pensamiento, se calla siempre cuando la voluntad es firme. Todavía era temprano, podía recorrer cuarenta o cincuenta kilómetros más por esas sinuosas carreteras, acamparía cerca de Tomar, o de Santarem, en uno de esos caminos de tierra que dan acceso a los cultivos, con rodadas profundas que fueron de carros de bueyes y son hoy de tractores, de noche nadie pasa, en cualquier lado se puede esconder a Dos Caballos, Hasta puedo dormir a la intemperie, con el calor que hace, a esta idea no responde el pensamiento, pero la desaprueba.

No paró en Tomar, no llegó a Santarem, cenó de incógnito en una villa a las orillas del Tajo, la gente del campo es curiosa de natural, pero no hasta el punto de preguntarle a un viajero a quemarropa, Oiga, cómo se llama, si se demorara por aquí, entonces sí, en poco tiempo le averiguarían la vida pasada y el destino futuro. Estaba puesta la televisión mientras Joaquim Sassa cenaba, vio el final de una película sobre la vida submarina, con cardúmenes de pez menudo, rayas ondulantes y morenas sinuosas, y un ancla antigua, luego empezaron los anuncios, unos de montaje percutidor, rápidos, otros sabiamente lentos, con una voluptuosidad hecha de experiencia, las voces eran de niños que gritaban mucho, de adolescentes inseguras de tono, o de mujeres un poco roncas, todos los hombres de barítono y viriles, en los fondillos de la casa ronca un puerco, criado con el agua de lavar los platos y los restos de la comida. Al fin dieron las noticias y Joaquim Sassa se estremeció, estaba perdido si mostraban una foto suya. Leyeron la llamada, pero no apareció la foto, a fin de cuentas no andaban buscando a un criminal, sólo se le pedía, con mucha insistencia y buenos modos, que diera señal de vida, sirviendo así a los supremos intereses nacionales, ningún patriota digno de este nombre se hurtaría al cumplimiento de un deber tan simple, presentarse a la autoridad para declarar. Había otras tres personas en el comedor, un matrimonio de edad y, en otra mesa, el típico hombre de quien siempre se dice, Debe de ser un viajante.

La charla se interrumpió cuando se oyeron las primeras noticias de los Pirineos, el cerdo seguía roncando pero nadie lo oía, y, todo esto en un solo instante, el dueño de la casa se subió a una silla para dar más volumen, la chica que servía las mesas se quedó parada con los ojos muy abiertos, los clientes dejaron cuidadosamente los cubiertos junto al plato, no era para menos, en la pantalla se veía un helicóptero, filmado desde otro helicóptero, entrando ambos por el terrible canal para mostrar las paredes altísimas, tan altas que apenas se veía el cielo allá arriba, una cintita azul, Qué barbaridad, hasta mareo da, dijo la chica, y el patrón, Cállate, mostraban ahora, a la luz de los proyectores, la garganta abierta, así debió de ser la entrada al infierno griego, pero donde debería ladrar Cerbero gruñe un puerco, las mitologías no son ya lo que eran. Estas dramáticas imágenes, recitaba el locutor, tomadas con auténtico riesgo de vida, la voz se volvió pastosa, engolada, los dos helicópteros se transformaron en cuatro, fantasmas de fantasmas, Maldita antena, rezongó el amo del restaurante.

Cuando sonido e imagen se estabilizaron y fueron de nuevo inteligibles, los helicópteros habían desaparecido y el locutor leía la conocida llamada, ampliada ahora en general, Se ruega también a todos aquellos que sepan de casos extraños, de fenómenos inexplicables, de señales dudosas, que avisen de inmediato a las autoridades más próximas. Entonces, viéndose así directamente interpelada, la muchacha recordó lo que allí habían dicho de un cabrito que nació con cinco patas, cuatro negras y una blanca, pero el patrón contestó, Eso fue ya hace meses, tonta, cabritos con cinco patas y pollos con dos cabezas es de lo más frecuente, otra cosa es lo de los estorninos del maestro, Qué maestro y qué estorninos, preguntó Joaquim Sassa, El maestro del pueblo, se llama José Anaiço, desde hace días para dondequiera que vaya, va una bandada de estorninos, doscientos por lo menos, O más, corrigió el viajante, esta misma mañana los vi al llegar, andaban volando por encima de la escuela, y armaban tanto barullo de alas y gritos que era un fenómeno. Habló en este momento el señor de edad, Creo que tendríamos que informar al alcalde del caso ese de los estorninos, vamos, digo yo, Ya lo sabe, dijo el dueño, Lo sabe, pero no junta una cosa con otra, el culo y los calzones, si me permiten expresarme así, Y qué vamos a hacer,

Mañana vamos a hablar con él, por la mañana, vale la pena que hablen de nosotros en la tele, es bueno para el comercio y la industria, Pero queda entre nosotros el secreto, no se le dice a nadie, Y dónde vive el maestro ese, preguntó Joaquim Sassa como quien no quiere la cosa, por eso el patrón, distraído, no pudo evitar que la chica se fuera de la lengua, En una casa justo al lado de la escuela, es la casa de los maestros, de noche hay luz en la ventana hasta muy tarde, y parecía haber cierta melancolía en la voz. Irritado, el dueño del restaurante le echó una bronca a la pobre camarera, Cállate de una vez, imbécil, vete a ver si el guarro tiene hambre, orden absurda entre las absurdas porque los cerdos a esta hora no comen, en general duermen, si éste tanto protesta quizá sea de ansias e inquietudes, también por esas caballerizas y cercados relinchan las yeguas y mueven la cabeza nerviosas, desasosegadas, y, de impaciencia, baten con las herraduras en los cantos rodados del suelo, despedazan la paja, Será la luna, es el diagnóstico del mayoral.

Joaquim Sassa pagó la cena, dio las buenas noches, dejó propina generosa en recompensa por la información que le había dado la muchacha, seguro que es el patrón quien se la mete en el bolsillo, por despecho ocasional, no porque sea su costumbre, la bondad de las personas no es mejor de lo que ellas son, también está sujeta a eclipses y contradicciones, raramente es constante, y éste es el caso de la moza, echada a gritos y que, al no poder dar de comer a un puerco que no tiene hambre, le acaricia el testuz entre los ojos, la palabra es castellana, pero se usa aquí porque falta en portugués. Es hermosa la noche, Dos Caballos descansa entre los plátanos, refrescando las ruedas entre el agua que fluye, perdida, de la fuente, y Joaquim Sassa lo deja allí, va a pie en busca de la escuela y la ventana iluminada, la gente no consigue esconder sus secretos aunque con palabras los quieran guardar, una súbita estridencia las denuncia, el súbito apagarse de una vocal los revela, cualquier espectador con experiencia de la voz y de la vida percibiría en seguida que la chica de la taberna está enamorada. La villa es sólo una aldea grande, en menos de media hora se va de lado a lado de las casas, pero no tendrá que andar tanto Joaquim Sassa, preguntó dónde estaba la escuela a un chiquillo que pasaba, no podía encontrar guía mejor, Va usted por esa calle, y al llegar a una plaza donde está la iglesia, coja a la izquierda, luego, recto siempre, no hay problemas, se ve la escuela inmediatamente, Y el maestro vive allí, Vive, sí señor, hay luz en la ventana, pero no había señal de amor en estas palabras, probablemente el chiquillo no es buen estudiante y la escuela es su primer purgatorio de pecador, pero la voz se le puso alegre de repente, no hay rencor en un niño, es lo que los salva, Y allí están los estorninos, nunca están callados, si no deja pronto los estudios, podrá aprender a componer las frases sin repetir tan seguidas las formas verbales.

Hay aún alguna claridad en medio del cielo, la otra mitad no se ha oscurecido del todo, el aire es azul como si estuviera amaneciendo. Pero en las casas ya están encendidas las luces, se oyen voces tranquilas, de gente cansada, el llanto discreto en el regazo, realmente la gente es muy inconsciente, la lanzan en una balsa al mar y siguen con sus vidas como si estuviesen en tierra firme para toda la eternidad, parloteando igual que Moisés cuando bajaba por el Nilo en su cestita de mimbre, jugando con las mariposas, con tanta suerte que no lo vieron los cocodrilos. En el fondo de una calle estrecha, entre muros, está la escuela, si Joaquim Sassa no estuviera avisado creería que era una casa como las otras, de noche todas son pardas, algunas también lo son de día, mientras tanto ha oscurecido, pero todavía tardarán un poco en encenderse los faroles de la calle.

Para no desmentir a la chiquilla enamorada y al muchachito de sentimientos reservados, la ventana tiene luz, y a ella llamó con los nudillos Joaquim Sassa, ahora los estorninos no arman tanto barullo, están acomodándose para la noche, con las disputas de costumbre, querellas de vecindad, pero pronto acaban aquietándose bajo las grandes hojas de la higuera en que se instalaron, invisibles, negros en medio de la oscuridad, más tarde saldrá la luna, entonces despertarán algunos tocados por los blancos dedos y se quedarán dormidos otra vez, no adivinan que van a tener que viajar hasta tan lejos. Desde dentro de la casa una voz de hombre preguntó, Quién es, y Joaquim Sassa respondió, Por favor, mágicas palabras que sustituyen toda identificación formal, el lenguaje está lleno de estos y otros enigmas aún más difíciles. Se abrió la ventana, no es fácil ver a quien vive en esta casa, así a contraluz, pero, en compensación, el rostro de Joaquim Sassa aparece completo, de algunos de sus rasgos hablamos antes, el resto no desentona, pelo castaño oscuro, liso, rostro magro, nariz muy común, los labios parecen gruesos sólo cuando habla, Perdone que venga a molestarle a estas horas, No es tarde, dijo el maestro, pero tuvo que elevar la voz porque los estorninos, sobresaltados, levantaron un coro de protesta o alarma, Precisamente de ellos me gustaría hablarle, De ellos, de quiénes, De los estorninos, Ah, Y de una piedra que tiré al mar, mucho más pesada de lo que podían mis fuerzas, Cómo se llama, Joaquim Sassa, Ese de quien hablan por la radio y la televisión, El mismo, Entre.

De piedras y estorninos hablaron, ahora hablan de decisiones tomadas. Están en el patio trasero de la casa, José Anaiço sentado en el poyo de la puerta, Joaquim Sassa en una silla porque es la visita, y estando José Anaiço de espaldas a la cocina, de donde viene la luz, seguimos sin saber qué facciones son las suyas, parece como si se escondiera este hombre, y no es tal, cuántas veces ocurre que nos mostramos como quien somos y no vale la pena, no había allí nadie para vernos. José Anaiço echó un poco más de vino blanco en los vasos, lo beben a temperatura ambiente, como en opinión de los entendidos debe beberse, sin los artificios modernos de refrigeración, pero en este caso es sólo porque en la casa del maestro no hay frigorífico, Es suficiente, dijo Joaquim Sassa, con el tinto de la cena me he pasado, Éste es para brindar por el viaje, respondió José Anaiço, y sonreía, se le veían los dientes muy blancos, hecho que conviene registrar, Que vaya yo en busca de Pedro Orce, aún se entiende, porque estoy de vacaciones, sin nada especial que hacer, También yo, y más largas, hasta principios de octubre, cuando empiecen las clases, Yo vivo solo, Y solo vivo yo también, No era mi intención venir aquí a tentarlo para que me acompañara, ni lo conocía, Soy yo quien le pide que me deje acompañarlo, si me deja un lugar en el coche, pero ya se lo ha dejado, y no puede volverse atrás, Imagine el alboroto que se va a armar cuando noten su ausencia, son capaces de llamar a la policía a primera hora, van a pensar que está muerto y enterrado, ahorcado en una rama, o que lo han tirado al río, que lo he tirado yo, claro, es de mí de quien van a sospechar, el desconocido de la misteriosa fuerza que vino de lo ignoto, hizo preguntas y desapareció, todo está en los libros, Dejaré una nota en la puerta del ayuntamiento diciendo que tuve que marchar inesperadamente a Lisboa, espero que a nadie se le ocurra preguntar en la estación si he comprado billete.

Durante unos momentos se quedaron callados, luego José Anaiço se levantó, dio unos pasos hacia la higuera mientras bebía el resto del vino, los estorninos no paraban de cantar y removerse, unos habían despertado con la charla de los dos hombres, otros quizá soñaban en voz alta aquella terrible pesadilla de su especie que es creerse volando, pájaro solitario perdido de la bandada, en una atmósfera que resiste y frena el batir de alas como si fuese agua, lo mismo les pasa a los hombres cuando la voluntad en sueños les manda que corran y no pueden. Saldremos una hora antes del amanecer, dijo José Anaiço, ahora hay que irse a dormir, y Joaquim Sassa se levantó de la silla, Me quedo en el coche, vendré a buscarlo de madrugada, Por qué no duerme aquí, sólo tengo una cama pero es ancha, cabemos los dos. El cielo estaba alto, punteado de estrellas que parecían cercanas como si estuviesen colgadas de hilos invisibles, polvo de cristal, velo de leche nevada, y las grandes constelaciones refulgían dramáticamente, Boyero, las dos Osas, sobre los rostros alzados de los dos hombres caía una llovizna fría hecha de cristalitos de luz que se pegaban a la piel, se quedaban prendidos en el pelo, no era la primera vez que tal fenómeno se producía, de repente se callaron todos los murmullos de la noche, sobre los árboles apareció el primer albor de la luna, ahora tendrán que apagarse las estrellas. Entonces Joaquim Sassa dijo, Con una noche así puedo dormir bajo la higuera, si me deja una manta, Le haré compañía. Amontonaron y ahuecaron luego unos haces de paja como lechos, igual que se hace para el ganado, tendieron las mantas, se tumbaron sobre una parte y se cubrieron con la otra. Los estorninos acechaban desde las ramas atentos a los bultos, Quién será ése, debajo del árbol y en las ramas todo el mundo está despierto, con una luna así va a tener el sueño que batallar mucho. Sube la luna, sube de prisa, la copa redonda de la higuera se transforma en un laberinto negro y blanco, y José Anaiço dice, Estas sombras no están como estaban, Se ha movido la península tan poco, unos metros, el efecto no puede haber sido grande, observó Joaquim Sassa, feliz por haber entendido el comentario, Se movió, y eso basta para que las sombras sean diferentes, hay ahí ramas en las que toca por primera vez a esta hora la luz de la luna. Pasaron unos minutos, los estorninos empezaban a sosegarse, y José Anaiço murmuró, con voz al fin quebrada por el sueño, cada palabra a la espera o en busca de la siguiente, Un día, Don Juan Segundo, nuestro rey, perfecto de apellido y a mi ver humorista perfecto, le dio a un hidalgo una isla imaginaria, dígame si sabe de otro país donde pudiera haber ocurrido una historia así, Y el

73

hidalgo, qué hizo el hidalgo, se echó al mar a buscarla, me gustaría saber cómo se puede dar con una isla imaginaria, A tanto no llega mi ciencia, pero ésta es otra isla, la ibérica, que era península y dejó de serlo, la veo como si, con humor igual, hubiese decidido lanzarse mar adentro en busca de los hombres imaginarios, Es bonita la frase, poética, Pues en mi vida he hecho un verso, Bueno, si todos los hombres fueran poetas dejarían de escribirse versos, También esa frase tiene su intríngulis, Hemos bebido demasiado, Creo que sí. Silencio, quietud, suavidad infinita, y Joaquim Sassa murmuró, como si ya soñase, Qué harán mañana los estorninos, se quedarán o vendrán con nosotros, Cuando salgamos lo sabremos, siempre es así, dijo José Anaiço, la luna está perdida entre las ramas de la higuera, pasará toda la noche buscando la salida.

Aún no clareaba cuando Joaquim Sassa se levantó de su lecho de paja triga para ir en busca de Dos Caballos, que se había quedado descansando bajo los plátanos de la plaza, justo al lado de la fuente. Para que no los viera juntos algún madrugador matutino, de esos que abundan en tierras agrícolas, decidieron encontrarse a la salida del pueblo, lejos de las últimas casas. José Anaiço iría por caminos desviados, atajos y precipicios, pegado a las sombras, Joaquim Sassa, aunque discretamente, por la carretera de todos, es un viajante que ni debe ni teme, salió temprano para gozar la fresca de la mañana y aprovechar el día, los turistas matinales son así, en el fondo problemáticos e inquietos, sufren con la inevitable brevedad de las vidas, acostarse tarde y levantarse temprano, salud no da, pero alarga el vivir. Dos Caballos tiene un motor discreto, el arranque es de seda, sólo lo oyeron los raros habitantes insomnes, y ésos pensaron que dormían y soñaban, ahora apenas se nota, en la quieta madrugada, el rumor regular de una bomba hidráulica. Joaquim Sassa salió del pueblo, dobló la primera curva, la segunda, luego detuvo a Dos Caballos y esperó.

En la profundidad plateada del olivar los troncos empezaban a percibirse, había en el aire un vaho húmedo e impreciso, como si la mañana estuviera saliendo de un pozo de agua neblinosa, y ahora canta un pájaro, o es ilusión auditiva, ni las calandrias cantan tan pronto. Pasó el tiempo y Joaquim Sassa empezó a pensar, A ver si se ha arrepentido y no viene, pero no me parece hombre para tal cosa, habrá tenido que dar una vuelta mayor de lo que pensaba, eso habrá sido, y también cuenta la maleta, la maleta pesa, cómo no se me ocurrió, podría habérmela traído en el coche. Entonces, entre los olivos, José Anaiço apareció rodeado de estorninos, un frenesí de alas como un redoble, gritos estridentes, quien dijo doscientos es poco aritmético, esto me recuerda un enjambre de abejas negras, grandes, pero a la memoria de Joaquim Sassa acudieron, sí, los pájaros de Hitchcock, filme clásico, aunque aquéllos eran malvados asesinos. José Anaiço se acercó al coche con su corona de aladas criaturas, viene riendo, tal vez por eso parezca más joven que Joaquim Sassa, es bien sabido que la gravedad carga el rostro, tiene los dientes muy blancos, como desde la noche pasada sabemos, y en el conjunto de la cara ningún rasgo sobresale de manera particular, pero hay cierta armonía en las mejillas hundidas, nadie tiene obligación de ser bonito, Metió la maleta en el coche, se sentó al lado de Joaquim Sassa y, antes de cerrar la puerta, miró afuera, para ver los estorninos, Vámonos, quería saber qué iban a hacer, y ya ve, Si tuviéramos una escopeta, con dos cartuchos de perdigones hacía una matanza, Es cazador, No, sólo hablo por lo que he oído decir, Pues no tenemos la escopeta, Tal vez haya otra solución, pongo a toda marcha a Dos Caballos y los dejo atrás, el estornino es ave de poco vuelo y huelgo corto, Pruébelo. Dos Caballos cambió de velocidad, aceleró en una recta prolongada, y, aprovechando el terreno llano, dejó atrás rápidamente a los estorninos. El alba empezaba a teñirse rosa pálido y rosa vivo, eran colores caídos del cielo, y el aire se volvió azul, el aire, decimos bien, no el cielo, como pudimos observar al anochecer, estas horas son muy iguales, una en el inicio, otra en el final. Joaquim Sassa apagó los faros, disminuyó la marcha, sabe que Dos Caballos no vino al mundo para mucho galope, le falta pedigrí, además, dónde queda ya su mocedad, y la mansedumbre del motor es renuncia filosófica, nada más, Bueno, se han acabado los estorninos, eso fue lo que dijo José Anaiço, pero se le percibía un tono de pena en la voz.

Dos horas después, en tierras del Alentejo, pararon para comer algo, tomaron café con leche, pastas secas con canela, luego volvieron al coche debatiendo sus preocupaciones, Lo peor no es que no me dejen entrar en España, lo peor será que me detengan, No te acusan de ningún crimen, Inventarán cualquier pretexto, me detienen para hacer averiguaciones, No te preocupes, de aquí a la frontera ya encontraremos un modo de que pases, éste fue el diálogo, que de nada sirve para una mejor inteligencia de la historia, quizá sólo está aquí para que nos demos cuenta de que Joaquim Sassa y José Anaiço ya se tutean, deben de haberlo acordado en el camino, Y si nos tuteáramos, dijo uno, y el otro estuvo de acuerdo, En eso precisamente venía pensando. Estaba Joaquim Sassa abriendo la puerta del coche cuando reaparecieron los estorninos, aquella enorme nube, más que nunca como un enjambre volando en torbellino, y zumbaban de modo ensordecedor, se les notaba furiosos, la gente, aquí abajo, se quedaba con la nariz en alto, apuntando al cielo, alguien aseguró, Nunca en mi vida he visto tanto pájaro junto, por la edad que aparentaba no debían faltarle esta y otras experiencias, Son más de mil, añadió, y tiene razón, por lo menos fueron mil doscientos cincuenta los convocados en esta ocasión. Nos han alcanzado, dijo Joaquim Sassa, pero les pegamos otro estirón y acabamos con ellos de una vez. José Anaiço miraba a los estorninos que volaban en círculo amplio, triunfantes, los miraba con expresión atenta, concentrada, Vamos lentamente, a partir de ahora vamos a ir despacio, Por qué, No sé, es un presentimiento, por algún motivo estos pájaros no nos sueltan, A ti no te sueltan, De acuerdo, y por eso puedo pedirte que vayamos lentamente, quién sabe lo que puede pasar.

Atravesar el Alentejo por este brasero, bajo un cielo más blanco que azul, entre rastrojos que refulgen, con espaciadas encinas en la tierra desnuda y haces de paja por recoger, bajo el incesante chirrido de las cigarras, daría para una historia completa, quizá más rigurosa que la otra, contada a su tiempo. Cierto es que durante kilómetros y kilómetros de carretera no se ve bulto humano, pero las mieses han sido segadas, el cereal trillado, y tantos trabajos requirieron hombres y mujeres, por esta vez no sabremos de unos y de otras, muy verdadero es el nuevo dicho, Quien contó un cuento, si no cuenta otro quedará mal. El calor es inmenso, sofoca, pero Dos Caballos no tiene prisa, se da el gustazo de pararse en las sombras, entonces salen José Anaiço y Joaquim Sassa a echar una mirada al horizonte, esperan el tiempo necesario, por fin vienen, única nube en el cielo, estas paradas no serían precisas si los estorninos supieran volar en línea recta, pero, siendo tantos, y tantas sus voluntades, hasta gregariamente reunidas, no se pueden evitar dispersiones y distracciones, unos quisieran posarse, otros beber agua o catar frutos, en cuanto prevalece la opinión de un discrepante se perturba el conjunto y se confunde el itinerario. Por el camino, además de los milanos, solitarios cazadores, y de otras aves de menor congregación, se vieron pájaros de la misma especie, pero no se juntaron a la compañía, tal vez por no ser negros, sino pintos, o porque sus vidas tienen otro destino. José Anaiço y Joaquim Sassa entraban en el coche, Dos Caballos se lanzaba carretera adelante, y así, andando y parándose, parándose y andando, llegaron a la frontera. Entonces dijo Joaquim Sassa, Y si no me dejan pasar, Tú sigue, a ver si los estorninos nos echan una mano.

Como en esas historias de hadas, embrujos y andantes caballeros, o en las otras no menos admirables aventuras homéricas en las que, por prodigalidad del fabulador o manía de los dioses y demás potencias accesorias, todo podía ocurrir al revés de la repetición de costumbre, de no natural manera, se dio aquí el caso de parar Joaquim Sassa y José Anaiço en la garita de policía, puesto fronterizo en el lenguaje técnico, y sabe Dios con qué ansiedad en el alma estaban presentando sus documentos de identidad, cuando, de repente, como violento chaparrón o huracán irresistible, picaron desde las alturas los estorninos, negro meteoro, cuerpos que eran relámpagos, silbando, chillando y, a la altura de los tejados bajos, se dispersaron en todas direcciones, igual que un torbellino enloquecido, los policías medrosos se cubrían con los brazos, corrían a refugiarse, resultado, Joaquim Sassa salió del coche para coger los documentos que la autoridad había dejado caer, nadie reparó en la irregularidad aduanera, y ya está, por tantos caminos como atraviesa la gente clandestina y nunca había ocurrido nada así, Hitchcock aplaude en la platea, son aplausos de un maestro en la materia. La excelencia del método se comprobó inmediatamente, quedando demostrado que la policía española, tanto como la portuguesa, aprecia estas suertes de ornitología general y estornino negro. Los viajeros pasaron sin la menor dificultad pero en el terreno quedaron unas decenas de pájaros, pues en la aduana de los vecinos había una escopeta cargada, hasta un ciego sería capaz de acertar, bastaba tirar al buen tuntún, y ésta fue una inútil mortandad, porque en España, como sabemos, nadie busca a Joaquim Sassa. Mala cosa es que así hayan procedido carabineros andaluces, que los estorninos eran portugueses de nación, nacidos y criados en tierras de Ribatejo, y acabaron muriendo tan lejos, al menos tengan esos despiadados guardias el detalle de invitar a la fritada a sus colegas del Alentejo, en ambiente de saludable convivencia y camaradería de armas.

Ya van por las tierras del otro lado los viajeros, con su dosel de pájaros acompañantes, camino de Granada y alrededores, y tendrán que pedir ayuda en las encrucijadas, pues el mapa que los lleva no indica el pueblo de Orce, notable falta de sensibilidad de los diseñadores topógrafos, seguro que de su tierra no se olvidaron, en el futuro recuerden el vejamen que significa que una persona consulte el mapa para ver si está allí el lugar donde vino al mundo y encuentre un espacio en blanco, vacío, así han surgido gravísimos problemas de identidad personal y nacional. Por la carretera pasan los Seat, los Pegaso, se reconocen en seguida por el habla y por la matrícula, y los pueblos que Dos Caballos atraviesa tienen aquel aire adormecido que dicen que es propio de las tierras del sur, indolentes les llaman las tribus del norte, son desprecios fáciles y soberbias de casta de quien nunca tuvo que trabajar con este sol sobre las espaldas. Pero verdad es que hay diferencias de un mundo a otro, todos saben que en Marte los hombres son verdes, mientras que en la Tierra los hay de todos los colores menos ése.

De un habitante del norte no oiríamos lo que vamos a oír, si nos paramos a preguntar a aquel hombre que va allí, a horcajadas en un burro, qué piensa del extraordinario caso de haberse separado de Europa la Península Ibérica, tirará del ronzal, Sooo, y responderá sin morderse la lengua, Todo esto es una payasada. Roque Lozano juzga por las apariencias, con ellas forma una razón que es suya y buena de entender, contémplese la serenidad bucólica de estos campos, la paz del cielo, el equilibrio de las piedras, las sierras Morena y Aracena igualitas desde que nacieron, o, si no tanto, desde que nacimos nosotros, Pero la televisión mostró que los Pirineos se abrieron como una sandía, argumentamos usando una metáfora al alcance de la comprensión del rústico, No me fío de la televisión si no lo veo con mis propios ojos, estos que se comerá la tierra, no me fío, responde Roque Lozano sin desmontar, Y qué va a hacer, Dejé a la familia ocupándose de las cosas y voy a ver si es verdad, Con sus ojos que la tierra se comerá, Con estos ojos míos que la tierra todavía no se ha comido, Y espera llegar hasta allí en burro, Cuando él no pueda conmigo, iremos a pie los dos, Cómo se llama el burro, Un burro no se llama, le llaman, Entonces cómo llama a su burro, Platero, Y van de viaje, Platero y yo, Puede decirnos hacia dónde queda Orce, No señor, no lo sé, Parece que es pasada Granada, Ah, pues entonces les queda mucho que andar, y ahora adiós, señores portugueses, mucho mayor es mi jornada y voy en burro, Es probable que cuando llegue ya no vea Europa, Si no la veo es porque nunca ha existido. En definitiva, tiene entera razón Roque Lozano, que para que las cosas existan son necesarias dos condiciones, que el hombre las vea y que les ponga nombre.

Joaquim Sassa y José Anaiço durmieron en Aracena, repitiendo lo hecho por Don Alfonso III, nuestro rey, cuando la conquistó a los moros, pero duró lo que un suspiro, sol de poco durar, era la noche de los tiempos. Los estorninos se dispersaron por algunos árboles, porque, siendo tantos, no pudieron quedarse juntos, en majada, como suelen. En el hotel, acostados ya, cada uno en su cama, José Anaiço y Joaquim Sassa conversan sobre las amenazadoras imágenes y palabras que han visto y oído en la televisión, que está en peligro Venecia, y lo mostraban patentemente, la plaza de San Marcos anegada sin ser época de acqua alta, una sábana líquida y lisa en la que se reflejaban, hasta el ínfimo pormenor, el campanile y el frontis de la basílica, A medida que la Península Ibérica se va alejando, decía el locutor con voz pausada y grave, se intensificará el efecto destructor de las mareas, se prevén grandes perjuicios en toda la cuenca mediterránea, cuna de civilizaciones, es preciso salvar Venecia, se apela a la humanidad, hagan una bomba de hidrógeno menos, hagan un submarino nuclear menos, si es que aún estamos a tiempo. Joaquim Sassa estaba como Roque Lozano, nunca había visto la perla del Adriático, pero José Anaiço podía garantizar su existencia, cierto es que no le había puesto nombre y apellidos, pero la había visto con sus ojos vivos, la había tocado con sus manos vivas, Qué gran desgracia, si se pierde Venecia, dijo, y estas palabras angustiadas impresionaron a Joaquim Sassa más que la agitación del agua en los canales, las tumultuosas corrientes, el avance de las mareas en los bajos de los palacios, los muelles inundados, la impresión irremediable de ver una ciudad entera hundiéndose, incomparable Atlántida, catedral sumergida, los mori, ojos ciegos del agua, batiendo en la campana con los martillos de bronce mientras las algas y los caramujos no paralicen los engranajes, líquidos ecos, el Cristo Pantocrátor de la basílica en teológica conversación con los dioses marinos subalternos de Jove, el Neptuno romano, el Poseidón griego, y, vueltas a las aguas de que nacieron, Venus y Anfítrite, sólo para el dios de los cristianos no hay mujer. Quién sabe si no es mía la culpa, murmuró

Joaquim Sassa, No te valores tanto, considerándote culpable de todo, Me refiero a Venecia, a que se pierda Venecia, De perderse Venecia la culpa será de todos, y antigua, por abandono y lucro ya se perdía, No hablo de esas causas, por ellas se pierde el mundo todo, hablo de lo que hice, tiré una piedra al mar, y hay quien cree que ésa fue la razón para que se apartara la península de Europa, Si un día tienes un hijo, él morirá porque tú naciste, de ese crimen nadie te absolverá, las manos que hacen y tejen son las mismas que deshacen y destejen, de la certeza sale el error, el error produce la certeza, Flaco consuelo para un triste, No hay consuelo, amigo triste, el hombre es un animal inconsolable.

Quizá José Anaiço, que fue el de la sentencia, tenga razón, tal vez el hombre sea ese animal que no puede, o no sabe, o no quiere ser consolado, pero ciertos actos suyos, sin más sentido que parecer que no lo tienen, sustentan la esperanza de que el hombre vendrá un día a llorar en el hombro del hombre, probablemente cuando sea demasiado tarde, cuando ya no haya tiempo para otra cosa. De uno de estos actos habló la televisión en el mismo telediario, y mañana hablarán los diarios con detalles y testimonios de historiadores, críticos y poetas, fue el caso que desembarcó de ocultis, en Francia, en una playa cerca de Collioure, un comando civil y literario de españoles que, por la callada de la noche, sin miedo del pío de la lechuza ni de los ectoplasmas, asaltaron el cementerio donde muchos años atrás fue enterrado Antonio Machado. Despertaron los gendarmes, advertidos por algún noctívago, y persiguieron a los ladrones de cementerios, pero no pudieron alcanzarlos. El saco con los restos fue lanzado a una lancha que esperaba en la playa con el motor trabajando mansamente, y en cinco minutos estaba la nave pirata en alta mar, los gendarmes, desde la arena, disparaban al aire, sólo para desahogar el aburrimiento, no porque pensaran que les hacían maldita falta aquellos líricos huesos. Hablando para France-Presse, el alcalde de Collioure intentó desacreditar la proeza, insinuando incluso que nadie podría asegurar que aquellos restos mortales fueran los de Antonio Machado, al cabo de tanto tiempo, no vale la pena averiguar cuántos son los años que han pasado, sólo por un improbable olvido de la administración todavía se encontrarían allí, y eso contando con la benevolencia particular con que son tratados los huesos de los poetas.

El periodista, hombre muy vivido, y tan poco escéptico que ni francés parecía, opinó, por su cuenta, que el culto de las reliquias sólo precisa objeto adecuado, la autenticidad es lo de menos, y para la verosimilitud no se exige más que una pacífica semejanza, véase la catedral de Valencia, donde en tiempos se incrementaba la fe con este prolijo relicario, a saber, el cáliz que sirvió a Nuestro Señor en la última cena, la camisa que de niño vistió, unas gotas de leche de Nuestra Señora, algunos de sus cabellos, rubios, y el peine que los peinaba, y también astillas de la Vera Cruz, un trozo indefinible de uno de los Santos Inocentes, dos de aquellos treinta denarios, de plata al fin, con que Judas se dejó comprar sin culpa propia y, cerrando la lista, un diente de San Cristóbal, con cuatro dedos de ancho y tres de largo, dimensiones indudablemente excesivas pero que sólo sorprenderán a quien no tenga noticia de la gigante naturaleza del santo.

Adónde irán los españoles a enterrar ahora al poeta Machado, preguntó Joaquim Sassa, que nunca lo había leído, y José Anaiço respondió, Si, pese a los desvaríos del mundo y descrédito de la fortuna, cada cosa tiene su lugar y cada lugar reclama la cosa que le corresponde, la cosa que es hoy Antonio Machado será enterrada en cualquier lugar de los campos de Soria, bajo un árbol de esos que en castellano llaman encina, y nosotros, portugueses, azinheira, sin cruz ni losa, sólo un montículo de tierra que ya ni tendrá que imitar la forma de un cuerpo tendido, con el tiempo bajará la tierra a la tierra y será igual todo, Y nosotros, portugueses, qué poeta tenemos que ir a buscar a Francia, si es que por allí se nos quedó alguno, Que yo sepa, sólo Mário de Sá-Carneiro, pero con éste no vale la pena de intentarlo, primero porque no querría venir, segundo porque los cementerios de París son lugares bien guardados, tercero porque tantos años después de su muerte, la administración de la capital no se permitiría cometer los errores de una comuna de provincia que, además, tiene la disculpa de ser mediterránea, Aparte de eso, de qué iba a servir sacarlo de un cementerio para meterlo en otro, si en Portugal no está permitido enterrar los muertos fuera de sitio, al aire libre, Ni sus huesos se quedarían quietos si los dejáramos a la sombra de un olivo en el parque Eduardo VII, Todavía habrá olivos en el parque Eduardo VII, Buena pregunta, pero no te sé responder, y ahora vamos a dormir, que mañana tenemos que ir en busca de Pedro Orce, el hombre de la tierra trémula. Apagaron la luz, se quedaron con los ojos abiertos en espera del sueño, pero, antes de que llegase, Joaquim Sassa preguntó aún, Y a Venecia, qué le podrá ocurrir, Mira, amigo, la más fácil de las cosas difíciles del mundo sería salvar Venecia, bastaba cerrar la laguna, ligar las islas entre sí para que el mar no pueda entrar a sus anchas, si los italianos no fueran capaces de hacer el trabajo solos, que llamen a los holandeses, que es gente para poner Venecia en seco en un decir amén, Deberíamos ayudarles, tenemos responsabilidades, Nosotros ya no somos europeos, ahora bien, esto no es enteramente verdad, De momento todavía están en aguas territoriales, dijo la voz desconocida.

Por la mañana, mientras pagaban la cuenta, estuvo el gerente desahogando preocupaciones, el hotel casi vacío en plena temporada alta, una pena, Joaquim Sassa y José Anaiço, abismados en sus cosas, ni habían notado la escasez de huéspedes, Y las grutas, nadie viene ya a ver las grutas, repetía consternado el hotelero, el que no viniera gente a ver las grutas era la peor de las catástrofes. En la calle era grande el alborozo, la juventud de Aracena nunca había visto tantos estorninos juntos, incluso durante sus paseos instructivos por el campo, pero poco duró el sabor de la novedad, apenas el Dos Caballos portugués se puso en movimiento, rumbo a Sevilla, los estorninos alzaron el vuelo como un solo pájaro, dieron dos vueltas de despedida o reconocimiento de horizontes y desaparecieron tras el castillo de los templarios. La mañana es luminosa, podría tocarse con los dedos, y el día promete menos ardores que el de ayer, pero el viaje es largo, De aquí a Granada hay más de trescientos kilómetros, y luego tenemos que buscar Orce, ojalá no sea en vano y encontremos al hombre, esto dijo José Anaiço, no encontrar al hombre era una posibilidad que sólo ahora se le había ocurrido, Y cuando lo encontremos, qué vamos a decirle, ahora le tocaba dudar a Joaquim Sassa. De pronto, por iluminación del día nuevo o por efecto de la noche mala consejera, todos estos episodios les parecían absurdos, no podía ser verdad que se partiera un continente porque alguien tirara una piedra al mar, aunque fuese la piedra mayor que las fuerzas que la lanzaron, pero la verdad incontrovertible era que la piedra fue lanzada y empezó a partirse el continente, y un español dice que nota que tiembla la tierra, y una bandada de pájaros enloquecidos no deja en paz a un maestro portugués, y sabe Dios qué más cosas habrán acontecido o estarán aconteciendo por esta península adelante, Le hablaremos de tu piedra y de mis estorninos y él nos hablará de la tierra que tembló o que aún tiembla, Y luego, Luego, si no hay nada más que ver, sentir y saber, nos volvemos a casa, tú a tu trabajo, yo a la escuela, como si todo hubiera sido un sueño, y a propósito todavía no me has dicho a qué te dedicas, Soy funcionario, También yo soy funcionario, soy maestro. Se echaron a reír los dos, y Dos Caballos, providente, anunció en su indicador que andaba corto de gasolina. Se reabastecieron en la primera gasolinera que encontraron, pero tuvieron que esperar más de media hora, pues la fila de automóviles se extendía a lo largo de la carretera, y todo el mundo quería llenar el depósito. Volvieron al camino, Joaquim Sassa ahora inquieto, Andan acaparando gasolina, pronto cerrarán las gasolineras, y después, Con esto había que contar, la gasolina es un producto sensible, volátil, cuando hay crisis es el primero que da la alarma general, hace años hubo una situación de embargo de suministros, no sé si te acuerdas o si oíste hablar de eso, fue el caos, estoy viendo que ni a Orce vamos a llegar, No seas pesimista, Nací así.

Atravesaron Sevilla sin parar, aunque los estorninos sí se demoraron un poco celebrando a la Giralda, que nunca la habían visto. Si fueran sólo media docena, podrían haber formado una corona de ángeles negros para la estatua de la Fe, pero tantos millares, al caer sobre ella en alud, la convirtieron en figura indefinible que tanto podía ser lo que era como su contrario, el emblema del Descreimiento. Duró poco la metamorfosis, por ese dédalo de calles corre ya José Anaiço, sigámoslo, nación alada. Por el camino, Dos Caballos fue bebiendo donde podía, algunas gasolineras exhibían el cartel de agotada, pero los empleados decían, Mañana, éstos son de la especie de los optimistas, o quizá, simplemente, habrían aprendido la regla del bien vivir. A los estorninos no les faltaba agua, gracias a Dios, que más cuidados tiene Nuestro Señor con los pájaros que con los humanos, ahí están los afluentes del Guadalquivir, las marismas, los embalses, más agua de la que podrían beber picos tan pequeños en toda la historia del mundo. Va ya mediada la tarde cuando llegan a Granada, jadea Dos Caballos, trémulo por el esfuerzo, mientras Joaquim Sassa y José Anaiço van de pesquisa, es como si llevaran carta real de navegación y fuese hora de abrirla, ahora sabremos dónde nos espera el destino.

En la oficina de turismo, una empleada les preguntó si eran arqueólogos o antropólogos portugueses, lo de que eran portugueses se notaba en seguida, pero antropólogos o arqueólogos, por qué, Porque a Orce, generalmente, sólo va gente así, hace años descubrieron allí cerca, en Venta Micena, al europeo más antiguo de que hay registro, Un europeo entero, preguntó José Anaiço, Sólo un cráneo, pero viejo, con edad entre un millón trescientos mil años y un millón cuatrocientos mil, Y es seguro que se trata de un hombre, quiso saber sutilmente Joaquim Sassa, a lo que María Dolores respondió con una sonrisa de complicidad, Cuando se encuentran vestigios humanos antiguos, son siempre hombres, el Hombre de Cromagnon, el Hombre de Neanderthal, el Hombre de Steinhem, el Hombre de Swanscombe, el Hombre de Pekín, el Hombre de Heidelberg, el Hombre de Java, en aquel tiempo no había mujeres, Eva no había sido creada aún, luego quedó de criada para siempre, Es usted irónica, No, soy antropóloga de formación y feminista por irritación, Pues nosotros somos periodistas y queremos entrevistar a un tal Pedro Orce, el que sintió que la tierra temblaba, Y cómo llegó tal noticia a Portugal, A Portugal llega todo, y nosotros llegamos a todas partes, este trozo de diálogo fue todo con José Anaiço, que es hombre de respuesta pronta, será de tanto tener que lidiar con los alumnos. Joaquim Sassa se había apartado un poco para ver los carteles con fotografías del Patio de los Leones, de los Jardines del Generalife, de las estatuas yacentes de los Reyes Católicos, mirando se preguntaba a sí mismo si valdría la pena ver las cosas verdaderas tras haber visto su imagen. Con este filosofar sobre las percepciones de lo real se perdió Joaquim Sassa el resto de la conversación, qué habría dicho José Anaiço para que María Dolores se riera así, tan divertida, si Dolores no hubiera convertido su nombre en Lola cada una de sus carcajadas sería un escándalo. Lola ya no mostraba sombra de irritación feminista, quizá porque este Hombre de Ribatejo era algo más que una mandíbula, diente molar y tapa de los sesos, y por haber prueba abundante de que hay mujeres en este tiempo en que vivimos. María Dolores, que es empleada de turismo por no tener empleo de antropóloga, traza en el mapa de José Anaiço la carretera que falta, señala con un punto negro la población de Orce, la de Venta Micena al lado, ahora los viajeros pueden seguir, la sibila de la encrucijada ya les indicó el camino, Es como un desierto lunar, pero en sus ojos se lee la pena por no poder ir también, practicar su ciencia en compañía de los periodistas portugueses, principalmente con aquel más discreto que se alejó un poco para ver los carteles, cuántas veces nos ha enseñado la experiencia de la vida que no debemos juzgar por las apariencias, como está juzgando ahora el propio Joaquim Sassa, error suyo, su modestia, Si nos quedáramos aquí un tiempo, te ligabas a la antropóloga, vamos a perdonarle la vulgaridad de la expresión, los hombres, cuando están juntos, tienen de estas conversaciones groseras y José Anaiço, presuntuoso pero equivocado también, respondió, Quién sabe.

Este mundo, no nos cansamos de repetirlo, es una comedia de engaños. Otra prueba de esta verdad es que se le haya dado el nombre de Hombre de Orce a un hueso que encontraron, no precisamente en Orce, sino en Venta Micena, que daría un hermoso nombre para la paleontología, si no fuese por esa otra palabra, Venta, signo y señal de comercio grosero y pobre. Es extraño el destino de las palabras. Si Micena no fue nombre de mujer, por no haber podido ser antes de hombre, como aquella célebre gallega que en Portugal dio nombre a la Villa de Golegâ, tal vez a estos remotísimos parajes hubieran llegado unos griegos de Micenas, huidos de la locura de los Átridas, en algún sitio tendrían que replantar el topónimo patrio, y tocó aquí, mucho más lejos que Cerbère, en el corazón del infierno, y nunca tan lejos como ahora, que vamos navegando. Aunque mucho os cueste creerlo.

En estos lugares tuvo el diablo su primera morada, fueron sus pezuñas las que quemaron el suelo y luego calcinaron las cenizas, entre montañas que entonces se horrorizaron y el miedo las dejó así hasta hoy, desierto final donde el propio Cristo se habría dejado tentar si del mismo diablo no conociese las mañas, conforme pudo aprender en el texto bíblico. Joaquim Sassa y José Anaiço miran, qué, el paisaje, pero esta dulce palabra pertenece a otros mundos, a otras lenguas, no se puede llamar paisaje a lo que los ojos ven aquí, hemos dicho morada del infierno y de eso mismo dudamos, que en parajes condenados lo más seguro es encontrar también hombres y mujeres, con las bestias que les hacen compañía mientras llega la hora de matarlos y vivir de ellos, entre fragas y plagas, en este destierro es donde debe haber escrito el poeta que nunca fue a Granada. Éstas son tierras de Orce, que habrán bebido mucha sangre de moriscos y cristianos, también en la noche de los tiempos, de qué sirve hablar de los que murieron hace tantos años, si es la tierra la que está muerta, por sí misma sepultada.

En Orce encontraron los viajeros a Pedro Orce, de profesión farmacéutico, mayor de lo que en su imaginación se lo habían representado, si en tal pensaron, pero no tanto como su millonario antepasado, suponiendo que sea correcto usar medida de dinero para referirla al tiempo, teniendo en cuenta que el uno no compra al otro y éste altera el valor de aquél. Pedro Orce no apareció en televisión, no sabíamos pues que el hombre pasaba de los sesenta, magro de cara y cuerpo, de pelo casi todo blanco, si la sobriedad de su gusto no rechazara el artificio, podría componer, conociendo como conocía el poder de las manipulaciones químicas, tintes morenos y rubios, a elegir, en el secreto del laboratorio. Cuando Joaquim Sassa y José Anaiço entran por su puerta, está llenando cápsulas con quinina en polvo, arcaica medicina que desprecia las altas concentraciones de los fármacos modernos, pero que, por sabio instinto, preserva el efecto psicológico de una deglución difícil, luego mágicamente eficaz. En Orce, que es lugar de paso inevitable hacia Venta Micena, y pasado ya el alboroto de excavaciones y descubiertas, los viajeros son raros, el cráneo del antepasado más viejo ni sabemos dónde está, en algún museo de por ahí a la espera de título y vitrina, en general el cliente en tránsito compra aspirinas, antidiarreicos o pastillas digestivas, los del pueblo morirán quizá de la primera enfermedad, así nunca se va a enriquecer el farmacéutico. Pedro Orce acabó de cerrar las obleas, parece obra de prestidigitación, humedecidas las partes que servirán de tapa se comprimen las dos placas de latón, agujereadas, y queda aviada la receta, una cápsula de quinina, hecho lo cual preguntó qué deseaban los señores, Somos portugueses, innecesaria afirmación, basta oírlos hablar para descubrir que lo son, pero, en fin, es humana costumbre declarar lo que somos antes de decir a qué venimos, mayormente en casos de tanta importancia, viajar cientos de kilómetros sólo para preguntar, aunque no con estas dramáticas palabras, Pedro Orce, juras por tu honor y por el hueso encontrado que sentiste temblar la tierra cuando todos los sismógrafos de Sevilla y Granada trazaban con aguja firme la línea más recta que se haya visto jamás, y Pedro Orce alzó la mano y dijo, con la sencillez de los justos y verdaderos, Juro. Nos gustaría hablar con usted en privado, añadió Joaquim Sassa a la declaración de nacionalidad, y luego, no habiendo más gente en la farmacia, relataron los acontecimientos personales y comunes, la piedra, los estorninos, el paso de la frontera, de la piedra no podían presentar pruebas, pero en cuanto a los pájaros era sólo asomarse a la puerta y mirar, ahí está, en esta plaza, o en la otra de al lado, el infalible ayuntamiento, todos los habitantes cabeza arriba, pasmados ante el raro espectáculo, ahora desaparecen los volátiles, bajaron sobre el castillo de las Siete Torres, árabe. Es preferible no hablar aquí, dijo Pedro Orce, métanse en el coche y salgan del pueblo, Hacia qué lado, Sigan recto, en dirección a María, anden luego tres kilómetros pasadas las últimas casas, allí encontrarán un puente pequeño, cerca de un olivar, espérenme en el olivar, llegaré pronto, a Joaquim Sassa le pareció que revivía su propia vida, cuando esperó a José Anaiço tras las últimas casas, hace dos días, era de madrugada.

Están sentados en el suelo, bajo un olivo cordovil, el que, según la copla popular, hace el aceite amarillo, como si no fuese amarillo el otro, alguno apenas verdeado, y la primera palabra de José Anaiço, que no la puede reprimir, Estos lugares meten miedo, y Pedro Orce respondió, En Venta Micena es mucho peor, allí nací yo, ambigüedad formal que tanto significa lo que parece como su exacto contrario, dependiendo más del lector que de la lectura, aunque ésta en todo dependa de aquél, por eso nos es tan difícil saber quién lee lo que fue leído y cómo quedó lo que fue leído por quien leyó, no piense Pedro Orce que la maldad de la tierra depende de haber nacido él allí. Luego, entrando ya en materia, hablaron largamente de sus experiencias de discóbolo, pajarero y sismólogo, y, en conclusión, decidieron que todos los casos estaban vinculados entre sí y entre sí siguen ligados, tanto más cuanto que Pedro Orce afirma que la tierra no ha dejado de temblar, Ahora mismo la siento, y tendió la mano en gesto demostrativo. Movidos por la curiosidad, José Anaiço y Joaquim Sassa tocaron la mano que seguía tendida, y sintieron, oh sin ninguna duda sintieron, el temblor, la vibración, el zumbido, poco importa que algún escéptico insinúe que es el temblor natural de la edad, ni Pedro Orce es tan viejo, ni confundibles son tembleques y temblores, aunque lo atestigüen diccionarios.

Un observador que mirara de lejos imaginaría que los tres hombres juraron un compromiso cualquiera, es cierto que en un momento determinado las manos se estrecharon, nada más. Alrededor las piedras multiplican el calor, la tierra blanca ofusca, el cielo es la boca de un horno soplando ardores, incluso debajo de este olivo cordovil, a la sombra. Las aceitunas apenas apuntan, a salvo por ahora de la voracidad de los estorninos, dejen que llegue diciembre y ya verán qué razia, pero siendo único el olivo, no deben los estorninos frecuentar estos parajes. Joaquim Sassa puso la radio porque de repente ninguno de los tres supo qué decir, no es raro, se conocen desde hace poco, se oye la voz del locutor, gangosa por fatiga profesional y desgaste de las pilas, De acuerdo con las últimas mediciones, la velocidad de desplazamiento de la península se ha estabilizado en torno a los setecientos cincuenta metros por hora, los tres hombres se quedaron escuchando, Según noticias recién llegadas a nuestra redacción, ha aparecido una gran falla entre La Línea y Gibraltar, y siguió hablando, hablando, volveremos a dar noticias, salvo imprevisto, dentro de una hora, justamente pasaron entonces de rasada los estorninos, vruuuuuuuu, y Joaquim Sassa preguntó, Son los tuyos, no necesitó José Anaiço mirar para responder, Son los míos, para él es fácil conocerlos, Sherlock Holmes diría, Elemental, querido Watson, no hay bandada que se le compare por esta zona, y tiene razón, que raras son las aves en el infierno, sólo las nocturnas, y éstas por tradición.

Pedro Orce acompaña el vuelo de la bandada, primero sin más interés que el de una curiosidad bien educada, luego se le iluminan los ojos de cielo azul y nubes blancas y, no pudiendo contener las súbitas palabras, propone, Y si fuésemos a la costa a ver pasar el peñón. Parece esto un absurdo, un contrasentido, pero no lo es, también cuando vamos en tren creemos ver pasar los árboles y están agarrados a tierra por las raíces, ahora no vamos en tren, vamos más despacio sobre una balsa de piedra que navega en el mar, sin nada que la ate, la diferencia es sólo la que existe entre lo sólido y lo líquido. Cuántas veces precisamos la vida entera para cambiar de vida, lo pensamos tanto, tomamos impulso y vacilamos, después volvemos al principio, pensamos y pensamos, nos movemos en los carriles del tiempo con un movimiento circular, como los remolinos que atraviesan los campos levantando polvo, hojas secas, insignificancias, que a más no llegan sus fuerzas, mejor sería que viviéramos en tierra de tifones. Otras veces es una palabra cuanto basta, Vamos a ver pasar la roca, y se pusieron inmediatamente en pie, dispuestos a la aventura, ni sienten ya el ardor del aire, como chiquillos en libertad que bajan la cuesta a la carrera, riendo. Dos Caballos es una brasa, en un minuto están los tres hombres empapados en sudor, pero apenas reparan en la incomodidad, también fue de estas tierras del sur de donde salieron los hombres a descubrir el otro mundo, y también ellos, duros, feroces, sudando como caballos, avanzaban dentro de sus corazas de hierro, yelmos de hierro en la cabeza, espadas de hierro en la mano, contra la desnudez de los indios, sólo vestidos de plumas de ave y acuarelas, idílica imagen.

No volvieron a cruzar el pueblo, mucho daría que pensar el que pasara Pedro Orce en automóvil con dos extraños, o va raptado o van de conspiración los tres, lo mejor será avisar a la policía, pero un viejo de los viejos de Orce diría, No queremos aquí guardia civil. Fueron por otras carreteras, por caminos que no conoce el mapa común, quien nos falta es la esfinge de la oficina de turismo, para trazar la ruta de estas nuevas descubiertas, esfinge fue y no sibila, que nunca éstas se vieron en encrucijadas, aunque peninsulares unas y otras. Dijo Pedro Orce, Les voy a enseñar primero Venta Micena, mi tierra natal, le salió la frase como quien de sí mismo se burla o de propósito carga donde le duele. Pasaron por una aldea en ruinas llamada Fuente Nueva, si fuente hubo aquí hace ya tiempo que envejeció y se secó, y en una curva amplia del camino, Ahí es.

Los ojos miran, y por ver tan poco buscan lo que sin duda falta y no lo encuentran. Allí, preguntó José Anaiço, razón tiene de dudar, que las casas son raras y dispersas, se confunden con el color del suelo, una torre de iglesia caída, un cementerio inconfundible aquí a la vera de la carretera, cruz y muros blancos. Bajo el sol volcánico, las tierras ondulan como un mar petrificado cubierto de polvo, si esto ya era así hace un millón cuatrocientos mil años no es preciso ser paleontólogo para jurar que el Hombre de Orce murió de sed, pero esos tiempos eran la juventud del mundo, el arroyo que allá lejos corre sería entonces ancho y generoso río, habría grandes árboles, herbazales más altos que un hombre, todo eso aconteció antes de que colocaran aquí el infierno. En la estación venidera, cuando empiece a llover, algún verdor se extenderá por estos campos cenicientos, ahora las márgenes bajas son lo único cultivado, y aun así difícilmente, que se resecan y mueren las plantas, luego renacen y viven, el hombre es quien aún no ha conseguido aprender cómo se repiten los ciclos, con él es una vez para nunca más. Pedro Orce hace un gesto que abarca la mísera aldea, Ya no existe la casa donde nací, y luego, indicando a la izquierda, en dirección a unas colinas de tope raso, Es la cueva de los Rosales, allí encontraron los huesos del Hombre de Orce. Joaquim Sassa y José Anaiço miraban el paisaje lívido, hace un millón cuatrocientos mil años vivieron aquí hombres y mujeres que hicieron hombres y mujeres, destino, fatalidad, hasta hoy, dentro de un millón cuatrocientos mil años alguien vendrá a hacer excavaciones en este cementerio pobre, y como hay ya un Hombre de Orce, quizá entonces se dé lo suyo a su dueño y se llame Hombre de Venta Micena el cráneo hallado. No pasa nadie, no se oye ladrar un perro, los estorninos han desaparecido, un largo escalofrío recorre la espalda de Joaquim Sassa, que no consigue dominar el malestar, y José Anaiço pregunta, Cómo se llama aquella sierra de allí al fondo, Es la sierra de Sagra, Y ésta, a la derecha, Es la sierra de María, Cuando el Hombre de Orce murió, ésta sería la última imagen que sus ojos retuvieron, Cómo llamaría él a estos montes cuando hablaba con los otros hombres de Orce, los que no dejaron cráneos, preguntó Joaquim Sassa, En aquel tiempo todavía nada tenía nombre, dijo José Anaiço, Cómo se puede mirar una cosa sin ponerle nombre, Hay que esperar a que el nombre nazca. Se quedaron los tres mirando, sin más palabras, por fin Pedro Orce dijo, Vamos, era tiempo de dejar el pasado entregado a su inquieta paz.

Para entretener el viaje, Pedro Orce repitió el relato de las aventuras que había vivido, añadió pormenores, los científicos llegaron hasta el punto de conectarlo, en presencia de las autoridades, a un sismógrafo, idea desesperada pero de provecho, porque entonces pudieron comprobar la verdad que él afirmaba, la aguja del mecanismo registró de inmediato el estremecimiento de la tierra, volviendo a la línea recta apenas el paciente fue desligado de la máquina. Lo que no tiene explicación explicado está, dijo el alcalde de Granada, que asistía a la prueba, pero un científico corrigió, Lo que no tiene explicación tendrá que esperar un poco más, habló sin rigor científico pero todos entendieron y le dieron la razón. Mandaron a Pedro Orce a su casa diciéndole que estuviera a disposición de la ciencia y de la autoridad, y que no hablase de sus dones extrasensoriales, recomendación que no difería mucho de la decisión tomada por los veterinarios franceses sobre la misteriosa cuestión de la ausencia de cuerdas vocales en los perros de Cerbère.

Dos Caballos apuntó finalmente en dirección al sur, va ya por carreteras frecuentadas, por aquí no parece faltar el combustible, gasolina, gasóleo, pero pronto se vio obligado a reducir su experta andadura, ante él avanza, lentamente, una fila que no acaba, otros automóviles, camiones de carga y de línea, motos, bicicletas, mobiletes, vespas, carros tirados por mulas, burros montados, pero no va Roque Lozano en ninguno de ellos, y gente por su pie, mucha, unos hacen auto-stop, otros ostensiblemente desprecian los transportes como si fuesen cumpliendo penitencia o voto, voto lo más probable, y no vale la pena preguntarles adónde van, no precisan llamarse Pedro Orce para tener el mismo pensamiento y deseo de ver pasar Gibraltar a lo lejos desgarrado, les basta con ser españoles, y aquí hay muchos. Vienen de Córdoba, de Linares, de Jaén, de Guadix, ciudades principales, pero también de Higuera de Arjona, de El Tocón, de Bular Bajo, de Alamedilla, de Jesús del Monte, de Almácegas, desde todas partes parecen haber enviado delegaciones, esta gente ha sido muy paciente, desde mil setecientos cuatro, echen cuentas, si Gibraltar no va a ser para nosotros, que nos hacemos a la mar, que no sea tampoco para los ingleses. Es tan ancho el río humano que la policía de tráfico tuvo que abrir una tercera vía descendente donde era posible, raros son los que van al norte, sólo por fuerte razón, muerte o enfermedad, e incluso así los miran con desconfianza, suspectos de anglofilia, quizá quieren esconder lejos el dolor de tal desgarre geológico y estratégico.

Pero este día, para el común de las gentes, es de fiesta mayor, semana tan santa como la otra, y hay furgonetas que llevan cristos, trianas y macarenas, bandas de música, con los instrumentos brillando al sol, y se ven en el lomo de los burros mazos de cohetes y bombas de palenque, si alguien les acerca la punta encendida de un pitillo volarán, como Clavileño, hasta la segunda y tercera regiones del aire, y a la del fuego, donde se chamuscarían las barbas de Sancho, si, de tan confiado como suele ser, acepta ser engañado otra vez. Las muchachas van vestidas con lo mejor que tienen en galas y lozanías, con mantillas y mantones, y los viejos, cuando ya no pueden andar, van a cuestas de los más mozos, hijo eres, padre serás, lo que hicieras te harán, hasta que para un vehículo cualquiera y sigue la marcha, suavizado el cansado cuerpo, todos camino de la costa, de las playas, mejor aún de los puntos altos sobre el mar, para poder ver por entero el peñón maldito, qué pena que no se puedan oír a esta distancia los gritos de los monos, desorientados al faltarles la vista de la tierra. A medida que el mar se aproxima, el tráfico se hace más difícil, ya hay quien abandona los coches y sigue a pie, o pide lugar a los que van en carro o en burro, ésos no pueden abandonar a los animales a su naturaleza, tienen que cuidarlos, darles de beber, acercarles al hocico el cuévano de la paja y de la algarroba, los mismos policías comprenden la situación, es gente de procedencia rural, las órdenes son que se queden los camiones y los coches en los arcenes, los animales pueden seguir, y también están autorizadas las motos, las bicicletas, las vespas y las mobiletes, son ingenios que tienen artes de insinuación fácil por vía de su menor corpulencia. Las bandas de música, pie a tierra, ensayan los primeros pasodobles, un cohetero más animado o patriota lanzó prematuramente una bomba de gran poder, pero fue reprendido por sus colegas, que no estaban dispuestos a quemar su fuego sin razones a la vista. Dos Caballos paró también, era en el cortejo el único automóvil portugués, es decir, de matrícula portuguesa, ver Gibraltar perdido en el mar es algo que ni le va ni le viene, su dolor histórico se llama Olivença y este camino no lleva allí. Se ve gente perdida, mujeres que llaman a sus maridos, niños que buscan a sus padres, pero todos, afortunadamente, acabarán encontrándose, si este día no es de risas, de lágrimas no va a ser tampoco, queriéndolo Dios y su Hijo Cachorro. También andan por ahí unos perros olfateando, pocos son los que ladran, a no ser cuando se meten en querella unos con otros, de Cerbère no hay ninguno. Y dos burros que parecen sueltos, sin amo en las proximidades, los aprovecharon imprudentemente Pedro Orce, Joaquim Sassa y José Anaiço, alternándose, uno a pie, dos descansados, pero no les duró mucho la comodidad, los burros eran de una compañía de gitanos que iban hacia el norte, poco les importa a ellos Gibraltar, y si no fuera porque Pedro Orce es español, y de los más antiguos y explicados, hubiera corrido allí sangre portuguesa.

A lo largo de la costa el campamento no tiene fin, es una romería, miles y miles de personas con los ojos clavados en el mar, hay quien sube a los tejados y árboles altos, por no hablar de otros tantos mil que no quisieron venir tan lejos, se quedaron, con anteojos y binoculares, en los altos de la sierra Contraviesa o en las faldas de la sierra Nevada, aquí nos interesan sólo las personas más simples, las que tienen que poner la mano sobre las cosas para reconocerlas, tan cerca no podrán llegar éstos, pero hicieron lo que pudieron. José Anaiço, Joaquim Sassa y Pedro Orce vinieron con ellos, por humor apasionado de Pedro Orce y cordial franqueza de los otros, están ahora sentados en unas piedras que dan al mar, la tarde acaba y Joaquim Sassa es quien dice, pesimista según ya confesó, Como Gibraltar pase de noche, ha sido el viaje en vano, Veremos las luces por lo menos, argumentó Pedro Orce, y hasta será más bonito, ver el peñón alejándose como un barco iluminado, entonces, sí, se justificará el fuego de artificio completo, con lluvias, cascadas, girándulas, que así las llaman allí, mientras pálidamente se pierde el peñón en la distancia, se hunde en la oscura noche, adiós, adiós que no te vuelvo a ver. Pero José Anaiço abrió el mapa en las rodillas, garabateó cuentas con lápiz y papel, las repitió una tras otra para más seguridad, volvió a comprobar la escala, hizo la prueba del nueve y la real, y dijo al fin, Gibraltar, amigos míos, va a tardar diez días en pasar por aquí, sorpresa incrédula de los compañeros, entonces él les presentó las aritméticas, no necesitó siquiera invocar su autoridad de maestro diplomado, ciencias como éstas, afortunadamente, están ya al alcance de las entendederas más rudimentarias, Si la península, o isla, o lo que sea, se desplaza a una velocidad de setecientos cincuenta metros por hora, recorrerá dieciocho kilómetros diarios, ahora bien, desde la bahía de Algeciras hasta aquí donde estamos, en línea recta, son casi doscientos kilómetros, hagan cuentas, que son fáciles de hacer. Ante la demostración irrefutable, Pedro Orce inclinó la cabeza vencido, Y hemos venido, y vino toda esa gente corriendo porque había llegado el día glorioso, hoy vamos a escarnecer la Piedra Mala, y ahora tendremos que estar diez días a la espera, ningún incendio puede durar tanto, Y si fuésemos al encuentro del peñón por las carreteras de la costa, propuso Joaquim Sassa, No, no vale la pena, respondió Pedro Orce, esas cosas exigen su momento justo, mientras no disminuye el entusiasmo, es ahora cuando debería estar pasando ante nuestros ojos, ahora que estamos exaltados, lo estuvimos, no lo estamos ya, Qué vamos a hacer entonces, preguntó José Anaiço, Vámonos, No quiere quedarse, Después del sueño, no se puede vivir el sueño, Pues de acuerdo, saldremos mañana, Tan pronto, Tengo que volver a la escuela, Y yo a la oficina, Y yo a la farmacia, siempre.

Fueron en busca de Dos Caballos, pero mientras buscan y tardan en encontrarlo conviene decir ya que miles de personas que no tendrán ni voz ni voto en esta historia, que ni siquiera llegarán a ser figurantes en el fondo del escenario, miles de personas no se moverán de allí durante esos diez días y diez noches, comerán de sus mochilas, y luego, cuando al segundo día se acabaron, fueron a comprar lo que había por aquellas tierras, y lo cocinaron al aire libre, en grandes hogueras que eran como almenaras de otras eras, y aquellos a quienes se les acabó el dinero ni siquiera así pasaron hambre, donde come uno comen todos, estamos en tiempo de hermandad recomenzada, si es humanamente posible haber sido y volver a ser. Esta fraternidad admirable no la van a experimentar Pedro Orce, José Anaiço y Joaquim Sassa, dieron la espalda al mar, ahora es su turno de ser observados con desconfianza por aquellos, muchos, que siguen bajando.

Cayó la noche entretanto, se encienden las primeras lumbres, Vámonos, dice José Anaiço. Pedro Orce viajará callado en el asiento de atrás, triste, con los ojos cerrados, será ahora o nunca, mejor oportunidad no tendremos de recordar el dicho portugués, Adónde vas, Voy a la fiesta, De dónde vienes, Vengo de la fiesta, hasta sin ayuda de signos de exclamación se ve en seguida la diferencia que hay entre la alegre expectativa de la primera respuesta y la desencantada fatiga de la segunda, sólo en la página en que quedan escritas parecen iguales. Durante todo el camino sólo cruzaron dos palabras, Cenen conmigo, salieron de la boca de Pedro Orce, es su deber hospitalario. José Anaiço y Joaquim Sassa no creyeron necesario responder, alguien dirá que eso fue mala educación, pero poco sabe ése de naturalezas humanas, otro más informado juraría que estos tres hombres se han hecho amigos. Es noche cerrada cuando entran en Orce. Las calles, a esta hora, son un desierto de sombras y silencio, Dos Caballos queda a la puerta de la farmacia, bueno es que lo dejen descansar, mañana volverá a la carretera llevando carga de tres hombres, como decidirán dentro de la casa, alrededor de la mesa, con sencilla comida en los platos, que también Pedro Orce vive solo y no ha habido tiempo para mejores gastronomías. Pusieron la televisión, ahora dan noticias de hora en hora, y vieron Gibraltar, no sólo separado de España, sino apartado ya de ella varios kilómetros, como una isla en desamparo en medio de las aguas, transformado, ay de él, en pico, pan de azúcar, o arrecife, con sus mil cañones sin blanco ni servicio. Pueden empeñarse en abrir nuevas saeteras en el lado norte, quizá con eso quede lisonjeado el orgullo imperial, pero será dinero tirado al mar, tanto en sentido propio como figurado. Imágenes impresionantes fueron, sin duda, pero en nada comparables al impacto causado por una serie de fotografías de satélite que mostraban el progresivo ensanchamiento del canal entre la península y Francia, ponía la piel de gallina y erizaba el pelo ver tan extrema fatalidad, mayor que la fuerza humana, que aquello ya no era canal sino agua abierta, por donde navegaban los barcos a sus anchas, en mares, éstos sí, nunca antes navegados. Claro que el desplazamiento no se podía observar, a esta altura una velocidad de setecientos cincuenta metros por hora es imperceptible a vista desarmada, pero, para el observador, era como si la gran masa de piedra se desplazase dentro de su cabeza, hubo gente sensible a punto de desmayarse, otros se quejaban de mareos. Y había imágenes registradas a bordo de los infatigables helicópteros, la gigantesca escarpadura pirenaica, cortada a plomo, y el hormiguero menudo de las gentes que caminaban hacia el sur, como una súbita migración, sólo para ver Gibraltar aguas abajo, ilusión óptica, que nosotros sí que vamos llevados por la corriente, y también, detalle pintoresco, apunte del reportaje, una bandada de estorninos, a millares, como una nube que se hubiese entremetido en el campo del objetivo, oscureciendo el cielo, Hasta las aves secundan la inquietud de los hombres, fue lo que el locutor dijo, secundan, cuando en la historia natural lo que se aprende es que las aves tienen sus razones propias para ir a donde les place o necesitan, no secundan Me ni Te, cuando mucho José, que dice, ingrato, Ya las había olvidado.

Mostraron también imágenes de Portugal, de la costa atlántica, con las olas batiendo contra los cantiles o removiendo los arenales, y había mucha gente oteando el horizonte, con aquel trágico ademán de quien se preparó desde siglos para lo ignoto y teme que al fin no venga, o sea igual a lo común y banal que todas las horas traen. Ahí están, como Unamuno dijo que estaban, la cara morena entre ambas palmas, clavas tus ojos donde el sol se acuesta solo en la mar inmensa, todos los pueblos que tienen la mar a poniente hacen lo mismo, éste es moreno, no hay otra diferencia, y navegó. Lírico, arrebatado, el locutor español declama, Vean a los portugueses, a lo largo de sus doradas playas, proa de Europa que fueron y dejaron de ser, porque del muelle europeo nos desprendimos, pero de nuevo hendiendo las olas del Atlántico, qué almirante nos guía, qué puerto nos espera, la última imagen mostró un chiquillo de pocos años tirando un guijarro al mar, con aquel arte del rebote que no precisa aprendizaje, y Joaquim Sassa dijo, Tiene la fuerza de su edad, la piedra no podrá ir más lejos, pero la península, o lo que sea, dio la impresión de avanzar aún con más vigor sobre el mar grueso, tan fuera de lo que suele en este tiempo estival. La última noticia la dio el locutor como de paso, sin darle demasiada importancia,

Parece percibirse cierta inquietud entre la gente, muchos salen de sus casas, no sólo en Andalucía, ahí se sabe el motivo, y, teniendo en cuenta que la mayoría se dirige hacia el mar, se cree que se trata de un movimiento comprensible de curiosidad, en todo caso aseguramos a los telespectadores que en la costa no hay nada que ver, como acabamos de comprobar con aquellos portugueses todos que miraban y nada veían, no hagamos como ellos. Dijo entonces Pedro Orce, Si tenéis sitio para mí, voy con vosotros. Se quedaron callados Joaquim Sassa y José Anaiço, no entendían la razón de que un español tan bien aconsejado quisiera ir a las tierras y playas de Portugal. La pregunta era buena y pertinente, y por ser dueño de Dos Caballos le correspondía a Joaquim Sassa hacerla, y Pedro Orce respondió, No quiero quedarme aquí, con este suelo temblando siempre bajo mis pies y la gente diciendo que son fantasías de mi cabeza, Probablemente sentirás lo mismo en Portugal, y lo mismo dirá allí la gente, dijo José Anaiço, y nosotros tenemos nuestras ocupaciones, No voy a ser una carga, me basta que me llevéis, me dejáis en Lisboa, adonde nunca fui, y un día de éstos regreso, Y tu familia, y la farmacia, Familia ya habréis visto que no tengo, soy el último, y en lo de la farmacia, tengo un mancebo de botica que se encargará de todo. No había más que discutir, ninguna razón para negarse, Por nosotros, encantados de que nos hagas compañía, esto lo dijo Joaquim Sassa, Lo malo será que te descubran en la frontera, recordó José Anaiço, Les digo que fui a dar una vuelta por España, no podía saber que me buscaban, y que voy a presentarme al gobernador civil, pero lo más seguro es que ni tenga que dar explicaciones, deben de estar más atentos a quien sale que a quien entra, Pasamos por otro puesto fronterizo, por lo de los estorninos, recordó José Anaiço, y, dicho esto, abrió el mapa sobre la mesa, toda la Península Ibérica, dibujada y coloreada en el tiempo en que todo era tierra firme y cuando el callo óseo de los Pirineos reprimía cualquier tentación vagabunda, en silencio se quedaron los tres mirando la representación plana de esa parte del mundo como si no la reconociesen, Decía Estrabón que la península tiene forma de piel de toro, estas palabras las murmuró intensamente Pedro Orce y, pese a que estaba cálida la noche, Joaquim Sassa y José Anaiço sintieron un escalofrío, como si ante sus ojos se hubiese alzado el animal ciclópeo que iba a ser sacrificado y desollado para añadir al continente Europa un despojo que habría de sangrar por todos los tiempos de los tiempos.

El mapa desdoblado mostraba las dos patrias, Portugal y España, Portugal incrustado, suspenso, España desmandibulada al sur, y las regiones, las provincias, los distritos, y el gran cascajo de las ciudades mayores, la polvareda de villas y aldeas, pero no todas, que muchas veces es invisible el polvo al ojo desnudo, Venta Micena fue sólo un ejemplo. Las manos alisan y recorren el papel, pasan sobre el Alentejo y siguen hacia el norte, como si acariciaran un rostro, de izquierda a derecha, es el sentido de las agujas del reloj, el sentido del tiempo, las Beiras, Ribatejo antes que ellas, Galicia, Asturias, el País Vasco y Navarra, Castilla y León, Aragón, Cataluña, Valencia, Extremadura, la nuestra y la de ellos, Andalucía, donde aún estamos, el Algarve, entonces José Anaiço puso un dedo en la desembocadura del Guadiana y dijo, Entraremos por aquí.

Escarmentados por el tiroteo de Rosal de la Frontera, de sangrienta memoria, los estorninos, por esta vez prudentes, dieron un largo rodeo por el norte y atravesaron donde los aires eran libres y la circulación abierta, a unos tres kilómetros del puente, que en estos días de que venimos hablando ya se había construido, y era hora. A la policía del lado portugués no le llamó la atención el que uno de los viajeros se llamara Joaquim Sassa, era patente que más graves preocupaciones absorbían el espíritu de las autoridades, cuáles eran éstas, se sabrá por el diálogo, Hacia dónde van ustedes, preguntó el agente, A Lisboa, respondió José Anaiço, que iba al volante, y preguntó, Por qué, Van a encontrar barreras en el camino, cumplan rigurosamente las instrucciones que reciban, nada de forzar el paso o dar un rodeo, porque podría costarles caro, Ha ocurrido alguna desgracia, Depende de lo que entiendan por desgracia, No nos diga que también el Algarve se ha marchado, tarde o temprano tenía que ocurrir, siempre pensaron que eran un reino aparte, El caso es otro, y más grave, la gente está queriendo ocupar los hoteles, dicen que si no hay turistas, ellos tienen que vivir en algún lado, No lo sabíamos, y cuándo empezó la ocupación, Ayer por la noche. E esta, hem, exclamó José Anaiço, de ser francés habría dicho Ça alors, que cada quien tiene su manera de expresar la sorpresa que el otro también sintió, oigamos lo que dijo Pedro Orce sonoramente, Caramba, mientras Joaquim Sassa parecía un eco del primero, E esta, hem.

El policía les mandó que siguieran, dijo de nuevo, Ojo con las barreras, y Dos Caballos pudo atravesar Vila Real de Santo António mientras los pasajeros comentaban el extraordinario suceso, ya ven, quién lo iba a decir, los portugueses son de dos especies diferentes, hay unos que van a las playas y márgenes a otear melancólicos el horizonte, hay otros que avanzan intrépidos sobre las fortalezas hoteleras defendidas por la policía, por la guardia republicana y también, según consta, por el mismo ejército, heridos hay ya, esto les fue secretamente comunicado en un café donde decidieron detenerse para obtener información. Supieron así que en tres hoteles, uno en Albufeira, otro en Praia da Rocha, el tercero en Lagos, la situación era crítica, hasta el punto de que las fuerzas del orden cercaron los edificios donde los insurrectos se amotinaron, atrincherados en puertas y ventanas, cortando los accesos, son como moros sitiados, infieles sin remisión que maldicen del credo, tan poco caso les hacen a las llamadas como a las amenazas, saben que tras la bandera blanca vendrá el gas lacrimógeno, por eso no parlamentan, y no conocen la palabra rendición. Pedro Orce está impresionado, repite en voz baja, Caramba, y se lee en su cara cierto despecho patriótico, el pesar de que no fuesen los españoles los primeros en tomar la iniciativa.

En la primera barrera quisieron desviarlos hacia Castro Marim, pero José Anaiço protestó diciendo que tenía un negocio importante e inaplazable en Silves, dijo Silves para no despertar sospechas, Además, me conviene ir por las carreteras del interior, Y lo más adentro posible si quiere evitar complicaciones, recomendó el oficial responsable, tranquilizado por el semblante pacífico de los tres pasajeros y por la respetabilidad fatigada de Dos Caballos, Pero, teniente, es inaudito que en una situación como ésta, con el país a la deriva, y no podía venir más a propósito la palabra, estemos aquí obsesionados por la ocupación de algunos hoteles, esto no es ninguna revolución para decretar la movilización general, las masas a veces son impacientes, nada más, el del comentario fue Joaquim Sassa, poco diplomático, suerte que el teniente era de aquellos que no cambian la palabra dada, de acuerdo con las antiguas tradiciones, si no nada le libraría de ir por Castro Marim. Sin embargo, el impertinente no se libró de la reprimenda del militar, El ejército está aquí para cumplir con su deber, le parecería bien que a causa de la incomodidad de los cuarteles ocupáramos nosotros el Ritz o el Sheraton, grande debe de ser la desorientación de este oficial para condescender a dar explicaciones a un paisano. Tiene usted razón, teniente, mi amigo es así, habla sin pensar, por más que se lo digo, Pues debería pensar, que ya tiene edad, finalizó el militar perentorio. Con un gesto seco les permitió seguir, no oyó lo que Joaquim Sassa dijo, y menos mal, pues el caso habría acabado en prisión.

Fueron detenidos en otras barreras, las de la guardia republicana resultaron menos benévolas, tuvieron que desviarse a veces por trochas y veredas hasta volver a la carretera principal. Joaquim Sassa iba enfadado, y con razón, había sido reprendido dos veces, Acepto que el teniente nos monte el número de rigor, es lo suyo, pero tú no tenías por qué haber dicho que no pienso lo que digo, Perdona, fue para evitar que se agriase el debate, estabas haciendo ironías con el teniente y eso es un error, con la autoridad nunca se debe ser irónico, si no entienden la ironía, no vale la pena, y si la entienden, peor. Pedro Orce pidió que le explicaran, despacio, qué pasaba, y la necesaria mudanza en el tono y las repeticiones mostraron que el caso no tenía importancia, cuando Pedro Orce lo entendió todo, todo quedó entendido.

Después de la bifurcación de Boliqueime, en un tramo de carretera desierta, José Anaiço, aprovechando un borde raso, y sin avisar, metió a Dos Caballos por la sembradura, atajando, Adónde vas, gritó Joaquim Sassa, Si seguimos por la carretera como chiquillos obedientes jamás lograremos acercarnos a uno de esos hoteles, y nosotros queremos ver lo que pasa allí, sí o no, respondió entre sacudidas José Anaiço, luchando con el volante inestable, el coche saltaba en los surcos como un loco. Pedro Orce, en el asiento de atrás, era lanzado de un lado a otro sin compasión, y Joaquim Sassa, que reía a carcajadas, repetía con voz entrecortada, Tiene gracia, tiene gracia. Afortunadamente, al cabo de trescientos metros encontraron un camino escondido entre las higueras, tras un muro derribado, de piedra suelta o de piedra que el tiempo soltó de la argamasa. Estaban, por así decirlo, en el teatro de operaciones. Con toda cautela se fueron acercando a Albufeira, siempre que les era posible aprovechaban los caminos bajos, lo peor son las nubes de polvo que levanta Dos Caballos, tiene escasas habilidades para batidor y guardia avanzado, pero la policía ya está lejos, cubre las encrucijadas, los principales nudos viarios, que así se dice en el moderno lenguaje de las comunicaciones, además, las fuerzas del orden no son tan numerosas como para cubrir estratégicamente una provincia tan rica en hoteles como en algarrobas, si puede admitirse la comparación. La verdad es que, teniendo como destino próximo la ciudad de Lisboa, no precisaban aventurarse en estos parajes donde reina la subversión, pero vale la pena comprobar la veracidad de las informaciones, mil veces se ha visto que cuento contado es cuento aumentado, podía tratarse sólo de un caso aislado, o de dos, y las barreras, a fin de cuentas, serían la aplicación práctica de aquella prescriptiva prudencia que manda prevenir antes que curar. Pero había ya infiltraciones. En medio de la arboleda rala, pisando ansiosamente la tierra roja, avanzaban hombres y mujeres cargados con sacos, maletas y bultos, en brazos los niños, con la idea de marcar así su territorio en el hotel, con estas modestas pertenencias y lo más allegado de la familia en garantía, la mujer, los hijos, después, si todo iba bien, llamarán al resto de los parientes, y harán traer la cama, el arca, la mesa, a falta de más rico ajuar, nadie pensó que en los hoteles lo que abunda son camas y mesas, y aunque la arcas no son tantas, están los armarios que hacen ventajosamente sus veces.

A las puertas de Albufeira se preparaba la batalla campal. Los viajeros habían dejado a Dos Caballos en retaguardia, al remanso de una sombra, en casos como éste no se puede contar con su ayuda, es ente mecánico, sin emociones, a donde lo llevan va y donde está se queda, tanto le importa a él que la península navegue como que no, no van a hacerse las distancias más cortas porque se mueva. Tuvo el combate un preámbulo oratorio, tal como se usaba antes, en la antigüedad de las guerras, con desafíos, exhortaciones a la tropa, preces a la Virgen o a Santiago, son siempre buenas las palabras cuando empiezan, pésimos siempre sus resultados, en Albufeira de nada sirvió la arenga del jefe de las huestes populares invasoras, y qué bien las arengó, Guardias, soldados, amigos, abrid esos oídos, dadme vuestra atención, vosotros sois, no lo olvidéis, hijos del pueblo como nosotros, este pueblo tan sacrificado que hace las casas y no las tiene, construye hoteles y no gana para hospedarse en ellos, hasta aquí vinimos con nuestros hijos y nuestras mujeres, pero no vinimos para pedir el cielo, sólo un techo más digno, un tejado más seguro, cuartos para dormir en ellos con el recato y respeto que a seres humanos se debe, que no somos animales, y tampoco somos máquinas, tenemos sentimientos, ahora bien, estos hoteles están ahora vacíos, centenares de habitaciones, millares, se hicieron hoteles para turistas y ahora los turistas se han ido, no volverán, mientras estuvieron aquí nos resignamos a nuestro mal pasar, ahora, por favor, dejadnos entrar, pagaremos una renta igual a la que pagábamos por la casa de donde venimos, no sería justo pedirnos más, y juramos, tanto por lo sagrado como por lo que no lo es, que estará siempre todo limpio y ordenado, para eso jamás hubo mujeres que les llegaran a las nuestras ni a la suela del zapato, bien lo sé, tenéis razón, hay niños, los niños lo ponen todo perdido, pero éstos van a ir como los chorros de oro, que, como sabemos, cada cuarto tiene su baño, ducha y bañera, a elegir, agua caliente y fría, así poco cuesta ir limpio, y aunque puede que algunos de nuestros hijos, por ir adelantados ya en el vicio de la mugre, no se habitúen a la higiene, sus hijos os prometo que serán las más limpias criaturas del mundo, la cosa está en darles tiempo, es eso lo que los hombres necesitan, tiempo, y tiempo tienen, el resto no pasa de ilusión, esto sí que nadie lo esperaba, que nos saliera filósofo el jefe rebelde.

Se ve por los rasgos de sus rostros, y se podría confirmar por los carnets de identidad, que los soldados son realmente hijos del pueblo, pero su mandamás, o también lo es y repudió en los bancos de la academia militar su humilde ascendencia o pertenece de nacimiento a las clases superiores, para quienes los hoteles del Algarve fueron hechos, por la respuesta dada no se puede saber tanto, Fuera todos o los echo a patadas, este grosero hablar no es atributo exclusivo de las clases bajas. La tropa veía allí, en ayuntamiento, la querida imagen del padre y de la madre, pero el deber, cuando nos llama, es más fuerte, Eres la luz de mis ojos, le dice a la madre el hijo que le va a dar el cintarazo. Pero el comandante paisano clamó airado, cambiando por desespero la expresión del vocativo, Pandilla de lameculos, serviles, que no reconocen el pecho que les dio de mamar, libertad poética, acusación de poco sentido y nulo objeto, pues no hay hijo ni hija que tal recuerde, aunque abunden las autoridades para afirmar que, en el fondo de nuestra conciencia, guardamos secretamente esa y otras memorias asustadoras, y que nuestra vida es, toda ella, algo hecho sobre esos y otros miedos.

No le gustó al mayor que le llamaran lameculos e, ipso facto, gritó, A la carga, al tiempo que clamaba, arrebatado, el general de los invasores, A ellos, patriotas, y fueron todos juntos, cuerpo contra cuerpo, y hubo un terrible choque. Fue en ese momento cuando llegaron Joaquim Sassa, Pedro Orce y José Anaiço, curiosos pero inocentes, en buena se metieron, que la tropa, perdida la sindéresis, no reconocía entre actores y espectadores, puede decirse que los tres amigos, aún sin precisar de casa, tuvieron que luchar por ella. Pedro Orce, pese a la edad, bregaba como si ésta fuese su tierra, los otros hacían lo mejor que podían, tal vez un tanto menos, por pertenecer a una raza pacífica. Había heridos que se arrastraban o eran llevados a la cuneta, mujeres llorosas, maldiciendo, niños a salvo en los carromatos, que batallas así son sólo medievales y hay que hablar de ellas con palabras del tiempo. Una piedra lanzada de lejos por un adolescente llamado David dio en tierra con el mayor Goliat, que empezó a sangrar por un boquete en el mentón, no lo pudo proteger el yelmo de hierro, éste es el resultado de haberse dejado de usar aquel lujo de viseras y cubrenarices, lo peor fue que, en la confusión de la caída, los insurrectos desbordaron a las tropas, pasaron por un lado y otro para correr luego, en un golpe táctico instintivo pero genial, en dispersión por callejas y travesías, evitando así que los militares que cercaban el hotel ocupado pudieran acudir, con suficiente eficacia, en refuerzo de la hueste vencida, de humillación semejante no había memoria desde los antiguos tiempos de la jacquerie.

Un hotelero, sin duda con la mente perturbada, o súbitamente convertido a los intereses populares, abrió sus puertas de par en par diciendo, Entrad, entrad, antes vosotros que el desierto.

Con tales facilidades de rendición, se encontraron Pedro Orce, José Anaiço y Joaquim Sassa ocupantes de una habitación por la que realmente no habían luchado y que dos días después cedieron a una de las familias más necesitadas, con una abuela paralítica y heridos que cuidar. En aquella jamás vista confusión hubo maridos que perdieron a sus mujeres, hijos que perdieron a sus padres, pero el resultado de tan dramáticas separaciones, hecho que nadie sería capaz de inventar, lo que por si solo prueba la irresistible veracidad de este relato, el resultado, decíamos, fue que una misma familia, fragmentada, pero animada por una idéntica dinámica en cada una de sus desarboladas partes, ocupó aposentos en hoteles diferentes, gran trabajo costó reunir bajo un mismo techo a quien un techo decía ansiar, generalmente acababan instalándose todos en el hotel de más estrellas en el cartel. Los comisarios de policía, los coroneles del ejército y de la guardia pedían refuerzos, carros blindados e instrucciones a Lisboa, el gobierno, sin saber adónde acudir, daba órdenes y contraórdenes, amenazaba y rogaba, constaba incluso que ya habían dimitido tres ministros. Entretanto, desde las playas y las calles de Albufeira podían verse a las triunfantes familias en las ventanas de los hoteles, aquellos miradores abiertos y luminosos con mesa para el desayuno y tumbonas mullidas, el padre de familia martilleaba los primeros clavos y tensaba las cuerdas donde sería tendida la ropa de la semana que la madre, cantando, había empezado ya a lavar en la bañera. Y las piscinas eran un hervidero de chapuzones y brazadas, nadie se había cuidado de explicarles a los chiquillos que hay que ir primero a la ducha y luego tirarse al agua azul, no va a ser nada fácil que esta gente se olvide de sus hábitos arrabaleros.

Mucho más y mejor que las buenas lecciones, fructifican y prosperan los malos ejemplos, y no se sabe por qué aceleradas vías se transmiten, que en pocas horas el movimiento popular de ocupación saltó la frontera, se extendió por España, imagínense lo que habrá sido en Marbella y Torremolinos, donde los hoteles son como ciudades y con tres sale una megalópolis. En Europa, al saber estas alarmantes noticias, comenzaron a oírse los gritos, Anarquía, Caos Social, Atentado a la Propiedad Privada, y un diario francés de los que forman la opinión pública tituló sibilinamente a todo lo ancho de la primera página, No se Puede Huir de la Naturaleza. Esta sentencia, nada original por cierto, dio en el blanco, y las gentes de Europa, cuando hablaban de lo que fue Península Ibérica, se encogían de hombros y se decían unas a las otras, Qué le vamos a hacer, esa gente es así, no se puede huir de la naturaleza, la única excepción en la condena general fue la de aquel pequeño periódico napolitano y maquiavélico que anunció, Resuelto el problema de la vivienda en Portugal y España.

Durante los días que los tres amigos pasaron en Albufeira, la policía antidisturbios, apoyada por el grupo de operaciones especiales, intentó proceder al desalojo violento de uno de los hoteles, pero la reacción conjunta y concordante de los nuevos huéspedes y de los propietarios, decididos aquellos a resistir hasta la última habitación, temerosos éstos de la habitual destrucción dejada por los salvadores, llevaron a suspender las operaciones, aplazadas para mejor ocasión, cuando el tiempo y las promesas adormecieran la vigilancia. Cuando Pedro Orce, Joaquim Sassa y José Anaiço prosiguieron viaje hacia Lisboa, había ya en los edificios ocupados comisiones de alojados, elegidas democráticamente, que constituían células especializadas, a saber, higiene y conservación, cocina, lavandería, fiestas y diversiones, animación cultural, educación y formación cívica, gimnasia y deportes, en fin, todo lo indispensable para la armonía y buen funcionamiento de cualquier comunidad. En los mástiles propios e improvisados ondeaban banderolas y gallardetes de todos los colores, cualquier cosa servía para el caso, banderas de países extranjeros, de clubes deportivos, de asociaciones varias, bajo la égida del símbolo de la patria, enarbolado en lo más alto, había incluso colchas colgadas de las ventanas, en saludable emulación decorativa.

Pero, conjunción coordenada adversativa que siempre anuncia oposición, restricción o diferencia, y que, aplicada al caso, viene a recordar que hasta las buenas cosas para unos tienen siempre sus peros para otros, la ocupación de los hoteles de aquella selvática manera fue la gota de agua que desbordó la inquietud en que vivían los ricos y poderosos. Muchos, por miedo de que acabara hundiéndose la península con vidas y haciendas, se habían marchado con aquella desbandada de turistas, cosa que, naturalmente, no significa que ellos fueran extranjeros en su tierra, aunque haya varios grados de pertenencia de cada uno a la patria natural y administrativamente suya, como la historia ha demostrado ya bastantes veces.

Ahora, bajo la condena general de los desafueros sociales, más que general universal si exceptuamos el tratamiento incongruente del pequeño periódico de Nápoles, empezaba una segunda emigración, masiva, hasta el punto de que resultaba lícito pensar si no habría sido preparada minuciosamente desde que, ante los ojos de todos, se había hecho patente que las heridas de lo que entonces era aún completa Europa no tenían cicatrización posible, que la estructura física de la península, quién iba a imaginarlo, se había roto por lo más fuerte. Las grandes cuentas bancarias se hicieron repentinamente mínimas, mantuvieron un resto simbólico, unos quinientos escudos en Portugal, en España unas quinientas pesetas, o poco más, limpias así y rapadas las cuentas corrientes, con cierta dificultad los depósitos a plazo fijo, y todo todo, los oros, las platas, las piedras preciosas, las joyas, las obras de arte, los títulos, todo fue arrastrado por el poderoso soplo que barrió por encima de los mares, en las treinta y dos direcciones de la rosa de los vientos, los bienes móviles de los fugitivos, queda la esperanza de recuperar el resto un día, si es que hay tiempo, y paciencia. Claro que tan grandes mudanzas no pudieron hacerse en veinticuatro horas, pero una semana bastó para que cambiara de arriba abajo y de lado a lado, radicalmente, la fisonomía social de los dos países ibéricos. Un observador, nesciente de hechos y razones, que se dejase engañar por apariencias superficiales, concluiría que portugueses y españoles se habían empobrecido súbitamente, de una hora a otra, cuando, a fin de cuentas y en términos propios y rigurosos, lo que había ocurrido era que se habían ido los ricos, cuando ellos faltan inmediatamente sufre la estadística.

A esos observadores que consiguen ver un completo olimpo de dioses y diosas donde no hay más que nubes que pasan, o a aquellos que tienen ante los ojos a Júpiter Tonante, y le llaman vapor atmosférico, no nos cansaremos nunca de recordarles que no basta hablar de circunstancias, con su división bipolar entre antecedentes y consecuentes, como por abreviación de esfuerzo mental se usa, es necesario, sí, considerar lo que infaliblemente se sitúa entre unos y otros, digámoslo por extenso y en su orden, el tiempo, el lugar, el motivo, los medios, la persona, el hecho, la manera, si todo esto no es medido y ponderado nos espera el error fatal en el primer juicio propuesto. El hombre es un ser inteligente, sin duda, pero no tanto como sería deseable, y ésta es una comprobación y confesión de humildad que debiera empezar siempre por nosotros mismos, como de la caridad bien entendida se dice, antes de que nos lo echen en cara.

Llegaron a Lisboa al caer la tarde, en la hora en que la suavidad del cielo infunde en las almas una dulce aflicción, ahora vemos cómo tenía razón aquel admirable entendedor de sensaciones e impresiones que dijo que el paisaje es un estado del alma, lo que no supo decirnos es cómo se vería el paisaje en aquellos tiempos en que no había en el mundo más que pitecántropos, con poca alma aún y, además de poca, confusa. Pasados tantos milenios, y gracias a los perfeccionamientos, ya puede Pedro Orce reconocer en la melancolía aparente de la ciudad la imagen fiel de su propia tristeza íntima. Habituado a la compañía de estos portugueses que lo habían ido a buscar a los inhóspitos parajes donde nació y vivía, ahora van a tener que separarse, cada uno por su lado, ni las familias resisten la erosión de la necesidad, cómo van a hacerlo simples conocidos, amigos de fecha aún fresca y raíces tiernísimas.

Dos Caballos atraviesa el puente lentamente, a la velocidad mínima autorizada, para dar al español tiempo de que admire la belleza de los paisajes de tierra y mar, y también la grandiosa obra de ingeniería que une las dos orillas del río, esta construcción, hablamos de la frase, es perifrástica y la usamos sólo para no repetir la palabra puente, de lo que resultaría un solecismo de especie pleonástica o redundante. En las diversas artes, y por excelencia en esta de escribir, el mejor camino entre dos puntos, aunque próximos, no ha sido, y no será, y no es la línea a que llaman recta, nunca de nunca, modo enérgico y enfático de responder a las dudas, callándolas. Tan absortos iban los viajeros en las bellezas de la urbe y arrebatados por aquella obra portentosa, que ni cuenta se dieron de la súbita inquietud que se apoderó de pronto de los estorninos. Ebrios de altitud, rasando peligrosamente los enormes pilares que subían del agua para ser el apoyo del cielo, a este lado la ciudad con las vidrieras en fuego, allí el mar, y el sol, y abajo el gran río pasando, como una corriente vagarosa de lava ardiendo bajo la ceniza, los pájaros cambiaban bruscamente de dirección, en aleteos rápidos, sucesivos, y era como si la tierra rodara alrededor del puente, volviéndose el norte este y luego sur, el sur oeste y después norte, en qué lugar del mundo estaremos nosotros un día cuando otro tanto o aún más habremos de mudar. Ya se ha dicho que los hombres, hasta cuando tales cosas miran, no las entienden, y tampoco esta vez las van a entender.

Iban mediando el puente, y Pedro Orce murmuró, Bonita ciudad, palabras así, amables, tampoco exigen respuesta, a no ser modestamente, No está mal. Todavía tenían tiempo suficiente para dejar a Pedro Orce alojado en un hotel y seguir viaje, por lo menos hasta el pueblo de Ribatejo donde José Anaiço mora, y donde Joaquim Sassa podría otra vez pasar la noche, bajo una higuera si le apetece, pero sería actitud impropia abandonar al visitante, de común acuerdo decidieron los portugueses pasar aquí uno o dos días, para que el español conociera la ciudad de modo y manera que pudiera hacer suyas, cuando a Orce regrese, las palabras de nuestra inocente y antigua vanidad, Quien no vio Lisboa no vio cosa buena, bendito sea Dios que nos dio en portugués la rima y no nos quitó los arrimos.

Joaquim Sassa y José Anaiço no están escasos de dinero, habían reunido cuanto tienen para la aventura más allá de la frontera y pudieron hacer economías, como sabemos, una vez durmiendo bajo las estrellas, otra en casa de un farmacéutico andaluz, y, en Algarve, beneficiándose de la situación anárquica, nadie les presentó cuenta de la estancia. En Lisboa, donde ya hemos entrado, sólo en la periferia urbana hubo asalto y ocupación de hoteles, los restantes, centrales, fueron defendidos por dos factores de disuasión, en primer lugar porque la capital, como es costumbre en todos los países, es el sitio de más alta concentración de fuerzas de autoridad o represivas, en segundo lugar por esa timidez peculiar del ciudadano, que muchas veces sufre y se reprime al sentirse observado por el vecino que lo juzga, y viceversa, el paramecio de la gota de agua perturba ciertamente la lente y el ojo que tras de ella observa y perturba. Debido a la falta de huéspedes, casi todos los hoteles habían cerrado sus puertas para obras de reacondicionamiento, ésa era la disculpa, pero algunos seguían funcionando, con tarifas de estación baja y rebajada, hasta el punto de que había ya padres de familia numerosa que estudiaban la hipótesis de dejar las casas donde vivían, y por las que pagaban altísimos alquileres, para ir a instalarse en el Méridien y coordenadas semejantes. A tan gran mudanza de estado no llegaban las aspiraciones de los tres viajeros, por eso se instalaron en un modesto hotel, al fondo de la Rua do Alecrim, a mano izquierda, bajando, cuyo nombre no interesa a la inteligencia de este relato, una vez bastó y quizá ésa ni hubiese sido necesaria.

Estorninos son estorninos, y de las gentes livianas e insensatas se dice que también lo son, lo que significa que ellos y ellas son poco dados a reflexionar sobre los actos que practican, incapaces de prever o imaginar más allá de lo inmediato, cosa que no es incompatible con la generosidad de algunos de sus procedimientos, llegando incluso al sacrificio de la vida, como se vio en el episodio de la frontera, cuando tantos tiernos cuerpecillos cayeron muertos, derramando por una causa ajena su preciosa sangre, recordemos que estamos hablando de pájaros no de gente. Pero liviandad e insensatez es lo mínimo que se puede decir de miles de aves que van, imprudentemente, a posarse en el tejado de un hotel, llamando la atención del pueblo y de la policía, de los ornitólogos y de los que aprecian los pajaritos fritos, y denunciando así la presencia de tres hombres que, pese a no tener culpa pesándoles en la conciencia, se han convertido en blanco de un incómodo interés por las autoridades. Y es que, hecho no conocido por los viajeros, la prensa portuguesa, en la página permanente que ahora dedica a hechos insólitos, se hizo eco del ataque irresistible de los estorninos a los inadvertidos guardias de la frontera, recordando, como era de esperar, aunque sin ninguna originalidad, el por nosotros ya mencionado filme de Hitchcock sobre la vida de las aves.

Prensa, radio y televisión informadas de inmediato del prodigio que se producía en el muelle de Sodré, enviaron al lugar reporteros, fotógrafos y operadores de vídeo, cosa que quizá no hubiera tenido mayores consecuencias, aparte del enriquecimiento del pintoresquismo de Lisboa, si el espíritu metódico y, por qué no decirlo, científico de un periodista no le hubiera impelido a interrogarse sobre la posibilidad de una relación causal entre los estorninos que estaban fuera, en el tejado, y los residentes en el hotel, permanentes o de paso, que estaban dentro. Desconocedores del peligro que literalmente se cernía sobre sus cabezas, Joaquim Sassa, José Anaiço y Pedro Orce, cada uno en su cuarto, estaban ordenando el escaso equipaje con que viajaban, en pocos minutos estarían en la calle, irían primero a dar una vuelta por la ciudad mientras llegaba la hora de cenar. Ahora bien, en ese preciso momento, el astuto periodista estaba consultando el libro de alojados, lee los nombres registrados, y he aquí que dos de ellos movieron sutilmente los engranajes de su memoria, Joaquim Sassa, Pedro Orce, no sería un buen profesional de la comunicación si le hubieran pasado inadvertidos, cosa que quizá le ocurriera con otro nombre, Ricardo Reis, pero el libro donde este nombre fue registrado, hace ya tantos años, está en el archivo de los sótanos, cubierto de polvo, en una página que quizá nunca vuelva a ver la luz del día, y si la ve, ya no se podrá leer el nombre, por estar en blanco la línea, o blanca la página toda, que es ése uno de los efectos del tiempo, borrar. Hasta este día ha sido cima del arte venatoria matar dos conejos de un tiro, ahora se aumenta a tres el número de lepóridos al alcance de la destreza humana, debiendo por tanto corregirse los refraneros, donde se lee dos, léase tres, y quizá ni en tres nos quedemos.

Atendido el ruego de que bajaran a recepción, instalados después en la sala de estar, ante el gran espejo de la verdad, Joaquim Sassa y Pedro Orce, a instancias de los periodistas, no tuvieron más remedio que confirmar que ellos habían sido, respectivamente, el de la piedra arrojada al mar y el sismógrafo vivo. Pero está lo de los estorninos, el que se junten aquí tantos estorninos no puede ser casualidad, observó el inteligente reportero, y fue entonces cuando José Anaiço, solidario con sus amigos y fiel a los hechos, dijo, Los estorninos me siguen a mí. La mayor parte de las preguntas dirigidas a Joaquim Sassa coincidieron, en la parte respectiva, con el diálogo que entre él y un gobernador civil se imaginó, motivo éste por el que no se repiten aquí, tampoco las respuestas correspondientes, pero Pedro Orce, que en su país pudiera ser completo profeta, discurrió demoradamente sobre los hechos recientes de su vida, que sí señor seguía notando el temblor de la tierra, intenso y profundo, como una vibración que le subiera por los huesos, y que en Granada, Sevilla y Madrid lo habían sometido a muchas pruebas, tanto efectivas como intelectuales, tanto sensoriales como motoras, y que allí estaba, dispuesto a someterse a idénticas u otras averiguaciones si los sabios portugueses las creían convenientes. Mientras tanto había anochecido, los estorninos responsables del interrogatorio se recogieron en orden disperso entre los árboles de los jardines próximos, agotadas las preguntas y la curiosidad se fueron periodistas, cámaras y proyectores, pero ni siquiera así hubo sosiego en el hotel, camareros y empleados inventaban pretextos para ir a la recepción y fisgonear en la sala de estar, a ver qué cara tienen los fenómenos.

Fatigados por las incesantes emociones, los tres amigos decidieron no salir, cenar allí mismo. Pedro Orce estaba preocupado por las consecuencias de la locuacidad a la que se dejó arrastrar, Después de haberme advertido tanto que no abriera la boca sobre mi caso, ya veis, en España no va a gustar nada esto cuando se sepa, aunque si me quedo aquí unos días más, a lo mejor se olvidan de mí. José Anaiço lo dudaba, Mañana va a salir nuestra historia en los periódicos, es probable que la televisión dé la noticia hoy mismo, y los de la radio no se van a callar, son infatigables, y Joaquim Sassa, Aun así, de nosotros tres tú eres el que estás en mejor situación, siempre podrás decir que no tienes la culpa de que anden detrás de ti los estorninos, ni les silbas ni les das de comer, pero nosotros dos estamos fastidiados, a Pedro Orce lo miran como si fuese un bicho raro, la ciencia lusitana no se va a perder el cobaya, y a mí no van a dejarme en paz con lo de la piedra, Vosotros tenéis el coche, dijo Pedro Orce, marchaos mañana temprano, o esta misma noche, yo me quedo, si me preguntan adónde habéis ido, les digo que no lo sé, Ahora es demasiado tarde, apenas aparezca en la televisión no va a faltar quien llame desde el pueblo aunque sólo sea para decir que me conoce, que soy el maestro, y que ya andaban con la mosca tras la oreja, están sedientos de gloria, eso dijo José Anaiço, y añadió, Es mejor que nos quedemos juntos, hablaremos poco y acabarán cansándose.

Tal como se pensaba, aparecieron en el último noticiario de la televisión, un reportaje muy completo, se veían los estorninos revoloteando, la fachada del hotel, el gerente haciendo declaraciones que sabemos falsas, como inmediatamente se verá, Es el primer gran acontecimiento de la historia de este establecimiento hotelero, y las tres maravillas, Pedro, José y Joaquim, respondiendo a las preguntas.

Como siempre que se considera indispensable un suplemento de autoridad convincente, estaba en el estudio el experto, en este caso un especialista en la moderna disciplina de la psicología dinámica que, entre otras opiniones sobre el fondo de la cuestión, declaró que no excluía la hipótesis de que se tratara de pura charlatanería, Sabido es, dijo, que en momentos como éste, de crisis, nunca dejan de aparecer impostores, individuos que cuentan historias e intentan aprovecharse de la credulidad de las masas populares, muchas veces pretendiendo una desestabilización política inmediata o al servicio de proyectos de toma del poder a largo plazo, Como se crean esto, estamos apañados, observó Joaquim Sassa, Y los estorninos, cuál es su opinión acerca de los estorninos, quiso saber el locutor, Eso sí es realmente un fascinante enigma, o la persona a que siguen es portadora de un reclamo irresistible, o se trata de un caso de hipnosis colectiva, No debe de ser fácil hipnotizar aves, Al contrario, una gallina puede ser hipnotizada con un simple trozo de yeso, hasta un niño es capaz de hacerlo, Pero, dos o tres mil estorninos al mismo tiempo, cómo iban a volar si estuvieran hipnotizados, Observe que la bandada, para cada ave que forma parte de ella, es ya un agente hipnótico, agente y resultante al mismo tiempo, Perdone que le recuerde que alguno de nuestros telespectadores puede tener dificultades para seguir un lenguaje demasiado técnico, Entonces, intentando ser más claro, diré que todo el grupo tiende a constituirse en hipnosis homogeneizada, No tengo la seguridad de que ahora le hayan entendido mejor, de todos modos le agradezco su presencia en nuestros estudios, sin duda este asunto va a seguir preocupándonos, habrá ocasión para un debate en profundidad, Estoy a su disposición, dijo el perito. A Joaquim Sassa no le hizo ninguna gracia y rezongó, Ese tipo es bobo, Realmente lo parece, pero hay ocasiones en que hasta a los bobos conviene oírlos con atención, respondió José Anaiço, y Pedro Orce, No entendí nada, ésta fue la primera vez en que, por completo, se le escapó el habla lusitana, si tomásemos al pie de la letra lo que las palabras significan, buena conversación habría sido la de Viriato y Nuno Alvares Pereira, héroes de la misma patria, a lo que dicen. Mientras en la sala de estar se discutían estas graves cuestiones, el gerente, en un gabinete retirado, recibía a una delegación de propietarios de los restaurantes vecinos que venían a proponerle un negocio, Cuánto quiere por dejarnos armar unas redes en el tejado, tarde o temprano los estorninos volverán a posarse aquí, no las vamos a poner en los árboles, al alcance de cualquiera, sería como hacer hijos en mujer ajena, esos hombres son de los que creen que el único sentido íntimo de las cosas es que las cosas no tengan ningún sentido íntimo, el gerente duda, tiene miedo de que le rompan las tejas, al fin se decide, propone una cantidad, Es caro, dicen los otros, y se quedan discutiendo el precio.

Al día siguiente, de mañana, otra delegación, ésta con gentes de expresión solemne, bien trajeados, de mucha circunspección, viene a pedirle a Joaquim Sassa y a Pedro Orce que los acompañen por orden del gobierno, también venía en el grupo impetrante un consejero de la embajada española, que saludó a Pedro Orce, pero con tan ostensiva sequedad que sólo podía atribuirse a un dañado ardor patriótico. Querían proceder a un inquérito rápido, explicaron, muy sencillo, unas preguntas rutinarias que añadir al ya voluminoso expediente provocado por la ruptura de la península, ruptura por lo visto irremediable si tenemos en cuenta su continuo desplazamiento, fatal, por así decirlo. A José Anaiço no le hicieron caso, probablemente pensarían que estaba dotado de virtudes sólo comparables a las del flautista de Hamelin, además, los estorninos ni se ven ya, andan en reconocimiento por los cielos de la ciudad, juntos, en las redes del tejado, traicioneramente armadas, sólo cayeron en total cuatro pardillos vagabundos que estaban destinados a otro fin, pero el destino dispuso un remate diferente a sus vidas, Qué destino, pregunta la voz irónica, y por méritos de esta intervención inesperada nos enteramos de que no hay un solo destino contra todo lo que habíamos aprendido de fados y canciones, Nadie puede escapar a su destino, aunque puede ocurrir que de pronto caiga sobre nosotros el destino de otra persona, esto fue lo que les ocurrió a los pardillos, que tuvieron destino de estorninos.

José Anaiço se quedó tranquilo en el hotel, esperando el regreso de sus compañeros, pidió los periódicos, las entrevistas venían todas en primera página, con fotos explosivas y títulos dramáticos, Enigmas Que Desafían A La Ciencia, Las Fuerzas Ignoradas De La Mente, Tres

Hombres Peligrosos, El Misterio Del Hotel Bragança, era tan grande nuestro escrúpulo por no decir su nombre y al final lo dice la indiscreción periodística, Será Extraditado El Español, interrogación, En Menudo Lío Estamos Metidos, esto lo pensó José Anaiço, no es un título. Pasaron las horas, llegó la de almorzar, de Joaquim Sassa y Pedro Orce ni noticia ni recado, están presos, en la cárcel, tanta inquietud le hace perder el apetito a cualquiera, Ni sé siquiera adónde los llevaron, estúpido que soy, tenía que habérselo preguntado, qué va, lo que tendría que haber hecho es ir con ellos, no abandonarlos, calma, probablemente, incluso queriendo, no me dejarían ir, probablemente no es cierto, no es así, me quedé muy contento porque me dejaran fuera, la cobardía es peor que el pulpo, el pulpo, cuanto más se encoge, más extiende los brazos, la cobardía sólo sabe encogerlos, por esta severidad se nota cuán furioso está José Anaiço consigo mismo, falta saber si es realmente sincero en tan contradictorios impulsos y pensamientos, lo mejor, como en casi todos los casos de la vida, será esperar a ver los actos. Primero fue a preguntarle al gerente si había oído cualquier palabra reveladora, una dirección, un nombre, pero el hotelero respondió no, no señor, ni conocía a ninguno de aquellos caballeros, los veía por primera vez, tanto a los portugueses como al español, en ese momento se le iluminó la inteligencia a José Anaiço, ir a la embajada, seguro que la embajada lo sabe, y luego le sorprendió otra iluminación, nunca viene una sola, la prensa, pues claro, bastaba dirigirse a uno de aquellos periódicos y en pocas horas los argos, holmes y lupines de la redacción rastrearían a los desaparecidos, la necesidad es madre de la invención, en este caso se llama cuidado el padre, pero no siempre es el mismo.

Ligero subió a su cuarto José Anaiço, iba a cambiarse los zapatos, cepillarse los dientes, estos procedimientos comunes no son incompatibles con el espíritu resuelto, véase a Otelo, quien, estando resfriado y sin darse cuenta de lo que hacía, se sonó ridículamente antes de matar a Desdémona, la que, a su vez, pese a los fúnebres presentimientos, no se encerró con llave, porque una esposa al esposo nunca debe negarse, aunque sepa que la va a matar, y aparte de eso Desdémona sabía muy bien que el cuarto tenía sólo tres paredes, ahora en este drama está solo José Anaiço, restregándose los dientes con el cepillo y escupiendo cuando oye que alguien llama, Quién es, preguntó, aunque no lo parezca por su voz, el tono es de alegre expectativa, va Joaquim Sassa a responderle, Ya hemos llegado, pero el engaño duró lo que un suspiro, Me permite, es la camarera, Un momento, acabó la operación higiénica, se lavó las manos y la boca, se enjuagó, fue a abrir. La camarera es una simple empleada de hotel, con señas y destino tan particulares que éste es el único momento de su vida en que rozará levemente, y sólo durante el tiempo de dar un recado, la existencia de José Anaiço y de sus compañeros, presentes y futuros, acontece esto a veces en el teatro y en la vida, necesitamos una persona que venga a llamar a nuestra puerta sólo para decirnos, Hay en la sala una señora que pregunta por usted. Se asombra José Anaiço, da expresión a su asombro, Por mí, y la camarera añade lo que había creído innecesario decir, Preguntó por ustedes tres, pero como los otros no están, Será una periodista, pensó José Anaiço, y dijo, Bajo ahora mismo. La camarera se alejó como quien de la vida se retira, no volveremos a necesitarla, no hay razón alguna para que la recordemos, ni siquiera con indiferencia. Vino, llamó a la puerta, dio el recado, que, no se sabe por qué, no fue dado por teléfono, quizá a la vida le gusta cultivar de vez en cuando el sentido de lo dramático, si suena el teléfono pensamos, Qué será, si llaman a la puerta pensamos, Quién será, y damos voz al pensamiento preguntando, Quién es. Sabemos ya que fue la camarera, pero la pregunta tuvo media respuesta, o ni siquiera tanto, por eso José Anaiço va pensando mientras baja la escalera, Quién será, se ha olvidado ya de la posibilidad de que sea una periodista, ciertos pensamientos nuestros son así, sirven sólo para ocupar, por anticipación, el lugar de otros que darían más que pensar.

En el hotel hay una gran paz, como en una casa desocupada de donde se hubiese retirado la vida inquieta, pero todavía no ha comenzado a envejecer de abandono, han quedado ecos de pasos y de voces, un llanto, un murmullo de despedida que se prolonga en el último descansillo. El recepcionista está de pie, tras el mostrador tiene el armario de las llaves con su casillero para avisos, correspondencia y facturas, escribe en un libro o de él copia números a un papel, es hombre activo, incluso si el trabajo falta. Cuando José Anaiço va a pasar le indica la sala con la cabeza, José Anaiço responde con otro gesto, de asentimiento, Ya lo sé, es lo que éste quiere decir, el primero, más extensamente, significaba, Hay una mujer esperándole. Se detuvo José Anaiço a la entrada de la sala, vio a una mujer joven, una muchacha, tiene que ser ésta, no hay aquí nadie más, pese a estar en el contraluz de los visillos parece simpática, bonita, lleva pantalón y chaqueta azul, de un tono que debe de ser añil, tanto puede ser periodista como no serlo, pero al lado de la silla donde se sienta tiene una maletita de viaje y en las rodillas un palo ni pequeño ni grande, entre un metro y metro y medio, el efecto es perturbador, una mujer vestida así no anda por la ciudad con un palo en la mano, No será periodista, pensó José Anaiço, por lo menos no están a la vista los instrumentos de su oficio, cuadernillo, bolígrafo, grabadora.

La mujer se levanta, y este gesto, inesperado, pues está dicho que las señoras, según el manual de etiqueta y buenas maneras, deben esperar en sus lugares a que los hombres se aproximen y las saluden, entonces ofrecerán la mano o darán la mejilla, de acuerdo con la confianza o el grado de intimidad o su naturaleza, y compondrán su sonrisa de mujer, educada, o insinuante, o cómplice, o reveladora, depende. Este gesto, quizá no el gesto, sino el estar allí, a cuatro pasos, de pie una mujer esperando, o, en vez de esto, la súbita conciencia de que se ha suspendido el tiempo mientras no se da el primer paso, verdad es que el espejo es testigo, pero de un momento anterior, en el espejo José Anaiço y la mujer aún son dos extraños, de este lado no, aquí, porque van a conocerse, se conocen ya. Este gesto, este gesto del que antes no se puede decir todo, hizo que se moviese el suelo de tablas como un convés, el arfar de un barco en la ola, lento y amplio, esta impresión no es comparable al conocido temblor de que habla Pedro Orce, no le vibran los huesos a José Anaiço, pero todo su cuerpo sintió, física y materialmente sintió, que la península, aún así llamada por costumbre y comodidad de expresión, de hecho y de naturaleza va navegando, sólo lo sabía por observación exterior, ahora lo sabe por sensación propia. Así, por esta mujer, si no sólo desde este momento en que ella vino, que más que todo cuentan las horas en que las cosas acontecen, dejó José Anaiço de ser apenas involuntario reclamo de pájaros enloquecidos. Avanza hacia ella, y este movimiento, lanzado en la misma dirección, se junta a la fuerza que empuja, sin oposición ni resistencia, la figura de balsa de la que el hotel Bragança, en este preciso instante, es mascarón y castillo de proa, con perdón de la patente impropiedad de las palabras. Tanto puede.

Mis amigos no están aquí, dijo José Anaiço, han venido a buscarlos esta mañana unos científicos para hacer unas comprobaciones, empiezo a estar preocupado con su tardanza, estaba a punto de salir, iba a buscarlos, José Anaiço sabe que no precisaría de tantas palabras para decir lo que a la ocasión importaba, pero no puede contenerlas. Ella responde, la voz es agradable, baja pero clara, Lo que yo tengo que decir vale tanto para uno como para los tres, y así quizá me sepa explicar mejor. Los ojos tienen un color de cielo nuevo, Qué es un cielo nuevo, qué color tiene, dónde he ido a buscar esta idea, pensamiento de José Anaiço y en voz alta, Siéntese, por favor, no esté de pie. Se sentó ella, se sentó él, Usted se llama, José Anaiço, Mi nombre es Joana Carda, Encantado. No se dan la mano, sería ridículo ahora que están sentados, para hacerlo tendrían que soalzarse de sus asientos, más ridículo aún, o sólo él, lo que sería ridículo a medias si ridículo a medias no fuese precisamente igual que ridículo entero, Es bonita, y el pelo, casi negro, no debía pegarle con los ojos, color de cielo nuevo de día, color de cielo nuevo de noche, pero están bien uno y otro, Puedo serle útil en algo, con esta fórmula cortés se tradujo el íntimo pensar. No sé si podremos hablar aquí, murmuró Joana Carda, Estamos solos, nadie nos oye, Pero la curiosidad es mucha, mire. Andando de manera poco natural, el recepcionista pasaba ante la entrada del salón, pasaba y volvía a pasar, aparentemente distraído, como quien hubiese desistido de inventar un nuevo trabajo, si aquél ya había resultado inútil. José Anaiço lo miró severamente y sin resultado, bajó la voz, haciendo así más sospechoso el diálogo, No puedo invitarla a subir, aparte de que parece inconveniente, estará prohibido que los huéspedes reciban visitas en las habitaciones, Eso no tendría importancia para mí, no necesitaría defenderme de quien, seguramente, no está pensando en atacarme, De hecho no es ésa mi intención, sobre todo viéndola armada. Sonrieron los dos, pero en la sonrisa había algo de forzado, de constreñido, como una súbita aflicción, realmente la conversación resultaba ahora demasiado íntima para quienes sólo hace tres minutos que se conocen, y apenas de nombre. En caso de necesidad este palo serviría, dijo Joana Carda, pero no lo traigo por eso, a decir verdad es el palo el que me atrae a mí. La declaración, de tan insólita, limpió el aire, equilibró las presiones, la atmosférica y la sanguínea. Joana Carda sostenía la vara en las rodillas, esperaba la respuesta, al fin José Anaiço dijo, Es mejor que salgamos, hablaremos en la calle, en un café o en un jardín si lo prefiere.

Ella tomó la maleta, él se la quitó de la mano, Podemos dejarla en mi habitación, con el palo, El palo no lo dejo, y la maleta tampoco, quizá no vuelva por aquí, Como quiera, es una pena que su maleta sea tan pequeña que no quepa el palo dentro, No todas las cosas nacen unas para otras, respondió Joana Carda, lo que, pese a ser obvio, encierra no poca filosofía.

Al salir, José Anaiço le dijo al recepcionista, Si llegan mis amigos, dígales que vuelvo en seguida, Sí señor, no se preocupe, respondió el hombre sin quitar los ojos de Joana Carda, pero no había codicia en su mirada, sólo una vaga desconfianza, como la que se puede observar en todos los recepcionistas de hotel. Bajaron la escalera, al fondo, sobre el remate del pasamanos, había una estatua de hierro fundido, ornamental, a modo de hidalgo o paje de ópera, aquí está una figura que bien pudiera estar colocada, con su globo eléctrico encendido, en cualquiera de los grandes cabos portugueses o gallegos, el de San Vicente, el Espichel, el de la Roca, el de Finisterre y otros de menor porte, que no por serlo tienen menos trabajo de romper las aguas, sin embargo el destino de este hidalgo o paje es ser ignorado, tal vez en un día remoto alguien pusiera en él ojos atentos, no lo hicieron Joana Carda ni José Anaiço, será porque tienen otras más graves preocupaciones, aunque, de preguntarles, probablemente no sabrían decir cuáles. Quien está en el frescor del hotel, en aquella penumbra secular, no puede imaginar que haga tanto calor en la calle. Estamos en agosto, si aún lo recordamos, el clima no ha variado por el hecho de haber viajado la península una insignificancia de ciento cincuenta kilómetros, suponiendo que la velocidad se haya mantenido constante como informó Radio Nacional de España, sólo han pasado cinco días y parece que hace ya un año. Dijo José Anaiço, como era de esperar, Pasear con este calor con maleta y palo en mano, no apetece nada, en diez minutos vamos a estar fatigadísimos, lo mejor sería entrar en un café, nos sentamos y tomamos un refresco, Es preferible un jardín, un banco aislado, en una sombra, Hay aquí cerca un jardín, la plaza de Don Luis, quizá la conozca, No vivo en Lisboa, pero la conozco, Ah, no vive en Lisboa, repitió inútilmente José Anaiço. Bajaban por la Rua do Alecrim, él llevaba la maleta y el palo, los paseantes pensarían cosas poco halagadoras de él si no llevase la maleta y de ella cosas poco decentes si llevara el palo, tan verdad es que somos todos implacables observadores, llenos de malicia si es preciso, y más de la cuenta. A la exclamación de José Anaiço se limitó Joana Carda a responder que había llegado aquel mismo día, en tren, y que fue directamente al hotel, lo demás, ahora lo vamos a saber.

Están sentados, afortunadamente, a la sombra de unos árboles, él preguntó, Qué la ha traído a Lisboa, por qué nos busca, y ella dijo, Porque debe de ser verdad que usted y sus amigos tienen algo que ver con lo que está ocurriendo, Ocurriendo, a quién, Sabe muy bien a qué me refiero, a la península, a la ruptura de los Pirineos, a este viaje como nunca se ha visto otro igual, A veces pienso también que sí, que algo tenemos que ver, que es por culpa nuestra, pero otras veces pienso que estamos todos locos, Un planeta que anda dando vueltas alrededor de una estrella, girando, girando, ahora día, ahora noche, ahora frío, ahora calor, y un espacio casi vacío en el que hay cosas gigantescas que no tienen nombre al no ser el que le damos, y un tiempo que nadie sabe realmente qué es, todo esto tiene que ser también cosa de locos, Es usted astrónoma, preguntó José Anaiço, recordando a María Dolores, antropóloga en Granada, Astrónoma no soy, ni tonta, Perdone la impertinencia, todos estamos un poco nerviosos, las palabras no dicen lo que quisieran decir, hablamos de más o de menos, perdóneme, Está perdonado, Probablemente le parezco escéptico porque a mí no me ha ocurrido nada, aparte de lo de los estorninos, aunque, Aunque, Hace poco, en el hotel, cuando la vi en el salón me sentí como si estuviera en un barco, en el mar, fue la primera vez que me ocurría esto, Pues yo lo vi como si se acercara a mí desde muy lejos, Y eran sólo tres o cuatro pasos.

Procedentes de todos los horizontes, los estorninos cayeron súbitamente sobre los árboles del jardín. De las calles cercanas aparecieron personas corriendo, miraban hacia arriba, señalaban con el dedo, Aquí están de nuevo, dijo José Anaiço, impaciente, y lo peor es que no vamos a poder hablar, con toda esta gente aquí. En ese momento, los estorninos alzaron el vuelo todos juntos, cubrieron con una gran mancha negra y vibrante el jardín, las personas gritaban, unos con gritos de amenaza, otros de excitación, otros de miedo, Joana Carda y José Anaiço miraban sin entender qué estaba pasando, entonces la gran masa se fue ahilando, se convirtió en cuña, en ala, en flecha, y después de dar tres rápidas vueltas, los estorninos salieron disparados rumbo al sur, cruzaron el río, desaparecieron lejos, en el horizonte. Los curiosos, los papanatas que se habían reunido, soltaron exclamaciones de sorpresa, también de decepción, al cabo de unos minutos el jardín estaba desierto, se notó de nuevo el calor, sentados en un banco estaban, solos, un hombre y una mujer, con una vara de negrillo y una maleta de viaje. José Anaiço dijo, Creo que no volverán más, y Joana Carda, Ahora voy a contarle lo que me pasó.

Reconocida la gravedad de los hechos relatados, la prudencia determinó que Joana Carda no se alojara en el célebre hotel, en cuyo tejado esperaban aún las redes, ahora en vano, que se posaran los estorninos. Fue una decisión inteligente, evitó, por lo menos, que pudiera confirmarse la alteración, por segunda vez, del dicho sobre el tiro y los conejos, que sería ahora caer, junto a los tres sospechosos, si no incriminados ya, una mujer con artes de esgrima metafísica. Pasado lo escrito a palabras menos barrocas y construcciones más ventiladas, lo que Joana Carda hizo fue instalarse algo más arriba, en el hotel Borges, en pleno corazón del Chiado, con su maleta y su vara de negrillo, que desgraciadamente no es telescopio plegable, de modo que la miran intrigadas las personas al pasar y, en la recepción del hotel, bromeando para disimular la real curiosidad, un empleado, respetuoso ciertamente, hará una discreta alusión a varas que no son bastones, a lo que Joana Carda le respondió con el silencio, en definitiva no hay ninguna ley conocida que prohíba a un cliente llevar a su habitación una rama de encina, menos aún un palito delgado, que no llega a los dos metros de largo, fácil de llevar en el ascensor y que, puesto en un rincón, casi no se ve.

José Anaiço y Joana Carda hablaron mucho, hasta después de ponerse el sol, imagínense, dieron al asunto todas las vueltas que se podían dar y concluyeron que, no habiendo nada de natural en él, las cosas ocurrían como si una normalidad nueva se hubiera instalado en vez de la normalidad antigua, pero sin convulsiones, agitación o mudanza de color, que, por otra parte, y de darse, tampoco explicarían nada. El error es sólo nuestro, con este gusto por dramas y tragedias, esa necesidad de coturno y gesto amplio, nos maravillamos, por ejemplo, ante un parto, aquella batahola de suspiros y gemidos, y gritos, el cuerpo que se abre como un higo maduro y lanza fuera otro cuerpo, y eso es maravilla, sí señor, pero no menor maravilla fue lo que pudimos ver, la eyaculación ardiente dentro de la mujer, la maratón mortífera, y luego la lentísima fabricación de un ser por sí mismo, cierto es que con ayudas, ese que será, para no ir más lejos, este que esto escribe, irremediablemente ignorante de lo que le aconteció entonces y también, confesémoslo, no muy sabedor de lo que ahora le acontece. Joana Carda no sabe y no puede decir más, Estaba la vara en el suelo, hice la raya con ella, si estas cosas suceden por haberla hecho, quién soy yo para jurarlo, por eso es necesario que vayamos a ver, debatieron y volvieron a debatirlo, anochecía ya cuando se separaron, ella para el Borges de encima, él para el Bragança de abajo, y va mordido de remordimientos José Anaiço, que no tuvo alma para interesarse por los amigos, ingrato, bastó que apareciera una mujer narradora de historias fantásticas y se quedó toda la tarde oyéndola, Ahora es necesario ir y ver, repetía ella, modificando ligeramente la frase, quizá para convencerlo de una vez, en muchos casos es la única solución, decirlo de otra manera. A la entrada del hotel José Anaiço alza los ojos, de estorninos ni rastro, la sombra alada que pasó, rápida y blanda como una discreta caricia, fue un murciélago a la caza de mosquitos y polillas. El paje del pasamanos tiene la lámpara encendida, está allí para dar la bienvenida, pero José Anaiço ni siquiera posa en él una mirada aburrida, mala noche va a pasar si Pedro Orce y Joaquim Sassa no han vuelto.

Habían vuelto. Esperan en la sala, sentados en las mismas sillas en las que Joana Carda y José Anaiço se habían sentado, aunque haya quien no crea en coincidencias, cuando coincidencias es lo que más se encuentra y se prepara en este mundo, si no son las coincidencias la propia lógica del mundo. José Anaiço se detiene a la entrada del salón, parece como si todo fuera a repetirse, pero ahora no, el suelo de tablas permaneció firme, los cuatro pasos de distancia son sólo una distancia de cuatro pasos, no un vacío interestelar ni un salto de vida o muerte, las piernas se movieron por sí mismas, después hablaron las bocas para decir lo esperado, Fuiste a buscarnos, preguntó Joaquim Sassa, pero a una pregunta tan simple no puede responder José Anaiço con sencillez, Sí o No, ambas palabras serían verdaderas, ambas mentirían, costaría mucho explicarlo, por eso hizo su propia pregunta, tan legítima y natural como la otra, Dónde diablos os habéis metido tantas horas. Se ve que Pedro Orce está cansado, no es extraño, la edad, digan lo que digan los obstinados, pesa, y hasta un hombre joven y vigoroso hubiera salido deshecho de las manos de los médicos, prueba tras prueba, análisis, radiografías, cuestionarios, golpecitos de martillo en los tendones, sondajes en los oídos, exámenes de retina, electroencefalogramas, no es extraño que los párpados le pesen como plomo, Me caigo de sueño, dice, estos sabios portugueses por poco me matan. Se decidió allí mismo que Pedro Orce no saldría de la habitación hasta la hora de la cena, que bajaría entonces para tomar un caldito de gallina y una pechuga, pese a no ser grande su apetito, le parecía tener el estómago lleno aún de la papilla radiológica, Pero a ti no te hicieron ninguna radiografía de estómago, observó Joaquim Sassa, Pues no, pero es como si me la hubieran hecho, la sonrisa de Pedro Orce era tan desmayada como una rosa marchita. Te quedas descansando, dijo José Anaiço, Joaquim y yo nos vamos a cenar a un restaurante cualquiera, hablaremos de lo que ha pasado y cuando volvamos llamamos a tu puerta, a ver cómo estás, No llaméis, lo más seguro es que ya esté durmiendo, lo que quiero ahora es dormir doce horas de un tirón, hasta mañana, y se retiró arrastrando los pies. Pobre hombre, en qué andanzas lo metemos, eso lo dijo José Anaiço, También a mí me han molido a preguntas y pruebas, pero no hay comparación con lo que le han hecho a él, esto me recuerda un cuento que leí hace años, Inocente entre Doctores se titulaba, De Rodrigues Miguéis, Exacto.

Ya en la calle decidieron dar una vuelta en el Dos Caballos, era aún temprano para cenar, y podrían charlar a gusto. La desorientación es absoluta, empezó Joaquim Sassa, se agarran a nosotros porque no tienen nada más, es decir, ahora empiezan a tener demasiado, seguramente por las noticias de la televisión, ayer, y por los diarios de hoy, has visto los titulares de los de la tarde, están locos, ha empezado a echárseles encima una lluvia de gente que jura que también nota el tembleque de la tierra, y que al tirar cantos al río salió una ninfa y que los periquitos domésticos hacen ruidos extraños, Siempre es así, la noticia produce noticias, pero es probable que a nuestros periquitos no los volvamos a ver, Por qué, qué ha ocurrido, Creo que han desaparecido, Simplemente así, sin más ni menos, después de no dejarte ni a sol ni a sombra durante una semana, Eso es lo que parece, Los viste, Los vi, atravesaron el río hacia el sur y no han vuelto, Y cómo supiste que se iban definitivamente, estabas en la ventana de la habitación, No, fui a un jardín aquí cerca, Pues en vez de eso, bien podías andar buscándonos a ver qué nos pasaba, Era ésa mi idea, pero luego fui al jardín y me quedé allí, Tomando el fresco, Hablando con una mujer, Ah, vamos, buen amigo nos has salido tú, nosotros de calvario y tú de ligue, como no pudiste meterle mano a la arqueóloga de Granada, ahora te desquitas, No era arqueóloga, era antropóloga, Es igual, Ésta es astrónoma, No fastidies, La verdad es que no sé qué es, eso de astrónoma viene de algo que le dije, Bueno, la historia es tuya, no tengo por qué meterme en la vida de los demás, Claro que tienes, lo que me contó tiene mucho que ver con lo nuestro, Ah, es una de esas de las piedras, No, Entonces siente temblores, Sigues sin acertar, El canario mudó de color, Mira amigo, ironizando así no llegas, Perdona, es que estoy fastidiado, no logro quitarme de la cabeza que no nos hayas buscado, Ya te dije que ésa era mi intención, pero apareció la mujer precisamente cuando me disponía a salir, iba a empezar por la embajada de España, apareció y tenía una historia que contar, venía con una vara en la mano, traía un maletín, llevaba pantalones y chaqueta azul, tiene el pelo negro, la piel muy blanca, los ojos no sé bien, es difícil decirlo, Interesantes detalles para la historia peninsular, sólo te falta decirme que era guapa, Lo es, Joven, Digamos que sí, que es joven, aunque ya no es precisamente una chiquilla, Por lo visto, te has enamorado, Eso es decir demasiado, pero sentí que el suelo oscilaba, Nunca he oído hablar de ese efecto, Calma, A no ser que hubieras bebido de más y no te acuerdas, Calma, Pues sí, calma, a ver, qué quería la Mujer de Ojos No Sé Bien, y qué palo era ése, El palo es de negrillo, Poco sé de botánica, qué es un negrillo, Como un olmo, y si me permites hacer un comentario circunstancial, te diré que tienes una técnica de interrogatorio excelente. Joaquim Sassa se echó a reír, Debo de haberla aprendido hoy con esos buenos maestros que me fastidiaron, perdona, sigue con la historia de la mujer esa, tiene algún nombre, aparte de Ojos No Sé Bien, Se llama Joana Carda, Está presentada, vamos ahora al asunto, Imagina que te encuentras un palo en el camino y que, por distracción o sin ningún motivo especial, haces con él una raya en el suelo, Eso lo hice muchas veces de niño, Y qué pasó, Nada, nunca pasa nada, y, realmente, es una pena, Imagínate ahora que esa raya produjera, por un efecto mágico o causa equivalente, una falla en los Pirineos, y que los susodichos Pirineos se rompen de arriba abajo y la Península Ibérica empieza a navegar mar adentro, Tu Joana está loca, Ya hubo alguna, pero ésta no ha venido a Lisboa para decirnos que la península se separó de Europa porque ella hiciera una raya en el suelo, Gracias, Dios mío, aún queda

sensatez en el mundo, Lo que dice es que la raya no desaparece, ni con el viento, ni echándole agua encima, ni
raspando, ni barriendo con una escoba, ni pisoteándola,
Tonterías, Tanto como ser tú el mayor lanzador de peso
de todos los tiempos, seis kilos sin trampa a quinientos
metros, ni Hércules, pese a ser medio dios, conseguiría
batir tu récord, Quieres que crea que una raya hecha en
el suelo, en tierra, porque fue en tierra, no, se mantiene
pese al viento, al agua, a la escoba, Y si le metes una aza-
da, vuelve a formarse, Imposible, No eres original, también yo dije esa palabra, y Juanita de los Ojos de No Sé
Bien se limitó a responder, Sólo Allí Yendo A Ver, o Sólo
Yendo Allí A Ver, no lo sé bien. Se calló Joaquim Sassa,
entonces iban por Cruz Quebrada, qué sacrílego caso se
ocultará en estas palabras hoy inocuas, y José Anaiço dijo, Todo esto sería absurdo si no estuviera ocurriendo, y
Joaquim Sassa preguntó, Estará ocurriendo realmente.

Había aún alguna luz del día, poca, pero la suficiente para poder ver el mar hasta el horizonte, desde este alto del que se baja para Caxias se alcanza toda la dimensión de las grandes aguas, tal vez por eso murmuró José
Anaiço, Son otras, y Joaquim Sassa, que no podía saber
de qué otras se trataba, preguntó, Quiénes, Las aguas,
estas aguas son otras, así se transforma la vida, cambia y no
nos damos cuenta, estábamos quietos y creíamos que
no habíamos cambiado, ilusión, puro engaño, íbamos
con la vida. El mar batía con fuerza contra el paredón de
la carretera, no era sorprendente, también estas olas son
otras, habituadas a tener libertad de movimientos, sin
testigos, salvo cuando pasaba un minúsculo barco, no el
leviatán de ahora, que va empujando al océano. Dijo José

Anaiço, Cenamos ahí, en Paço de Arcos, luego volvemos al hotel, a ver cómo está Pedro, Pobre hombre, por poco acaban con él. Dejaron a Dos Caballos en una calle lateral, fueron en busca de un restaurante, pero, antes de entrar, Joaquim Sassa dijo, Durante las pruebas y los interrogatorios oí algo en lo que nunca habíamos pensado, fue sólo una palabra pero bastó, quien la dijo quizá creería que yo no estaba atento, Qué es, Hasta ahora, la península, ya sé que no es ya península, pero cómo diablos vamos a llamarla, se ha desplazado prácticamente en línea recta, entre los paralelos treinta y seis y cuarenta y tres, Y eso qué, Tal vez seas un buen profesor de otras materias, pero de geografía no andas muy bien, No entiendo, Entenderás si recuerdas que las Azores están situadas entre los paralelos treinta siete y cuarenta, Diablo, Llámalo, llámalo, La península va a chocar con las islas, Exacto, Será la mayor catástrofe de la historia, Quizá sí, quizá no, y, como has dicho hace un momento, todo eso sería absurdo si no estuviese ocurriendo, ahora vamos a cenar.

Se sentaron a la mesa, eligieron los platos, Joaquim Sassa tenía hambre, se lanzó sobre el pan, la mantequilla, las aceitunas, el vino, con una voracidad de la que su sonrisa pedía disculpas, Es la última cena del condenado a muerte, sólo unos minutos después preguntó, Y la del palo, dónde está ahora, Se aloja en el hotel Borges, en el Chiado, Creí que era de Lisboa, En Lisboa no vive, eso me dijo, pero no dijo dónde ni se lo pregunté, debió pensar que iríamos con ella, Para qué, Para ver la raya en el suelo, También tú tienes dudas, No creo tener dudas, pero quiero verlo con mis propios ojos y tocarlo con mis manos, Eres como el hombre del burro Platero, entre las sierras Morena y Aracena, Si lo que dice ella es verdad, más veremos nosotros que Roque Lozano, que no va a encontrar sino agua cuando llegue a su destino, Cómo sabes que se llama Roque Lozano, no recuerdo que le preguntásemos el nombre, el del burro sí, pero no el suyo, Debo de haberlo soñado, Y Pedro querrá acompañarnos, Un hombre que siente temblar el suelo bajo sus pies necesita compañía, Como el hombre que ha notado que oscila un suelo de tablas, Haya paz, El pobre Dos Caballos empieza a resultar pequeño para tanta gente, cuatro personas con equipaje, aunque sea de explorador, y ya va para viejo el pobre coche, Nadie logra pasar de su último día, Eres un sabio, Menos mal que te has convencido, Parecía que habían acabado nuestros viajes, que cada uno se iba a su casa, a la vida de todos los días, Vamos a la vida de estos días, a ver qué da de sí, Mientras la península no choque contra las Azores, Si ése es el fin, hasta entonces tenemos vida garantizada.

Acabaron de cenar, volvieron al camino sin prisas, con el trote corto de Dos Caballos, en la carretera había poco tráfico, quizá por las dificultades de aprovisionamiento de gasolina, suerte tenían con la frugalidad de aquel motor, Pero no estamos libres de quedarnos tirados por ahí, entonces sí que se acabó el viaje, observó Joaquim Sassa, y súbitamente recordando, Por qué dijiste que los estorninos se han ido definitivamente, Cualquiera ve la diferencia entre un adiós y un hasta luego, y lo que yo vi fue un adiós, Pero por qué, No lo sé decir, pero hay una coincidencia, los estorninos se fueron en cuanto apareció Joana, Joana, Así se llama, Podías haber dicho la mujer esa, la chica, la muchacha, así se expresa el pudor masculino cuando decir el nombre de una mujer podría resultar demasiado íntimo, Comparado con tu sabiduría, yo estoy aún en el parvulario, pero, como acabas de comprobar, dije su nombre con toda naturalidad, prueba de que mi intimidad no tiene nada que ver con el caso, Salvo si resultas mucho más maquiavélico de lo que aparentas, intentando probar lo contrario de lo que realmente piensas o sientes para que yo crea que lo que sientes o piensas es precisamente lo que pareces querer probar, no sé si queda claro, No queda claro, pero es igual, claridad y oscuridad son la misma sombra y la misma luz, lo oscuro es claro, lo claro es oscuro, y en cuanto a que alguien sea capaz de decir realmente con exactitud lo que siente o piensa, te ruego que no lo creas, no es porque no se quiera, es porque no se puede, Entonces por qué las personas hablan tanto, Eso es lo único que podemos hacer, hablar, hablar, o ni siquiera hablar, todos son experimentos y tentativas, Se fueron los estorninos, vino Joana, se fue una compañía, otra llegó, puedes decir que eres hombre de suerte, Eso aún falta verlo.

En el hotel había un recado de Pedro Orce para Joaquim Sassa, su compañero de tormentos, No me despertéis, otro de Joana Carda, telefónico, para José Anaiço, Es todo verdad, no lo soñó. Por encima del hombro de José Anaiço la voz de Joaquim Sassa pareció sonar burlona, Doña Ojos No Sé Bien te asegura que es real, en consecuencia, no pierdas el tiempo soñando con ella esta noche. Subían la escalera hacia las habitaciones,

José Anaiço dijo, Mañana, temprano, le telefonearé para decirle que iremos con ella si estás de acuerdo, Lo estoy, y no hagas mucho caso de lo que te digo, en el fondo, ya se sabe, lo que me hace hablar es la envidia, Envidiar apariencias es trabajo perdido, Mi sabiduría me está susurrando que todo es apariencia, que nada es, y con eso tenemos que contentarnos, Buenas noches, sabio, Sueños felices, compañero.

En tan gran secreto que de los preámbulos no se apercibieron, ni por mínima sospecha, los habitantes de los países, venían preparando los gobiernos y los institutos científicos la investigación del movimiento sutil que llevaba a la península mar adentro con enigmática constancia y segura estabilidad. Saber cómo y por qué se rompieron los Pirineos era idea de la que ya habían desistido, esperanza perdida en pocos días. Pese a la enorme cantidad de información acumulada, las computadoras, fríamente, pedían nuevos datos o daban respuestas disparatadas, como ocurrió en el célebre instituto de Massachusetts, cuyos ordenadores se ruborizaron avergonzados al recibir en las terminales una sentencia perentoria, Demasiada Exposición Al Sol, imagínense. En Portugal, quizá por imposibilidad, hasta hoy, de expurgar el lenguaje cotidiano de ciertos persistentes arcaísmos, la conclusión más aproximada que pudimos obtener fue, Tantas Veces Va El Cántaro A La Fuente Que Al Final Se Rompe, metáfora que sólo sirvió para turbar aún más los espíritus, puesto que ni de cántaros se trataba, ni de fuente, pero en la que es posible desvelar un factor o principio de repetición que, por su propia naturaleza, dependiendo de la periodicidad, nunca se sabe adónde va a parar, todo depende de la duración del fenómeno, del efecto acumulado de las acciones, algo así como Gota A Gota Se Llena La Pila, fórmula que, curiosamente, nunca fue expresada por las computadoras, y bien podían hacerlo que entre ésta y la otra no faltan similitudes de todo orden, en el primer caso el peso del agua en el cántaro, en el segundo caso se sigue tratando de agua, pero gota a gota, en caída libre, y el tiempo, otro ingrediente común.

Son filosofías populares sobre las que podríamos discurrir sin fin, pero que a los científicos, geólogos y oceanólogos, poco importan. Atendiendo a los espíritus más simples, la cuestión se puede presentar en forma de pregunta elemental que, en su ingenuidad, recuerda la de aquel gallego a la vista del río Irati cuando éste se iba hundiendo tierra adentro, si no les falla la memoria, Hacia dónde va el agua, quiso saber, ahora lo diremos de otra manera, Qué pasa debajo de esta agua. Aquí, con los pies firmes en el suelo, mirando los horizontes, o desde el aire, donde infatigablemente siguen las observaciones, la península es una masa de tierra que parece, insístase en el verbo, parece fluctuar sobre las aguas. Pero es evidente que no puede fluctuar. Para que fluctuase sería preciso que se hubiera desprendido del fondo, caso en el que inevitablemente iría a parar al mismo fondo deshecha en terrones, porque, hasta suponiendo que en las circunstancias agentes la ley de impulsión se cumpliera sin mayor desvío o vicio, el efecto disgregador del agua y de las corrientes marítimas iría, progresivamente, reduciendo el espesor de la plataforma navegante hasta disolverse por completo la placa superficial. En consecuencia, y por exclusión de partes, tenemos que pensar que la península se desliza sobre sí misma, a una profundidad ignorada, como si se hubiera dividido horizontalmente en dos placas, formando parte la inferior de la corteza profunda de la tierra, y la superior, como explicado queda, resbalando lentamente en la oscuridad de las aguas, entre nubes de lodo y peces asustados, así estará navegando en los abismos, en algún lugar de los océanos, el Holandés Errante de triste memoria. La tesis es seductora y tiene misterio, con una puntita más de imaginación podría proporcionar el más fascinante capítulo de las Veinte Mil Leguas de Viaje Submarino. Pero éstos son otros tiempos, y la ciencia es hoy mucho más exigente, y como no es posible descubrir lo que hace que la península se desplace sobre el fondo del mar, entonces que alguien vaya, con sus humanos ojos, a ver el prodigio, a filmar el arrastre de la gran masa de piedra, a grabar quizá esa especie de grito de ballena, ese rechinar, ese desgarro interminable. Es pues la hora de los buzos.

En apnea, ya se sabe, no se puede bajar muy hondo ni por mucho tiempo. Va el pescador de perlas, o de esponjas, o de corales, se sumerge hasta cincuenta metros, e incluso a setenta, eso los ases, aguanta tres o cuatro minutos, es todo cuestión de entrenamiento y necesidad. Aquí son otras las profundidades, y las aguas mucho más frías, hasta resguardando el cuerpo con esos monos de caucho que transforman a cualquier persona, hombre o mujer, en un tritón negro con listas y pintas amarillas. Se recurrirá entonces a las escafandras, a las botellas de aire comprimido y, con estas más recientes técnicas y aparejos, usando de mil y un cuidados, se podrán alcanzar fondos de unos doscientos o trescientos metros. De ahí para abajo será mejor no tentar la suerte, manden máquinas sin tripulación, llenas de cámaras de filmar y de televisión, sensores, sondas táctiles y ultrasónicas, todo el instrumental adecuado a los fines propuestos.

Discretamente, a la misma hora, con vistas a un mejor cotejo de los resultados de la observación, empezaron las operaciones en las costas norte, sur y oeste, bajo cobertura de maniobras navales dentro del programa de entrenamiento de la Organización del Tratado del Atlántico Norte, para que el anuncio de la investigación no suscitase nuevos movimientos de pánico, puesto que, hasta ahora e inexplicablemente, a nadie se le había ocurrido que la península pudiera estar resbalando sobre lo que fue su milenario zócalo. Es hora de revelar que los sabios andan ocultando otra angustiante inquietud, que procede, digamos que fatalmente, de esta misma tesis que propone la hipótesis del corte horizontal profundo, y que se puede resumir en esta nueva interrogante de terrible simplicidad, Qué pasará cuando se interponga en el camino de la península una fosa abisal, en consecuencia, dejando de existir una superficie continua de desplazamiento. Recurriendo, como es siempre deseable para una mejor aprehensión de los hechos, a nuestra propia experiencia, de bañistas en este caso, comprenderemos perfectamente lo que esto significará si recordamos lo que sucede, en pánico y aflicción, cuando inesperadamente se pierde pie y la ciencia natatoria es insuficiente. Perdiendo pie la península, o pies, será inevitable la inmersión, el hundimiento, el ahogo, la asfixia, quién iba a decirlo, tras tantos siglos de vida mezquina, que estábamos abocados al destino de la Atlántida.

Ahorremos pormenores que un día serán divulgados para ilustración de cuantos se interesan por la vida submarina y que, de momento y en régimen de secreto total, se hallan en los diarios de a bordo, actas confidenciales y registros, algunos cifrados. Limitémonos a decir que la plataforma continental fue minuciosamente examinada, sin resultado. No se encontró la menor grieta, salvo las de nacimiento, ningún roce anormal fue percibido por los micrófonos. Frustrada esta primera expectativa, se pasó a los abismos. Las grúas hicieron descender los ingenios preparados para las grandes presiones, y éstos, en el profundo y silencioso mar, buscaron, buscaron y nada encontraron. El Archimède, obra maestra de la investigación submarina, manipulado por los franceses sus propietarios, bajó a las máximas honduras periféricas, de la zona eufótica a la zona pelágica, y de ésta a la batipelágica, usó faroles, pinzas, palpadores electrónicos, sondas de vario tipo, barrió el horizonte subacuático con su sonar panorámico, en vano. Las largas vertientes, las escarpas en declive, los precipicios verticales se exhibían con su soturna majestad, en su intacta maravilla, los instrumentos iban registrando, con muchos clics y luces encendiéndose y apagándose, las corrientes ascendentes y descendentes, fotografiaban los peces, los bancos de sardinas, las colonias de merluzas, las brigadas de atunes y bonitos, las flotillas de jureles, las armadas de peces espada, y si el Archimède transportase en su vientre un laboratorio pertrechado con los necesarios reactivos, disolventes y demás artificio químico, individualizaría los elementos naturales que están disueltos en las oceánicas aguas, a saber, por orden decreciente de cantidades y para abono cultural de una población que ni sueña que exista tanta cosa en el mar en que se baña, cloro, sodio, magnesio, azufre, calcio, potasio, bromo, carbono, estroncio, boro, cinc, aluminio, plomo, estaño, arsénico, cobre, uranio, níquel, manganeso, titanio, plata, tungsteno, oro, qué riqueza, Dios mío, con las carencias que tenemos en tierra firme, pero no se consigue llegar a la hendidura que explicaría el fenómeno que, a los ojos de todos, se produce, se hace patente y probado. Desesperado, un sabio norteamericano, y de los más ilustres, llegó al extremo de proclamar en el convés del navío hidrográfico, contra vientos y horizontes, Declaro que es imposible que la península se mueva, pero un italiano, mucho menos sabio pero con el refuerzo del precedente histórico y científico, murmuró, aunque no tan bajo que no lo oyera aquel ser providencial que todo lo escucha, Eppur si muove. Con las manos vacías, ásperas de sal, humilladas de frustración, los gobiernos se limitaron a publicar que, bajo los auspicios de las Naciones Unidas, se había procedido a un examen de las eventuales alteraciones provocadas por el desplazamiento de la península en el hábitat de las especies piscícolas. No es que la montaña pariera un ratón, es que el océano dio a luz un chanquete.

Oyeron los viajeros la información a la salida de Lisboa y no le dieron la menor importancia, por venir introducida la noticia entre otras que igualmente se referían al alejamiento de la península y que, de importancia, tampoco parecían tener mucha. Uno se acostumbra a todo, los pueblos aún con más facilidad y rapidez, al final es como si viajásemos en un inmenso barco, tan grande que hasta sería posible vivir en él el resto de la vida sin ver popa o proa, barco no era la península cuando estaba agarrada a Europa y ya mucha era la gente que de tierras sólo conocía aquella en que nació, díganme entonces, por favor, dónde está la diferencia. Ahora que Joaquim Sassa y Pedro Orce parecen estar definitivamente libres del furor analítico de la ciencia y no hay nada que temer de las autoridades, podría volver cada cual a su casa, y también José Anaiço, de quien los estorninos se han desinteresado inesperadamente, pero esta aparecida mujer hizo, por así decirlo, que todo volviera al principio, cosa, por otra parte, que siempre ocurre con ellas, aunque no siempre de tan radical manera. Fue tras un encuentro en aquel mismo jardín, donde la víspera estuvieron Joana Carda y José Anaiço, cuando los cuatro decidieron, tras nuevo examen de los hechos, unirse para el viaje que los ha de llevar al lugar señalado con la raya en el suelo, una de esas que todos hicimos alguna vez en la vida, pero única en sus características, si creemos al agente y testigo, coincidentes en una sola persona. Joana Carda aún no ha revelado el nombre del lugar o siquiera el de una ciudad próxima, se limitó a una indicación general, Vamos al norte, por la autopista, luego indicaré el camino. Discretamente Pedro Orce se llevó a un lado a José Anaiço para preguntarle si le parecía bien ir a la aventura, ciegamente entregados al albedrío de una insensata con un palo en la mano, si no sería esto una trampa, un rapto, un ardid preparado astutamente, Por quién, quiso saber José Anaiço, Eso no lo sé, a lo mejor quieren llevarnos al laboratorio de un sabio medio loco, de esos de las películas, un frankenstein cualquiera, respondió Pedro Orce, sonriendo ya, Alguna razón hay para que tanto hablen de la imaginación andaluza, comentó José Anaiço, os hierve la sesera en poca agua, No es que sea el agua poca, sino el fuego mucho, respondió Pedro Orce, No te preocupes, lo que haya de ser, será, y se acercaron a los otros, que habían iniciado un debate más o menos así, No sé cómo ocurrió, la vara estaba en el suelo, la tomé e hice la raya, Pensó luego que podría ser una varita mágica, Para varita mágica me pareció demasiado grande, y las varitas mágicas, siempre he oído decir que están hechas de plata y cristal, con una estrella en la punta, brillando, Sabía que la vara era de negrillo, Yo de árboles apenas sé nada, pero, para el caso, creo que un mondadientes habría hecho el mismo efecto, Por qué dice eso, Lo que tiene que ocurrir, ocurre, uno no se le puede resistir, Cree en la fatalidad, Creo en lo que tiene que ocurrir, Entonces es como José Anaiço, dijo Pedro Orce, también él cree. La mañana, con un vientecillo que parecía un soplo juguetón, no prometía un día caluroso. Vamos, preguntó José Anaiço, Vamos, respondieron todos, incluyendo a Joana Carda que vino a buscarlos.

La vida está llena de pequeños acontecimientos que parecen tener poca importancia, otros hay que en un momento determinado ocuparon la atención toda y, cuando más tarde, a la luz de las consecuencias los analizamos, se ve que de éstos se desvaneció el recuerdo mientras que aquéllos alcanzaron título de hecho decisivo o, al menos, de eslabón de enlace de una cadena sucesiva y significativa de eventos en que, para dar el ejemplo que se espera,

no tendrá lugar ese bullicio, aparentemente tan justificado en sí mismo, que es la correcta ordenación del equipaje de cuatro personas en un coche tan pequeño como
Dos Caballos. La difícil operación absorbe la atención
de todos, cada uno sugiere, propone y hace por ayudar,
pero la cuestión principal latente en todo este barullo,
que determina quizá hasta la disposición ocasional de los
cuatro en torno al coche, es la de saber al lado de quién
va a viajar Joana Carda. Bien está que deba Joaquim Sassa
conducir a Dos Caballos, al inicio de un viaje el coche
debe ser siempre conducido por su dueño, punto indiscutible que supone prestigio, prerrogativa y sentido de la
posesión. El conductor alternativo, llegado el caso, será
José Anaiço, dado que Pedro Orce, no tanto por la edad
como por vivir en tierras desterradas y tener oficio de
mostrador, nunca se aventuró en las complejidades mecánicas de volante, pedal y palanca, y a Joana Carda es
pronto para preguntarle si sabe conducir. Presentados
así los datos del problema, parece que deberían estos
dos viajar en el asiento trasero, e ir delante, lógicamente,
el piloto y el copiloto. Pero Pedro Orce es español, Joana Carda portuguesa, ninguno de los dos habla la lengua
del otro, además acaban de conocerse, más adelante no
diremos que no, cuando haya otra familiaridad. El lugar
al lado del conductor, aunque por los supersticiosos, con
apoyo de la experiencia, sea llamado el lugar del muerto,
es generalmente tenido por lugar de distinción, debiendo
por eso ser ofrecido a Joana Carda, a quien Joaquim Sassa
daría la derecha, yendo los hombres restantes atrás, y no
se entenderían mal después de tantas aventuras vividas en
común. Pero el palo de negrillo es demasiado grande

para ir delante, y por nada del mundo se separaría de él Joana Carda, como entendieron todos. No habiendo otra alternativa, irá Pedro Orce delante, y por dos razones explicables, las dos excelentes, primero, como quedó dicho, por ser lugar de distinción, segundo, porque, en definitiva, es Pedro Orce el más viejo de los que aquí están, luego el más próximo de la muerte, por aquello que, con humor negro, llamamos ley natural de vida. Pero lo que verdaderamente cuenta, por encima de estos raciocinios bifurcados, es que Joana Carda y José Anaiço quieren ir juntos en el asiento de atrás, y con movimientos, pausas y aparentes distracciones algo hicieron por ello. Sentémonos, pues, y en marcha.

El viaje no tuvo historia, es lo que siempre dicen los narradores apresurados cuando creen poder convencernos de que en los diez minutos o diez horas que van a pasar nada sucedió merecedor de señalada mención. Deontológicamente sería mucho más correcto, y más leal, decir así, Como en todos los viajes, sean cuales sean su duración y trayecto, acontecieron mil episodios, mil palabras, mil pensamientos, y quien dice mil diría diez mil, pero el relato ya va arrastrado y por eso me tomo la licencia de abreviar, usando tres líneas para recorrer doscientos kilómetros, como si cuatro personas en el interior de un automóvil fueran calladas, sin pensamiento ni movimiento, fingiendo, en fin, que del viaje hecho no hicieron historia. En este caso nuestro, por ejemplo, sería imposible no encontrar alguna significación en el hecho de que Joana Carda, con toda naturalidad, acompañara a José Anaiço cuando él ocupó el lugar de Joaquim Sassa, a quien le apeteció descansar del volante, y de, no se sabe con qué gimnasias, haber conseguido ella acomodar delante el palo de negrillo, sin embarazo para la conducción ni perjuicio para la visibilidad. Y resulta inútil decir ahora que al volver José Anaiço al asiento trasero, Joana Carda fue con él, y así hizo siempre en lo sucesivo, donde estaba José, Joana estaba, aunque ninguno de ellos sepa por ahora decir por qué y para qué, o sabiéndolo ya, no se atreverían, cada momento tiene su propio sabor, y el de éste todavía no se ha agotado.

Se veían pocos automóviles abandonados en la carretera, y ésos, invariablemente, estaban incompletos, les faltaban las ruedas, los faros, los retrovisores, las escobillas, una puerta, todas las puertas, los asientos, algunos coches aparecían reducidos a su simple cascarón, como cangrejos sin sustancia. Pero, sin duda a causa de las dificultades de abastecimiento de gasolina, el tráfico era escaso, sólo de tiempo en tiempo pasaba un automóvil. También saltaban a la vista ciertas incongruencias, como circular por la autopista un carro tirado por un burro, o una banda de ciclistas cuyas velocidades máximas posibles quedarían muy por debajo de la velocidad mínima que las señales respectivas inútilmente seguían imponiendo, indiferentes al dramático significado de la realidad. Y también había gente que viajaba a pie, generalmente con mochila a cuestas o, rústicamente, con dos sacos medio atados por la boca y colocados sobre el hombro, a modo de alforjas, las mujeres con la cesta en la cabeza. Muchas eran las personas que viajaban solas, pero también había familias aparentemente completas, con viejos, y jóvenes, e inocentes. Cuando más adelante Dos Caballos tuvo que salir de la autopista, la frecuencia de estos andariegos sólo disminuyó en proporción a la menor importancia viaria del camino. Tres veces quiso Joaquim Sassa preguntarle a las personas hacia dónde iban, y siempre la respuesta fue la misma, Por ahí, a ver mundo. No podían ignorar que el mundo, el mundo inmediato, en rigor, era ahora más pequeño de lo que fue, quizá por eso mismo resultaba realizable el sueño de conocerlo todo, y cuando José Anaiço preguntó, Y su casa, y su trabajo, respondían tranquilamente, La casa allí quedó, el trabajo ya se arreglará, son cosas del mundo viejo que no deben complicarle la vida al mundo nuevo. Y ya ven, por discretas de más o por ocupadas en exceso con su propia vida, las gentes no devolvían la pregunta, que sería bonito responderles, Vamos con esta señora a ver una raya que hizo en el suelo con este palo, y en cuanto a la cuestión laboral, triste figura iban a hacer, diría Pedro Orce tal vez, Dejé desamparados a mis enfermos, y Joaquim Sassa, Bueno, hombre, bueno, lo que sobran son oficinistas, no me necesitan a mí, aparte de eso, estoy disfrutando de unas merecidas vacaciones, y José Anaiço, Mi caso es el mismo, si volviera ahora a mi escuela no encontraría alumnos, hasta octubre todo el tiempo es mío, y Joana Carda, De mí no voy a hablar, si no he hablado siquiera con estos con quienes viajo, mucho menos con desconocidos.

Habían pasado por la ciudad de Pombal cuando Joana Carda dijo, Ahí delante hay una carretera que lleva a Soure, seguiremos por ella, desde que dejaron Lisboa ésta fue la primera indicación de un destino concreto, hasta ahora les parecía que viajaban en medio de una neblina espesa, o, adecuando esta situación particular a las circunstancias generales, eran como antiguos e inocentes navegantes, en mar estamos, el mar nos lleva, hacia dónde nos llevará el mar. Estaban ya cerca de saberlo. No pararon hasta Soure, se metieron por carreteras estrechas que se cruzaban, bifurcaban y trifurcaban, y algunas veces parecían dar vueltas sobre sí, hasta que llegaron a una aldea cuyo nombre se anunciaba a la entrada en un tablón, Ereira, y Joana Carda dijo, Aquí es.

Sobresaltado, José Anaiço, que era quien conducía a Dos Caballos, pisó bruscamente el freno, como si la raya estuviera allí, en medio de la carretera y él a punto de pisarla, no porque hubiera peligro de destruir la prueba fabulosa, indestructible al decir de Joana Carda, sino por esa especie de temor sagrado que acomete incluso a los más escépticos cuando la rutina se rompe como se rompió un hilo por el que íbamos dejando resbalar la mano, confiados y sin responsabilidades, a no ser las de conservar, reforzar y prolongar el referido hilo, y también la mano hasta donde fuese posible. Joaquim Sassa miró alrededor, vio casas, árboles por encima de los tejados, campos rasos, se adivinaban los cenagales, los campos de arroz, es el suave Mondego, antes él que una peña agreste. Si este pensamiento fuese de Pedro Orce, a la historia vendrían infaliblemente Don Quijote y su triste figura, la que tiene y la que hizo, en cueros, saltando como loco en medio de los peñascos de sierra Morena, pero sería un despropósito traer a colación tales episodios de la andante caballería, por eso Pedro Orce, al salir del coche, se limita a comprobar, de pie en el suelo, que la tierra sigue temblando. José Anaiço dio la vuelta a Dos Caballos, fue a abrir, caballero, la puerta del lado opuesto, finge no ver la sonrisa irónica y benévola de Joaquim Sassa, y recibiendo de Joana Carda el palo de negrillo tiende la mano para ayudarla a salir, ella le da la suya, se aprietan una a otra más de lo necesario para asegurar apoyo, aunque no es la primera vez, la primera, y única hasta ahora, fue en el asiento de atrás, un impulso, sin embargo no dijeron entonces, y tampoco ahora lo dicen, una palabra más alta, o más baja, que con fuerza igual se apriete en la palabra del otro.

La hora es de explicaciones, es verdad, pero otras, las requiere la pregunta de Joaquim Sassa, como el capitán de la nao que, al abrir la carta real, sospecha que le va a salir un papel en blanco, Y ahora, Ahora tiramos por ese camino, respondió Joana Carda, y mientras vamos andando diré de mí lo que queda por decir, no es que eso importe mucho a la razón que aquí nos trae, pero no tendría ningún sentido que siga siendo una desconocida para quienes hasta aquí me siguieron, Podía haberlo dicho antes, en Lisboa, o durante el viaje, observó José Anaiço, Para qué, o venían conmigo por creer sólo en una palabra, o esa palabra precisaría de muchas otras para convencer, y entonces de poco valía, Como premio de haber creído en ella, Es a mí a quien toca elegir el premio y la hora de darlo. A esto no quiso José Anaiço responder, se hizo el desentendido, se puso a mirar una línea de chopos a lo lejos, pero oyó murmurar a Joaquim Sassa, Vaya con la niña, Joana Carda sonrió, Niña ya no soy, ni la virago que suponen, Nada he dicho de virago, Autoritaria, altiva, presumida, jactanciosa, Bueno, diga misteriosa y basta, Porque hay un misterio, porque no traería hasta aquí a nadie que no creyera sin ver, ni siquiera a ustedes, en quienes tampoco creen los otros, Ahora ya nos van haciendo ese favor, Más afortunada soy yo, que sólo precisé decir una palabra, Ojalá no necesite de muchas ahora. Este diálogo fue todo entre Joana Carda y Joaquim Sassa, ante la dificultad de entendimiento de Pedro Orce y la impaciencia mal disimulada de José Anaiço, excluido de él por su propia culpa. Pero esta curiosa situación, fíjense bien, no hace más que repetir, con las diferencias que siempre distinguen las situaciones que se repiten, aquella de Granada, cuando María Dolores habló con un portugués y hubiera preferido hablar con otro, aunque, en el caso que ahora nos ocupa, habrá tiempo de aclararlo todo, no quedará sin agua quien tenga realmente sed.

Van ya por el camino, que es estrecho, Pedro Orce tiene que ir detrás, los otros le explicarán luego lo dicho, si al español le interesan realmente estas vidas portuguesas. No vivo en esta aldea de Ereira, comenzó Joana Carda, mi casa estaba en Coimbra, estoy aquí sólo desde hace un mes, al separarme de mi marido, los motivos, de qué serviría ahora hablar de los motivos, a veces basta con uno solo, otras veces ni juntándolos todos, si las vidas de cada uno de ustedes no les han enseñado eso, pobrecillos, y digo vidas, no vida, porque tenemos varias, afortunadamente se van matando unas a otras, de lo contrario no podríamos vivir. Saltó un reguero ancho, los hombres la siguieron, y cuando se recompuso el grupo, pisando ahora un suelo blando y arenoso, de tierra que las crecidas dejaron, Joana Carda siguió hablando, Estoy en casa de unos parientes, quería pensar, pero no es el balance de costumbre, habré hecho bien, habré hecho mal, lo hecho hecho está, lo que quería era pensar en la vida, para qué sirve, para qué serví yo en ella, sí, llegué a una conclusión y creo que no hay otra, no sé cómo es la vida. Se ve en la cara de José Anaiço y Joaquim Sassa que van desorientados, la mujer que bajó a la ciudad palo en mano proclamando imposibles actos de agrimensores les sale ahora filósofa en los campos del Mondego, y de especie negativa o, más complicada aún, de esa categoría especial que dice sí cuando dice no, que dirá no cuando sí haya dicho. José Anaiço, que tiene licencia profesoral, está habilitado para percibir mejor las contradicciones, no es el caso de Joaquim Sassa, apenas las presiente, por eso le molestan doblemente. Prosigue Joana Carda, parada ahora porque está cerca del lugar adonde quiere conducir a los hombres, y aún le faltan algunas cosas por decir, otras que hubiere quedarán para otra ocasión, Si fui a Lisboa a buscarlos, no fue sólo por causa de los hechos insólitos a los que aparecen vinculados, sino porque vi que eran personas apartadas de la lógica aparente del mundo, y así precisamente me siento yo, habría sido una desilusión si no hubieran venido conmigo hasta aquí, pero vinieron, puede que aún haya algo que tenga sentido, o que vuelva a tenerlo después de haberlo perdido todo, ahora, acompáñenme.

Es un claro apartado del río, un círculo de fresnos que parece no haber sido nunca cultivado, sitios como éste son menos raros de lo que uno se imagina, ponemos en él un pie y el tiempo parece detenerse, el silencio se calla de otra manera, la brisa se siente toda en el rostro y en las manos, no, no se trata de brujería y hechizo, no es lugar de aquelarres o puerta para otro universo, es sólo por causa de aquellos árboles en círculo y del suelo que está como intacto desde el comienzo del mundo, sólo vino la arena a reblandecerlo, pero por debajo el humus pesa, la culpa de todo esto la tiene quien plantó árboles así. Joana Carda termina su explicación, Era aquí adonde yo venía a pensar en esta vida mía, no debe de haber en el mundo lugar más sosegado, pero también inquietante, no precisan decírmelo, pero si hasta aquí no hubieran venido no podrían comprender, y un día, hace hoy precisamente dos semanas, cuando atravesaba el claro de un lado al otro para sentarme a la sombra de uno de aquellos árboles, encontré este palo, estaba en el suelo, nunca lo había visto antes, vine aquí el día anterior y no estaba, parecía como si alguien lo hubiera dejado adrede, y no se veían señales de pasos, las huellas que ven son mías, o antiguas, de antiguas personas que por aquí pasaron hace mucho tiempo. Están en el borde del claro, Joana Carda retiene aún a los hombres, son sus últimas palabras, Levanté el palo del suelo, lo notaba vivo como si él fuera todo el árbol del que había sido cortado, o así lo siento ahora al recordarlo, y en ese momento, con un gesto más de niña que de persona adulta, tracé una raya que me separaba de Coimbra, del hombre con quien viví, definitivamente una raya que cortaba el mundo en dos mitades, aquí está.

Avanzaron hacia el interior del círculo, se acercaron, la raya estaba allí, viva, como si acabaran de trazarla, la tierra apartada hacia los lados, húmeda la de la capa inferior pese al sol fuerte. Ahora están callados, los hombres no saben qué decir, Joana Carda nada tiene que añadir a sus palabras, se decide a hacer un gesto arriesgado que puede convertir en motivo de escarnio toda su historia maravillosa. Arrastra el pie por el suelo, borrando la raya como un rasero, pisa y comprime, es como un sacrilegio. En el instante siguiente, ante los ojos asombrados de todos, la raya se rehace, se recompone exactamente como había sido antes, los terrones minúsculos, los granitos de arena vuelven a agruparse, se reorganizan, ocupan su lugar, y la raya reaparece. Entre la parte que fue destruida y el resto, hacia un lado y otro, no hay señal de separación de los efectos, primero y segundo. Dice Joana Carda, con voz un poco estridente por el nerviosismo, La barrí, le eché agua, y aparece siempre, si quieren probar, hasta le puse piedras encima, y cuando las quité, todo volvió a lo mismo, prueben, prueben si no lo acaban de creer. Joaquim Sassa se inclinó, enterró los dedos en el suelo blando, arrancó un puñado de tierra, lo lanzó lejos, y de inmediato se restableció la raya. Probó ahora José Anaiço, pero éste pidió la vara a Joana Carda, hizo con ella una raya profunda al lado de la primera, luego la pisó en toda su anchura. La raya no se rehízo. Haga ahora lo mismo, dijo José Anaiço a Joana Carda. La punta de la vara se clavó en el suelo, fue arrastrada, abrió una herida larga, cerrada inmediatamente como una cicatriz defectuosa cuando la pisaron, y así quedó. Dijo José Anaiço, No es cuestión del palo ni de la persona, fue el momento, el momento es lo que cuenta. Entonces, Joaquim Sassa hizo lo que debía hacerse, levantó del suelo una de las piedras de que se había servido Joana Carda, en peso y en tamaño semejante a la que un día lanzó al mar y usando toda la fuerza que tenía la tiró lejos, hasta donde alcanzaba, cayó donde naturalmente debía caer, a pocos pasos, es sólo esto lo que puede la fuerza humana.

Pedro Orce asistió a las pruebas y experiencias, pero no quiso ser parte, tal vez por bastarle la tierra que bajo sus pies seguía temblando. Tomó de manos de Joana Carda la vara de negrillo y dijo, Puede romperla, tirarla, quemarla, ya no sirve para nada, su vara, la piedra de Joaquim Sassa, los estorninos de José Anaiço sirvieron una vez, no servirán más, son como los hombres y las mujeres, que también sirven sólo una vez, tiene razón José Anaiço, lo que cuenta es el momento, nosotros apenas lo servimos, Será así, respondió Joana Carda, pero esta vara se quedará siempre conmigo, los momentos no avisan cuando vienen. Apareció un perro entre los árboles, del otro lado. Los miró demoradamente y luego atravesó el claro, era un animal grande y robusto, de pelo leonado, que de repente en una banda de sol pareció incendiarse en fuego vivo. Inquieto, Joaquim Sassa le tiró una piedra, de las corrientes, No me gustan los perros, pero no le acertó. El perro se detuvo, nada asustado, nada amenazador, se detuvo sólo para mirar, no ladró siquiera. Al llegar a los árboles volvió la cabeza hacia atrás, parecía mayor visto a distancia, luego se alejó, lentamente, y desapareció. Joaquim Sassa quiso bromear, aliviar su propia tensión, Guarde la vara, Joana, puede necesitarla si andan por aquí fieras de ese tamaño, Por el comportamiento, poca fiera es ésa.

Regresan por el mismo camino, ahora había que resolver ciertas cuestiones prácticas, por ejemplo, es ya tarde para volver a Lisboa, dónde se van a quedar los hombres, No es tarde, dijo Joaquim Sassa, hasta sin ir a matacaballo llegamos a Lisboa con tiempo para cenar, Por mí, preferiría quedarme en Figueira da Foz o en Coimbra, mañana volvemos a pasar por aquí, quizá Joana necesite alguna cosa, dijo José Anaiço, y había en su voz una extrema ansiedad, Si lo prefieres, sonrió Joaquim Sassa, y el resto de la frase pasó de las palabras a la mirada, Te entiendo muy bien, quieres pensar esta noche, quieres decidir qué dirás mañana, los momentos no avisan cuando vienen. Ahora van delante Pedro Orce y Joaquim Sassa, la tarde tiene una suavidad tan grande que uno siente oprimida la garganta con una conmoción que no se dirige a nadie, sólo a la luz, al cielo pálido, a los árboles que no se mueven, a la mansedumbre del río que se adivina y aparece más allá, un espejo liso y las aves que lentamente lo atraviesan. José Anaiço sostiene entre la suya la mano de Joana Carda, y dice, Estamos de este lado de la raya, juntos, por cuánto tiempo, y Joana Carda responde, No falta mucho para que lo sepamos.

Cuando llegaron al coche vieron de nuevo al perro. Joaquim Sassa agarró otra vez una piedra, pero no la tiró. El animal, pese a la amenaza, no se había movido. Pedro Orce se acercó a él, tendió la mano en un gesto de paz, como para acariciarlo. El perro se quedó quieto, con la cabeza alzada. Tenía en la boca un hilo de lana azul que colgaba, húmedo. Pedro Orce le pasó la mano por el lomo, luego se volvió hacia sus compañeros, Hay momentos que avisan cuando llegan, la tierra tiembla bajo las patas de este perro.

El hombre propone, el can dispone, tanto vale este dicho novísimo como el antiguo, algún nombre tendremos que dar a quien en instancia final decide, no siempre el de las decisiones es Dios, como generalmente se cree. Se hicieron allí las despedidas, los hombres hacia Figueira da Foz, que está más cerca, la mujer a la casa de aquellos parientes hospitalarios, pero cuando Dos Caballos ya había soltado el freno y empezaba a rodar, vieron todos, con general asombro, que el perro se colocaba ante Joana, impidiéndole avanzar. No ladró, no mostró los dientes, le dejó indiferente la amenaza del palo, que de gesto no pasó. El conductor José Anaiço pensó que la amada estaba en peligro, y otra vez caballero andante, paró bruscamente el coche, saltó a tierra y acudió, acción dramática del todo inadecuada, como de inmediato fue patente, pues el perro, simplemente, se había tumbado en el camino. Pedro Orce se acercó, vino también Joaquim Sassa, éste disimulando la antipatía con apariencia de desprendimiento, Qué querrá el animal este, preguntó, pero nadie sabía qué responderle, ni siquiera él mismo. Pedro Orce, como antes había hecho, se acercó al animal, le puso la mano en la cabezorra. El perro cerró los ojos bajo la caricia, de una manera afligida, si tal palabra cabe, que es de perros de lo que hablamos, no de personas sensibles que practican la sensibilidad, y luego se levantó, miró a los humanos uno a uno, les dio tiempo para entender y empezó a andar. Recorrió unos diez metros, se detuvo, quedó a la espera.

La experiencia nos ha enseñado, y también las películas y las novelas abundan en semejantes demostraciones, Lassie, por ejemplo, dominaba perfectamente esta técnica, nos dice la experiencia que un perro siempre hace esto cuando quiere que lo sigamos. En el caso presente, salta a la vista que dificultó el paso de Joana Carda para obligar a los hombres a bajar del coche, y si, ahora que están juntos, les muestra el camino que, en su entendimiento de perro, deben seguir, es porque, perdonadas nos sean una vez más las repeticiones, quiere que juntos lo sigan. No es preciso ser inteligente como un hombre para entender esto, si un simple perro tan sencillamente y de modo tan natural lo sabe comunicar. Pero los hombres, tantas veces fueron engañados, aprendieron a ser experimentalistas, quieren asegurarlo todo, principalmente por vía de repetición, que es la más fácil, y cuando, como en este caso, alcanzaron un nivel cultural medio, no se contentan con una segunda experiencia igual a la primera, le introducen pequeñas variantes que no modifiquen radicalmente los datos básicos, por ejemplo, fueron José Anaiço y Joana Carda para el coche, se quedaron en tierra Pedro Orce y Joaquim Sassa, veremos ahora qué hace el perro. Digamos que hizo lo que debía. El perro, que sabe muy bien que no puede detener la marcha de un automóvil, a no ser poniéndose delante, pero eso es muerte cierta y ni un solo conductor lleva tan lejos su amor hacia los animales, nuestros amigos, hasta el punto de parar para asistirle en sus últimos momentos o arrastrar hasta la cuneta el cuerpo miserando, el perro cortó el paso a Joaquim Sassa y Pedro Orce como antes había hecho con Joana Carda. Tercera y decisiva comprobación fue que habiendo entrado los cuatro en Dos Caballos, empezó el coche a andar, y porque quiso el azar que Dos Caballos estuviese en la dirección correcta, el perro se puso delante, y esta vez no para impedir que avanzara, sino para abrir camino. Todos estos manejos ocurrieron sin asistencia de curiosos porque, como otras veces aconteció desde el inicio de este relato, ciertos importantes episodios siempre ocurrieron a la entrada y salida de villas y ciudades, y no dentro de ellas como en general acontece, y esto sin duda merecería explicación, pero no somos competentes para darla, paciencia.

José Anaiço frenó el coche, el perro se paró, mirando, Joana Carda resumió al fin, Quiere que vayamos con él a algún sitio. Tardaron tiempo en percibir algo que era evidente desde que el animal atravesó el claro, digamos que el momento avisó entonces, pero no siempre están las personas atentas a las señales. E incluso cuando ya dejó de haber razón para dudas, aún insisten en resistirse a la lección, es lo que hace Joaquim Sassa, que pregunta, Por qué tenemos que seguirlo, qué disparate es ese de ir cuatro personas mayores tras un perro vagabundo que ni siquiera lleva collar o chapa de identificación, me llamo Piloto, si alguien me encuentra, aquí viven mis dueños, don fulano de tal, o fulana, en tal sitio y, No te canses más, dijo José Anaiço, tan absurda es esta historia como otras que han venido ocurriendo y que parecían no tener sentido alguno, Y todavía dudo de que lo tengan completo, No te preocupes por los sentidos completos, dijo esto Pedro Orce, un viaje no tiene más sentido que acabarse, y nosotros todavía estamos a medio camino, o en su principio, quién sabe, dime qué fin tuviste y te diré qué sentido pudiste tener, Muy bien, y mientras ese día no llega, qué hacemos. Se hizo allí un silencio. Cae la tarde, el día se aleja y deja sombras dentro de los árboles, ya se ha hecho diferente el canto de las aves. El perro va a tumbarse frente al coche, a tres pasos, apoya la cabeza en las patas delanteras extendidas, espera sin impaciencia. Y es entonces cuando Joana Carda dice, Yo estoy dispuesta a ir a donde nos lleve, si para eso ha venido, cuando lleguemos al destino sabremos. José Anaiço respiró profundamente, no fue un suspiro, aunque los haya de alivio, Yo también, fue todo cuanto dijo, Y yo, añadió Pedro Orce, Pues si todos están de acuerdo, no voy a ser yo el malvado que os obligue a ir a pie tras de Piloto, iremos todos en compañía, para algo han de servir las vacaciones, remató Joaquim Sassa.

Decidir es decir sí o no, soplo de la boca hacia fuera, sólo luego vienen las dificultades, en la parte práctica, como dice la gran experiencia del pueblo, alcanzada a costa de tiempo y de paciencia para soportarlo, con pocas esperanzas y aún menos cambios. Seguiremos al perro, sí señor, pero es preciso saber cómo, dado que el guía no se sabe explicar, no puede ir dentro del coche, gira a la derecha, gira a la izquierda, siempre recto hasta el tercer semáforo, aparte de esto, que ya es grave embarazo, cómo va a caber un animal de este tamaño en un coche que lleva todos los asientos ocupados, sin hablar ya de las maletas y la vara de negrillo, aunque ésta apenas molesta, la llevan a su lado Joana Carda y José Anaiço. Y hablando de Joana Carda, todavía falta su equipaje, y además, antes de ordenarlo en el coche, habrá que ir a buscarlo, explicar a los primos la súbita partida, no pueden aparecer en la puerta de la casa tres hombres, Dos Caballos y un perro, Me voy con ellos, sería la voz de la verdad inocente, pero una mujer que se acaba de separar del marido no debe dar más razones al mundo, sobre todo en este pequeño pueblo que es Ereira, una aldea, las grandes rupturas están bien en la capital y ciudades importantes, e incluso así sabe Dios con qué luchas y trabajos de cuerpo y sentimiento.

Ya se ha puesto el sol, pronto caerá la noche, no es hora de iniciar un viaje a lo desconocido, y Joana Carda haría mal desapareciendo sin más, les dijo a los parientes que iba a Lisboa a tratar un asunto, fue en un tren y vino en otro. Dificultades como ésta parecen nudos ciegos, tanto pueden las conveniencias de la sociedad y de la familia. Pedro Orce salió del coche, el perro se levantó al ver que se acercaba, y allí, en la penumbra, se quedaron conversando los dos, por lo menos eso diríamos, pese a saber que este perro ni de ladrar es capaz. Terminado el diálogo, Pedro Orce volvió al coche y dijo, Creo que Joana ya puede irse a casa, el perro se queda con nosotros, decidid adónde podemos ir a dormir y pongámonos de acuerdo sobre el lugar del encuentro de mañana. Nadie puso en duda la garantía, Joaquim Sassa abrió el mapa y en tres segundos decidieron que se quedarían en Montemor-o-Velho, al agasajo de una modesta pensión,

Y si allí no hay ninguna, preguntó Joaquim Sassa, Vamos a Figueira, dijo José Anaiço, y creo que lo mejor es ir sobre seguro, vamos a dormir a Figueira, y mañana tú coges el autobús de línea, te esperamos a la puerta del casino, en el estacionamiento, no hace falta decir que estas instrucciones iban destinadas a Joana Carda, que las recibió sin poner en duda la competencia de quien las daba. Dijo Joana adiós, hasta mañana, y en el último momento, cuando ya tenía un pie en el suelo, se volvió atrás y besó a José Anaiço en la boca, eso digo, que no hubo disimulo de hacerlo en la mejilla o comisura, fueron dos relámpagos, uno de rapidez, otro de choque, pero de éste se prolongaron los efectos, cosa que no ocurriría si el contacto de los labios, tan dulce, se hubiera prolongado. Qué dirían los primos de Ereira si supieran lo que aquí acaba de ocurrir, Resulta que no eres más que una frívola, nosotros convencidos de que el culpable era tu marido, la paciencia que habrá tenido, un hombre que conociste ayer, y ya lo besas, si al menos hubieras dejado que fuera él quien tomara la iniciativa, es lo que una mujer debe hacer, porque, en fin, hay que tener un respeto, y además dijiste que ibas y venías en el mismo día, dormiste en Lisboa, fuera de casa, no está bien, no, lo que has hecho, pero la prima, cuando todos están durmiendo, se levanta de la cama y va al cuarto de Joana a preguntarle cómo fue, ella le dice que no lo sabe bien, y es verdad, Por qué hice eso, se pregunta Joana Carda cuando se aleja bajo la densa penumbra de los árboles, lleva las manos sin carga, y puede así llevárselas a la boca, como quien retiene el alma. La maleta ha quedado en el coche, señalando ya el lugar del resto del equipaje, la vara de negrillo está bien entregada, bajo la guarda de tres hombres y un perro, éste que llamado por Pedro Orce, entró en el coche y se acomodó en el lugar de Joana Carda, cuando ya todos están durmiendo en Figueira da Foz, aún estarán las dos mujeres charlando en una casa de Ereira, en el secreto de la noche, Lo que daría por ir contigo, dice la prima de Joana, casada y mal maridada.

El día siguiente amaneció cargado, no hay que fiarse del tiempo, ayer aquella tarde que parecía un reflejo del paraíso, límpida y suave, los árboles blandamente moviendo las ramas, el Mondego liso como la piel del cielo, nadie diría que es el mismo río, bajo las nubes bajas, el mar deshecho en espuma, pero los viejos se encogen de hombros, Primero de agosto, primero de invierno, dicen ellos, qué suerte que haya venido el día con un retraso de casi un mes. Joana Carda llegó matutina, pero José Anaiço estaba ya a la espera en el automóvil, fue así porque los otros dos hombres procuraron que los enamorados pudieran estar solos y conversar antes de que todos iniciaran el viaje, en qué dirección todavía no se sabe. El perro pasó la noche al abrigo del automóvil, pero ahora paseaba por la playa acompañando a Pedro Orce y a Joaquim Sassa, rozando la cabeza en la pierna del español, cuya compañía particular manifiestamente había elegido.

En el estacionamiento, entre otros coches de mayor porte, Dos Caballos no hace gran bulto, y ésta es una, aparte de eso, como ya fue explicado, la mañana es agreste, nadie anda por aquí, y éstas son dos, nada más natural por tanto que se abracen Joana Carda y José Anaiço como si llevaran un año separados y padecieran saudades desde el primer día. Se besaron ansiosos, ávidos, no fue un relámpago sino una sucesión de ellos, las palabras fueron menos, es difícil hablar en medio de un beso, pero, en fin, pasados unos minutos, pudieron oírse, Me gustas, creo que te quiero, dijo José Anaiço honestamente, También tú me gustas, y también creo que te amo, por eso te besé ayer, no, no es exactamente así, no te habría besado si no sintiera que te amaba, pero puedo amarte mucho más, No sabes nada de mí, Si uno, para que otro le guste, tuviera que esperar a conocerlo, no le bastaría la vida entera, Dudas que dos personas puedan llegar a conocerse, Y tú, lo crees, Soy yo quien te lo pregunto, Primero dime qué es conocer, No llevo aquí un diccionario, En este caso, ir al diccionario es quedarse sabiendo lo que ya se sabía antes, Los diccionarios sólo dicen lo que puede servir a todos, Repito la pregunta, qué es conocer, No lo sé, Y sin embargo puedes amar, Puedo amarte, Sin conocerme, Así parece, Ese apellido de Anaiço, de dónde viene, Un abuelo mío se llamaba Ignacio, pero allá en la aldea le cambiaban el nombre, empezaron a decir Anaiço, y con el tiempo se convirtió en el apellido de la familia, y tú, por qué te llamas Carda, Tiempos atrás la familia tenía Cardo de apellido, pero una abuela, cuando el marido le murió y se quedó con la familia a su cargo, empezó a ser conocida por la Carda, bien merecido tenía su propio nombre de mujer, Creí que fueses carda de cardar lana, Ahora podría ser, y otra cosa, miré una vez en el diccionario y vi que Carda era también un instrumento de desgarrar la carne, pobres mártires, desollados, quemados, degollados, cardados, Eso es lo que me espera, Si volviera al nombre de Cardo no ganarías con el cambio, Picarás siempre, No, yo no soy el nombre que tengo, Quién eres, entonces, Yo. José Anaiço tendió la mano, le tocó el rostro, murmuró, Tú, ella hizo lo mismo, tendió la mano, y en voz baja repitió, Tú, y se le llenaron los ojos de lágrimas, será porque todavía está sensible por su mala vida pasada, ahora, tenía que ser, va a querer saber la vida de él, Estás casado, tienes hijos, qué haces, Estuve casado, no tengo hijos, soy maestro. Ella respiró profundamente, si no fue más bien un suspiro de alivio, luego dijo, sonriendo, Es mejor llamarlos, pobres, estarán muertos de frío. José Anaiço dijo, Cuando le conté a Joaquim nuestro primer encuentro, quise describirle el color de tus ojos, pero no fui capaz, dije color de cielo nuevo, dije unos ojos no sé bien, y a él le hizo gracia la frase, y empezó a llamarte así, Cómo, Doña Ojos No Sé Bien, claro que en tu presencia no se atreve, Pues me gusta el nombre, A mí me gustas tú, y ahora tenemos que llamarlos ya.

Un brazo que hace un gesto, otro a lo lejos que responde, lentos por la arena vienen Pedro Orce y Joaquim Sassa, el perro grande y manso entre los dos. Por la manera de agitar el brazo, dijo Joaquim Sassa, les fue bien el encuentro, cualquier oído con experiencia de la vida no tendría dificultad en reconocer, en el tono de estas palabras, una contenida melancolía, que es noble sentimiento, disfrazada de envidia, o de despecho, para quien prefiera expresión más trabajada. También te gusta la chica, preguntó Pedro Orce, comprensivo, No, no es eso, o quizá pudiera serlo, mi problema es que no sé a quién querer ni cómo se hace para seguir queriendo. A esta declaración toda negativa, no supo Pedro Orce qué responder.

Entraron en el coche, buenos días, felices los ojos que la vean, bienvenida a bordo, adónde nos va a llevar esta aventura, frases hechas y joviales, errada la última, más exacta hubiera sido dicha así, Adónde nos llevará este perro. José Anaiço puso en marcha el motor, si está ya al volante bien puede continuar, maniobró para salir del estacionamiento, ahora qué hago, giro a la derecha, giro a la izquierda, estaba en esta fingida vacilación, dando tiempo, cuando el perro dio una vuelta sobre sí y, en un trotecillo contenido pero rápido, tan regular que parecía mecánico, empezó a andar hacia el norte. Con el hilo azul colgando de la boca.

Ése fue el día señalado en que la ya distante Europa, que según las últimas mediciones conocidas iba por los doscientos kilómetros de alejamiento, se vio sacudida, de los cimientos al tejado, por una convulsión de naturaleza psicológica y social que dramáticamente puso en mortal peligro su identidad, negada, en ese decisivo momento, en sus fundamentos particulares e intrínsecos, las nacionalidades, tan laboriosamente formuladas a lo largo de siglos y siglos. Los europeos, desde los máximos gobernantes a los ciudadanos comunes, se acostumbraron rápidamente, e incluso se sospecha que con un inexpresado sentimiento de alivio, a la falta de las tierras extremas occidentales, y si los nuevos mapas, rápidamente puestos en circulación para actualizar la cultura del pueblo, causaban aún a la vista cierto desasosiego, sería tan sólo por motivos de orden estético, aquella indefinible impresión de malestar que en un tiempo habrá causado, y todavía nos causa hoy a nosotros, la falta de brazos de la Venus de Milo, que éste es el nombre más seguro de la isla donde fue encontrada, Así que Milo no era el nombre del escultor, No señor, Milo es la isla donde fue descubierta la pobrecilla, resucitó de las profundidades como Lázaro, pero no hubo milagro que le hiciera crecer otra vez los brazos.

Con la continuación de los siglos, si es que continúan, Europa ni se acordará del tiempo en que fue grande y penetraba mar adentro, tal como hoy nosotros ya ni conseguimos imaginar a Venus con brazos. Claro que no se pueden ignorar los daños y aflicciones que van por el Mediterráneo adelante, con las mareas altas, las ciudades ribereñas destruidas en su franja marítima, los hoteles que tenían escalinatas hasta la playa, ya no tienen ni playa ni escalinata, y Venecia, Venecia está como un pantano, es una aldea palafítica amenazada, se acabó el bello turismo, hijos míos, pero, si los holandeses trabajaran de prisa, en pocos meses la ciudad de los Dogos, Aveiro de Italia, podrá volver a abrir sus puertas al público ansioso, muy mejorada, ya sin peligro de inmersión catastrófica, pues los sistemas de equilibrio hidráulico comunicante, los diques, las compuertas, las válvulas de relleno y descarga, asegurarán un nivel constante de las aguas, ahora cabe a los italianos la responsabilidad de reforzar las estructuras inferiores de la ciudad para que no acabe enterrándose tristemente en el lodo, lo más difícil, permita que se lo diga, está ya hecho, agradezcamos a los descendientes de aquel heroico muchachito que, con sólo la tierna punta del índice, evitó que la ciudad de Harlem desapareciera del mapa por sumersión y diluvio.

Remediado lo de Venecia, también para el resto del Mediterráneo se encontrará solución. Cuántas veces pasaron por aquí peste y guerra, terremotos e incendios, y siempre esta tierra envolvente resurgió del polvo y las cenizas haciendo del amargo sufrimiento dulzura de vivir, de la tentación barbárica civilización, campo de golf y piscina, yate en la marina y descapotable en el muelle, el hombre es la más adaptable de las criaturas, principalmente cuando va para mejor. Aunque no sea lisonjero confesarlo, para ciertos europeos, verse libres de los incomprensibles pueblos occidentales, ahora en navegación desmesurada por el océano, de donde nunca deberían haber venido, fue, sólo por sí, una satisfacción, promesa de días aún más confortables, cada uno con su igual, empezamos al fin a saber qué es Europa, aunque queden en ella, todavía, parcelas espurias que más tarde o más temprano acabarán desligándose también de un modo u otro. Apostemos a que en nuestro final futuro seremos un país solo, quintaesencia del espíritu europeo, sublimado perfecto, Europa, es decir, Suiza.

Pero, si hay de esos europeos, también hay europeos de estos. La raza de los inquietos, fermento del diablo, no se extingue fácilmente, por más que se fatiguen los augures en pronósticos. Ella es la que sigue con los ojos el tren que va pasando y se entristece con la nostalgia del viaje que no hará, ella es la que no puede ver un pájaro en el cielo sin experimentar un ansia de alciónico vuelo, ella es la que, al perderse el barco en el horizonte, arranca del alma un suspiro trémulo, pensó la amada que era de estar tan próximos, sólo él sabía que es de estar tan lejos. Fue una de esas disconformes y desasosegadas personas quien por primera vez se atrevió a escribir las palabras escandalosas, señal de una perversión evidente,

Nous aussi, nous sommes ibériques, las escribió en un rincón de la pared, con miedo, como quien no pudiendo aún proclamar su deseo, no puede tampoco esconderlo. Por haber sido, como se puede leer, en lengua francesa, se creerá que fue en Francia, pero la cosa es discutible, pudo haber sido también en Bélgica o en Luxemburgo. Esta declaración inauguradora se difundió rápidamente, apareció en las fachadas de los grandes edificios, en los frontispicios, en el asfalto de las calles, en los pasillos del metro, en puentes y viaductos, los europeos fieles conservadores protestaban, Estos anarquistas están locos, siempre es así, de todo tiene la culpa el anarquismo.

Pero la frase saltó las fronteras, y tras haberlas saltado, se comprueba que aparece también en otros países, en alemán Auch wir sind Iberisch, en inglés We are iberians too, en italiano Anche noi siamo iberici, y, de repente, fue como un reguero de pólvora, ardía en todas partes con letras rojas, negras, azules, verdes, amarillas, violeta, un fuego que parecía inextinguible, en neerlandés y flamenco Wij zijn ook Iberiërs, en sueco Vi också är iberiska, en finlandés Me myöskin olemme iberialaisia, en noruego Vi også er iberer, en danés Ogsaa vi er iberiske, en griego Eímaste íberoi ki emeís, en frisón Ek Wv Binne Ibeariërs, y también, aunque con reconocible timidez, en polaco My tez jesteśmy iberyjczykami, en búlgaro Nie sachto sme iberiytzi, en húngaro Mi is ibérek vagyunk, en ruso Mi toje iberitsi, en rumano Si noi sîntem iberici, en eslovaco Ai my sme ibercamia. Pero el colmo, el ápice, el máximo, el acmé, palabra rara que no volveremos a usar, fue cuando en los muros del Vaticano, por las venerables paredes y columnas de la basílica, en el zócalo de la Pietà de Miguel Ángel, en la cúpula, en enormes letras azul celeste en el suelo de la plaza de San Pedro apareció la mismísima frase en latín, Nos quoque iberi sumus, como una sentencia divina en mayestático plural, un manetecelfares de las nuevas eras, y el papa, en la ventana de sus aposentos, se santiguaba de puro asombro, trazaba en el espacio la señal de la cruz, inútilmente, que esta tinta es de las firmes, diez congregaciones enteras no bastarán, armadas de cepillo, lejía, piedra pómez y raspadores, con refuerzo de diluyentes, aquí hay trabajo hasta el próximo concilio.

De la noche a la mañana Europa apareció cubierta de estas pintadas. Lo que al principio quizá no pasaba de un mero e impotente desahogo de un soñador, fue extendiéndose hasta convertirse en grito, protesta, manifestación en la calle. El fenómeno empezó siendo menospreciado, sus expresiones blanco de irrisión. Pero no tardaron las autoridades en inquietarse ante un proceso que esta vez no podía atribuirse a maniobras del exterior, siendo también el exterior campo de la misma maniobra subversiva, y esta circunstancia ahorró al menos el trabajo de investigar qué exterior sería ése, nominalmente identificado. Se puso de moda que salieran los contestatarios a la calle con pegatinas en la solapa o, más libertariamente, colocadas por delante y por detrás, en las piernas, en todas las partes del cuerpo y en todas aquellas lenguas, y también en los dialectos regionales, en las distintas jergas, y al fin en esperanto, pero éste era difícil entenderlo. Una acción de contrafuego decidida por los gobiernos europeos consistió en organizar debates y mesas redondas en la televisión, con la principal participación de personas que huyeron de la península cuando la ruptura se consumó y resultó irreversible, no aquellas que estaban allí como turistas y que, pobrecillas, aún no se habían repuesto del susto, sino los nativos propiamente dichos, los que, pese a los apretados lazos de tradición y cultura, de propiedad y poder, dieron la espalda al desvarío geológico y eligieron la estabilidad física del continente. Estas personas trazaron el negro cuadro de las realidades ibéricas, aconsejaron, con mucha caridad y conocimiento de causa, a los turbulentos que imprudentemente estaban poniendo en peligro la identidad europea, y concluyeron su intervención en el debate con una frase definitiva, clavando sus ojos en los ojos del espectador, en actitud de gran franqueza, Haga como yo, elija Europa.

El efecto no fue particularmente productivo, a no ser en las protestas contra la discriminación de que habían sido víctimas los partidarios de la península, quienes, si la inmunidad y el pluralismo democrático no fueran palabras vanas, tendrían que haber estado presentes en la televisión para exponer sus razones, si las tenían. Se comprende la precaución. Armados con las razones que la discusión sobre la razón siempre crea, los jóvenes, porque eran ellos sobre todo los que realizaban las acciones más espectaculares, habrían podido fundamentar con más convicción su protesta, tanto en la escuela como en la calle, y en la familia, no lo olvidemos. Cabe discutir si los jóvenes, bien provistos de razones, habrían renunciado a la acción directa, aunque sólo fuera por el efecto sedante de la inteligencia, al contrario de lo que ha sido convicción desde el inicio de los siglos. Cabe discutir, pero no vale la pena, porque entretanto fueron apedreados los edificios de la televisión, saqueadas las tiendas que vendían aparatos de TV ante la desesperación de los vendedores que clamaban, Pero yo no tengo la culpa, de nada les valía su inocencia relativa, estallaban las lámparas como petardos, las cajas eran apiladas en las calles, les prendían fuego, quedaban reducidas a cenizas. Venía la policía, cargaba, se dispersaban los insurrectos y en ese juego pasaron ocho días, hasta este en que estamos, cuando de Figueira da Foz partieron, tras de un perro, tres hombres y la mujer de uno de ellos, que lo era no siéndolo aún, o que aun no siéndolo lo era, quien de encuentros y desencuentros del corazón tenga alguna experiencia entenderá el batiburrillo. Mientras éstos viajan hacia el norte, Joaquim Sassa dijo, Si pasamos por Porto nos quedamos todos en casa, centenares de miles, millones de jóvenes en todo el continente salieron a la calle a la misma hora, armados no de razones sino de bastones, de cadenas de bicicleta, de navajas, de bicheros, de leznas, de tijeras, como si hubieran enloquecido de rabia, y también de frustración y de anticipado dolor, y gritaban, Nosotros también somos ibéricos, con la misma desesperación que hacía gemir a los comerciantes, Pero nosotros no tenemos la culpa.

Cuando los ánimos se hayan serenado, dentro de unos días o semanas, vendrán los psicólogos y los sociólogos a demostrar que, en el fondo, aquellos jóvenes no querían ser realmente ibéricos, lo que hacían, aprovechando un pretexto ofrecido por las circunstancias, era dar salida al sueño irreprimible que, viviendo tanto cuanto la vida dura, tiene en la juventud generalmente su primera irrupción, sentimental o violenta, no pudiendo ser de una manera, es de otra. Entretanto se trabaron batallas campales, o de plaza y calle por hablar con más rigor, los heridos se contaron por centenares, hubo tres o cuatro muertos, aunque las autoridades intentaron ocultar tan tristes casos en la confusión y contradicción de las noticias, nunca las madres de agosto llegaron a saber con certeza cuántos fueron sus hijos desaparecidos, por la simple razón de no haber sabido organizarse, hay siempre unas cuantas que quedan fuera, estaban ocupadas llorando su pesar, o cuidando del hijo que les quedaba, o debajo del padre del hijo desaparecido haciendo otro hijo, por eso las madres pierden siempre. Gases lacrimógenos, coches-manguera, porras, escudos y cascos, piedras arrancadas de la calzada, barras de las vallas urbanas, lanzas de las verjas de los jardines, he aquí algunas de las armas utilizadas por un bando y otro, ciertas novedades, de efectos más dolorosamente persuasivos, empezaron a ser ensayadas aquí por las diferentes policías, las guerras son como las desgracias, nunca vienen solas, la primera experimenta, la segunda perfecciona, la tercera es la que vale, siendo cada una de ellas, según por dónde se empiece a contar, tercera, segunda y primera. Para los almanaques de memorias y recuerdos quedó la última frase de aquel gentil mozo holandés, alcanzado por una bala de goma que, por tara de fabricación, salió más dura que el acero, aunque la leyenda se apoderará pronto del episodio y cada país jurará que el muchacho era suyo, mientras la bala, claro está, queda por reivindicar, y la frase no lo fue tanto por su sentido objetivo, sino por ser hermosa, romántica, increíblemente joven, y a los países les gusta esto, principalmente tratándose de causas perdidas, como ésta, Al fin, soy ibérico, y habiendo dicho esto, expiró. Sabía este muchacho lo que quería, o creía saberlo, lo que, a falta de cosa mejor, hace sus veces, no era como Joaquim Sassa, que no sabe a quién querer, pero éste sigue vivo, tal vez le llegue su día, si está atento a la oportunidad.

La mañana se hizo tarde, la tarde se hará noche, por esta larga carretera casi ceñida al mar va el perro lazarillo con su trotecillo seguro, que no es galgo corredor, lejos de eso, incluso Dos Caballos, a pesar de su decrepitud sería capaz de andar mucho más de prisa como lo ha probado en los últimos tiempos, Y esta velocidad no le hace ningún bien, se inquieta Joaquim Sassa, ahora al volante, si alguna avería sobreviene a tan fatigada mecánica, que sea en sus manos. La radio, con pilas nuevas, dio noticia de los calamitosos acontecimientos de Europa y se refirió a fuentes bien informadas, según las cuales estaban realizándose presiones internacionales sobre los gobiernos portugués y español para poner coto a tal situación, como si en manos de ellos estuviera el poder realizar tal desiderátum, como si ser gobierno de una península a la deriva fuera lo mismo que conducir a Dos Caballos. Las protestas fueron dignamente rechazadas, con viril orgullo por parte de los españoles y femenina altivez por el lado portugués, sin desdoro o vanagloria de sexo, anunciándose que los primeros ministros hablarían por la noche, cada uno en su tierra, claro está, pero concertados. Lo que sí ha causado cierta perplejidad es la prudencia de la Casa Blanca, tan pronta en general a intervenir en los negocios del mundo, dondequiera que puedan ver ventajas, habiendo sin embargo quien sostiene que los norteamericanos no están dispuestos a comprometerse antes de ver, literalmente hablando, adónde va a parar esto. Entretanto, de los Estados Unidos llega el abastecimiento de los carburantes, con alguna irregularidad, cierto es, pero debemos estarles agradecidos por el hecho de que en lugares apartados aún sea posible encontrar gasolina, en gasolinera sí, gasolinera no. De no ser por los norteamericanos, estos viajeros tendrían que ir a pie, si es que se empeñan en seguir tras el perro.

Cuando se detuvieron para almorzar, el animal se quedó fuera del restaurante, sin resistencia, debió de comprender que sus compañeros humanos necesitaban alimentarse. Finalizada la refección Pedro Orce salió antes que los otros, llevaba unos restos, pero el perro no quiso comer, y pronto se entendió el porqué, había señales de sangre fresca en su pelo y alrededor de la boca, Anduvo de caza, dijo José Anaiço, Pero sigue con el hilo azul, observó Joana Carda, hecho este más singular que el otro, pues, nuestro perro, si es el que creemos, lleva en esta vida vagabunda dos semanas, y si atravesó toda la península a pie, desde los Pirineos hasta aquí, y sabe Dios adónde más, no debe haber tenido quien le llenase la escudilla o lo consolara con un hueso. En cuanto al hilo azul, puede que lo deje en el suelo y después lo recoja, como un cazador que está sin respirar mientras dispara, y luego recomienza, con toda naturalidad. Dijo Joaquim Sassa, benevolente al fin, Perrito guapo, si eres capaz de cuidar de nosotros como por lo visto te cuidas tú, nos declaramos entregados a tu canina competencia. El perro movió la cabeza, movimiento que no hemos aprendido a traducir. Luego bajó a la carretera y empezó de nuevo a andar, sin mirar atrás. La tarde está mejor que la mañana, hace sol, y este diablo de perro, o este perro del diablo, vuelve a su trote infatigable, con la cabeza baja, estirado el hocico, la cola prolongándole el lomo, el pelo rubio oscuro, De qué raza será, pregunta José Anaiço, Si no fuera por la cola podría ser hijo de perdiguero y pastor, dijo Pedro Orce, Ha acelerado, observó Joaquim Sassa, satisfecho, y Joana Carda, quizá sólo por no permanecer callada, Qué nombre le habrán puesto, tarde o temprano, es inevitable, sale siempre la cuestión de los nombres.

El primer ministro habló a los portugueses, y dijo, Portugueses, durante los últimos días, con súbita intensificación en las últimas veinticuatro horas, se ha convertido nuestro país en blanco de presiones que sin exageración puedo calificar de inadmisibles, procedentes de casi todos los países europeos donde, como es sabido, han tenido lugar serias alteraciones del orden público, que se han visto súbitamente agravadas, sin que nos quepa en ello la menor responsabilidad, por la toma de la calle de grandes masas de manifestantes que, de manera entusiasta, quieren expresar su solidaridad con los países y pueblos de la península, lo que evidencia una grave contradicción en la que se debaten los gobiernos de Europa, a la que ya no pertenecemos, ante los profundos movimientos sociales y culturales de estos países, que ven en la aventura histórica en la que nos hallamos lanzados la promesa de un futuro más feliz y, por decirlo todo, la esperanza de un rejuvenecimiento de la humanidad. Ahora bien, esos gobiernos, en vez de apoyarnos, como sería demostración de elemental humanidad y de una conciencia cultural realmente europea, han decidido convertirnos en chivo expiatorio de sus dificultades internas, intimándonos absurdamente a detener la deriva de la península, aunque, con más propiedad y respeto a los hechos, le deberían llamar navegación. Esta actitud es tanto más lamentable cuanto que sabido es que cada hora que pasa nos apartamos más de setecientos cincuenta metros de lo que son ahora las costas occidentales de Europa, y estos gobiernos europeos, que en el pasado jamás demostraron realmente querernos consigo, nos apremian ahora para que hagamos lo que en el fondo no desean y, para colmo, saben que no nos es posible. Centro sin posible dimisión de toda creación cultural, Europa, en estos días de turbación, muestra al fin su carencia de buen sentido. A nosotros, que mantenemos la serenidad de los fuertes y de los justos, nos compete, como gobierno legítimo y constitucional que somos, rechazar enérgicamente presiones e injerencias de todo orden y de cualquier procedencia, proclamando ante la faz del mundo que sólo nos guiaremos por el interés nacional y, de un modo más amplio, por el de los pueblos de la península, afirmación que puedo hacer aquí solemnemente y con entera seguridad, una vez que los gobiernos de Portugal y España han venido trabajando conjuntamente, y así seguirán haciéndolo, en el examen y debate de las medidas necesarias para un feliz desenlace de los acontecimientos que han sobrevenido desde la histórica ruptura de los Pirineos. Unas palabras de reconocimiento debemos al espíritu humanitario y al realismo político de los Estados Unidos de América del Norte, gracias a los que se ha mantenido en niveles razonables el abastecimiento de carburantes y productos alimentarios que hasta ahora, en el marco de las relaciones comunitarias, importábamos de Europa. En condiciones normales tales cuestiones serían, evidentemente, tratadas a través de los canales diplomáticos competentes, pero, en una situación de tanta gravedad, ha entendido el gobierno que presido que debía dar conocimiento inmediato de los hechos a todo el pueblo, expresando así su confianza en la dignidad de los portugueses, que sabrán, como en otras ocasiones históricas, cerrar filas en torno de sus representantes legítimos y del sagrado símbolo de la patria, ofreciendo al mundo la imagen de un pueblo cohesionado y decidido, en este momento especialmente difícil y delicado de su historia, viva Portugal.

Los viajeros oyeron el discurso cuando estaban ya acercándose a Porto, entraron en un café que servía también comidas rápidas, y se quedaron allí algún tiempo viendo en la televisión las imágenes de las grandes manifestaciones y de las cargas de la policía, daba escalofríos ver aquellos generosos jóvenes enarbolando carteles y banderas en las que se leía, en sus propias lenguas, la frase formidable. Por qué, preguntaba Pedro Orce, se interesarán tanto por nosotros, y José Anaiço, repitiendo sin darse cuenta, pero más directamente, la tesis del primer ministro, decía, Ellos están preocupados por ellos mismos, probablemente no podría expresar mejor su pensamiento. Acabaron de comer y salieron, esta vez el perro aceptó los restos que Pedro Orce le traía y, puesto Dos Caballos en movimiento, ahora más lentamente porque el guía apenas se distingue allá delante, dijo Joaquim Sassa, A la salida del puente vamos a intentar convencer al perro para que entre en el coche, irá detrás, en el regazo de Joana y de José, no podemos andar por la ciudad como vinimos hasta ahora, y él, seguro, no querrá seguir viajando entrada la noche.

Resultaron ciertos los pronósticos y fueron satisfechos los deseos de Joaquim Sassa, en cuanto se dio cuenta de qué querían de él, el perro entró, lento y pesado se tumbó sobre las piernas de los viajeros del asiento de atrás, reposó la cabeza en el antebrazo de Joana Carda, pero no se quedó dormido, iba con los ojos abiertos, las luces de la ciudad se deslizaban en ellos como en una superficie de cristal negro. Nos quedamos en mi casa, dijo Joaquim Sassa, tengo una cama grande y un sofá cama donde con relativa comodidad caben dos personas, si no son gordas, uno de los tres, se refería a los hombres, claro, tendrá que dormir en un sillón, bueno, lo haré yo, que soy el amo de la casa, o me voy a dormir a una pensión que hay allí al lado. Los otros no respondieron, manera de mostrar por acatamiento silencioso que estaban de acuerdo, o quizá preferían decidir más tarde, discretamente, la difícil cuestión, se notaba ahora en el aire una constricción, una dificultad, parecía que Joaquim Sassa lo hubiera hecho a propósito, sólo para divertirse, y era bien capaz. Pero no habían pasado dos minutos y ahí estaba Joana Carda diciendo con voz clara, Nosotros dormimos juntos, la verdad es que está el mundo perdido si las mujeres toman iniciativas de este alcance, antiguamente había reglas, se empezaba siempre por el principio, unas miradas cálidas y atractivas por parte del hombre, la suave caída de ojos por parte de la mujer, insinuando la mirada asaetadora entre las pestañas, y luego, hasta el primer roce de manos, las cosas iban muy conversadas, había cartas, enfados pasajeros, reconciliaciones, señales de pañuelo, toses diplomáticas, claro que el resultado final acababa siendo el mismo, tumbada en la cama la doncella, encima el galán, con boda o sin ella, pero nunca, nunca este desatino, esta falta de respeto delante de un hombre de edad, y todavía dicen que las andaluzas tienen la sangre ardiente, vean esta portuguesa, a Pedro Orce, que aquí va, nunca ninguna se lo dijo tan claro, Nosotros dormimos juntos. Pero los tiempos están muy mudados, oh si están, si Joaquim Sassa quería divertirse con los sentimientos ajenos, le salió seria la conversación, y Pedro Orce quizá haya oído mal, la palabra juntos no se dice lo mismo en castellano que en portugués. José Anaiço no abrió la boca, qué iba a decir él, haría pésima figura si se pusiera en plan seductor y peor si afectara un aire escandalizado, lo mejor es callar, no es preciso pensar mucho para comprender que sólo Joana Carda podía haber dicho las palabras de compromiso, imaginemos la grosería si él las hubiera pronunciado sin consultar primero, e incluso así, aunque le preguntase si estaba de acuerdo, hay actitudes que sólo una mujer puede tomar, depende de la circunstancia y del momento, eso es, el momento, aquel exacto segundo colocado entre dos que provocarían el error y el desastre. Sobre el lomo del perro están juntas las manos de Joana Carda y José Anaiço, por el retrovisor Joaquim Sassa los mira discretamente, van sonriendo, finalmente el juego ha acabado bien, tiene entereza esta Joana, y Joaquim Sassa siente de nuevo la picadura de la envidia, pero la culpa, ya confesada, es suya, que no sabe a quién querer.

La casa no es un palacio, tiene un dormitorio pequeño, interior, una salita aún más pequeña donde está el sofá cama, la cocina, el cuarto de baño, es la casa de un soltero, y aun así con suerte, que no tiene que andar por cuartos alquilados. La despensa está vacía, pero el apetito se confortó en la última parada. Miran la televisión a la espera de otras noticias, por ahora no hay reacciones en las cancillerías europeas, sin embargo, para que no puedan hacerse las desentendidas, en el último telediario apareció de nuevo el primer ministro, Portugueses, dijo, el resto también lo conocemos. Antes de acostarse hubo consejo de guerra, no es que fuera preciso tomar decisiones, ésas competían sólo al perro que dormitaba a los pies de Pedro Orce, pero cada cual iba arriesgando una suposición, Tal vez sea aquí el fin del viaje, decía Joaquim Sassa, deseándolo, O más al norte, admitía José Anaiço, pensando en otra cosa, Creo que será más al norte, añadió Joana Carda, que pensaba en lo mismo, pero fue Pedro Orce quien dijo la palabra justa, Él sabrá, después bostezó y dijo, Tengo sueño.

Ahora ya no eran precisas todas esas contradanzas de quién va a dormir con quién, Joaquim Sassa abrió el sofá cama ayudado por Pedro Orce. Joana Carda se retiró discretamente, y José Anaiço se quedó aún unos momentos, torpe, como si la cosa no fuera con él, pero el corazón le latía por dentro del pecho con un clamor de alarma, resonaba en la boca del estómago, hacía vacilar la casa entera hasta los cimientos, aunque este temblor no se parezca en nada al otro, finalmente dijo, Buenas noches y hasta mañana, y se retiró, bien cierto es que las palabras nunca están a la altura de la grandeza del momento. El dormitorio queda al lado mismo, hay una ventana alta, junto al techo, manera de prolongar la luz del día, y que ni cortina tiene, se comprende lo que pudiera parecer una falta de recato, en la casa vive un hombre solo, aunque Joaquim Sassa tuviera esos pervertidos gustos no podría acecharse a sí mismo, digamos en todo caso que sería muy interesante, aparte de educativo, ser por una vez acechadores de nosotros mismos, es probable que no nos gustara. Con tales precauciones oratorias no se quiere insinuar que Joaquim Sassa y Pedro Orce estén pensando en cometer picardías de esta gravedad, pero aquella ventana, ahora sólo fantasma de ventana, apenas visible desde la oscuridad de la salita, resulta perturbadora, cuaja la sangre, como si todo fuera aquí cuarto único, camareta, promiscuidad, y Joaquim Sassa, tumbado boca arriba, no quiere pensar, pero levanta la cabeza de la almohada para crear un aura de silencio y poder oír mejor, tiene la boca seca y resiste heroicamente la tentación de levantarse para ir a la cocina a beber agua y de camino escuchar los murmullos. Pedro Orce, por su parte, de tan cansado se quedó dormido en un instante, se volvió hacia fuera, dejó caer el brazo sobre el lomo del perro, que se tumbó allí, el temblor del uno es el temblor del otro, el sueño tal vez el mismo. Del cuarto no llega ni un ruido, ni una inarticulada palabra, ni siquiera un suspiro, un gemido sofocado, Qué silencio, piensa Joaquim Sassa, y lo encuentra extraño, ni él imagina hasta qué punto es realmente extraño, ni lo sabrá o imaginará nunca, que esas cosas suelen quedar en el secreto de quien las vivió, José Anaiço entró en Joana Carda y ella lo recibió, sin otro movimiento, duro él, suavísima ella, y así quedaron, los dedos apretando los dedos, las bocas libándose en silencio, mientras la ola violenta les sacude el centro del cuerpo, sin un rumor, hasta la última vibración, el último gotear sutil, lo dijimos así, discretamente, para que no nos acusen de exhibición inmoderada de escenas de coito, fea palabra hoy felizmente casi olvidada. Mañana, cuando Joaquim Sassa se despierte, pensará que aquellos dos tuvieron la paciencia de esperar, sabe Dios con qué trabajos, si Dios sabe de estas sublimaciones de la carne, esperar a que los otros se durmieran, está equivocado, en el mismo momento en que él entra en el sueño, Joana Carda recibe otra vez a José Anaiço, ahora no serán tan silenciosos como antes fueron, ciertas proezas son irrepetibles, Ya deben de estar durmiendo, dijo uno, y así pudieron desahogarse los cuerpos, que bien lo habían merecido.

Pedro Orce fue el primero en despertarse, por una rendija estrecha de la ventana tocó su boca cansada el dedo ceniciento del alba, soñó entonces que una mujer lo besaba, ah cómo luchó para que el sueño se mantuviera y durara, pero los ojos se le abrieron, y los labios estaban secos, ninguna boca dejó en su boca la verdad de la saliva, la fértil humedad. El perro levantó la cabeza, se lamió las patas, y miró fijamente a Pedro Orce en la penumbra espesa del cuarto, era imposible descubrir de dónde podría venir la luz que en sus pupilas se reflejaba. Pedro Orce acarició al animal, y éste, una sola vez, lamió su mano delgada. Con los movimientos se despertó Joaquim Sassa, al principio sin norte del sitio donde estaba, aunque fuese su propia casa, sería por extrañar la cama donde raramente dormía, y la compañía. Tumbado, con la cabeza del perro posada en el pecho, Pedro Orce dijo, Empieza otro día, qué nos traerá, y Joaquim Sassa, Quizá el perro haya cambiado de idea, a ver si ha perdido el sentido después de dormir, ocurre muchas veces, uno se duerme y eso hace cambiar las cosas, somos los mismos y no nos reconocemos. En este caso no parecía que hubiesen cambiado. El perro se levantó, grande, corpulento, y caminó hasta la puerta cerrada. Se veía su contorno impreciso, la silueta, el centelleo de la mirada, Nos está esperando, dijo Joaquim Sassa, es mejor llamarlo, aún es pronto para levantarnos. Acudió el perro a la voz de Pedro Orce, se tumbó sin resistencia, los hombres ahora hablaban muy bajo, decía Joaquim Sassa, Voy a sacar el dinero que tengo en el banco, no es mucho, y pediré algo prestado, Y cuando se acabe, Puede ser que acabe la aventura antes de que se acabe el dinero, Sabe Dios lo que nos espera, Encontraremos la manera de vivir, si es necesario, se roba, esto lo dijo Joaquim Sassa sonriendo. Pero quizá no sea necesario llegar a tales extremos de ilegalidad, aquí en Porto irá también José Anaiço a la sucursal del banco donde guarda sus economías, Pedro Orce trajo todas sus pesetas, de Joana Carda nada sabemos en lo que se refiere a sus recursos, por lo menos ya vimos que no parece mujer para vivir de caridades o a expensas del macho. Lo que se duda es que puedan encontrar trabajo los cuatro, si trabajo exige permanencia, estabilidad, residencia habitual, cuando su destino inmediato es andar tras un perro que de su propio destino esperamos que algo sepa, pero éste no es el tiempo en que los animales, por hablar, podían decir adónde querían ir, si no les faltasen las cuerdas vocales.

En el cuarto de al lado dormían cansados los amantes, uno en los brazos del otro, maravilla que desgraciadamente no puede durar siempre, y es natural, un cuerpo es este cuerpo y no aquél, un cuerpo tiene un principio y un fin, empieza en la piel y acaba en ella, lo que está dentro le pertenece, pero precisa sosiego, independencia, autonomía de funcionamiento, dormir abrazados exige una armonía de encajes que el sueño de cada uno desajusta, se despierta con el brazo dormido, un codo metido en las costillas, y entonces decimos en voz baja, reuniendo toda la ternura posible, Amor mío, échate un poco para allá. Duermen cansados Joana Carda y José Anaiço, que mediada la noche una tercera vez se unieron, están en el principio, por eso cumplen la buena regla de no negar al cuerpo lo que el cuerpo, por sus propias razones, reclama. Andando con todo cuidado, Joaquim Sassa y Pedro Orce salieron con el perro, fueron a comprar lo necesario para la primera comida del día, Joaquim Sassa le llama a la francesa pequeño-almuerzo, Pedro Orce desayuno, pero el apetito común resolverá la diferencia lingüística. Cuando regresen, ya Joana Carda y José Anaiço se habrán levantado, los oímos en el cuarto de baño, corre el agua de la ducha, felices estos dos, y grandes caminantes, que en tan poco tiempo fueron capaces de andar tanto.

A la hora de la marcha, todavía en casa, se pusieron los cuatro a mirar al perro con el aire perplejo de quien, esperando órdenes, duda tanto de quien las da como de la sensatez de obedecerlas. Esperemos que para salir de Porto él se confíe a nosotros como se confió al entrar, dijo Joaquim Sassa, y los otros comprendieron el motivo de la observación, imagínense si el perro Fiel, fiel a su manía de seguir hacia el norte, le da, aquí en la ciudad, por meterse en calles de sentido único en que fuese precisamente el norte la dirección prohibida, no faltarían los conflictos con la policía, los accidentes, los atascos de tráfico, con todo el pueblo de Porto reunido riéndose del espectáculo. Pero este perro no es un chucho cualquiera, de paternidad sospechosa o clandestina, su árbol genealógico tiene raíces en el infierno, que, como sabemos, es el lugar adonde va toda la sabiduría, la antigua, que ya está allí, la moderna y la futura que han de seguir por el mismo camino. Por eso, y tal vez también porque Pedro Orce ha repetido el ardid de murmurarle al oído palabras que hasta ahora no hemos conseguido averiguar, el perro entra en el coche con el aire más natural del mundo, el aire de quien durante toda la vida ha viajado así. Pero, atención, ahora no posa la cabeza en el antebrazo de Joana Carda, ahora va vigilante mientras Joaquim Sassa conduce a Dos Caballos por las curvas y recodos de las calles, en todos los sentidos, alguien dado a estas observaciones dirá al verlos, Van hacia el sur, y corregiría de inmediato, Van hacia occidente, Van hacia oriente, y éstas son las direcciones principales o cardinales, si mencionásemos la rosa de los vientos completa no llegaríamos a salir de Porto y de la confusión.

Hay un acuerdo entre este perro y estas personas, cuatro seres racionales consienten en dejarse conducir por el instinto animal, salvo si están todos ellos siendo atraídos por un imán colocado en el norte o arrastrados por la punta de un hilo azul gemelo de éste que el perro no suelta. Salieron de la ciudad, se sabe que la carretera, pese a las curvas, sigue en la dirección justa, el perro da señales de querer salir, le abren la puerta y ahí va él, revigorizado por el descanso de la noche y por la pitanza suculenta que en casa le sirvieron. El trote es rapidísimo, Dos Caballos lo acompaña alegremente, no precisa morder la brida de impaciencia. Ahora la carretera no sigue junto al mar, va por tierras interiores, sólo por eso no veremos la playa donde Joaquim Sassa tuvo más fuerza que Sansón en una hora de su vida. Él mismo lo dijo, Qué pena que el perro no haya querido ir por la costa, os hubiera mostrado el sitio donde me ocurrió lo de la piedra, ni el mismo Sansón de la Biblia hubiera sido capaz de hacer lo que yo hice, pero por modestia debería callar, mayor prodigio fue y sigue siendo el de Joana Carda allá en los campos de Ereira, más enigmático es el temblor que Pedro Orce siente, y si aquí es nuestro guía terrestre un can del más allá, qué diremos de los miles de estorninos que acompañaron durante tanto tiempo a José Anaiço, abandonándolo únicamente en el momento de iniciar otro vuelo.

La carretera sube, baja y luego sube otra vez, y va subiendo siempre, y cuando baja es sólo para descansar un poco, no son muy altas estas sierras, pero fatigan el corazón de Dos Caballos que jadea en las subidas, el perro va delante, altivo. Se pararon para almorzar en una pequeña fonda al borde de la carretera, otra vez el perro desapareció para ir a buscar su propia vianda y cuando volvió traía sangre en la boca, pero la razón ya la sabemos, no hay misterio alguno, si no tienes quien te llene el pesebre, arréglatelas como puedas. De nuevo en camino, siempre hacia el norte, hubo un momento en que José Anaiço dijo, era a Pedro Orce a quien se dirigía, Si seguimos así vamos a entrar en España, volvemos a tu tierra, Mi tierra es Andalucía, Tierra y país, todo es lo mismo, Qué va, podemos no conocer nuestro país, pero conocemos nuestra tierra, Has estado alguna vez en Galicia, Nunca fui a Galicia, Galicia es la tierra de otros.

Está por ver que entren a España, porque esta noche todavía dormirán en Portugal. Se inscriben José Anaiço y Joana Carda en una pensión como marido y mujer, para más economía se quedarán en la misma habitación Pedro Orce y Joaquim Sassa, y el perro tuvo que ir a dormir con Dos Caballos, un animal de tan gran porte asustaba a la dueña de la casa, No quiero una aparición como ésta dentro de casa, que se quede en la calle que es la sala de los perros, sólo falta que me llene la casa de pulgas, Este perro no tiene pulgas, protestó Joana Carda, sin resultado, que el punto esencial no era ése. A medianoche se levantó Pedro Orce de la cama, confiando en que la puerta de la calle no estuviera cerrada con llave, y realmente no lo estaba, se fue a dormir dos horas en el automóvil, abrazado al perro, cuando no se puede ser amante, en este caso por obvios impedimentos de la naturaleza, la amistad hará las veces. Le pareció a Pedro Orce, cuando entró en el coche, que el perro había gemido en voz baja, pero sería alucinación suya, de tantas que nos acuden cuando queremos mucho una cosa, el sabio cuerpo se apiada de nosotros, simula en sí mismo la satisfacción de los deseos, el sueño es eso, o creían otra cosa, Si así no fuera, díganme cómo íbamos a ser capaces de aguantar esta insatisfactoria vida, el comentario es de la voz desconocida que habla de vez en cuando.

Cuando Pedro Orce volvió a su cuarto, el perro fue tras él, pero, estando prohibido entrar, se tumbó en los peldaños de la puerta y allí se quedó, no hay palabras que puedan describir el susto y los gritos en la primera luz de la mañana, venía matutina la dueña de la pensión a inaugurar el nuevo día de trabajo, abre los batientes al frescor del amanecer y, de pronto, se alza de la estera el león de Nemea, de fauces abiertas, era sólo el bostezo de quien todavía no lo ha dormido todo, pero hasta de los bostezos hay que desconfiar cuando muestran unos dientes formidables y una lengua que, de tan roja, parece chorrear sangre. Fue tal la algarabía que la salida de los huéspedes tuvo más de expulsión que de retirada pacífica, ya iba avanzando Dos Caballos, doblando casi la esquina, y aún el ama se desgañitaba en el umbral contra la fiera callada, que éstas son las peores, si creemos el dicho, Perro que ladra no muerde, cierto es que éste todavía no ha mordido, pero si la potencia de las quijadas está en razón directa del silencio, líbrenos Dios del animal. Carretera adelante van los viajeros riéndose del episodio, Joana Carda, por solidaridad femenina, contemporizaba, Si estoy yo en lugar de la mujer también me llevo un susto, y vosotros no os las deis de valientes, sobre todo no hay que ser valeroso por obligación, caló hondo el reparo, cada uno de los varones hizo balance, en secreto, de sus propias cobardías, el caso más interesante fue el de José Anaiço, que de ellas decidió dar cuenta a Joana Carda en la primera oportunidad, mal va el amor si no se dice todo, lo peor es cuando el amor acaba, se arrepiente el confeso y no es raro que el confesor abuse de la confidencia, a ver si se las arreglan Joana Carda y José Anaiço para que esta vez no sea así.

La frontera no está lejos. Habituados como están a las virtudes exploradoras del guía, no repararon los viajeros en la manera expedita, sin sombra de vacilación o al menos de ponderación cautelar, con que Fiel o Piloto, alguno de estos u otros nombres habrá que darle algún día, elige en la bifurcación el camino por donde ha de seguir, y más que bifurcación encrucijada. Aunque el experto animal haya hecho este camino de norte a sur, y de esto nadie tiene la certeza, la experiencia de poco le va a servir si recordamos la diferencia del punto de vista, del que, como afortunadamente no ignoramos, depende todo. Es bien cierto que las personas viven rodeadas de prodigios, pero de los prodigios no llegan a saber ni la mitad, y sobre la mitad conocida, lo más común es equivocarse, principalmente porque quieren, a viva fuerza, como Dios Nuestro Señor, que ese y los otros mundos estén hechos a su imagen y semejanza, para el caso poco importa quién los hizo. El instinto conduce a este animal, pero no sabemos qué o quién conduce al instinto, y si un día de éstos tuviésemos del extraño caso presentado una primera explicación, lo más probable es que tal explicación no pase de la apariencia, a no ser que de la explicación podamos sacar una explicación y así sucesivamente, hasta aquel último instante en que no habría nada que explicara el montante de lo explicado, de ahí en adelante suponemos que será el caos, pero no es la formación del universo lo que nos ocupa, qué sabemos de eso, aquí sólo tratamos de perros.

Y de personas. De estas que van tras un perro camino de la frontera que está ya cerca. Van a dejar tierra portuguesa al caer el día y de repente, tal vez por obra de la penumbra que se acerca, se dan cuenta de que ha desaparecido el animal, y se quedan todos como niños perdidos

en el bosque, ahora qué hacemos, Joaquim Sassa aprovecha la ocasión para desdeñar la fidelidad canina, menos
mal que apareció la experiencia de la vida de donde procede el sereno saber de Pedro Orce, Probablemente ha
ido a cruzar el río a nado y nos espera en la otra orilla, si
la gente estuviese realmente atenta a los casos y valencias
que atan las existencias y las químicas, se habrían dado
cuenta ya, nos referimos a José Anaiço y a Joaquim
Sassa, de que las razones de un perro pueden ser iguales
a las razones de mil estorninos, si Fiel vino del norte y
pasó por este puesto, tal vez no quiera repetir la experiencia, sin collar ni bozal, sospechoso quizá de rabia, a
lo mejor lo corren a tiros.

Los carabineros miran distraídamente los papeles,
mandan seguir, se ve que el trabajo no sobrecarga a estos
funcionarios, verdad es que las personas, como tuvimos
ya ocasión de comprobar, viajan mucho, pero más por el
interior de las fronteras, parece como si tuviesen miedo
de alejarse de su casa mayor, que es el país, hasta habiendo
abandonado la casa pequeña, la de su propio y mezquino vivir. Al otro lado del Miño el enfado no difiere,
aunque se nota una chispa de curiosidad sin fuerza, porque con estos portugueses viene un español de otra generación, si estuviéramos en tiempos de más numerosas
entradas y salidas ni en este hombre repararían. Joaquim
Sassa anduvo un kilómetro y paró a Dos Caballos en el
arcén, Vamos a esperar aquí, si el perro, como dice Pedro, sabe lo que hace, vendrá a buscarnos. No tuvieron
tiempo de perder la paciencia. Diez minutos después
aparecía el perro ante el automóvil, con el pelo aún mojado. Pedro Orce tenía razón, y nosotros, si no hubiéramos

dudado un poco, nos habríamos quedado en la orilla asistiendo a la valerosa travesía, que con tanto placer describiríamos luego, en vez de ese trivial cruce de frontera con guardias sólo distintos en el uniforme, Siga, Pase, en esto se resumió el episodio, hasta el relámpago de curiosidad no pasó de invención pobre para adornar un poco la materia.

Otras mejores invenciones vendrán ahora a cuento para aderezar lo que aún falta de viaje, con dos días y dos noches de por medio, dormidas ellas en rústicas posadas, andados ellos en carreteras de antiguamente, hacia el norte, siempre al norte, tierras de Galicia y de bruma, con lloviznas que anunciaban el otoño, es sólo lo que apetece decir, y no fue preciso inventarlo. Lo demás serían los abrazos nocturnos de José Anaiço y Joana Carda, el insomnio intermitente de Joaquim Sassa, la mano de Pedro Orce en el lomo del can, aquí han dejado al animal entrar en los cuartos y dormir allí. Y los días en la carretera, cara a un horizonte que no se deja aproximar. Joaquim Sassa volvió a decir que todo esto es una locura, ir tras un perro idiota hasta el fin del mundo, sin saber por qué ni para qué, a lo que Pedro Orce respondió con cierta sequedad y suspicacia, Hasta el fin del mundo no va a ser, antes llegaríamos al mar. Se nota que el perro va cansado, lleva baja la cabeza, decayó la bandera del rabo, y las almohadas de las patas, pese a lo duro de la piel, deben estar doloridas de tanto roce de tierra y piedra, luego por la noche irá Pedro Orce a examinarlas y verá desolladuras que sangran, no es extraño que tan secamente haya respondido a Joaquim Sassa, quien observa atento y dice, en tono de disculpa, Un poco de agua oxigenada le vendría bien, es enseñarle el padrenuestro al cura, de artes de farmacia sabe lo suyo Pedro Orce, no precisa que vengan a enmendarle la mano. Pero, sólo con esto, quedaron las paces hechas.

A la altura de Santiago de Compostela el perro giró hacia el noroeste. Debía de estar cerca su destino, se notaba en el vigor renovado con que trotaba ahora, en la seguridad de sus jarretes, en el porte de la cabeza, en la firmeza de la cola, Joaquim Sassa tuvo que acelerar un poco a Dos Caballos para acompañar la andadura y, al acercarse así, casi hasta tocar al animal, Joana Carda exclamó, Mirad, mirad el hilo azul. Todos lo vieron. El hilo no parece el mismo. El otro, de tan sucio ya, lo mismo podía ser azul que marrón o negro, pero éste brillaba con su propio color, azul ni de cielo ni de mar, quién lo habría teñido y devanado, quién lo lavara, si era el mismo, y lo colocó otra vez en la boca del perro, diciendo, Hala. La carretera se hizo más estrecha, es apenas un camino bordeando las colinas. El sol va a caer sobre el mar que desde aquí aún no se ve, la naturaleza es maestra en la composición de espectáculos adecuados a la humana circunstancia, todavía esta mañana y durante la tarde el cielo estuvo cubierto y triste, tamizando la morriña gallega, y ahora una luz leonada se derrama por los campos, el perro va como una joya centelleante, un animal de oro. Hasta Dos Caballos no parece el coche fatigado que conocemos, dentro los pasajeros son todos hermosas criaturas, les da la luz de frente y van como bienaventurados. José Anaiço mira a Joana Carda y se estremece al verla tan bella, Joaquim Sassa baja el retrovisor para ver sus propios ojos resplandecientes y Pedro Orce contempla sus viejas manos, no son viejas, no, acaban de salir de una operación alquímica, se han vuelto inmortales, aunque el resto de su cuerpo tenga que morir.

Súbitamente el perro se detiene. El sol rasa la cima de los montes, se adivina el mar al otro lado. La carretera desciende en curvas, dos colinas parecen estrangularla allá abajo, pero es ilusión de los ojos y la distancia. Enfrente, a media ladera, hay una casa grande, de arquitectura simple, tiene un aire de abandono antiguo, pese a las señales de cultivo en los campos que la rodean. Parte de la casa está ya en sombra, la luz se va amortiguando, parece que el mundo todo se hunde en desmayo y soledad. Joaquim Sassa paró el coche. Salieron todos. Se oye el silencio, vibra como un eco final, tal vez no sea más que el golpear distante de las olas en los cantiles, es siempre la mejor explicación, hasta dentro de las caracolas el recuerdo interminable de las olas resuena, pero no es éste el caso, aquí lo que se oye es el silencio, nadie debería morir sin conocerlo, el silencio, lo oíste, puedes irte, ya sabes cómo es. Pero esa hora no ha llegado todavía para ninguno de estos cuatro. Saben que su destino es aquella casa, hasta aquí los trajo el perro prodigioso, quieto como una estatua, a la espera. José Anaiço está al lado de Joana Carda pero no la toca, comprende que no debe tocarla, ella lo comprende también, hay momentos que hasta el amor debe conformarse con su insignificancia, perdonad que reduzcamos el extremo de los afectos a casi nada, él que en otras ocasiones es casi todo. Pedro Orce es el último en salir del coche, pone los pies en el suelo y siente vibrar la tierra con una intensidad aterradora, aquí se romperían todas las agujas de los sismógrafos, y estas colinas parecen ondular con el movimiento de las olas que más allá del mar se encabalgan unas sobre las otras, empujadas por esta balsa de piedra, lanzándose contra ella en reflujo de las poderosas corrientes que vamos cortando.

El sol se ha ocultado. Entonces un hilo azul onduló en el aire, casi invisible en su transparencia, como si buscara apoyo, rozó las manos y los rostros, Joaquim Sassa lo alcanzó, fue azar, fue destino, dejemos que queden así estas hipótesis, incluso habiendo tantas razones para no creer ni una ni la otra, y ahora qué hará Joaquim Sassa, no puede viajar en el automóvil con la mano fuera sosteniendo el hilo, un hilo que el viento sustenta e impele, no acompaña obediente el trazado de las carreteras, Qué hago con esto, preguntó, pero los otros no podían responder, el perro, sí, salió de la carretera y empezó a descender la ladera suave, fue tras él Joaquim Sassa, su mano levantada seguía al hilo azul como si tocara las alas o el pecho de un ave sobre su cabeza. José Anaiço volvió al coche con Joana Carda y Pedro Orce, lo puso en movimiento, y, despacio, acompañando siempre con los ojos a Joaquim Sassa, fue bajando por la carretera, no quería llegar antes que él, y tampoco mucho después, la armonía posible de las cosas depende de su equilibrio y del tiempo en que acontecen, ni demasiado pronto, ni demasiado tarde, por eso nos es tan difícil alcanzar la perfección.

Cuando se detuvieron en la explanada de delante de la casa, llegaba Joaquim Sassa a diez pasos de la puerta, que estaba abierta. El perro dio un suspiro que parecía humano y se tumbó extendiendo el cuello entre las patas.

Con las uñas se sacó de la boca el pedazo de hilo, lo tiro al suelo. Del interior oscuro de la casa salió una mujer. Llevaba en la mano un hilo, el mismo que Joaquim Sassa seguía sosteniendo. La mujer bajó el único escalón de la puerta, Entren, que deben de venir cansados, dijo. Joaquim Sassa fue el primero en avanzar, llevaba enrollada en la muñeca la punta del hilo azul.

Un día, contó María Guavaira, en una hora como ésta y la luz como ahora estaba, apareció el perro, con aire de venir de muy lejos, traía el pelo sucio, le sangraban las patas, llegó y con la cabeza dio contra la puerta, abrí creyendo que era uno de esos mendigos que van de tierra en tierra, y que en llegando golpean con el bordón y dicen, Una limosnita para este pobre, señora, pero, qué es lo que veo, el perro, jadeando como si viniera a la carrera desde el fin del mundo, y la sangre manchaba la tierra bajo sus patas, lo más asombroso fue que yo no me asustara, y no era el caso para menos, quien no conozca lo bendito que es el can se creería que está ante la más temible de las fieras, pobrecillo, así que me vio se tumbó en el suelo, como si sólo estuviera a mi espera para descansar, y parecía que lloraba, como alguien que quisiera hablar y no pudiese, durante el tiempo que estuvo aquí nunca lo oí ladrar, Lleva seis días con nosotros y tampoco ha ladrado, dijo Joana Carda, Lo metí en casa, lo curé, no es un perro vagabundo, se le nota en el pelo, y se ve que los dueños lo alimentaban bien, le daban cuidados y atención, para notar la diferencia basta compararlo con los perros gallegos, que nacen hambrientos y mueren hambrientos tras vivir hambrientos, y son tratados a palo y piedra, por eso un perro gallego no es capaz de alzar el rabo, lo esconde entre las piernas con la esperanza de pasar inadvertido, su desquite, cuando puede, es morder, Éste no muerde, dijo Pedro Orce, Vete a saber de dónde vino, quizá no lo sepamos nunca, dijo José Anaiço, y tal vez la cosa no tenga importancia, lo que me da que pensar es que haya ido a buscarnos para traernos aquí, uno no puede dejar de preguntarse por qué, No lo sé, sólo sé que se marchó un día con un trozo de hilo en los dientes, me miró como si quisiera decir, No salgas de aquí hasta que yo vuelva, y tiró monte arriba, por donde ahora ha bajado subió entonces, Qué hilo es éste, preguntó Joaquim Sassa mientras enrollaba y desenrollaba de la muñeca la punta que todavía lo ataba a María Guavaira, Ojalá lo supiera yo, respondió ella doblando entre los dedos la punta de su lado y estirando así el hilo como una tensísima cuerda de guitarra, pero ni él ni ella parecían reparar en que estaban atados, los otros, sí, miraban, los pensamientos que tenían los callaron, aunque no sea difícil imaginarlos, Porque lo único que hice yo fue deshacer una media vieja, de esas que servían para guardar dinero, la media que deshice daría un puñado de lana, sin embargo, la que ahí hay corresponde a la lana de cien ovejas, y quien dice cien dice mil, qué explicación se encontrará a este caso, Detrás de mí anduvieron durante días dos mil estorninos, dijo José Anaiço, Tiré al mar una piedra que casi pesaba tanto como yo y cayó muy lejos, añadió Joaquim Sassa dándose cuenta de que exageraba, y Pedro Orce sólo dijo, La tierra tembló y tiembla.

María Guavaira se levantó para abrir una puerta, dijo, Vean, estaba Joaquim Sassa a su lado, pero no lo había arrastrado el hilo, y lo que vieron fue una nube azul, de un color azul que se hacía denso y casi negro en el centro, Si dejo la puerta abierta hay siempre cabos que salen, como hace un rato ese que subió por la carretera y lo trajo hasta aquí, habló María Guavaira a Joaquim Sassa, y la cocina donde se habían reunido todos quedó como desierta, sólo aquellos dos, unidos por el hilo azul, y la nube azul que parecía respirar, se oía el restallar de la leña en el hogar donde hierve un caldo de berzas adobado con hebras de carne, gallego aliviado.

No pueden Joaquim Sassa y María Guavaira estar así unidos más que el tiempo suficiente para dar un sentido no dudoso a aquel enlace, por eso ella recoge todo el hilo y llegándole a la muñeca la rodea como si, invisiblemente, lo atara otra vez, y luego se mete el pequeño ovillo en el pecho, acerca del significado de este gesto sólo un tonto tendría dudas, pero sería necesario ser muy tonto para tenerlas. José Anaiço se apartó del fuego, que quemaba, Aunque parezca absurdo, vamos a acabar creyendo que existe una relación cualquiera entre lo que nos ocurrió y la separación de España y Portugal de Europa, habrá oído hablar de eso, Sí, pero aquí no se notó nada, si saltamos los montes y bajamos a la costa es siempre el mismo mar, La televisión lo ha demostrado, No tengo televisión, La radio ha dado noticias, Las noticias son palabras, nunca se llega a saber bien si las palabras son noticias.

Con esta escéptica sentencia se interrumpió durante algunos minutos la conversación, María Guavaira fue a buscar unos cuencos al vasar, sacó el caldo del fuego, el penúltimo cuenco fue para Joaquim Sassa, el último para ella, de pronto les pareció a todos que iba a faltar una cuchara, pero no, había para todos, por eso María Guavaira no tuvo que esperar a que Joaquim Sassa acabara de comer. Entonces él quiso saber si ella vivía sola, porque hasta este momento no habían visto otras personas en la casa, y ella respondió que era viuda desde hacía tres años, que venían jornaleros a trabajar la tierra. Estoy entre el mar y los montes, sin hijos ni más familia, los hermanos que tengo emigraron a Argentina, mi padre murió, mi madre está loca en A Coruña, más solas que yo debe de haber pocas personas en el mundo, Podía haberse vuelto a casar, dijo Joana Carda, pero luego se arrepintió, no tenía derecho a decir aquello, ella que pocos días antes había roto su matrimonio y andaba ya con otro hombre, Estaba cansada, y una mujer, a mi edad, si vuelve a casarse será sólo por las tierras que tenga, los hombres vienen para casarse con las tierras, no con la mujer, Todavía es joven, Fui joven, aunque apenas recuerdo cuándo lo fui, y dicho esto se inclinó hacia el hogar, para que la lumbre la mostrara mejor, miraba a Joaquim Sassa por encima de las llamas y era como si le estuviera diciendo, Así soy, repara bien en mí, viniste a mi puerta sujeto por un hilo que estaba en mi mano, si quiero puedo arrastrarte a mi cama, y tú vendrás, estoy segura, pero hermosa nunca seré, a no ser que tú me transformes en la más bella mujer que haya existido, eso es obra que sólo los hombres son capaces de hacer, y la hacen, la pena es que no pueda durar siempre.

Joaquim Sassa la miraba desde el otro lado del fuego y le pareció que las llamas danzando le modificaban súbitamente el rostro, ahora excavado en arrugas, luego alisado en sombras, pero lo que no se alteraba era el brillo de sus ojos oscuros, acaso una lágrima suspensa se había convertido en película de pura luz. No es guapa, pensó, pero tampoco es fea, tiene las manos gastadas y fatigadas, no se pueden comparar con las mías, que son de oficinista que goza de vacaciones pagadas, y a propósito, mañana, si es que no he perdido la cuenta del tiempo, es el último día del mes, pasado mañana tendría que volver al trabajo, pero no, eso no puede ser, cómo iba a dejar aquí a José y a Joana, a Pedro y al perro, no tienen ningún motivo para querer acompañarme, y si me llevo a Dos Caballos tendrán grandes dificultades para volver a sus tierras, pero probablemente no quieren, lo único verdadero que existe en este momento sobre la tierra es que estamos aquí juntos, Joana Carda y José Anaiço hablan en voz muy baja, quizá sobre la vida de ambos, quizá sobre la vida de cada uno, Pedro Orce posa la mano en la cabeza de Piloto, deben de estar midiendo vibraciones y seísmos que sólo ellos sienten, mientras yo miro y sigo mirando a esta María Guavaira que tiene una manera de mirar que no es mirar sino mostrar los ojos, viste de oscuro, viuda a quien el tiempo ya alivió pero ennegrecida aún por la costumbre y la tradición, por suerte le brillan los ojos, y allí está la nube azul que no parece pertenecer a esta casa, el pelo es castaño, y tiene el mentón redondo, los labios carnosos, y los dientes, hace poco se los vi, son blancos, gracias a Dios, esta mujer realmente es bonita y yo no me había dado cuenta, estuve atado a ella y no sabía a quién, tengo que decidirme, regreso o me quedo aquí, aunque vuelva al trabajo con unos días de retraso no va a pasar nada, con esta confusión peninsular quién va a fijarse en los empleados que vuelven, se puede alegar la dificultad en los transportes, ahora parece vulgar, ahora más bonita, y ahora, ahora, al lado de María Guavaira Joana Carda no vale nada, la mía es mucho más hermosa, señor José Anaiço, o cree que se puede comparar su mujer urbana y lujosa con esta criatura silvestre que sabe qué sal traen los vientos por encima de los montes y debe de tener el cuerpo blanco bajo esas ropas, si ahora yo pudiese, Pedro Orce, te diría una cosa, Qué cosa me dirías, Que ya sé quién me gusta, Enhorabuena, hay quien tardó mucho más, o nunca llegó a saberlo, Conoces a alguien, Por ejemplo, yo, y tras responder así dijo Pedro Orce en voz alta, Voy a dar una vuelta con el perro.

Todavía no es noche cerrada, pero hace frío. En dirección al monte que esconde el mar hay un sendero que un poco más allá empieza a trepar por la ladera en revueltas sucesivas, a la izquierda y a la derecha, como una devanadera, hasta perderse en un invisible que los ojos ya no pueden traspasar. No tardará mucho en estar este valle como la noche del apagón, de no ser más exacto decir que en el valle donde vive María Guavaira son de apagón todas las noches, por eso no fue preciso que se partieran las líneas de transporte de electricidad de la Europa civilizada y culta. Pedro Orce salió de casa porque no hacía allí ninguna falta. Avanza sin mirar atrás, primero tan rápidamente como le permiten sus fuerzas, después, cuando se le fueron doblegando, despacio. No siente ninguna impresión de miedo en este silencio entre los paredones que son los montes, es hombre que nació y vive en un desierto, sobre polvo y piedras, donde sin asombro es posible encontrar una quijada de caballo, un casco aún con la herradura clavada, hay quien dice que ni los jinetes del Apocalipsis sobrevivieron allí, murió de guerra el caballo de la guerra, murió de peste el caballo de la peste, murió de hambre el caballo del hambre, la muerte es la suma razón de todas las cosas y su infalible conclusión, a nosotros lo que nos engaña es esta línea de vivos en que estamos, que avanza hacia eso que llamamos futuro sólo porque algún nombre hay que darle, tomando de él incesantemente los nuevos seres, dejando atrás incesantemente los seres viejos a quienes tuvimos que dar el nombre de muertos para que no salgan del pasado.

Viejo y cansado ya va estando el corazón de Pedro Orce. Ahora tiene que descansar a menudo y más tiempo cada vez, pero no desiste, lo conforta la presencia del perro. Se hacen señas uno al otro, como un código de comunicaciones que incluso indescifrado es suficiente, porque es suficiente el hecho simple de existir, el flanco del animal roza el muslo del hombre, la mano del hombre acaricia la piel suave del interior de la oreja del perro, el mundo está poblado de un rumor de pasos, de respiraciones, de roces, y ahora sí, se oye tras la cresta del monte el clamor sordo del mar, cada vez más fuerte, cada vez más claro, hasta surgir ante los ojos la inmensa superficie, vagamente reluciente bajo la noche sin luna y de raras estrellas, y abajo, como la línea viva que separa noche y muerte, la blancura violenta de la espuma constantemente deshecha y renovada. Las rocas donde las olas baten son más negras, como si la piedra tuviese allí una densidad mayor o estuviera empapada en agua desde el principio de los tiempos. El viento viene del mar, una parte de él es soplo natural, la otra parte, mínima, será de estarse desplazando la península sobre las aguas, no es más que un jadeo, bien se sabe, y con todo nunca hubo un huracán como éste desde que el mundo es mundo.

Pedro Orce mide la dimensión del océano y en ese momento lo encuentra pequeño, porque al inspirar profundo se le dilatan tanto los pulmones que en ellos podrían entrar a borbotones todos los abismos líquidos y aún sobraría espacio para la balsa que con sus espolones de piedra va abriendo camino contra las olas. Pedro Orce no sabe bien si es hombre, si es pez. Baja hacia el mar, el perro va delante reconociendo y eligiendo el camino, y bien preciso era el batidor prudente y sutil, antes de nacer el día Pedro Orce, solo, no encontraría la entrada y la salida de este laberinto de piedras. Al fin llegaron a las grandes lajas que caen hasta el mar, ahí es estremecedor el estruendo del choque de las olas. Bajo este cielo oscurísimo y los gritos del mar, si la luna ahora naciese, un hombre podría morir de felicidad creyendo que se moría de angustia, de miedo, de soledad. Pedro Orce dejó de sentir frío. La noche se ha vuelto más clara, aparecen otras estrellas, y el perro, que durante un minuto se había ausentado, vuelve a la carrera, no le han enseñado a tirar de los pantalones del amo, pero ya lo conocemos bastante para saber que es muy capaz de comunicar lo que es su voluntad, ahora deberá Pedro Orce acompañarlo hasta su descubrimiento, ahogado arrojado a la costa, arca del tesoro, vestigio de la Atlántida, resto del Holandés Errante, obsesiva memoria, y cuando llegó vio que no eran más que piedras entre piedras, pero, no siendo este animal perro que se engañe, algo habría allí de singular, fue entonces cuando reparó en que sus propios pies se asentaban sobre ella, sobre la cosa, una piedra enorme, con la forma tosca de un barco, y allí otra, larga y estrecha como un mástil, y otra más, ésta sería el timón aunque partido. Creyendo que la poquísima luz lo engañaba, fue dando la vuelta a las piedras, tanteando y palpando, y así dejó de tener dudas, este lado, alto y aguzado, es la proa, este otro, romo, la popa, el mástil inconfundible, y el timón sólo podría ser, por ejemplo, espadilla para un gigante si esto no fuese, realmente, donde está, un barco de piedra. Fenómeno geológico, ciertamente, Pedro Orce conoce de químicas más de lo suficiente para poder explicarse a sí mismo el hallazgo, una antigua barca de madera traída por las olas o dejada por los mareantes, varada en estas lajas desde inmemoriales tiempos, después la cubrieron las tierras, se mineralizó la materia orgánica, otra vez las tierras se retiraron, hasta hoy, serán precisos millares de años para que se apaguen los contornos y mermen los volúmenes, viento, lluvia, la lima del frío y del calor, llegará un día en que no se distinguirá la piedra de la piedra. Pedro Orce se sentó en el fondo del barco, en la posición en que está no ve más que el cielo y el mar distante, si esta nave se balanceara un poco creería que iba navegando, y entonces, cuánto puede la imaginación, se le ocurrió la idea absurda de que quizá fuera realmente navegante esta nave petrificada, hasta el punto de que fuera ella la que arrastraba la península a remolque, no se puede confiar en los delirios de la fantasía, claro que no sería imposible que ocurriera, otras acrobacias más difíciles se han visto, pero se da el caso irónico de que el barco tiene la popa dirigida hacia el mar, ninguna embarcación que se respete navegaría alguna vez reculando. Pedro Orce se levantó, ahora tiene frío, el perro saltó la amurada, es hora de volver a casa, señor amo, que no está usted para trasnochar, no lo hizo de joven y va a hacerlo ahora.

Cuando llegan a la cima de los montes Pedro Orce apenas puede con las piernas, sus pobres pulmones que hace poco eran capaces de respirar el océano entero jadeaban como fuelles rotos, el aire áspero le raspaba el interior de las narices, le resecaba la garganta, estas aventuras montañeras son impropias de un boticario al borde de la ancianidad. Se deja caer en una piedra, a descansar, con los codos hundidos en las rodillas, la cabeza baja reposando sobre las manos, el sudor le hace brillar la frente, el viento le agita los mechones de pelo, es una ruina de hombre, cansado y triste, desgraciadamente no se ha inventado aún el proceso de mineralizar a una persona en la flor de la juventud para transformarla en eterna estatua. La respiración está más tranquila, el aire se ha ablandado, entra y sale sin aquel raspón de lija. Dándose cuenta de estas mudanzas, el perro, que esperaba tendido, se levanta. Pedro Orce alzó la cabeza, miró hacia abajo, hacia el valle donde estaba la casa. Parecía haber ahora sobre ella un aura, un fulgor sin brillo, una especie de luz no luminosa, si esta frase, que, igual que todas las otras, sólo de palabras puede componerse, llega al entendimiento con unívoco sentido. Al recuerdo de Pedro Orce vino aquel epiléptico de Orce que, tras los ataques que lo derribaban, intentaba explicar las confusas sensaciones con que se anunciaban, sería una vibración de las partículas invisibles del aire, sería la irradiación de una energía como el calor en la distancia, sería la distorsión de los rayos luminosos en el límite de su alcance, esta noche, verdaderamente, se ha poblado de asombros, el hilo y la nube de lana azul, la nave de piedra varada sobre las lajas de la costa, ahora una casa que prodigiosamente se estremece, o así lo diríamos viéndola desde aquí. La imagen oscila, se funden los contornos, de repente parece apartarse hasta convertirse en un punto casi invisible, luego regresa, latiendo lentamente. Durante un instante temió Pedro Orce quedarse abandonado en este otro desierto, pero el susto pasó, fue sólo el tiempo de comprender que allí abajo se habían reunido María Guavaira y Joaquim Sassa, los tiempos han cambiado mucho, ahora es llegar y llenar la alforja, si se me permite esta plebeya y arcaica comparación. Se había levantado Pedro Orce para empezar a descender la ladera, pero volvió a sentarse y esperó pacientemente, transido de frío, a que la casa volviera a su imagen de casa, donde no hubiera más llamaradas que aquella que todavía sigue ardiendo en el hogar, si tarda mucho, lo más seguro es que no encuentre más que cenizas donde antes hubo fuego.

María Guavaira despertó con la primera luz del alba. Estaba en su cuarto, en la cama, y había un hombre dormido a su lado. Oía su respiración, profunda, como si anduviera transportando desde la médula de los huesos el renuevo de sus fuerzas, y, medio inconsciente, quiso que su propia respiración acompañara a la de él. El movimiento diferente del pecho hizo que reparara en su desnudez. Se recorrió el cuerpo con las manos, desde el centro de los muslos, rodeando el pubis, después por el vientre hasta los senos, y de pronto recordó su grito de asombro cuando dentro de sí el gozo explotó como un sol. Ahora despierta del todo, se muerde los dedos para no gritar el mismo grito, pero querría reconocer en el sonido reprimido las sensaciones, hacerlas para siempre inseparables, o quizá era el deseo que volvía a despertar en ella, quién sabe si el remordimiento, la angustia que dice la conocida frase, Qué va a ser de mí ahora, los pensamientos no son aislables de otros pensamientos, las sensaciones no son puras de otras impresiones, esta mujer vive en el campo, lejos de las artes amatorias de la civilización, dentro de poco llegarán los dos hombres que vienen a trabajar las tierras de María Guavaira, qué les va a decir, con la casa llena de extraños, no hay nada como la luz del día para que las cosas cambien de figura. Pero este hombre que duerme lanzó una piedra al mar, y Joana Carda cortó el suelo en dos, y José Anaiço fue el rey de los estorninos, y Pedro Orce hace temblar la tierra con los pies, y el perro ha venido de no se sabe dónde para reunirlos a todos, más que a los otros me unió a ti, tiré del hilo y llegaste hasta mi puerta, hasta mi cama, hasta el interior de mi cuerpo, hasta mi alma, que sólo de ella puede haber salido el grito que di. Durante unos minutos se le cerraron los ojos, cuando los abrió vio que Joaquim Sassa se había despertado, sintió la dureza de su cuerpo, y jadeando de ansiedad, se abrió a él, no gritó, pero lloró riendo, y el día se hizo claridad. De lo que dijeron no vale la pena levantar un registro indiscreto, ponga cada quien lo que pueda, intente sacar de su imaginación, lo más probable es que no acierte, incluso pareciendo tan limitado el vocabulario del amor.

Se levantó María Guavaira y su cuerpo es blanco como Joaquim Sassa había soñado, ella dice, No quería ponerme estas ropas mías oscuras, pero no tengo tiempo ahora de buscar otras, van a llegar los hombres. Se vistió, volvió a la cama, cubrió con sus cabellos el rostro de Joaquim Sassa y lo besó, después huyó, salió del cuarto. Joaquim Sassa dio una vuelta en la cama, cerró los ojos, va a quedarse dormido. Hay una lágrima en una de sus mejillas, tanto puede ser de María Guavaira como suya, los hombres también lloran, no es ninguna vergüenza y sólo les hace bien.

Éste es el cuarto donde se quedaron Joana Carda y José Anaiço, tienen la puerta cerrada, duermen aún.

Esta otra puerta está entreabierta, el perro vino a mirar a María Guavaira, luego volvió hacia dentro, se acostó de nuevo, vigilante del sueño de Pedro Orce, que descansa de sus aventuras y descubiertas. Se adivina en la atmósfera que el día de hoy va a ser de calor. Las nubes vienen del lado del mar y parecen correr más de prisa que el viento. Junto a Dos Caballos hay dos hombres, son los asalariados que han venido al jornal, hablan entre sí y dicen que la viuda, que tanto se queja de lo poco que rinde el campo, se ha comprado un coche, Muerto el hombre, viva la alegría, esta sarcástica sentencia fue del mayor. María Guavaira los llamó, y mientras encendía el fuego y calentaba el café les explicó que había dado albergue a unos viajeros perdidos, tres son portugueses, pero hay un español, están durmiendo todavía, los pobres, Usted aquí sola no está muy segura, dijo el más joven, pero esta frase, tan humanamente solidaria, es sólo una variante de muchas otras que ya ha dicho, orientadas en muy diferente sentido, Lo que tenía que hacer usted es casarse otra vez, necesita un hombre que le mire por la casa, Y no iba a encontrar, y no es por alabarme, uno mejor que yo, tanto para el trabajo como para lo demás, Lo que pasa es que le tengo ley, ya ve, me gusta mucho, Un día de éstos me verá entrar por la puerta y aquí me quedo, Me está haciendo usted perder la cabeza, que uno no es de palo, Te advierto que como te acerques a mí te doy con un tizón en la cara, esto fue lo que dijo una vez María Guavaira, y el más joven no tuvo más remedio que volver a la primera frase, modificándola un poco, Lo que necesita usted es alguien que cuide de todo esto, pero ni siquiera así ha logrado nada, hasta hoy.

Se fueron los trabajadores al campo y María Guavaira volvió a la habitación. Joaquim Sassa estaba durmiendo. Lentamente, para que no se despertara, abrió el baúl y empezó a elegir ropa de su tiempo de claridades, tonos rosa, verde, azul, el blanco y el colorado, el naranja y el lila, y los abigarrados colores femeninos, no es que esto sea guardarropa de teatro o ella acaudalada labradora, pero todo el mundo sabe que dos vestidos de mujer son una fiesta y con dos blusas y dos faldas se arma un arco iris. La ropa huele a naftalina y a cerrado, María Guavaira irá a tenderla al sol para que se evaporen las miasmas de la química y del tiempo muerto, y cuando baja así, con los brazos llenos de colores, encuentra a Joana Carda que ha dejado también a su hombre al cobijo de las sábanas y, como comprende de inmediato lo que está ocurriendo, quiere ayudar. Se ríen las dos en el tendedero, el viento les da en el pelo, las ropas estallan y ondean como banderas, dan ganas de gritar viva la libertad.

Vuelven a la cocina para preparar la comida, huele a café recién hecho, hay leche, pan del más sabroso, queso duro, dulce de fruta, estos aromas juntos despiertan a los hombres, apareció primero José Anaiço, luego Joaquim Sassa, el tercero no fue hombre sino perro, se asomó a la puerta, miró y se volvió atrás, Va a llamar al amo, dijo María Guavaira, que tiene teóricamente más derechos de propiedad, pero que ha hecho ya acto de renuncia. Apareció al fin Pedro Orce, dio los buenos días y se sentó callado, se nota en su mirada cierta irritación cuando observa los aun así muy discretos gestos de ternura con que se expresan los cuatro, tanto dos por dos como todos juntos, el mundo de la alegría tiene su propio y diferente sol.

No está bien ese despecho de Pedro Orce, que se sabe viejo, pero es deber nuestro comprenderlo, si todavía no se ha resignado. José Anaiço quiere meterlo en la charla común, le pregunta si le ha gustado el paseo nocturno, si fue el perro buena compañía, y Pedro Orce, ya pacificado, agradece interiormente la mano tendida, llegó la frase en su momento justo, antes de que la amargura complicase aún más el sentimiento de privación, Fui hasta el mar, dijo, y aquí hubo un gran asombro, mayor el de María Guavaira, que sabe muy bien dónde el mar queda y lo difícil que es llegar. Pero si no hubiera llevado conmigo al perro, no lo habría conseguido, dice Pedro Orce, y recordó de pronto el barco de piedra, se quedó turbado, incapaz de entender, durante algunos segundos, si aquel navío fue sólo un sueño o si fue algo concreto y real, Si no he soñado, si no fue todo imagen soñada, el barco existe, está allí en este preciso instante, yo estoy aquí sentado tomando este café y el barco está allá, y, tales son los poderes de la imaginación, pese a haberlo visto sólo a la luz escasa de unas pocas estrellas, ahora lo imaginaba en su cabeza en pleno día, con el sol y el cielo azul, la roca negra bajo el barco mineralizado, Encontré un barco, dijo, sin pensar que podría estar engañado, desarrolló su teoría, expuso, aunque con alguna imprecisión en los términos, el proceso químico, pero pronto empezaron a faltarle las palabras, le inquietó la expresión de María Guavaira, desaprobadora, y terminó con otra hipótesis de salvaguardia, También admito que pueda ser un extraño efecto de la erosión, desde luego.

Joana Carda dijo que quería ir a verlo, José Anaiço y Joaquim Sassa se mostraron de acuerdo inmediatamente, sólo María Guavaira no hablaba, se miraban ella y Pedro Orce. Se callaron los otros, comprendían que faltaba por decir la última palabra, si es que realmente existe para todas las cosas una última palabra, lo que plantea la delicada cuestión de saber cómo quedarán las cosas después de haberse dicho todo sobre ellas. María Guavaira sostuvo la mano de Joaquim Sassa como si fuera a prestar juramento, Es un barco de piedra, dijo, Eso es lo que acabo de decir, se volvió de piedra con el tiempo, puede haberse mineralizado, pero también es posible que sea obra del azar y que su forma de hoy haya sido labrada y perfeccionada por el viento y otros agentes atmosféricos, lluvia, por ejemplo, e incluso el mar, pudo haber una época en la que el nivel del mar estaba más alto, Es un barco de piedra que siempre fue de piedra, es un barco que viene de muy lejos, y ahí se quedó después que desembarcaran las personas que viajaban en él, Las personas, preguntó José Anaiço, O una persona, de eso no estoy segura, Y de lo que se dice, qué hay de certeza, qué certeza puede haber, dudó preguntando Pedro Orce, Decían los antiguos, a quienes se lo habían dicho otros más antiguos, y a éstos otros más antiguos aún, que en esta costa desembarcaron, en barcas de piedra, llegados de los desiertos del otro lado del mundo, unos santos, algunos llegaron vivos, otros muertos, como fue el caso de Santiago, las barcas quedaron encalladas desde esos tiempos, y ésta es sólo una de ellas, Cree realmente lo que dice, preguntó Pedro Orce, La cuestión no está en creer o no creer, todo lo que vamos diciendo se añade a lo que es, a lo que existe, primero dije granito, luego digo barco, cuando llego al final de mi decir, aunque no crea lo que dije tengo que creer que lo he dicho, muchas veces con eso basta, también el agua, la harina y el fermento hacen el pan.

Le ha salido a Joaquim Sassa una moza erudita, una minerva de los montes galaicos, a veces ni pensamos en eso, pero la verdad es que las personas saben todas mucho más de lo que creemos, la mayoría ni imaginan la ciencia que tienen, el mal está en querer pasar por lo que no son, pierden entonces saber y gracia, mejor que hagan como María Guavaira que se limita a decir, He leído algunos libros en mi vida, la maravilla es que haya sacado provecho de ellos, no es esta mujer tan presuntuosa que lo dijera de sí misma, es el narrador, amante de la justicia, quien no puede resistir al comentario. Va Joana Carda ahora a preguntar cuándo irán a ver la barca de piedra, en el momento en que María Guavaira, quizá para que no se prolongue el debate en terrenos que no serán ya de su competencia, decíamos, en ese momento puso María Guavaira la radio que tenía en la cocina, el mundo tendrá noticias que darnos, es así todas las mañanas y son aterradoras las noticias, pese a haber perdido las primeras frases, pronto reconstruidas, Desde la noche de ayer, inexplicablemente, la velocidad del desplazamiento de la península se ha alterado, la última medición registra más de dos mil metros por hora, prácticamente cincuenta kilómetros diarios, es decir, el triple de la que se venía comprobando desde que la deriva comenzó.

Debe de haber en este momento un silencio general en toda la península, las noticias se oyen en las casas y en las plazas, pero no falta quien de ellas no se entere hasta más tarde, como los dos hombres que trabajan para María Guavaira, están allá en los campos, lejos, apostemos a que el más joven dejará de lado los cortejos y galanteos y no pensará más que en su vida y salvaguarda. Pero lo peor está aún por venir, cuando el locutor lee la noticia de Lisboa, tarde o temprano tenía que saberse, ya mucho duró el secreto, Hay gran preocupación en los medios oficiales y científicos portugueses, dado que el archipiélago de las Azores se halla precisamente en el camino que la península viene siguiendo, ya se notan los primeros síntomas de inquietud en la población, aunque aún no se puede hablar de pánico, pero es de prever que en las próximas horas se ponga en ejecución un plan para evacuar las ciudades y villas del litoral más directamente amenazadas por el choque, en cuanto a nosotros, españoles, podemos considerarnos a salvo de efectos inmediatos, ya que, situadas las islas Azores entre los paralelos treinta y siete y cuarenta, y estando toda Galicia al norte del paralelo cuarenta y dos, fácilmente se observará que, de no haber modificación en el rumbo, sólo el país hermano, siempre desgraciado, sufrirá el impacto directo, sin dejar de lado, claro está, las propias y no menos desgraciadas islas que, por sus reducidas dimensiones, corren peligro de desaparecer bajo la gran masa de piedra que ahora se desplaza, como hemos dicho, a la impresionante velocidad de cincuenta kilómetros diarios, siendo incluso posible que, por otra parte, las islas actúen como freno providencial que detendría esta marcha hasta ahora incontenible, estamos todos en manos de Dios, ya que no bastarán las fuerzas del hombre para evitar la catástrofe si ella ocurre, afortunadamente, repetimos, los españoles estamos más o menos a salvo, pese a todo, nada de optimismos exagerados, siempre hay que temer las consecuencias secundarias del choque, se recomienda por tanto la máxima vigilancia, deberán mantenerse sólo junto a las costas gallegas aquellas personas que, por la naturaleza de sus obligaciones y deberes, no puedan retirarse a las regiones del interior. Se ha callado el locutor, viene ahora una música hecha para bien distinta ocasión, y José Anaiço, recordando, le dice a Joaquim Sassa, Tenías razón cuando hablabas de las Azores, y tanto puede la humana vanidad, hasta en este riesgo extremo de la vida, le gustó a Joaquim Sassa que ante María Guavaira fuera públicamente reconocida la razón que había tenido, sin mérito, recogida como fue entre puertas en los laboratorios adonde con Pedro Orce fue llevado.

Como en un sueño repetido, José Anaiço hacía cuentas, pidió papel y lápiz, esta vez no iba a decir cuántos días tardaría Gibraltar en pasar frente a las almenas de la sierra de Gádor, aquél era tiempo de fiesta, ahora es preciso apurar cuántos días faltaban para incrustar el cabo de la Roca en la isla Terceira, siente uno escalofríos y se le eriza el cabello sólo de pensar en ese terrible momento, después de que la isla de San Miguel se hunda como un espigón en las blandas tierras del Alentejo, en verdad, en verdad os digo, que no hay mal del que uno se libre. Dice José Anaiço finalizados sus cálculos, Llevamos andando cerca de trescientos kilómetros, y como la distancia de Lisboa a las Azores es de unos mil doscientos kilómetros, tendremos que recorrer aún novecientos, y novecientos kilómetros a cincuenta kilómetros diarios en números redondos da dieciocho días, es decir, allá por el veinte de septiembre, probablemente antes, estaremos llegando a las Azores. La neutralidad de la conclusión era una forzada y amarga ironía que no hizo reír a nadie. María Guavaira recordó, Pero nosotros estamos aquí en Galicia, fuera del alcance, No hay que fiarse, advirtió Pedro Orce, basta con que se altere el rumbo un poco, hacia el sur, y seremos nosotros los que topemos de lleno contra las islas, lo mejor, y lo único que se puede hacer, es huir hacia el interior, como recomendó el locutor, e incluso así nada es seguro, Dejar la casa y las tierras, Si ocurre lo que se anuncia, ya no habrá ni casas ni tierras. Estaban sentados, de momento podían estar sentados, podían estar sentados durante dieciocho días. La leña ardía en el hogar, estaba el pan sobre la mesa, había otras cosas, leche, café, queso, pero era el pan lo que atraía las miradas de todos, la mitad de un pan grande, con corteza espesa y miga compacta, sentían aún en su boca el sabor, hace tanto tiempo, pero la lengua reconocía el granulado que había quedado de la masticación, llegando el día del fin del mundo miraremos a la última hormiga con el doloroso silencio de quien sabe que se despide para siempre.

Joaquim Sassa dijo, Mis vacaciones acaban hoy, para hacer bien las cosas, tendría que estar mañana en Porto, en el trabajo, estas objetivas palabras fueron sólo el principio de una declaración, No sé si vamos a seguir juntos, es cuestión que tendrá que ser resuelta, pero, por mí, quiero estar donde esté María si ella lo acepta así y si lo quiere. Ahora, y como cada cosa deberá ser dicha en su tiempo, y como cada pieza deberá ser ajustada según orden y secuencia, esperaron a que María Guavaira, convocada, hablase en primer lugar, y ella dijo, Eso quiero, sin otros circunloquios innecesarios. Dijo José Anaiço,

Si la península topa contra las Azores, las escuelas no abrirán tan pronto, y hasta es posible que ya no abran nunca, me quedaré con Joana y con vosotros si ella decide quedarse. Ahora le tocaba a Joana Carda, que como María Guavaira dijo sólo tres palabras, las mujeres están hoy poco habladoras, Me quedo contigo, fueron éstas porque lo estaba mirando directamente a él, pero todos entendieron el resto. Por fin, el último, porque alguien tenía que serlo, Pedro Orce dijo, Yo voy a donde vayamos, y esta frase, que obviamente ofende a la gramática y a la lógica por exceso de lógica y tal vez de gramática, deberá quedar sin corrección, tal cual fue dicha, acaso le encuentre alguien un particular sentido que la absuelva y justifique, quien de palabras tenga experiencia sabe que de ellas se debe esperar todo. Los perros, es sabido, no hablan, y éste ni un sonoro ladrido puede soltar en muestra de jovial aprobación.

Aquel día fueron todos a la costa a ver el barco de piedra. María Guavaira llevaba sus ropas de color, ni se cuidó de plancharlas, el viento y la luz borrarían las arrugas de su larga estadía en el limbo profundo. Al frente del grupo iba Pedro Orce, guía emérito, aunque más confíe en el instinto y sentido del perro que en sus propios ojos, para los cuales, en verdad, a la claridad del día, todo es camino nuevo. De María Guavaira no debemos esperar orientación, su camino es otro, todo en ella son pretextos para cogerse de la mano de Joaquim Sassa y dejarse llevar, arrimando el cuerpo al cuerpo el tiempo de un beso, medida variable como sabemos, por eso más que acompañar la expedición la van retrasando. José Anaiço y Joana Carda usan de otra discreción, hace una semana que están juntos, mataron ya las primeras hambres, saciaron la primera sed, digamos que la impaciencia les viene si la convocan, y, a decir verdad, no la ahorran. Aun esta noche pasada, cuando Pedro Orce vio de lejos el esplendor, no fue sólo porque se amaran Joaquim Sassa y María Guavaira, diez parejas hubiesen dormido en aquella casa y se amarían todas al mismo tiempo.

Las nubes vienen del mar y corren de prisa, se hacen y deshacen rápidamente, como si cada minuto no durara más que un segundo o una fracción, y todos los gestos de estas mujeres y de estos hombres son, o parecen ser, en un mismo e igual instante, lentos y céleres, se diría que el mundo ha cambiado, si al entendimiento puede llegar el significado pleno de una expresión pobre y popular. Alcanzan el alto del monte y es un tumulto el mar. Pedro Orce apenas reconoce los lugares, los gigantescos peñascos rodados que se amontonan, el casi invisible sendero que baja en escalones, cómo fue posible que llegara aquí de noche, incluso contando con la ayuda del perro, es proeza que no es capaz de explicarse a sí mismo. Busca con los ojos la barca de piedra y no la ve, pero ahora es María Guavaira quien se coloca al frente del grupo, ya era hora, mejor que nadie conoce los caminos. Llegan al lugar, y Pedro Orce va a abrir la boca para decir, No es aquí, pero se calla, tiene ante los ojos la piedra con su timón partido, el alto mástil que a la luz parece más grueso, y la barca, pero es en ella donde observa las mayores diferencias, como si la erosión de que ha hablado esta mañana hubiera hecho en una noche el trabajo de miles de años, dónde está, que no la veo, la proa alta y aguzada, la cóncava panza, cierto es que la piedra tiene la forma general de un barco, pero ni el mejor de los santos conseguiría el milagro de mantener a flote embarcación tan precaria, sin amuradas, la duda no es que fuera de piedra, la duda viene porque casi se ha desvanecido la forma del barco, finalmente un ave sólo vuela porque parece un ave, piensa Pedro Orce, pero ahora está María Guavaira diciendo, Ésta es la barca en la que vino un santo desde oriente, aquí se ven aún las huellas de los pies cuando desembarcó y se metió tierra adentro, las huellas eran unas cavidades en la roca, ahora pequeños lagos que el vaivén de la ola, estando alta la marea, renueva constantemente, claro que toda duda es legítima, pero las cosas dependen de lo que se acepta o niega, si un santo vino de lejos navegando sobre una losa, no se ve por qué iba a ser imposible que sus pies de fuego fundieran la roca hasta los días de hoy. Pedro Orce no tiene más remedio que aceptar y confirmar, pero guarda para sí el recuerdo de otro barco que sólo él vio, en la noche casi sin estrellas y poblada pese a todo de supremas visiones.

Salta el mar sobre las rocas como si estuviera luchando contra el avance de esta marea irresistible de piedras y tierra. No miran ya la barca mítica, miran las olas que se atropellan, y José Anaiço dice, Estamos de camino, lo sabemos y no lo sentimos. Y Joana Carda, Qué destino. Entonces Joaquim Sassa dijo, Somos cinco personas y un perro, no cabemos en Dos Caballos, es un problema que tendremos que resolver, una solución sería que fuéramos nosotros dos, José y yo, en busca de un coche mayor, de esos que están abandonados por todas partes, será difícil dar con uno en buen estado, a todos los que hemos visto siempre les faltaba algo, Cuando lleguemos a casa decidimos lo que hay que hacer, dijo José Anaiço, tenemos tiempo, Pero la casa, las tierras, murmuraba María Guavaira, No hay elección, o nos vamos de aquí o morimos todos, las palabras las dijo Pedro Orce, y eran las definitivas.

Tras el almuerzo fueron Joaquim Sassa y José Anaiço en Dos Caballos en busca de un coche mayor, preferentemente un jeep, uno militar vendría bien o, aún mejor, uno de esos de carga, un furgón de caja cerrada que pudiera convertirse en casa ambulante y dormitorio, pero, tal como Joaquim Sassa había previsto más o menos, nada encontraron que les sirviera, aparte de ser aquélla una región no especialmente bien provista de parque automóvil. Volvieron al caer la tarde por carreteras que poco a poco se llenaban de un tráfico intenso, de poniente a levante, era el comienzo de la huida de la gente de la costa, había automóviles, carros, otra vez los inmemoriales burros cargados, y bicicletas, aunque pocas en terrenos tan accidentados, y motos y autobuses de línea, de cincuenta y más plazas, que transportaban aldeas enteras, era la mayor emigración de la historia de Galicia. Algunas personas miraban con sorpresa a los viajeros que iban en sentido inverso, llegaron incluso a pararlos, tal vez no sepan lo que ocurre, Lo sabemos, muchas gracias, vamos sólo a buscar a unos amigos, por ahora no hay peligro, y luego José Anaiço dijo, Si aquí es así, qué será en Portugal, y de repente se les ocurrió la idea salvadora, Qué estúpidos somos, la solución es facilísima, hacemos el viaje dos veces, o tres, o las que sean precisas, elegimos un lugar en el interior para instalarnos, una casa, no será difícil, la gente lo está abandonando todo. Ésta fue la buena nueva que llevaron, festejada como se merecía, al día siguiente empezarían a escoger y dejar a un lado lo que fuera indispensable transportar, hubo tras la comida sesión plenaria, se hizo el inventario de las necesidades, se elaboraron listas, se cortó, se añadió, Dos Caballos iba a tener mucho que andar y que cargar.

A la mañana siguiente los trabajadores no aparecieron y el motor de Dos Caballos no funcionó. Dicho así parece querer insinuarse que hay una relación cualquiera entre los dos hechos, por ejemplo, que los agrícolas ausentes se hubiesen llevado una pieza esencial del automóvil, por necesidad urgente o por maldad instante. No es así. Tanto el viejo como el joven fueron arrastrados en el éxodo que despoblaba rápidamente toda la franja costera en una profundidad de más de cincuenta kilómetros, pero, dentro de tres días, cuando ya los habitantes de la casa hayan partido, volverá a este lugar el trabajador más joven, el que cortejaba a María Guavaira y a las tierras de María Guavaira, por este orden o por el inverso, y nunca llegaremos a saber si vuelve para satisfacer su sueño de verse propietario de bienes raíces, aunque sea sólo por unos días antes de morir en una subversión geológica que va a llevarse consigo tanto las tierras como el sueño, o si ha decidido quedarse de guardia, luchando contra la soledad y el miedo, arriesgándolo todo para poder ganarlo todo, la mano de María Guavaira y su peculio, si la pavorosa amenaza no llega, quién sabe, a concretarse. Un día regresará María Guavaira, si regresa, y encontrará un hombre cavando la tierra, o durmiendo, cansado del trabajo, en una nube de lana azul.

Durante todo el día Joaquim Sassa luchó con la mecánica renitente, José Anaiço ayudaba en lo que podía, pero la ciencia de ambos no fue bastante para resolver el problema. No faltaban piezas, no faltaba energía, pero en las íntimas profundidades del motor algo se había fatigado y partido, o lentamente se había venido desgastando, ocurre con las personas, también puede ocurrir con las máquinas, un día, cuando nada lo hace prever, el cuerpo dice, No, o el alma, o el espíritu, o la voluntad, y ya nada se pone en marcha, a ese punto llegó también Dos Caballos, trajo aquí a Joaquim Sassa y a José Anaiço, no los dejó en medio de la carretera, agradézcanselo al menos, no se pongan furiosos, los puñetazos nada resuelven, puntapiés no arreglan nada, Dos Caballos ha muerto. Cuando desalentados entran en casa, sucios de aceite, con las manos desolladas de tanta lucha, casi sin herramientas, contra tuercas, tornillos y engranajes, y fueron a lavarse, dulcemente auxiliados por sus mujeres, la atmósfera era de desastre, Ahora cómo vamos a salir de aquí, preguntaba Joaquim Sassa, que como dueño del automóvil se sentía, no sólo responsable, sino culpable, le parecía una ingratitud del destino, una ofensa personal, ciertos pruritos de honra no irritan menos por el hecho de ser absurdos.

Se convocó inmediatamente consejo de familia, parecía que iba a ser agitada la sesión, pero María Guavaira tomó la palabra con una propuesta, Tengo ahí una galera vieja que quizá pueda servir, el caballo no es joven, pero si lo tratamos con cuidado es posible que pueda llevarnos. Hubo unos segundos de perplejidad, reacción natural en gente acostumbrada a la locomoción automóvil y que de repente se ve obligada, por las difíciles circunstancias de la vida, a regresar a las viejas costumbres. Y es una galera cubierta, preguntó Pedro Orce, práctico y de más antigua generación, La lona ya no estará en buen estado, pero se remienda por donde sea preciso, tengo ahí paño grueso que servirá para un remedio, Y, si es necesario, dijo Joaquim Sassa, se arranca la lona de Dos Caballos, no va a necesitarla y será el último favor que nos haga. Están todos de pie, felices, les parece grande la aventura, de carromato por ese mundo adelante, mundo es una manera de decir, y dicen ellos, Vamos a ver el caballo, vamos a ver el carro, es preciso que María Guavaira les explique que una galera no es un carro, tiene cuatro ruedas, juego delantero de dirección y, bajo el toldo que los abrigará de las intemperies, espacio suficiente para la familia, con orden y buena administración de medios poco distinto va a ser de estar en casa.

El caballo es viejo, los vio entrar en la cuadra y volvió hacia ellos su gran ojo negro, asustado por la luz y el alboroto. Bien cierto es lo que dice el sabio, mientras no llega tu última hora, todo puede ocurrir, no desesperes.

Estando lejos sabemos poco de las lazadas y nudos ciegos de la crisis que, latente desde el desgarro de la península, había venido a agravarse en el interior de los gobiernos, sobre todo desde la célebre invasión de los hoteles, cuando las masas ignaras tripudiaron sobre la ley y el orden, hasta el punto de no poderse prever el modo como se resolverá la situación en los tiempos próximos, devolviendo lo suyo a sus dueños, como determinan los superiores intereses de la moral y de la justicia. Sobre todo porque no se sabe si habrá tiempos próximos. La noticia de que la península se precipita a la velocidad de dos kilómetros por hora en dirección a las Azores fue aprovechada por el gobierno portugués para presentar la dimisión, apoyándose en la evidente gravedad de la coyuntura y el inminente peligro colectivo, lo que permite pensar que los gobiernos sólo son capaces y eficaces en los momentos en que no haya razones fuertes que exijan todo de su eficacia y capacidad. El primer ministro, en la declaración al país, señaló que el carácter monopartidista de su gobierno era un obstáculo para el amplio consenso nacional que, en el terrible trance en que vivimos, es indispensable para el restablecimiento de la normalidad.

En este orden de ideas, propuso al presidente de la República la formación de un gobierno de salvación nacional, con participación de todas las fuerzas políticas, con o sin representación parlamentaria, teniendo en cuenta que siempre se encontraría un lugar de subsecretario de cualquier secretario adjunto de cualquier adjunto al ministro para ser entregado a formaciones políticas que, en una situación normal, no serían llamadas ni para abrir una puerta. Y no se olvidó de dejar muy claro y explicado que tanto él como sus ministros se consideraban al servicio del país para, en nuevas o diferentes funciones, colaborar en la salvación de la patria y contribuir a la felicidad del pueblo.

El presidente de la República aceptó la dimisión y, cumpliendo la constitución y las normas del funcionamiento democrático de las instituciones, invitó al primer ministro dimisionario, como máximo dirigente del partido más votado y que, hasta ahora, había gobernado sin alianzas, lo invitó, decíamos, a formar el propuesto gobierno de salvación nacional. Porque, es bueno que sobre esto no queden dudas, los gobiernos de salvación nacional son también muy buenos, hasta podríamos decir que son los mejores que hay, lástima que las patrias sólo muy de tarde en tarde necesiten de ellos, por eso no tenemos, habitualmente, gobiernos que nacionalmente sepan gobernar. Sobre esta materia, delicada como la que más, ha habido infinitos debates entre constitucionalistas, politólogos y otros expertos, y en tantos años no se pudo adelantar gran cosa ante la evidencia de los significados que las palabras tienen, esto es, que un gobierno de salvación nacional, siendo nacional y de salvación, es de salvación nacional. Pero Grullo diría lo mismo, y diría bien. Y lo más interesante de todo esto es que las poblaciones se sientan salvas, o muy en vías de serlo, así que fue anunciada la formación de dicho gobierno, no pudiéndose, desde luego, evitar ciertas manifestaciones de ese escepticismo congénito cuando se conoce el elenco ministerial y se ven los retratos de los ministros en los diarios y en la televisión, En definitiva son las mismas caras, y qué es lo que esperábamos, si tan renitentes somos a dar las nuestras.

Se ha hablado de los peligros que Portugal corre si choca con las Azores, y también de los efectos secundarios, si es que no llegan a ser directos, que amenazan a Galicia, pero mucho más grave es, ciertamente, la situación en que se hallan los habitantes de las islas. Porque, qué es una isla. Una isla, y en este caso un archipiélago entero, es la afloración de las cordilleras submarinas, cuantas veces sólo los agudos picos de agujas rocosas que por milagro se sustentan de pie en profundidades de miles de metros, una isla, en resumen, es el más contingente de los azares. Y ahí viene ahora lo que, sin pasar de isla, es tan grande y veloz que hay gran peligro de que asistamos, ojalá que de lejos, a la decapitación sucesiva de San Miguel, isla Terceira, San Jorge y Faial, y otras islas de las Azores, con pérdida general de vidas, a no ser que el gobierno de salvación nacional, que mañana toma posesión, encuentre soluciones para el traslado, en tiempo corto, de centenares de millares y millones de personas hacia regiones de seguridad suficiente, si las hay. El presidente de la República, incluso antes de la entrada en funciones del nuevo gobierno, apeló ya a la seguridad internacional, gracias a la cual, como recordamos, y éste es sólo uno de los muchos ejemplos que podríamos presentar, se evitó el hambre en África. Los países de Europa, donde afortunadamente se ha comprobado un cierto descenso de tono en el lenguaje cuando se refieren a Portugal y a España, después de la seria crisis de identidad en que se debatieron cuando millones de europeos decidieron declararse ibéricos, acogieron con simpatía el llamamiento y han preguntado ya con qué clase de ayuda queremos ser auxiliados, aunque, como de costumbre, todo dependa de que puedan nuestras necesidades ser satisfechas por sus disponibilidades excedentarias. En cuanto a los Estados Unidos de Norteamérica, que así con extensión entera deberán ser siempre nombrados, pese a haber mandado decir que la fórmula de gobierno de salvación nacional no es de su agrado, pero que en fin, pase, atendiendo a las circunstancias, se declaran dispuestos a evacuar a toda la población de las Azores, que no llega a doscientas cincuenta mil personas, dejando sin embargo por resolver para más tarde dónde podrán ser instaladas esas personas, en los propios Estados salvadores ni pensarlo, debido a las leyes de inmigración, lo mejor, si quieren que se lo diga, y ése es el sueño secreto del Departamento de Estado y del Pentágono, sería que las islas detuvieran, aunque fuera con algún estrago, a la península, que así se quedaría fijada en medio del Atlántico para beneficio de la paz del mundo, de la civilización occidental y de las obvias conveniencias estratégicas. Al vulgo se le comunicará que todas las escuadras norteamericanas han recibido orden de dirigirse a las Azores, allí recogerán a muchos miles de azorianos, y el resto será salvado a través de un puente aéreo cuya organización está ya en marcha. Portugal y España tendrán que resolver sus problemas locales, menos los españoles que nosotros, que a ellos siempre la historia y el destino los han tratado con evidente parcialidad.

Dejando aparte a Galicia, región puramente periférica, o, en rigor, apendicular, España está al abrigo de las consecuencias más nefastas del abordaje, visto que, sustancialmente, Portugal le sirve de tope o parachoques. Hay problemas de cierta complejidad logística por resolver, como son las importantes ciudades de Vigo, Pontevedra, Santiago de Compostela y A Coruña, pero, en cuanto al resto, las gentes de las aldeas están ya tan acostumbradas al precario gobierno de sus vidas que, casi sin esperar órdenes, consejos y opiniones, se pusieron en marcha hacia el interior, pacíficas y resignadas, usando de los medios ya referidos, y otros, empezando por el más primitivo, los propios pies.

Pero la situación de Portugal es radicalmente distinta. Reparen en que toda la costa, con excepción de la parte sur del Algarve, se encuentra expuesta al apedreo de las islas azóricas, palabra que aquí se usa, apedreo, porque, en definitiva, no hay gran diferencia en los efectos entre que nos dé una piedra o que demos nosotros contra ella, es todo cuestión de velocidad e inercia, por supuesto sin olvidar, en el caso de referencia, que la cabeza, hasta herida y rajada, hará añicos todos aquellos pedernales. Ahora, con una costa así, casi todo tierras bajas y con las ciudades mayores en la orilla del agua, y teniendo en cuenta la nula preparación de los portugueses para la más insignificante de las calamidades públicas, terremoto, inundación, fuego en el bosque, sequía contumaz, se duda que el gobierno de salvación nacional sepa cumplir con su deber. La solución sería fomentar el pánico, inducir a las personas a que abandonen precipitadamente sus casas para refugiarse en los campos del interior. Lo malo será que en el viaje o al instalarse esas personas se vean privadas de alimentos, ahí ni se imagina hasta qué extremos podrán llegar de indignación y revuelta. Todo esto, naturalmente, nos preocupa, pero, confesémoslo, mucho más nos preocuparía si no estuviéramos en Galicia, observando los preparativos de viaje de María Guavaira y Joaquim Sassa, de Joana Carda y José Anaiço, de Pedro Orce y el perro, la importancia relativa de los asuntos es variable, depende del punto de vista, del humor del momento, de la simpatía personal, la objetividad del narrador es una invención moderna, basta ver que ni Dios Nuestro Señor la quiso en su Libro.

Han pasado dos días, el caballo ha recibido alimentación reforzada, avena y habichuelas a discreción, él que ya estaba en el régimen básico, Joaquim Sassa llegó incluso a proponer sopas de vino, y la galera, remendados los agujeros del toldo con la lona retirada de Dos Caballos, además de la comodidad interior que proporciona, protegerá de la lluvia cuando ésta venga con más constancia que los efluvios últimos, que septiembre ya llegó y estamos en tierra muy acuática. En este llevar y traer se calcula que la península habrá navegado unos ciento cincuenta kilómetros desde que José Anaiço hizo cuentas competentes. Faltará, pues, andar aún setecientos cincuenta kilómetros, o quince días, para quien prefiera medida más empírica, al cabo de los cuales, minuto más minuto menos, tendrá lugar el primer choque, Jesús, María, José, pobres alentejanos, menos mal que están habituados, son como los gallegos, tienen la piel tan dura que bien podríamos volver a las palabras viejas, llamarle a la piel cuero y nos ahorramos más explicaciones. En este paradisíaco valle de Galicia el tiempo llega y sobra para ponerse a salvo la compañía. La galera ya tiene colchones, sábanas y mantas, lleva los equipajes de todos, y un tren de cocina elemental, comida hecha para los primeros días, tortillas, si se considera necesario especificar, y víveres diversos, de los rústicos y caseros, alubias rojas, judías blancas, arroz y patatas, un barril de agua, un pellejo de vino, dos gallinas ponedoras, una de ellas parda y de pescuezo pelado, bacalao, la cántara del aceite, el frasco del vinagre, y sal, que no se puede vivir sin ella, a no ser que uno escape al bautismo, pimienta y pimentón, todo el pan que había en la casa, harina en un saco, heno, avena y habichuelas para el caballo, el perro se las arregla solo y sin ayudas, cuando las acepta es sólo por complacer. María Guavaira, sin decir por qué, aunque tal vez no supiera explicarlo si se lo preguntasen, tejió con el hilo azul brazaletes para todos y collares para el caballo y el perro. Tan grande es el montón de lana que ni se percibe la diferencia. Por otra parte, y aunque quisieran llevárselo, no cabría en el carromato. Tampoco estuvo nunca previsto transportarlo, si no, dónde se iba a acostar el jornalero joven que acabará viniendo aquí.

La última noche que pasaron en la casa se acostaron tarde, estuvieron hablando horas y horas, como si el día siguiente fuese de dolorosas despedidas, cada uno por su lado. Pero estar así juntos todavía era aún un modo de fortalecer los ánimos, sabido es que las varas empiezan a partirse en el momento en que se apartan del haz, todo lo que es quebrable está quebrado ya. Desplegaron sobre la mesa de la cocina el mapa de la península, en esta configuración aún incongruentemente sujeta a Francia, y marcaron el itinerario de la primera jornada, inaugural, con cuidado de elegir los trayectos menos accidentados, vistas las pocas fuerzas del lázaro caballar. Pero tendrían que hacer un desvío más hacia el norte, hasta A Coruña, era ahí donde estaba internada la madre loca de María Guavaira, el simple amor de hija ordenaba sacarla de aquel manicomio, imaginemos el pánico en la casa de los orates, una isla entrándoles por la puerta, lanzándose enorme sobre la ciudad, llevándose a su paso los barcos anclados, y todas aquellas galerías de cristal de la avenida de la Marina rompiéndose en el mismo instante, y los locos creyendo, en su locura lo pueden creer, que ha llegado el día del juicio. María Guavaira tendrá la lealtad de decir, No sé cómo nos las vamos a arreglar con mi madre dentro de la galera, aunque no es violenta, será sólo el tiempo de llegar a un lugar seguro, tened paciencia. Le respondieron que la tendrían, que no se preocupara, que todo se arreglará de la mejor manera posible, pero bien sabemos que ni el mucho amor resiste intacto a su propia locura, qué hará si tiene que cargar con la ajena, en este caso la loca madre de uno de los locos. Menos mal que José Anaiço tuvo la feliz idea de telefonear desde el primer lugar donde fue posible, para saber noticias, bien pudiera ser que las autoridades sanitarias hayan trasladado ya o vayan a trasladar a los alienados a sitio seguro, que este naufragio no es de los clásicos, aquí se salvan primero los que ya están perdidos.

Se recogieron al fin las parejas a sus cuartos, hicieron lo que siempre se hace en situaciones de éstas, quién sabe si volveremos aquí algún día, quédense entonces los ecos del humano amor carnal, ese que no tiene semejante en ninguna especie, porque está hecho de suspiros, de murmullos, de palabras imposibles, de saliva y de sudor, de agonía, de martirio implorado, Aún no, se muere de sed y se rechaza el agua liberadora, Ahora, ahora, amor, y es esto lo que la vejez y la muerte nos ha de robar. Pedro Orce, que está viejo y tiene ya de la muerte el primer aviso, que es la soledad, salió una vez más para ver el barco de piedra, fue con él el perro que tiene todos los nombres y ninguno, y si alguien dice que, por ir el perro, no va Pedro Orce solo, ése olvida el origen remoto del animal, los perros de infierno lo han visto ya todo, y teniendo vida tan larga no son compañía para nadie, son los humanos, que tan poco viven, los que acompañan a tales perros. El barco de piedra está allí, y la proa es alta y aguda como en la primera noche, a Pedro Orce no le extraña, cada uno ve el mundo con los ojos que tiene, y los ojos ven lo que quieren, los ojos hacen la diversidad del mundo y fabrican maravillas, aunque sean de piedra, y las altas proas, aunque sean de ilusión.

Despertó la mañana cubierta y lloviznosa, manera de decir que siendo corriente no es exacta, no despiertan las mañanas, despertamos nosotros en ellas, y entonces, acercándonos a la ventana, vemos que el cielo está cubierto de nubes bajas y cae una lluvia menuda, un calabobos que los va a acompañar, aunque, siendo tan grande la fuerza de la tradición, si este nuestro viaje llevara diario de a bordo, seguro que el escribano de la nao labraría así su primera lauda, Despertó la mañana cubierta y lloviznosa, como si a los cielos desagradase la aventura, siempre en casos como éste se invoca al cielo, lo mismo da que llueva o que haga sol. Dos Caballos, a empujones, pasó a ocupar el lugar de la galera, bajo tejado, aunque éste no sea de teja sino de paja, que esto no es garaje sino alpendre abierto a todos los vientos. Así abandonado, sin la cobertura de lona que sirvió para reparar el toldo de la galera, parece ya una ruina, a las cosas les ocurre como a las personas, cuando no sirven se acaban, se acaban si dejan de servir. La galera, al contrario, pese a su vetustez, rejuveneció con la salida al aire libre, y la lluvia que cae la baña de novedad, admirable ha sido siempre el efecto de la acción, fíjense en el caballo, bajo el hule que le cubre los lomos parece un corcel de torneo, enjaezado para la batalla.

No deberían sorprender estas demoras descriptivas, son modos de mostrar cuánto cuesta a la gente arrancarse de los lugares donde vivieron felices, sobre todo cuando no se huye en pánico desbocado. María Guavaira cierra ahora cuidadosamente las puertas, suelta las gallinas que se quedan, los conejos de la jaula, el puerco de la pocilga, son animales habituados a mesa puesta y quedan ahora a la gracia de Dios, si no a las artes del diablo, que el puerco es bien capaz, si se da maña, de acabar con los otros bichos. Cuando el más joven de los jornaleros aparezca tendrá que romper una ventana para entrar en la casa, no hay, en leguas a la redonda, nadie que sea testigo del asalto, Si lo hice, fue por bien, son palabras de él, y es posible que sea verdad.

María Guavaira subió al pescante, a su lado se sentó Joaquim Sassa con el paraguas abierto, es su deber, acompañar a la mujer amada y defenderla del mal tiempo, ya que no puede tomarle el oficio, que de estas cinco personas sólo María Guavaira sabe cómo se gobierna una galera y un caballo. Al atardecer, cuando el cielo escampe, habrá lecciones, Pedro Orce se empeñará en ser el primero en recibir los rudimentos, gran bondad la suya que así ya pueden las dos parejas reposar bajo el toldo sin indeseadas separaciones, además, siendo el asiento del cochero tan espacioso, pueden viajar tres personas, solución ideal para la intimidad de los restantes, aunque sólo sea para estar callados, quietos y juntos. Agitó María Guavaira las riendas, el caballo, uncido a la lanza de la galera, sin compañero al lado, dio el primer estirón, sintió la resistencia de los tirantes, luego el peso de la carga, la memoria volvió a sus viejos huesos y músculos, y el son casi olvidado se repitió, la tierra aplastada por el rodar de las ruedas calzadas de hierro. Todo se aprende, se olvida y reaprende si la necesidad lo exige. Durante unos cien metros el perro acompañó a la galera bajo la lluvia, luego se dio cuenta de que podía viajar, aunque por su pie, al abrigo de la incomodidad. Se metió bajo la galera, concertó su paso a la andadura del caballo, así lo veremos durante todo el tiempo que este viaje dure, llueva o haga sol, a no ser que le apetezca hacer trabajo de batidor o distraerse con esas idas y venidas sin aparente sentido que hacen tan semejantes a los perros y a los hombres.

Este día no anduvieron mucho. Había que ahorrar fatigas al caballo, tanto más cuanto que el camino accidentado le exigía continuos esfuerzos, al subir tirando, al bajar aguantando. En todo lo que los ojos alcanzaban, no se veía alma viviente, Debemos de ser los últimos en dejar estos lugares, dijo María Guavaira, y el cielo bajo, el aire turbio, el paisaje afligido, eran ya el desmayo de un mundo final, despoblado, miserando después de tantos sufrimientos y fatigas, de tanto vivir y morir, de tanta vida obstinada y muerte sucesiva. Pero en esta galera viajera van amores nuevos, y los amores nuevos, como no ignoran los observadores, es lo más fuerte que hay en el mundo, por eso no temen accidentes, siendo ellos mismos, los amores, como por excelencia son, la máxima representación del accidente, el relámpago súbito, la caída sonriente, el atropello ansioso. Sin embargo, no se debe confiar por entero en las primeras impresiones, esta casi fúnebre despedida de un país desierto, bajo la lluvia melancólica, preferible sería, de no ser nosotros tan discretos, aguzar el oído y seguir la charla de Joana Carda y José Anaiço, de María Guavaira y Joaquim Sassa, el silencio de Pedro Orce es más discreto aún, de él se podía decir que ni parece que aquí vaya.

La primera aldea que atravesaron no había sido abandonada por todos sus habitantes. Algunos viejos dijeron a sus inquietos hijos y parientes que, morir por morir, antes así que de hambre o de enfermedad maligna, si una persona fue tan gloriosamente elegida hasta el punto de acabar muriendo con su propio mundo, aunque no sea un héroe wagneriano, lo espera el Walhala supremo donde las grandes catástrofes se recogen. Viejos gallegos y portugueses, que es todo la misma galleguidad o lusicidad, no saben nada de estas cosas, mas, por alguna razón inexplicable, fueron capaces de decir, No salgo de aquí, marchad vosotros si tenéis miedo, y esto no significa que sean supremamente valerosos, sólo en este momento de sus vidas accedieron a la comprensión de que el valor y el miedo son simplemente los platillos oscilantes de una balanza cuyo fiel se mantiene fijo, paralizado por el asombro de la inútil invención de las emociones y sentimientos.

Cuando la galera atravesaba la aldea, la curiosidad, que probablemente es la última cualidad que se pierde, hace salir a la carretera a los ancianos, saludaron alzando los brazos lentamente, y era como si se estuvieran despidiendo de ellos mismos. Dijo entonces José Anaiço que sería un acto de sensatez aprovechar, para dormir, una de aquellas casas deshabitadas, aquí o en otra aldea, o en un yermo, sin duda habría camas, más comodidad que en la galera, pero María Guavaira declaró que nunca entraría en una casa sin licencia de los dueños, hay gente así, escrupulosa, otros ven una ventana cerrada y la echan abajo, pero dirán, Fue por bien, y, sea el bien suyo o ajeno, siempre queda la duda sobre el primero y el último motivo. José Anaiço se arrepintió de la idea, no porque fuese mala sino por ser absurda, bastaron las palabras de María Guavaira para definir una regla de dignidad, Te bastarás a ti mismo mientras puedas aguantar, luego confíate a quien merezcas, y mejor si ése es alguien que también te merece. Tal como van las cosas parecen merecerse estos cinco unos a otros, recíproca y complementariamente, quédense pues en la galera, coman las tortillas, conversen sobre el viaje hecho y el viaje por hacer, María Guavaira reforzará con la teoría las lecciones prácticas de conducción que ha dado ya, bajo un árbol el caballo muele y remuele su ración de heno, el perro se conformó esta vez con el abastecimiento doméstico, anda por ahí olfateando a los pajarracos de la noche. Ha dejado de llover. Una linterna ilumina por dentro el toldo de la galera, quien por aquí pasara podría decir, Mira, un teatro, y es verdad que son personajes, pero no representan.

Cuando mañana María Guavaira pueda llamar al fin a A Coruña, le dirán que su madre y los otros internados han sido trasladados ya al interior, Y ella cómo está, Tan loca como antes, pero esta respuesta sirve para cualquiera. Van a continuar viaje hasta encontrar de nuevo tierra habitada. Allí se quedarán a la espera.

Se constituyó el gobierno de salvación nacional de los portugueses, empezó a trabajar en seguida, habiendo ido el primer ministro, el mismo, a la televisión produjo una frase que registrará sin duda la historia, una cosa del género, Sangre, sudor y lágrimas, o, Enterrar a los muertos y cuidarse de los vivos, u, Honrad a la patria, que la patria os contempla, o, El sacrificio de los mártires hará germinar las mieses del futuro. En el caso que nos ocupa, y teniendo en cuenta las particularidades de la situación, el primer ministro sólo creyó conveniente decir, Portugueses, portuguesas, la salvación está en la retirada.

Pero alojar en las líneas de retaguardia del interior del país a los millones que habitan en la franja litoral era tarea de tan extrema complejidad que nadie tuvo la pretensión, no menos que estulta, de presentar un plan nacional de evacuación general capaz de integrar las iniciativas locales. Por ejemplo, con relación a la ciudad y término de Lisboa, el análisis de la situación y las medidas correspondientes partieron de un supuesto, objetivo y subjetivo, que puede resumirse así, La gran mayoría, y por qué no decirlo, la aplastante mayoría de los habitantes de Lisboa no han nacido allí, y los que allí nacieron se encuentran vinculados por lazos familiares al interior. Las consecuencias de tal hecho son amplias y decisivas, siendo la primera que unos y otros deberán trasladarse a sus lugares de origen, donde, por regla general, tienen aún parientes, con algunos puede que hayan perdido toda relación por circunstancias de la vida, pero aprovecharán esta oportunidad forzada para devolver la armonía a las familias, curando antiguas desavenencias, odios por herencias malas y partijas pésimas, cuestiones de maledicencia, la gran desgracia que se nos viene encima tendrá al menos la virtud de aproximar corazones. La segunda consecuencia, naturalmente derivada de la primera, se refiere al problema de la alimentación de los desplazados. E incluso ahí, y sin que el Estado se vea obligado a intervenir, representará la unidad familiar un gran papel, lo que, traducido a números, podría ser expresado por una actualización macroeconómica del viejo dicho, Donde comen dos, comen tres, conocida resignación aritmética y familiar para cuando se espera un hijo, ahora se dirá, en tono de mayor autoridad, Donde comen cinco millones, comen diez, y, con blanda sonrisa, Un país no es más que una gran familia.

Se quedarían sin recursos los solitarios, los sin familia, los misántropos, pero ni siquiera ésos estarán excluidos automáticamente de la sociedad, hay que tener confianza en las solidaridades espontáneas, en aquel irreprimible amor al prójimo que en todas las ocasiones se manifiesta, véase el ejemplo de los viajes en ferrocarril, especialmente los de segunda, cuando llega la hora de abrir el cesto o el fardel la madre de familia jamás se olvida de invitar a los desconocidos que ocupan los lugares próximos, Les apetece algo, pregunta, y si alguien acepta, no se le toma a mal, aunque lo que se espera es que todos respondan a coro, Gracias, que aproveche. La dificultad más embarazosa va a ser el alojamiento, una cosa es ofrecer un pastel de bacalao y un vaso de vino, otra, muy distinta, sería ceder la mitad de la cama donde vamos a dormir, pero si conseguimos meter en la cabeza de la gente que estos solitarios y abandonados son nuevas encarnaciones de Nuestro Señor, como en el tiempo en que andaba por el mundo disfrazado de pobre de pedir, probando la bondad de los hombres, entonces siempre se encontrará para ellos un desván, un rellano de escalera, un rincón en el sótano, o, ruralmente hablando, una teja y un montón de paja. Dios, esta vez, por mucho que se multiplique, será tratado como se debe al merecimiento de quien creó la humanidad.

Hemos hablado de Lisboa, con diferencia sólo cuantitativa en sus términos podríamos hablar de Porto o de Coimbra, de Setubal o de Aveiro, de Viana o de Figueira, sin olvidar esa minucia de villas y aldeas que están en todas partes, aunque en algún caso se suscite la perturbadora cuestión de saber adónde deben ir quienes viven precisamente en el lugar donde nacieron, y también los que, viviendo en tierra del litoral, nacieron en otra tierra del litoral. Llevado el quid al consejo de ministros, vino el portavoz con la respuesta, El gobierno confía en que el espíritu individual de iniciativa resuelva, quizá de manera original y con ulterior beneficio para todos, las situaciones que no pueden ser enmarcadas en el esquema nacional de evacuación y reinstalación de las poblaciones. Así superiormente autorizados para dejar de lado, por personales, esos destinos, limitémonos a referir, en cuanto a Porto, el caso de los jefes y colegas de Joaquim Sassa. Bastará decir que si él, por imperativo de la disciplina y conciencia profesional, hubiera vuelto a toque de rebato desde los montes gallegos, abandonando a su suerte amor y amigos, encontraría la oficina cerrada y en la puerta un letrero con el último aviso de la gerencia, Los empleados que regresen de vacaciones deberán presentarse en las nuevas instalaciones que abrimos en Peñafiel, donde esperamos continuar recibiendo los estimados pedidos de nuestra apreciada clientela. Y los primos de Joana Carda, los de Ereira, se encuentran ahora en Coimbra, en casa del primo abandonado, que no les puso buena cara, se comprende, es él el agraviado, todavía tuvo una vislumbre de esperanza, pensó que los primos venían por delante para preparar el regreso de la fugitiva, pero cuando, prolongándose la demora, preguntó, Y Joana, la prima confesó contrita, No sabemos nada, estaba en casa, estuvo, pero desapareció antes de todo este pandemónium y no volvimos a tener noticias de ella, de lo que sabe acerca del resto de la historia se guarda mucho de hablar, pues, si con ese poco se quedó asombrado, qué no diría si la supiera toda.

Está pues el mundo en suspenso, en expectativa ansiosa, qué será, qué no será lo que va a ocurrir en las playas lusitanas y gallegas, occidentales. Pero, una vez más lo repetimos, aunque ya con cierta fatiga, no hay cosa mala que no traiga en la barriga una cosa buena, éste es al menos el punto de vista de los gobiernos de Europa, que vieron, de una hora a otra, al mismo tiempo que los salutíferos resultados de la represión antes relatada, cómo se abatía y casi se apagaba del todo aquel entusiasmo revolucionario de los jóvenes, a quienes sus sensatos progenitores están ahora diciendo, Ves, hijo mío, el peligro en que ibas a meterte si continuaras con aquella manía de ser ibérico, y el muchacho, al fin edificado, responde, Sí, papá. Mientras transcurren estas escenas de reconciliación familiar y pacificación social, los satélites geoestacionarios, regulados para mantener una posición relativa constante, emiten a la tierra fotos y mediciones, las primeras naturalmente invariables en cuanto a la forma del objeto en desplazamiento, las segundas registrando en cada minuto que pasa una reducción de cerca de treinta y cinco metros en la distancia que separa la isla grande de las islas pequeñas. En un tiempo como este nuestro, de aceleradores de partículas, treinta y cinco metros por minuto sería caso de risa como factor de preocupación, pero si recordamos que tras estas apacibles y blandas arenas, estos recortados y pintorescos litorales, estos acantilados miradores hacia el mar, vienen quinientos ochenta mil kilómetros cuadrados de superficie y un número incalculable, astronómico, de millones de toneladas, si, por hablar sólo de tierras, cordilleras y montañas, intentamos ver en nuestra idea lo que será la inercia de todos los sistemas orográficos de la península ahora puestos en movimiento, sin olvidar los Pirineos, pese a estar reducidos a la mitad de su antiguo tamaño, entonces tendremos forzosamente que admirar el coraje de estos pueblos de tantas sangres cruzadas, y alabar también en ellos un sentido fatalista de la existencia que, con la experiencia de los siglos, viene a condensarse en la notabilísima fórmula, Entre muertos y heridos, alguien se librará.

Lisboa es una ciudad desierta. Andan por ella patrullas del ejército, con apoyo aéreo de helicópteros, como en España y Francia se hizo en los momentos de la ruptura y durante los turbados días consiguientes. Mientras no los retienen, cosa que se calculaba hacer veinticuatro horas antes del momento previsible del choque, los soldados tienen por misión velar y vigilar, aunque realmente no vale la pena, dado que todos los valores fueron a su tiempo sacados de los bancos. Pero nadie perdonaría al gobierno que abandonara a una ciudad como ésta, bella, armoniosa, perfecta de proporciones y felicidad, como inevitablemente se dirá de ella después de ser destruida. Por eso los soldados están aquí como representación simbólica del pueblo ausente, la guardia de honor que dispare las salvas de ordenanza si es que hay tiempo para hacerlo en aquel instante supremo en que la ciudad se hunda en el agua.

Entretanto, los soldados van pegando tiros a los asaltantes y desvalijadores, aconsejan y orientan a las pocas personas que se empeñan en no abandonar sus casas y a aquellas que finalmente se decidieron a partir, y cuando encuentran, como ocurre de vez en cuando, locos vagando por las calles, de la especie de los mansos que, teniendo, por su mala suerte, licencia para salir del manicomio el día de la desbandada, y no habiendo sabido o entendido la orden de regreso, acaban quedándose a la buena de Dios, hay dos maneras de actuar. Ciertos mandos opinan que el loco es siempre más peligroso que el salteador, teniendo en cuenta que éste, al menos, conserva un juicio semejante al suyo. En tal caso no lo piensan dos veces y mandan abrir fuego. Otros, menos intolerantes, y sobre todo conscientes de la necesidad vital de distensiones nerviosas en tiempos de guerra o similar, autorizan a sus subordinados a que se diviertan un rato a costa del pobre loco, y luego lo dejan marchar en paz, cosa que no ocurre si en vez de loco es loca, no la dejarán en el mismo estado, debiéndose eso al hecho de no faltar entre la tropa, y también fuera de ella, quien abuse de la verificación elemental y obvia de que el sexo, instrumentalmente hablando, no está en la cabeza.

Pero cuando en esta ciudad, por avenidas, calles y plazas, por barrios y jardines, no se vea una sola persona, cuando nadie se asome a las ventanas, cuando los canarios que todavía no hayan muerto de hambre y sed canten en el silencio absoluto de la casa o en el balcón hacia los patios desiertos, cuando las aguas de las fuentes y los surtidores brillen al sol sin que ninguna mano venga a mojarse en ellas, cuando los ojos de las estatuas, muertos, se vuelvan buscando ojos que los vean, cuando los portales abiertos de los cementerios muestren que no hay diferencia entre una ausencia y otra ausencia, cuando, en fin, la ciudad esté al borde del agónico minuto esperando a que una isla del mar venga a destruirla, entonces acontecerá la historia maravillosa y la milagrosa salvación del navegante solitario.

Hacía más de veinte años que el navegante andaba por las mares del mundo. Había heredado el barco, o lo compró, o se lo regaló otro navegante que también él navegó veinte años, y antes que éste, si las memorias no acaban confundiéndose al cabo de tanto tiempo, parece que también por veinte años un primer navegante surcó solitario los océanos. La historia de los barcos y de los marineros que los gobiernan está llena de peripecias, con terribles tempestades y calmas tan amedrentadoras como el peor de los tifones, y, para que no les falte el ingrediente romántico, suele decirse, y sobre la cuestión hasta canciones se han compuesto, que en cada puerto hay siempre una mujer a la espera del marino, manera particularmente optimista de contemplar la vida, pero que los hechos y las decisiones de la mujer generalmente desmienten. El navegante solitario, cuando desembarca, es para hacer aguada, comprar tabaco y piezas de motor, o para abastecerse de aceite y carburante, farmacia, agujas de vela, comprar un plástico contra la lluvia y el rocío, anzuelos, sedal, el diario del día para confirmar lo que ya sabe, que no vale la pena, pero nunca, jamás, el navegante solitario puso pie en tierra con objeto de llevarse mujer para que le sirva de compañía en su navegación. Si realmente ocurre que en el puerto hay una mujer a su espera, absurdo sería que la desdeñase, pero en general es ella quien quiere, y por el tiempo que entiende, nunca el navegante solitario le dice, Espérame que un día he de volver, no es petición que él se permitiera hacer, Espérame, ni él podría garantizar que va a estar de vuelta tal o cual día o alguna vez, y, si vuelve, cuántas veces le ocurriría encontrar el muelle desierto, o, de haber mujer en él, está a la espera de otro navegante, y no será raro que faltando éste, sirva el que aparezca. La culpa, si hay que decirlo, no es de las mujeres ni de los navegantes, la culpa es de esa soledad que a veces no se aguanta, también ella puede llevar al navegante al puerto, y a la mujer al muelle.

Estas consideraciones son espirituales y metafísicas, pero no nos resistimos a hacerlas antes o después de los sencillos hechos, aunque no siempre ayudan a hacerlos más claros. Hablando con simplicidad, digamos que muy a lo largo de esta península que se ha convertido en isla ambulante navegaba el navegante solitario, con su vela y su motor, su radio y su catalejo, y esa paciencia infinita de quien un día decidió dividir su vida en mitad cielo y mitad mar. El viento, súbitamente, dejó de soplar, y él recogió la vela, cayó la brisa de repente, la ola amplia en la que el barco venía navegando pierde ímpetu de pronto, abate el lomo, antes de una hora estará el mar liso y calmo, llega a parecernos imposible que este abismo de agua, con miles de metros de profundidad, pueda mantenerse equilibrado sobre sí mismo, sin caer hacia un lado ni hacia el otro, la observación sólo parecerá estúpida a quien crea que todas las cosas en este mundo se explican por la simple razón de ser como son, lo que, evidentemente, se acepta, pero no basta. El motor está funcionando, tunc-tunc, tunc-tunc, el mar, hasta donde los ojos llegan, corresponde, centelleo por centelleo, a la clásica imagen del espejo, y el navegante, pese a haber disciplinado durante años el sueño y la vigilia, cierra los ojos, amodorrado bajo el sol, y se queda dormido, tal vez creyera que unos minutos o unas horas, y fueron sólo segundos, despertó sacudido por lo que le pareció un gran estruendo, en el instante del sueño soñó que había abordado los restos de un animal, una ballena. Estremecido, con el corazón latiendo sin ritmo, buscó el origen del ruido, y no se dio cuenta de que el motor se había parado. El repentino silencio lo despertó, pero el cuerpo, para poder despertar de modo más natural, había inventado un leviatán, un choque, un trueno. Motores averiados, en mar y en tierra, es de lo que más se encuentra, de uno sabemos que no tiene ya remedio, se le partió el alma y fue abandonado en un cobertizo expuesto a todos los vientos, allá en el norte, donde está cubriéndose de herrumbre. Pero este navegante no es como aquellos automovilistas, es experto y entendido, compró las piezas importantes la última vez que tocó tierra y mujer, va a desmontarlo hasta donde le sea posible, auscultar el mecanismo. Será trabajo perdido. El mal está en las bielas y profundidades, los caballos de este motor están heridos de muerte.

La desesperación, lo sabemos todos, es humana, no consta en la historia natural que los animales desesperen. Pero el mismo hombre, inseparable de la desesperación, se habituó a vivir con ella, la aguanta en la última línea de la frontera, y no será porque se averíe un motor en medio del mar por lo que el navegante se tire de los pelos, implore a los cielos o contra ellos se lance en maldiciones e improperios, tan inútil un acto como el otro, el remedio es esperar, quien se llevó el viento volverá a traerlo. Pero el viento, que se fue, no volvió. Pasaron las horas, llegó la noche serenísima, nació otro día, y el mar no se mueve, un leve hilo de lana casi suspenso caería como si de plomo fuese, no hay mínimo balanceo en el agua, es una barca de piedra sobre una losa de piedra. El navegante no está preocupado, no es ésta su primera encalmada, pero la radio ahora, inexplicablemente, también ha dejado de funcionar, no se oye más que un zumbido, la onda de sustentación, si es que la hay, que no transporta más que un silencio, como si más allá de este círculo de agua cuajada el mundo se hubiera callado para asistir, de invisible manera, a la inquietud creciente del navegante, a la locura, tal vez a su muerte en el mar. No le faltan ni alimentos ni agua para beber, pero las horas pasan, cada una más larga que la anterior, el silencio se va ciñendo al barco como los anillos de una cobra sedosa, de vez en cuando el navegante pega con un garfio en la borda, quiere oír un sonido que no sea el de su propia sangre corriendo por las venas, espesa, o del corazón, del que a veces se olvida, y entonces se despierta después de haber creído que despertaba porque soñaba que estaba muerto. La vela está alzada contra el sol, pero la inmovilidad del aire retiene el calor, el navegante solitario tiene la piel quemada, los labios reventados. Pasó este día, y el siguiente fue igual. El navegante huye hacia el sueño, bajó a la pequeña cabina pese a estar como un horno, hay allí una sola cama, estrecha, prueba de que realmente este navegante es solitario, y, completamente desnudo, empapado en sudor, primero, después con la piel seca, erizada de estremecimiento, lucha con los sueños, una fila de árboles muy altos, oscilando al viento que bandea las hojas de lado a lado, y después de dejarlas regresa y vuelve a tomarlas, sin fin. El navegante despierta para beber agua, y el agua se acaba. Vuelve el sueño, los árboles ya no se mueven, pero una gaviota vino a posarse en el mástil.

Desde el horizonte avanza una masa inmensa y oscura. Cuando se acerque más se verán las casas a lo largo de las playas, los faros como dedos blancos levantados, una delgada línea de espuma, y más allá de la ancha desembocadura de un río, una gran ciudad alzada sobre colinas, un puente rojo que une las dos orillas, a esta distancia es como un trazo de una pluma sutil. El navegante continúa durmiendo, se ha hundido en la última modorra pero el sueño vuelve súbitamente, una brisa rápida agitó las ramas de los árboles, el barco osciló en la mareta de la barra, y engullido por el río, entró tierra adentro, a salvo del mar, inmóvil aún, pero la tierra no. El navegante solitario sintió en los huesos y en los músculos el balanceo, abrió los ojos, pensó, El viento, ha vuelto el viento, y, casi sin fuerzas, se dejó caer del camastro, se arrastró hacia fuera, le parecía que en cualquier momento iba a morir y en cualquier momento podía aún renacer, la luz del sol golpeó sus ojos, pero era luz de tierra, traía consigo lo que había podido arrancar de verde a los árboles, a la profundidad oscura de los campos, a los colores suaves de las casas. Estaba a salvo, y primero no sabía cómo, el aire no se movía, el soplo del viento fue una ilusión. Tardó tiempo en comprender que lo había salvado una isla entera, la antigua península que navegara a su encuentro y le abría los brazos de un río. Tan imposible parece, que al mismo navegante solitario, que hace tantos días oyó las noticias de la falla geológica, pese a saber que estaba en la ruta de la nave terrestre, nunca se le ocurrió la idea de que pudiera ser salvado de este modo, por primera vez desde que hay naufragios y perdidos en el mar. Pero en tierra no se veía a nadie, en las cubiertas de los barcos fondeados o atracados no aparecía una silueta, el silencio era de nuevo el del mar cruel, Esto es Lisboa, murmuró el navegante, pero dónde está la gente. Las ventanas de la ciudad brillan, se ven automóviles y autobuses parados, una gran plaza rodeada de arcadas, un arco triunfal al fondo con figuras de piedra y coronas de bronce, será bronce, por el color. El navegante solitario, que conoce las Azores y sabe encontrarlas tanto en el mapa como en el mar, recordó entonces que las islas se encontraban en la derrota de la colisión, lo que lo ha salvado a él las destruirá a ellas, lo que las va a destruir lo destruirá también a él si no se aparta rápidamente de estos lugares. Viento ausente, motor parado, no puede remontar el río, la única salida es hinchar el bote neumático, lanzar el ancla para asegurar el barco, gesto inútil, ir a tierra a remo. Las energías vuelven siempre cuando la esperanza vuelve.

El navegante solitario se vistió para desembarcar, pantalón, camisa, un gorro en la cabeza, alpargatas, todo blanco de nieve, es el punto de honor del marinero. Arrastró la lancha neumática hasta los escalones inclinados del muelle, se quedó durante unos segundos parado, mirando, también a la espera de que le volvieran nuevas fuerzas, pero sobre todo para dar tiempo a que alguien apareciese desde las sombras de las arcadas, o que súbitamente los automóviles y los autobuses se pusieran en marcha y la plaza se llenase de gente, podía incluso acontecer que una mujer se adelantara sonriendo, suavemente ondulando las caderas al andar, sin exageración, sólo el insinuante llamamiento que turba la mirada y la palabra del hombre, mayormente si acaba de poner pie en tierra. Pero lo que desierto estaba, desierto continúa. El navegante comprendió al fin lo que le faltaba por comprender, Se han ido todos por el choque con las islas. Miró hacia atrás, vio su barco en medio del río, era ésta la última vez, estaba seguro, ni un acorazado se salvaría en aquel tremendo abordaje, qué puede hacer un cascarón de nuez velero, abandonado por su dueño. El navegante atravesó la plaza todavía entumecido por la larga inmovilidad, parece un espantajo con su piel quemada, el cabello erizado asomándole fuera del gorro, las alpargatas inseguras en sus pies. Levanta los ojos al acercarse al gran arco, ve las letras latinas, Virtutibus Majorum ut sit omnibus documento P.P.D., nunca ha aprendido latín, pero vagamente entiende que el monumento está dedicado a las virtudes de los antepasados de este pueblo, y avanza por una calle estrecha bordeada de casas iguales, hasta salir a otra plaza, más pequeña, con un edificio griego o romano al fondo, y en medio dos fuentes con mujeres desnudas, de hierro, el agua corre, y él siente de repente la gran sed, el deseo de hundir la boca en aquella agua y el cuerpo en aquella desnudez. Va con las manos extendidas, como en delirio, o en sueño, o en trance, va murmurando, no sabe lo que dice, sólo sabe lo que quiere.

La patrulla apareció en la esquina, cinco soldados mandados por un alférez. Vieron al loco andar como un loco, le oyeron decir incoherencias de loco, ni hubo siquiera que dar la orden. El navegante solitario quedó tendido en el suelo, aún le faltaba mucho camino para llegar al agua. Las mujeres, como sabemos, son de hierro.

Estos días fueron también los del tercer éxodo.

El primero, del que en su momento se dio noticia sustancial, fue el de los turistas extranjeros, cuando despavoridos huyeron de lo que entonces, cómo pasa el tiempo, aún parecía simple amenaza de abrirse una zanja en los pirenaicos montes hasta el nivel del mar, lástima es que el accidente inopinado no hubiese quedado ahí, imagínense cuál no sería el orgullo de Europa, disponer, a todos los efectos, de un cañón geológico ante el que el del Colorado no haría más figura que la de un regatillo. El segundo éxodo fue el de los ricos y poderosos, al resultar irreparable la fractura, cuando la deriva de la península, aunque aún premiosa, como tomando carrerilla, vino a mostrar, de modo que creemos definitivo, la precariedad de las estructuras y de las ideas asentadas. Se vio entonces cómo el edificio social, con toda su complejidad, no pasa de ser un castillo de naipes, sólido sólo en apariencia, y que basta dar una sacudida a la mesa en que está armado para que todo se venga abajo. Y la mesa, en este caso, y por primera vez en la historia, se había movido por sí sola, Dios mío, Dios mío, para salvar nuestros preciosos bienes y nuestras vidas preciosas, huyamos.

El tercer éxodo, este del que estábamos hablando antes de resumir los dos primeros, tuvo, por así decir, dos componentes, o partes, las cuales, si tenemos en cuenta las diferencias esenciales que las distinguen, deberían, en opinión de algunos, ser consideradas tercer éxodo y cuarto éxodo. Mañana, es decir en un futuro distante, los historiadores que se dediquen al estudio de unos acontecimientos que, en sentido no sólo alegórico sino también literal, cambiaron la faz del mundo, decidirán, y esperamos que con la ponderación y la imparcialidad de quien desapasionadamente observa los fenómenos del pasado, si deberá hacerse o no este desdoblamiento que algunos proponen ya hoy. Dicen éstos que revela grave falta de sentido crítico y noción de las proporciones poner en pie de igualdad la retirada de millones de personas de las tierras litorales hacia el interior y la fuga de unos cuantos miles al extranjero, sólo por el hecho de que entre un éxodo y otro haya una innegable coincidencia en el tiempo. No siendo intención nuestra tomar postura en el debate y mucho menos adelantar juicios, no cuesta reconocer que, siendo el miedo de unos y de otros semejante, no eran iguales los medios y recursos para ponerle remedio.

En el primer caso, se trataba por lo común de gente de escasos haberes que, al verse obligada por las autoridades y por la dureza de los hechos a trasladarse a otros lugares, esperaban, como mucho, salvar su vida por las vías tradicionales, milagro, suerte, azar, destino, buena estrella, oración, fe en el Espíritu Santo, si no amuleto, higa, cuerno de escarabajo colgado al cuello, medalla bendita, y lo demás que por economía de espacio se omite, pero que puede resumirse en esa otra fórmula, tan célebre como la que más fuere, Aún no me había llegado la hora. En el segundo caso, los fugitivos fueron gentes de recursos medios o altos, y de disponibilidades rápidas, se habían quedado a ver en qué paraba la cosa, pero ahora no quedaba lugar para dudas, se llenaron los aviones del nuevo puente aéreo, llevaron carga máxima los paquebotes, cargueros y otras embarcaciones de menor porte, sobre los episodios ocurridos, de ninguna edificación moral, corramos un tupido velo, los sobornos, las intrigas, las traiciones y hasta los crímenes, hubo gente asesinada sólo por un pasaje, fue aquél un cuadro ignominioso, pero, siendo el mundo lo que es, ingenuos seríamos si esperásemos de él otra cosa. En fin, todo visto y ponderado, lo más probable es que los libros de historia registren cuatro éxodos y no tres, no por exceso de rigor clasificatorio, sino para no mezclar huevos y castañas.

Destaquemos, no obstante, lo que, en el sumario análisis expuesto, puede reflejar, aunque involuntariamente, cierta actitud mental preñada de maniqueísmo, es decir, inclinada hacia una visión idealizadora de las clases bajas y a la condenación maximalista de las altas, marcadas de modo obstinadamente provocador por el rótulo, no siempre adecuado, de ricos y poderosos, lo que, naturalmente, suscita odios y antipatías, al par de ese mezquino sentimiento que es la envidia, fuente de todo mal. Sin duda existen los pobres, evidencia difícil de negar, pero no se deben sobrevalorar. Sobre todo cuando no son, y no fueron, como en esta coyuntura hubiera convenido, modelo de paciencia, de resignación, de disciplina libremente consentida. Quien, por estar lejos de estos acontecimientos y lugares, imaginó que los retirantes ibéricos, amontonados en casas, asilos, hospitales, cuarteles, almacenes, o en las tiendas y barracones de campaña que fue posible requisar, más los que fueron cedidos y armados por los ejércitos, y aquella otra gente, aún más numerosa, que no encontró alojamiento y vive por ahí debajo de los puentes, al abrigo de los árboles, en automóviles abandonados, cuando no a la pura intemperie, quien imaginó que Dios vino a vivir con estos ángeles, sabrá mucho de ángeles y de Dios, pero de hombres no sabe ni la primera letra.

Se puede decir, sin ninguna exageración, que el infierno, en los mitológicos tiempos distribuido uniformemente por toda la península, como se recordó al inicio de este relato, está ahora concentrado en una franja vertical de más o menos treinta kilómetros de anchura, desde el norte de Galicia hasta el Algarve, teniendo a occidente las tierras deshabitadas en cuyo efecto de parachoques pocas personas creen realmente. Por ejemplo, si el gobierno español no precisó salir de Madrid, tan confortablemente interior, al gobierno portugués, quien lo quiera encontrar tendrá que ir a Elvas, que es la ciudad más distante de la costa, en línea recta, más o menos horizontal y meridiana, a partir de Lisboa. Entre los refugiados, mal alimentados, mal dormidos, con viejos muriéndose, niños entre llantos y gritos, los hombres sin trabajo y las mujeres cargando a cuestas con toda la familia, se suceden los conflictos, las malas palabras, los desórdenes y las agresiones, los robos de ropas y comida, las expulsiones violentas, los asaltos, y también, quién podía imaginarlo, se extendió un libertinaje de costumbres que transformó estos campamentos en lupanares colectivos, una vergüenza, un mal ejemplo para los hijos mayores, que si bien saben quién es su padre y su madre, no saben ya qué hijos andan haciendo, y dónde y de quién. Claro que la importancia de este aspecto de la cuestión es menor de lo que a primera vista parece, si atendemos a la escasa atención que los historiadores de hoy prestan a los períodos que, por una razón u otra, tuvieron puntos de semejanza, en lo particular, con éste. A fin de cuentas, probablemente, el libre ejercicio de la carne, en momentos de crisis, es lo que más conviene a los intereses profundos de la humanidad y del hombre, ambos normalmente aperreados por la moral. Pero, siendo la hipótesis controvertida, pasemos adelante, la simple alusión basta para satisfacer el escrúpulo del observador imparcial.

En este barullo y confusión existe, pese a todo, un oasis de paz, estos siete seres que viven en la más perfecta armonía, dos mujeres, tres hombres, un perro y un caballo, aunque éste tenga que callar algunas razones de queja en lo que a distribución de trabajo se refiere, por tener que ir tirando él solo de la galera cargada, pero eso tendrá remedio un día de éstos. Las dos mujeres y los dos hombres forman dos parejas, y de las felices, sólo el tercer hombre no tiene par, pero acaso no le pese la privación, vista su edad, por lo menos hasta este momento no se le notaron aquellas inconfundibles señales de nerviosismo que denuncian la plétora glandular. En cuanto al perro, si en las ocasiones en que va a la procura de alimento busca y encuentra otras satisfacciones, es algo que no sabemos, el perro, siendo en estas áreas del comportamiento el más exhibicionista de los animales, es discreto en ciertos individuos de la especie, ojalá a nadie se le ocurra ir detrás de éste, hay curiosidades malsanas que es deber de higiene frustrar. Tal vez estas consideraciones sobre relación y comportamiento no estarían tan marcadas por la sexualidad si las parejas que se formaron, por efectos de la intensidad de la pasión o por ser aún recientes, no se mostraran tan exuberantes en demostraciones, cosa que, y conviene decirlo antes de que alguien piense mal, no significa que anden a besos y abrazos por todas partes, sobrios son hasta ahí, lo que no pueden es ocultar el aura que los envuelve o emiten, aún hace unos días vio Pedro Orce desde lo alto del monte el resplandor del brasero. Aquí, en los linderos del bosque donde ahora viven, suficientemente alejados de los pueblos próximos para poder imaginarse solos, pero lo bastante cerca para que el aprovisionamiento de víveres no resulte un rompecabezas, podrían creer en la felicidad si no vivieran, por cuántos días aún, bajo la amenaza del cataclismo. Pero se aprovechan como dijo el poeta, Carpe Diem, el mérito de estas viejas citas latinas está en que contienen un mundo de significaciones segundas y terceras, sin contar con las latentes e indefinidas, que cuando uno va a traducir, Goza la vida, por ejemplo, queda algo soso, flojo, que no merece siquiera el esfuerzo de intentarlo. Por eso insistimos en decir Carpe Diem, y nos sentimos como dioses que hubieran decidido no ser eternos para poder, en el sentido exacto de la expresión, aprovechar el tiempo.

Qué tiempo queda aún, es algo que nadie sabe. Las radios y las televisiones funcionan las veinticuatro horas del día, ya no hay noticiarios a horas fijas, se interrumpen los programas constantemente para leer el último parte, y las informaciones se suceden, estamos a trescientos cincuenta kilómetros de distancia, estamos a trescientos veintisiete, podemos informar de que las islas de Santa María y de San Miguel han sido completamente evacuadas, prosigue a ritmo acelerado la evacuación de las restantes, estamos a trescientos doce kilómetros, en la base de Lajes se ha quedado un pequeño grupo de científicos norteamericanos que sólo se retirarán, por vía aérea, claro, en los últimos minutos, para poder asistir desde el aire a la colisión, digamos sólo colisión, sin adjetivos, no fue atendida una petición del gobierno de Portugal para que un científico portugués se integrara en el referido grupo, a título de observador, faltan trescientos cuatro kilómetros, los responsables de los programas recreativos y culturales de la televisión y de la radio discuten lo que deben transmitir, música clásica, dicen unos, atendiendo a la gravedad de la situación, la música clásica es deprimente, argumentan otros, lo mejor sería dar música ligera, canciones francesas de los años treinta, fados portugueses, malagueñas españolas y otras cosas de pandereta, y sevillanas, y mucho rock, y mucho folk, los triunfadores en Eurovisión, pero estas músicas alegres van a sorprender y molestar a quienes viven horas verdaderamente cruciales, responden los clásicos, peor sería tocarles marchas fúnebres, alegan los modernos, y de ahí no se sale, era no era andaba labrando, faltan doscientos ochenta y cinco kilómetros.

La radio de Joaquim Sassa ha sido utilizada con avaricia, quedan unas pilas de reserva, pero conviene ahorrarlas, nadie sabe qué nos reserva el día de mañana, es una frase popular, de esas que se dicen mucho, aquí casi podríamos apostar sobre lo que ese día va a ser, muerte y destrucción, millones de cadáveres, la mitad de la península hundida. Pero los minutos en que la radio está apagada resultan insoportables, el tiempo se va convirtiendo en algo palpable, viscoso, aprieta la garganta, en todo momento parece que se va a sentir el choque aunque todavía estemos lejos, no hay quien aguante una tensión así, Joaquim Sassa pone la radio, Es una casa portuguesa con certeza, es con certeza una casa portuguesa, canta la voz deliciosa de la vida, Dónde vas con mantón de Manila, dónde vas con el rojo clavel, la misma delicia, la vida misma, pero en otra lengua, entonces respiran todos aliviados, están veinte kilómetros más cerca de la muerte, pero eso qué importa, aún la muerte no ha sido anunciada, las Azores no están a la vista, Canta, muchacha, canta.

Están sentados a la sombra de un árbol, han acabado de comer, y son como nómadas en sus maneras y vestidos, en tan poco tiempo tanta transformación, es el resultado de la falta de comodidades, ropa arrugada y sucia, los hombres con barba de días, no los recriminemos, ni a ellas, que en los labios ya usan sólo el color natural, ahora pálidas por los trabajos, tal vez en las últimas horas se pinten y se preparen para recibir dignamente a la muerte, la vida, al acabarse, no merece tanto. María Guavaira está apoyada en el hombro de Joaquim Sassa, le tomó la mano, entre las pestañas asoman dos lágrimas, pero no de miedo por lo que está ocurriendo, fue el amor que así se le subió a los ojos. Y José Anaiço acaricia los brazos de Joana Carda, la besa en la frente, después

284

los párpados se cierran, si al menos este momento pudiera venir conmigo allí a donde vaya, no pido más, un momento sólo, éste, no precisamente este de ahora cuando estoy hablando, el otro, el anterior, el que precedió al anterior, aquel que ya apenas se distingue desde aquí, no lo atrapé cuando vivía, ahora es tarde. Pedro Orce se ha levantado y se aleja, su pelo blanco reluce al sol, también él lleva su aura de lumbre fría. El perro lo sigue, con la cabeza baja. Pero no irán muy lejos. Ahora se mantienen juntos tanto cuanto pueden, nadie quiere estar solo cuando llegue la catástrofe. El caballo que, como dicen los sabios, es el único animal que no sabe que ha de morir, se siente feliz, pese a los grandes trabajos por los que pasó en la larguísima caminata. Va mordisqueando su paja, hace estremecer la piel para ahuyentar a los moscardones, barre con las crines de la cola el lomo picazo, y probablemente no sabe que estuvo a punto de acabar sus días en la penumbra de una caballeriza medio en ruinas, entre telas de araña y boñigas, de asma caballuna, bien cierto es que mal de unos es consuelo de otros, aunque haya de ser por tan poco tiempo.

Pasó el día, vino otro y se fue, faltan ciento cincuenta kilómetros. Se nota crecer el miedo como una negra sombra, el pánico es una inundación en busca de los puntos débiles del dique, minando la base de la roca profunda, al fin saltó, y las gentes que hasta entonces se habían mantenido más o menos aquietadas en los lugares donde asentaron arrayales empezaron a desplazarse hacia el este, comprendiendo ahora que estaban demasiado cerca de la costa, sólo a setenta, a ochenta kilómetros, pensaban que las islas iban a desgarrar la tierra hasta allí, a invadirlo todo el mar, el cono del Pico como un fantasma, y quién sabe si, con el choque, no iba a entrar de nuevo el volcán en actividad, Pero no hay ningún volcán en la isla del Pico, nadie escuchaba estas y otras explicaciones. Las carreteras, claro, quedaron atascadas, cada cruce era un nudo imposible de desatar, llegó a hacerse imposible el avance, también el retroceso, todos atrapados en una ratonera, fueron muchos los que, renunciando a los pocos bienes que llevaban, intentaron salvar la vida por el desahogo de los campos. Para dar ejemplo, el gobierno portugués dejó Elvas y se instaló en Évora, y el de España, más cómodamente, se alojó en León, desde allí difundieron comunicados, que el presidente de la República de aquí y el rey de la Monarquía de allí firmaron también, cada cual el suyo, lamentablemente nos habíamos olvidado de decir que el presidente y el rey han acompañado en todos los trances a sus respectivos ejecutivos, cómo explicaríamos ahora si no corrigiéramos la omisión, que uno y otro se ofrecieron para ir al encuentro de las multitudes enloquecidas, y, con los brazos abiertos, ofreciendo la vida al sacrificio por gesto violento o atropello, otra vez Friends, Romans, Countrymen, and so, and so, no, majestad, no, señor presidente, la multitud en pánico, y además ignorante, no lo entendería, hay que ser muy culto y civilizado para ver a un rey o a un presidente con los brazos abiertos, en medio de una carretera, y pararse a preguntarle qué quiere. Pero hubo igualmente quien, en un asomo de cólera, se volvió atrás y gritó, Para poca vida más vale ninguna, acabemos con esto de una vez, y ésos se quedaron a la espera, mirando las serenas montañas en el horizonte, los tonos rosa del alba, el azul profundo de la tarde cálida, la noche estrellada, quizá la última, pero cuando llegue la hora no desviaré de ella mis ojos.

Entonces, sucedió. A unos setenta y cinco kilómetros de distancia del extremo oriental de la isla de Santa María, sin que nada lo hiciera anunciar, sin que se sintiera la menor conmoción, la península empezó a navegar en dirección norte. Durante unos minutos, mientras en todos los institutos geográficos de Europa y de América del Norte los observadores analizaban, incrédulos, los datos recibidos de los satélites y dudaban en hacerlos públicos, millones de aterrorizadas personas en Portugal y España estaban ya libres de la muerte y no lo sabían. Durante esos minutos, trágicamente, hubo quien se metió en peleas con la esperanza de ser muerto y quizá recibió satisfacción, y quien se suicidó por no poder soportar más el miedo. Hubo quien pidió perdón de sus pecados, y quien, por pensar que ya no había tiempo de arrepentirse, le pidió a Dios y al Diablo que le dijeran qué pecados nuevos podría cometer todavía. Hubo mujeres que dieron a luz, deseando que sus hijos nacieran muertos, y otras que supieron que estaban embarazadas de hijos que, creían ellas, nunca iban a nacer. Y cuando el grito universal resonó en todo el mundo, Están salvados, están salvados, hubo quien no lo creyó y siguió llorando el próximo fin, hasta que ya no pudo haber más dudas, lo juraban en todos los tonos los gobiernos, los sabios daban explicaciones, se hablaba de que la salvación tenía como causa una poderosa corriente marítima artificialmente producida, la discusión era grande sobre si habían sido los norteamericanos o los soviéticos.

La alegría fue un reguero de pólvora que llenó de risas y danzas toda la península, en especial la gran franja donde se juntaban los millones de desplazados. Afortunadamente esto aconteció en pleno día, hacia la hora del almuerzo para quienes tenían qué comer, si no, la confusión y el caos hubieran sido terribles, decían las autoridades responsables, pero pronto se arrepintieron de aquella opinión precipitada, porque, apenas tuvieron la seguridad de que la noticia era verdadera, miles y miles de desplazados iniciaron la caminata de regreso a casa, fue preciso hacer circular, con cierta crueldad, la noticia de que era posible la vuelta de la península a su trayectoria inicial, ahora un poco más al norte. No todos lo creyeron, sobre todo porque una nueva inquietud se introdujo soturna en el espíritu de la gente, veían en su imaginación las ciudades, las villas y las aldeas abandonadas, la ciudad, la villa o la aldea donde habían vivido, la calle donde vivían, y la casa, la casa saqueada por gente expedita que no creía en historietas o aceptaba el hipotético riesgo con la naturalidad de quien, por oficio, tiene que dar todas las noches un triple salto mortal, y no eran estas visiones fantasías de la imaginación calenturienta, porque por aquellos desiertos parajes se iban insinuando ya, aún con cautela pero llevando en la mente su deshonroso designio, todos los ladrones, rateros y maleantes antiguos y modernos, entre los que circulaba la consigna corporativa, El primero en llegar elige, quien venga después que busque otra casa, no armar líos, que para todos hay. Que ninguno de ellos se deje tentar, decimos nosotros, por la casa de María Guavaira, es lo mejor que les puede suceder, porque el hombre que está allí dentro tiene una escopeta cazadora y sólo abrirá la puerta a la dueña de la casa para decirle, Guardé sus bienes, ahora cásese conmigo, salvo si, vencido por las vigilias, de puro cansancio, se ha quedado dormido sobre el montón de lana azul y así habrá fallado su vida de hombre.

Usando la prudencia, las gentes de las Azores todavía no regresan a sus islas y casas, pongámonos en su lugar, verdad es que el peligro inmediato se ha alejado, pero sigue en aquellos parajes, rondando, parece esto una nueva versión del cuento del puchero de hierro y el puchero de barro, con la sustancial diferencia de que con el barro de aquí sólo fue posible hacer los pucherillos de las islas, no dio para la gran tinaja de un continente, y ése, si es que llegó a existir, se fue al fondo, le llamaban Atlántida, bien locos seríamos si no hubiésemos aprendido, con la experiencia o con la memoria de ella, aunque sean falsas una y otra. Pero el sentimiento que retiene bajo aquel árbol a las cinco personas no es la prudencia, ahora que todo el mundo se ha puesto en movimiento en dirección a las costas de Portugal y Galicia, por así decir en regreso triunfal, llevan ramas, flores, bandas tocando, y lanzan cohetes, y las campanas tocan a su paso, las familias vuelven a entrar en sus casas, quizá falten algunas cosas, pero la vida vino con ellos, y eso es lo más importante, la vida, la mesa donde comemos, la cama donde dormimos, y donde esta noche, de puro júbilo, se hará el más alegre amor del mundo. Bajo el árbol, con la galera esperando y el caballo ya rehecho de fuerzas, las cinco personas que han preferido quedar rezagadas miran al perro como si de él debiera venir orden o consejo, Tú que viniste de donde no sabemos, tú que me apareciste un día llegado de lejos tan cansado que llegando hasta mí te derrumbaste de manos, tú que estando yo mostrándoles a estos hombres el lugar donde rayé el suelo con una vara pasaste y miraste, tú que estabas a nuestra espera junto al coche que dejamos debajo del alpendre, tú que tenías un hilo de lana azul en la boca, tú que nos guiaste por tantas carreteras y tantos caminos, tú que fuiste conmigo al mar y encontraste la barca de piedra, dinos tú, con un movimiento, un gesto, una señal, ya que ni ladrar sabes, dinos hacia dónde debemos ir, que ninguno de nosotros quiere volver a la casa del valle, sería para todos el inicio del último regreso, a mí me diría el hombre que quiere casarse conmigo señora cásese conmigo, a mí me diría el jefe de la oficina donde trabajo necesito esa factura, a mí me diría mi marido al fin has vuelto, a mí me diría el padre del peor alumno señor maestro déle unos palmetazos, a mí me diría la mujer del notario que se queja de dolores de cabeza déme unos comprimidos para el dolor de cabeza, dinos tú entonces hacia dónde debemos ir, levántate y anda, ése será nuestro destino.

El perro, que estaba tumbado bajo la galera, levantó la cabeza como si hubiera oído voces, saltó bruscamente y corrió hacia Pedro Orce que le sostuvo la cabeza entre las dos manos, Si quieres te llevo conmigo, dijo, sólo las palabras fueron dichas por el hombre. María Guavaira es dueña del caballo y de la galera, y aún no ha decidido, pero Joana Carda miró a José Anaiço, que la entendió, Decidan lo que decidan, yo no me vuelvo, fue entonces cuando María Guavaira dijo en voz alta y clara, Hay un tiempo para estar y un tiempo para partir, aún no ha llegado el tiempo de volver, y Joaquim Sassa preguntó, Adónde queremos ir, Por ahí, sin rumbo, Vamos al otro lado de la península, dijo Pedro Orce, yo nunca he visto los Pirineos, Tampoco los vas a ver ahora, la mitad de ellos se quedó en Europa, recordó José Anaiço, No importa, por un dedo se conoce el gigante. Estaban celebrando la decisión cuando María Guavaira dijo, El caballo nos trajo hasta aquí, pero no va a aguantar solo el resto del viaje, está viejo, y una galera está hecha para que tiren de ella dos caballos, con un caballo solo es una galera manca, Entonces, preguntó Joaquim Sassa, Pues tenemos que encontrar otro, No va a ser fácil encontrar caballos aquí, y además, digo yo, un caballo es caro, no tendremos dinero suficiente.

La dificultad parece no tener remedio, pero vamos a ver aquí una demostración más de la ductilidad del espíritu humano, aún no hace muchos días María Guavaira rechazó sin ambages la idea de dormir en una casa desocupada, la lección resuena aún en los oídos de quien la recuerda, y ahora, tanto puede la necesidad, María Guavaira va a quebrantar una vida entera de limpidez moral, quiera Dios que nunca nadie le eche en cara esta transgresión, No lo vamos a comprar, lo robaremos, ésas fueron sus palabras, y ahora es Joana Carda quien intenta enmendar, de manera indirecta, para no herir a nadie, Nunca he robado nada en mi vida. Hubo allí un silencio incómodo, uno tarda en habituarse a nuevos códigos morales, en este caso fue Pedro Orce quien dio el primer paso, contra la costumbre de ser los viejos empecinados observadores de la ley vieja, En nuestra vida nunca robamos nada, robamos siempre en la vida de los otros, podía ser una máxima de filósofo cínico, pero es sólo una comprobación de hecho, Pedro Orce disimula con una sonrisa, pero las palabras quedan dichas. Muy bien, decidido, robaremos un caballo, pero cómo lo hacemos, sacamos a suerte a ver quién va en la expedición, Iré yo, dijo María Guavaira, vosotros no entendéis de caballos, seríais incapaces de traerlo, Yo voy contigo, dijo Joaquim Sassa, pero sería conveniente que también el perro quisiera venir con nosotros, podría defendernos de cualquier mal encuentro.

Aquella noche salieron los tres del campamento, se dirigieron al este, donde tal vez, por haber sido región que mantuvo relativa calma, hubiera posibilidades de encontrar lo que querían. Antes de salir dijo Joaquim Sassa, No sabemos cuánto vamos a tardar, esperadnos aquí, Pensándolo mejor, quizá sería preferible traer un carro grande, donde pudiéramos caber todos, con los equipajes y el perro, dijo José Anaiço, No hay carros tan grandes, necesitaríamos un camión, y recuerda que no encontramos ninguno completo, capaz de andar, y está el caballo, no lo vamos a dejar por ahí abandonado, Uno para todos y todos para uno, gritaron en su tiempo los tres mosqueteros, que eran cuatro, y ahora son cinco, sin contar el perro. Y el caballo.

Se pusieron en camino María Guavaira y Joaquim Sassa, el animal iba delante, olfateando y comprobando las sombras. La expedición tenía algo de absurdo, buscar un caballo, Una mula serviría también, dijo María Guavaira, sin saber si existirá un animal de ésos en cinco leguas a la redonda, quizá sería más fácil encontrar un buey, pero no podemos uncir juntos un buey y un caballo en una galera, o un burro, en este caso, para tanta carga, sería lo mismo que unir dos debilidades para hacer con ellas una fuerza, cosa que sólo acontece en las parábolas, como la de los mimbres, ya citada. Caminaron, caminaron, salían de la carretera siempre que veían en los claros de los campos habitaciones y casas de labor, si caballos hubiera es allí donde se encontrarían, pues es de bestias de tiro de lo que precisamos, no corceles de parada o trotones de pista. Apenas se acercaban, empezaban a ladrar los perros, pero pronto se callaban, nunca se puede saber qué artes eran las del Can, el más ruidoso y frenético guardián quedaba súbitamente mudo, y no porque lo matase la fiera llegada del Más Allá, se habrían oído rumores de lucha, gemidos de dolor, el silencio no es sepulcral porque, realmente, no ha muerto nadie.

Iba alta la madrugada, María Guavaira y Joaquim Sassa apenas podían con sus pies por la fatiga, él dijo, Tenemos que encontrar un sitio para descansar, pero ella insistía, Busquemos, busquemos, y tanto buscaron que encontraron, que encontrar fue y no descubrir, y ocurrió todo de la manera más sencilla del mundo, ya el cielo clareaba, la negra noche a oriente se había vuelto de un azul profundo, cuando, en una vaguada, oyeron un relincho sofocado, un suave milagro, aquí estoy yo, fueron a ver y era un caballo atado, no había sido Dios quien lo puso allí para enriquecer el catálogo de sus milagros propios, sino el legítimo dueño del animal a quien el herrero dijera, Ponle este ungüento en la matadura y déjalo esta noche a la intemperie, haz lo mismo tres noches seguidas empezando un viernes, y si el caballo no se cura te devuelvo el dinero y pierdo el nombre que tengo.

Un caballo trabado, si no hay ahí una navaja rápida para cortar la cuerda, no es animal que se pueda llevar a cuestas, pero María Guavaira sabe cómo hablar a estos animales, y, pese al nerviosismo de la bestia, que no reconoce a quien la lleva, puede dirigirlo hacia las sombras de unos árboles, y allí, arriesgándose a ser pisada o llevarse una coz violenta, consiguió deshacer el nudo de cuerda áspera, en general en estos casos se ata con un nudo propio, fácil de desatar, aunque quizá sea ciencia que aquí ya no se practique. Valió también que el caballo comprendiese que lo querían liberar, siempre es buena la libertad, hasta cuando vamos hacia lo desconocido.

Regresaron por caminos extraviados, confiando más que nunca en el mérito del can para prevenir aproximaciones sospechosas y remediar vecindades inoportunas. Cuando clareó el día, distantes ya del lugar del robo, empezaron a encontrar gentes por campos y caminos, pero nadie reconocía el caballo, y aunque, conociéndolo, lo pudieran reconocer, acaso no repararían en él, tan admirable e inocente era el cuadro, medieval se podría decir, la doncella sentada a la amazona en la hacanea, delante el caballero, pedestremente caminando, llevando al caballo por la reata, que por suerte no se habían olvidado de traer. El dogo completaba la visión encantadora, que a algunos pareció sueño y a otros señal de cambios de la vida, no saben unos y otros que allí van sólo dos malvados cuatreros, bien verdad es que las apariencias engañan, lo que generalmente se ignora es que engañan dos veces, razón por la que quizá sería mejor confiar en las primeras impresiones y no llevar más adelante la investigación. Por eso hoy no va a faltar quien diga,

Esta mañana he visto a Amadís y a Oriana, ella a caballo, él a pie, iba con ellos un perro, Amadís y Oriana no pueden haber sido, que nunca se vio con ellos perro alguno, Los vi, y basta, un testigo vale tanto como cien, Pero en la vida, amores y aventuras de esos dos no se habla de perro, Pues que vuelvan a escribir su vida, y que lo hagan todas las veces que sean precisas para que quepa todo, Todo, En fin, lo más posible.

Al comenzar la tarde llegaron al campamento y fueron recibidos con abrazos y risas. El caballo pigarzo miró de lado al alazán que tomaba aliento, Tiene una matadura en el lomo, casi seca, seguro que le pusieron un emplasto y lo dejaron al relente tres noches contando desde el viernes, es remedio infalible.

Mientras regresa la gente a sus hogares y la vida recobra poco a poco, como suele decirse, el curso normal, van viento en popa los debates entre los científicos sobre las causas del desvío in extremis de la península, cuando ya nada parecía poder evitar la catástrofe. Las tesis son diversas, casi todas antagónicas entre sí, lo que, matemáticamente, contribuye a la irreductibilidad de los sabios polemistas.

Una primera tesis sustenta la absoluta casualidad del nuevo rumbo, dado que, formando un ángulo rigurosamente recto con el anterior, sería inaceptable cualquier explicación que supusiera, llamémosle así, un acto de voluntad, que además no se sabría a quién atribuir, dado que nadie osará pretender que una enorme masa de piedra y tierra en la que se agitan varias decenas de millones de personas, pueda producir, por simple adición o multiplicación recíproca, una inteligencia y un poder capaces de conducirse con una precisión, apetece decirlo, diabólica.

Otra tesis defiende que el avance de la península, o, con más rigor, su progresión, y luego veremos por qué se usa esta palabra, se hará, cada vez, en un nuevo ángulo recto, lo que, ipso facto, permite admitir la asombrosa posibilidad del regreso de la península al punto de partida, tras una sucesión, o, aquí está, progresión de lances, que podrán ser, a partir de un momento determinado, menos que milimétricos, hasta el ajuste final, perfecto.

La tercera tesis propone la hipótesis de que exista un campo magnético o fuerza similar en la península, que, ante la aproximación de un cuerpo extraño suficientemente voluminoso, reaccione y desencadene un proceso de rechazo de naturaleza muy particular, dado que este rechazo, como se vio, no procede en sentido inverso del sentido del movimiento inicial, o último, pero sí, para usar una comparación procedente de la práctica de la conducción de automóviles, derrapando, por qué hacia el norte o por qué hacia el sur, fue una cuestión que la propuesta se olvidó de contemplar.

Finalmente, la cuarta tesis, más heterodoxa, recurre a las potencias que llama metapsíquicas, afirmando que la península fue desviada de la colisión por un vector formado por la concentración, en una décima de segundo, de las ansias de salvación y de los terrores de las poblaciones afligidas. Esta explicación ganó gran popularidad, sobre todo cuando, para hacerla accesible a los cerebros del vulgo no preparado, su defensor usó un símil de los dominios de la física, mostrando cómo la incidencia de los rayos solares sobre una lente biconvexa logra la convergencia de los rayos en un punto o foco real, con los conocidos resultados, calor, quemadura, fuego, luego, por tanto y por consiguiente, el efecto intensificador de la lente tiene paralelo obvio en la fuerza de la mente colectiva, que sería aquí el caótico sol, estimulada, concentrada y potenciada, en un momento de crisis, hasta el paroxismo. La incongruencia de la explicación no asombró a nadie, al contrario, no faltó quien propusiera que de ahora en adelante todos los fenómenos de la psique, del espíritu, del alma, de la voluntad, de la creación, pasaran a ser explicados en términos físicos, aunque por simple analogía o por inducción imperfecta. La tesis está siendo estudiada y desarrollada con vistas a la aplicación de sus principios fundamentales a la vida cotidiana, en particular al funcionamiento de los partidos políticos y las competiciones deportivas, por citar sólo dos ejemplos comunes.

Argumentan, no obstante, algunos escépticos que la prueba real de todas estas hipótesis, visto que de eso no pasan, se verá de aquí a unas semanas, si la península prosigue la derrota que ahora lleva y que la acabará incrustando entre Islandia y Groenlandia, tierras inhóspitas para portugueses y españoles, generalmente habituados a las suavidades y abandonos de un clima templado que tiende a caliente la mayor parte del año. Si tal acontece, la única conclusión lógica que se puede sacar de cuanto se vio hasta ahora es que, al fin, el viaje no valió la pena. Lo que, por otra parte, sería, o será, una simplificación excesiva en el planteamiento de la cuestión, pues ningún viaje es él solo, cada viaje contiene una pluralidad de viajes, y si, aparentemente, uno de ellos parece tener tan poco sentido que nos apresuramos a sentenciar, No valió la pena, mandaría el sentido común, si por prejuicio o pereza no lo obliterásemos tantas veces, que comprobáramos si los viajes de que aquél fue contenido o continente no serán lo bastante valiosos para, por fin, haber valido la pena y las penas. Todas estas consideraciones reunidas nos aconsejan suspender los juicios definitivos y otras presunciones. Los viajes se suceden y acumulan como las generaciones, entre el nieto que fuiste y el abuelo que serás, qué padre habrás sido, Pues ya ves, aunque malo, necesario.

José Anaiço hizo cuentas del viaje que nos espera, por caminos que no serán los más directos si quieren evitar las grandes laderas de los montes del Cantábrico, y comunicó los resultados, De Palas de Rei, donde más o menos ahora estamos, hasta Valladolid, serán unos cuatrocientos kilómetros, y de ahí hasta la frontera, perdón, aquí en este mapa todavía tengo una frontera, son otros cuatrocientos, en total, ochocientos kilómetros, un gran viaje a paso de caballo, De caballo, no, eso se acabó, y no va a ser al paso, sino al trote, enmendó María Guavaira. Dijo entonces Joaquim Sassa, Con dos caballos tirando, y se interrumpió en este lugar de la frase, con la expresión de quien ve una luz en el interior de su propia cabeza, y se echó a reír, Lo que son las cosas, dejamos un Dos Caballos y ahora vamos a viajar en otro, propongo que la galera se llame Dos Caballos, de facto y de jure, como parece que se diría en latín, que yo latín no aprendí, es sólo de oreja, como decía un abuelo mío que tampoco conocía la lengua de sus antepasados. Dos Caballos comió heno, en la revesa de la galera, la matadura del alazán sanó por completo, y el pigarzo, si no rejuveneció, sí mejoró de aspecto y de fuerza, levanta menos la cabeza que el otro, pero no hará mala figura en la pareja. Retomó Joaquim Sassa la pregunta después de la risa general, Decía yo, con dos caballos tirando, cuántos kilómetros de media andaremos a la hora, y María Guavaira, Unas tres leguas, Quince kilómetros en medida moderna, Exactamente, Diez horas a quince kilómetros son ciento cincuenta, en menos de tres días estamos en Valladolid, con otros tres llegamos a los Pirineos, es rápido. María Guavaira puso gesto de consternación y respondió, No es mal programa, especialmente para reventar a los animales en un amén, Pero tú has dicho, Dije quince kilómetros, pero eso en terreno llano, y en cualquier caso los caballos nunca andarán diez horas diarias, Con descanso, Menos mal que no te has olvidado del descanso, por la ironía del tono se veía que María Guavaira estaba casi enfadándose.

En ocasiones como ésta, aunque no entren caballos en el caso, los hombres permanecen en actitud humilde, es una verdad que las mujeres generalmente ignoran, reparan sólo en lo que les parece ser despecho masculino, reacción de la autoridad contrariada, es así como surgen equívocos y malentendidos, probablemente la causa de todo esto está en la insuficiencia del aparato auditivo de los seres humanos, de las mujeres en particular, aunque presuman de finísimas oyentes, Realmente de caballos no sé nada, soy de infantería, rezongó Joaquim Sassa. Asisten los otros al duelo verbal, sonríen porque el caso no es serio, el hilo azul es la más fuerte atadura del mundo, como pronto se va a ver. María Guavaira dijo, Seis horas por día será lo máximo, pudiendo ser andaremos las tres leguas por hora, no pudiendo será lo que los caballos den, Saldremos mañana, preguntó José Anaiço, Si están todos de acuerdo, respondió María Guavaira, y con su voz de mujer, hacia Joaquim Sassa, Te parece bien, y él, súbitamente desarmado, Me parece bien, y sonrió.

Aquella noche hicieron balance de los haberes en numerario, tantos escudos, tantas pesetas, algún dinero extranjero de Joaquim Sassa, que lo consiguió cuando salieron de Porto, hace tan pocos días y parece que hayan pasado siglos, reflexión que nada tiene de original, si alguna lo tiene, pero irresistible, como tantas otras vulgaridades. Los víveres que han traído de casa de María Guavaira están llegando a su fin, hay que reforzar la despensa, y no va a ser fácil, con todo este desconcierto de los abastecimientos, esta multitud devoradora que por donde pasa ni tallos de col deja tras de sí, sin hablar de los gallineros saqueados, consecuencia también de la indignación de los necesitados, a quienes se pedía una fortuna por un pollo en los huesos. Cuando la situación empezó a normalizarse, los precios bajaron un poco, pero no volvieron a lo que eran antes, ya se sabe, nunca vuelven. Y el problema es que ahora no hay de nada, hasta robar sería difícil, si es que quieren continuar por ese camino perverso, el caso del caballo fue especial, si no sufriese aquella matadura aún dormiría en la caballeriza y ayudaría en los trabajos de su antiguo dueño, que del destino del animal sólo se sabe que se lo llevaron dos maleantes y un perro, allá estaban las huellas. Se dice y se insiste en que hay males que vienen por bien, hay tanta gente que lo afirma, tanta lo afirmó, que bien puede ocurrir que se trate de una verdad universal, desde que nos demos el trabajo de separar cuidadosamente la parte de bien y la parte de mal que hay en las cosas, y a quién una y otra cayeron en suerte. Dijo pues Pedro Orce, Vamos a tener que trabajar para sacar algún dinero, la idea pareció lógica, pero, tras el inventario de las profesiones, se llegó a la desoladora conclusión esperada, así, Joana Carda, pese a tener licenciatura en letras, nunca ejerció su carrera, fue siempre, desde que se casó, ama de casa, y aquí en España no es tanto el interés por la literatura portuguesa, aparte de que los españoles, en estos días, tienen otra cosa en que pensar, Joaquim Sassa ya dijo irritado que es de infantería, cosa que, en su boca, significaba que pertenecía a la base de los oficinistas, preciosa actividad, nadie lo pone en duda, pero sólo en épocas de calma social y negocios prósperos, Pedro Orce se ha pasado su vida preparando remedios, cuando lo conocimos estaba preparando cápsulas de quinina, qué pena que no se le ocurriera traerse consigo la farmacia, podía ahora hacer consulta pública y ganar buen dinero, pues en estos parajes rurales quien dice boticario dice médico, José Anaiço es maestro de chiquillos, y con esto está dicho todo, sin hablar ya de que está en tierra de otra geografía y otra historia, cómo va a explicarles a los niños españoles que Aljubarrota fue una victoria cuando están acostumbrados a olvidar que fue una derrota, sólo queda por hablar de María Guavaira, es la única que puede ir a pedir trabajo por esas heredades, y hacerlo en proporción a sus fuerzas y a su sabiduría, que no llegan a todo.

Se miran unos a otros, sin saber qué vueltas darle a la vida, y Joaquim Sassa, vacilante, dice, Como tengamos que andar parándonos constantemente para sacar algún dinero, nunca vamos a llegar a los Pirineos, dinero así ganado es dinero que no dura, visto y no visto, la solución sería hacer lo que los gitanos, me refiero a los que van de tierra en tierra, de algo han de vivir, era una pregunta, una duda, tal vez les cayese el maná del cielo a los gitanos. Pedro Orce fue quien respondió, por ser de tierras del sur, donde la especie más abunda, Los hay que tratan en caballos, otros venden ropa en las ferias, otros comercian de puerta en puerta, las mujeres dicen la buenaventura, Historias de caballos no queremos más, para vergüenza bastó ésta, aparte de eso es oficio del que nada sabemos, y en cuanto a leer el futuro, ojalá el nuestro no nos traiga demasiados problemas, Sin contar con que para vender caballos es necesario comenzar por comprarlos antes, a tanto no nos llega el dinero, si hasta el caballo que llevamos tuvimos que robarlo. Se hizo un silencio, cómo consiguió hacerse, no se sabe, y cuando estuvo del todo hecho, dijo Joaquim Sassa, que se está revelando como espíritu convenientemente práctico, A esta situación sólo le veo una salida, compremos ropa en una de esas tiendas de ropavejero, seguro que las hay en la primera ciudad por donde pasemos, y luego la vendemos por las aldeas, con un lucro razonable, de la contabilidad me encargo yo. La idea les pareció buena, a falta de otra mejor se haría la experiencia, ya que no pueden ser agricultores, ni boticarios, ni maestros, ni esquiladores, serían buhoneros y ropavejeros ambulantes, venderían ropas de hombre, mujer y niño, que no es deshonra alguna, y con buena administración les dará para ir tirando.

Trazado así el plan de vida, se fueron a acostar, siendo éste el momento de decir que lo hacen los cinco en la galera que ahora se llama Dos Caballos, y de este modo, Pedro Orce se queda delante, atravesado, en un jergón estrecho que da justo para él, después Joana Carda y José Anaiço, a lo largo, en el espacio lateral que queda de una parte de los objetos con que viajan, y lo mismo sucede con María Guavaira y Joaquim Sassa, más atrás. Hay telas colgadas que forman simbólicas divisorias, el respeto es grande, si Joana Carda y José Anaiço, que ocupan el medio de la galera, necesitan salir al aire libre durante la noche, pasan por el lado de Pedro Orce, que no se queja, la incomodidad, aquí, se comparte como se comparte todo. Y los besos, y los abrazos, los desahogos carnales, cuándo se practican y ejercitan, preguntarán aquellos espíritus curiosos a quienes la naturaleza dotó de una inclinación particular para la malicia. Digamos que ha habido dos maneras de satisfacer los amantes los dulces impulsos de la naturaleza, o van por esos campos en busca de un lugar aislado y apacible, o aprovechan el alejamiento temporal y propositado de sus compañeros, para lo que ni precisas son palabras, hay señales de gran elocuencia, sólo haciéndonos los desentendidos, aquí el dinero faltará, pero no el entendimiento.

No partieron al romper el alba como aconsejaría la poética, para qué madrugar si ahora tienen todo el tiempo del mundo para ellos, pero no fue ésta la única razón ni la más fuerte, ocurrió que se demoraron en los arreglos corporales, afeitados los hombres, pulidas las mujeres y las ropas cepilladas, en un rincón adecuado de la arboleda, adonde llevaron en cubos el agua de la ribera, se lavaron uno por uno, las parejas no se sabe si enteramente desnudas porque de ello no hubo testigos. Pedro Orce fue el último en bañarse, le acompañó el perro, parecían dos tontos, tanto reía el uno como el otro, el perro empujando a Pedro Orce y Pedro Orce tirándole agua al perro, un hombre de esta edad no debería exponerse tanto al ridículo público, alguien que pasó dijo, debería tenerse más respeto, que ya tiene edad. Del campamento no quedaron casi señales, sólo el suelo pisado, el charco del baño bajo los árboles, cenizas y piedras requemadas, los primeros vientos lo barrerán todo, el primer chaparrón alisará la tierra levantada, diluirá las cenizas, sólo las piedras mostrarán que por allí hubo gente, y si es preciso servirán para otra hoguera.

Está bonito el día para viajar. Desde la cuesta del cabezo donde se habían abrigado bajan a la carretera, de cochera va María Guavaira que no confía las riendas a nadie, es preciso saber hablar a los caballos, hay piedras, peñascos, partirse allí un eje sería el fin de los trabajos, dejemos el agüero. El alazán y el pigarzo aún no se entienden bien, Al parece desconfiar de la seguridad de los jarretes de Pig, y Pig, tras ser uncido en pareja, tiene tendencia a tirar hacia el lado de afuera, como si quisiera apartarse del compañero, obligando a Al a un esfuerzo suplementario de compensación. María Guavaira observa la falta de entendimiento, cuando lleguen a la carretera pondrá a Pig en orden, con dosis equilibradas de buenos modos, chicote y juego de riendas le enmendará la querencia. Los nombres de Pig y Al los inventó Joaquim Sassa, teniendo en cuenta que estos Dos Caballos no son como los del automóvil, que aquéllos, viviendo tan juntos, no se distinguían, y ambos querían lo mismo y al mismo tiempo, mientras que los de ahora son diferentes en todo, en color, en edad, en fuerza, en porte, en temperamento, entonces se justifica y se necesita que cada uno lleve su nombre propio, Pero Pig, en inglés, quiere decir puerco, y Al es abreviatura de Alfred, por ejemplo, protestó José

Anaiço, a lo que Joaquim Sassa respondió, No estamos en tierra de ingleses, Pig es pigarzo, Al es alazán, y yo soy el padrino, Joana Carda y María Guavaira cambiaron sonrisas ante el infantilismo de sus hombres. Y Pedro Orce, inesperadamente, Si fueran yegua y caballo y tuviesen un hijo, podíamos llamarlo Pigal, los más informados de la cultura europea lo mirarán sorprendidos, cómo se habría acordado Pedro Orce de Pigalle, pero el equívoco sería suyo, coincidencias las ha habido siempre, y algunos juegos de palabras bien trabados son fruto involuntario de un momento. Pedro Orce, de Pigalle, no sabe nada.

En este primer día no recorrieron más de setenta kilómetros, en primer lugar porque no era bueno forzar a los caballos después del largo descanso en que habían vivido, uno por la matadura, otro por la espera de decisiones que tardaban, y en segundo lugar porque fue preciso pasar por Lugo, que les quedaba un poco fuera de camino, al nordeste, donde se abastecieron de mercancía para el negocio del que contaban poder vivir. Compraron un diario de la ciudad para saber las últimas noticias, lo más elocuente que encontraron fue una fotografía de la península, con un día de retraso, y era evidente el desplazamiento hacia el norte a partir del sentido de la derrota anterior, didácticamente señalada con un trazo por la redacción. No había dudas, el ángulo era tan recto que no podía serlo más. Pero sobre las célebres tesis en debate, ya aquí resumidas, poco adelanto había, y en cuanto a la posición propia del periódico se notaba, tal vez fruto de antiguas desilusiones, cierto escepticismo, quizá saludable, pero también podrá atribuirse a la reconocida cortedad de vista de una capital provinciana.

En las tiendas de confección, las mujeres, pues a ellas correspondió, naturalmente, la elección de la mercancía, con Joaquim Sassa al lado haciendo cálculos, dudaron mucho en cuanto a los criterios a seguir, si ropa para el invierno que se aproximaba, o, si trabajando a medios plazos, para la próxima primavera, Creo que no se dice a medios plazos sino a medio plazo, corrigió Joana, a lo que Joaquim Sassa respondió, con sequedad, En mi oficina decimos así, a cortos, medios y largos. Para la decisión final fueron determinantes sus propias necesidades, era evidente que iban todos mal trajeados, con ropas de media estación, añadiéndose a esto la imposibilidad de evitar que María Guavaira y Joana Carda cedieran a algunas tentaciones personales. Armonizándolo todo, pudo concluirse la adquisición de las mercancías en términos de buenas perspectivas cara al futuro, si es que la demanda resultaba a la altura de la oferta. Joaquim Sassa iba un tanto inquieto, Hemos metido en esto más de la mitad del dinero que teníamos, si dentro de una semana no hemos recuperado la mitad de esa mitad, vamos a tener problemas, en casos como el nuestro, sin reservas ni posibilidades de acudir al crédito bancario, es fundamental la buena gestión de los stocks, una perfecta armonía entre entradas y salidas, sin estrangulamientos, ni en déficit ni en superávit. Este discurso lo hizo Joaquim Sassa en la primera parada después de la salida de Lugo, con autoridad de administrador, benévolamente aceptada por los otros.

Que el negocio no iba a navegar en un mar de rosas lo entendieron todos cuando el talento regateador de una compradora los llevó a rebajar el precio de dos faldas hasta arrasar la posible ganancia. Por azar, la vendedora fue en esta ocasión Joana Carda, que pidió luego disculpas a la sociedad y prometió que, en el futuro, sería la más feroz de todas las vendedoras en activo de la península, Es que si no andamos con cuidado, hacemos un negocio como Juan de las cabras, nos quedamos sin negocio y sin mercancía, recordó una vez más Joaquim Sassa, no se trata sólo de nuestra subsistencia, tenemos además tres bocas que sustentar, el perro y los caballos, El perro se las arregla solo, dijo Pedro Orce, Hasta ahora se las ha arreglado, pero si un día le va mal la caza ya lo veréis volver con el rabo caído, y a ver qué pasa si entonces no tenemos nada que darle, La mitad de mi ración, para él, Muy bonita tu actitud, pero nuestra preocupación no es dividir la pobreza, sino aumentar la riqueza, Riqueza y pobreza, en este caso, observó José Anaiço, son maneras de decir, pero en este momento de nuestras vidas somos más pobres de lo que realmente somos, la situación es extraña, vivimos como si hubiéramos elegido ser pobres, Si se tratara de una elección, creo que no sería de buena fe, fueron las circunstancias, pero de ellas sólo aceptamos algunas, las que servían para nuestros fines personales, somos como actores, o somos sólo personajes, si, por ejemplo, yo volviera con mi marido, quién sería yo, el actor fuera de su personaje, o un personaje haciendo el papel de actor, entre uno y otro, dónde estaría, esto dijo y preguntó Joana Carda. María Guavaira la estuvo oyendo callada, ahora decía como quien inicia una nueva conversación, quizá no hubiera entendido bien lo que los otros dijeron, Las personas nacen todos los días, sólo de ellas depende seguir viviendo el día de ayer o empezar de raíz y desde la cuna el día nuevo, hoy, Pero está la experiencia, todo lo que fuimos aprendiendo, recordó Pedro Orce, Sí, tienes razón, dijo José Anaiço, pero la vida la hacemos generalmente como si no tuviéramos ninguna experiencia anterior, o nos servimos sólo de aquella parte que nos permite insistir en errores, alegando explicaciones y lecciones de la experiencia, y ahora se me ocurre una idea que tal vez os parezca absurda, un contrasentido, que tal vez el efecto de la experiencia sea mucho mayor en el conjunto de la sociedad que en cada uno de sus miembros, la sociedad aprovecha la experiencia de todos, pero nadie quiere, sabe o puede aprovechar por entero su propia experiencia.

Se debaten estas interesantes cuestiones a la sombra de un árbol, a la hora del almuerzo, frugal como conviene a viajeros que aún no han acabado su jornada, y si alguien considera desajustado el debate, bien por el lugar, bien por la circunstancia, le recordaremos que, globalmente, la instrucción y la cultura de los peregrinos admiten, sin escandalosa impropiedad, una conversación cuyo tenor, desde el exclusivo punto de vista de una composición literaria que buscara una también exclusiva verosimilitud, presentaría, de hecho, algunas deficiencias. No obstante, cualquiera, independientemente de los títulos que tenga, al menos alguna vez en su vida habrá dicho o hecho cosas muy por encima de su naturaleza y condición, y si pudiésemos liberar a esas personas de la vulgaridad cotidiana en que van perdiendo sus contornos, o ellas mismas violentamente se retirasen de cadenas y prisiones, cuántas más maravillas serían capaces de obrar, qué aspectos del conocimiento profundo podrían comunicar, porque cada uno de nosotros sabe infinitamente más de lo que cree y cada uno de los otros infinitamente más de lo que en ellos queremos reconocer. Cinco personas están aquí por motivos extraordinarios, de extrañar sería que no consiguieran decir algunas cosas un poco fuera de lo común.

Por estos parajes es raro encontrar un automóvil. De tiempo en tiempo pasa un gran camión, lleva abastecimientos a los pueblos, principalmente munición de boca, con todos estos accidentes es natural que se haya desorganizado el comercio local de víveres, hay carencias, y de repente pasa a haber excesos, pero todo tiene disculpa, recordemos que la humanidad nunca se vio en una situación como ésta, navegar siempre navegó, pero en barcos pequeños. Anda aún mucha gente a pie, otros van en burro, si no fuera tan accidentado el terreno, veríamos más bicicletas. En general, la gente de aquí es de buena índole, pacífica, pero el sentimiento de la envidia es quizá el único que no elige clases sociales y el de más asidua manifestación en el alma humana, por eso no fue ni una ni dos veces que Dos Caballos, paseándose por el paisaje en tiempo de tanta dificultad de transporte, despertó ávidas codicias. Cualquier grupo decidido y violento daría rápida cuenta de los ocupantes, uno de aquellos hombres es viejo, los otros poco tienen de sansón y hércules, y en cuanto a las mujeres, vencidos los compañeros, serían presa fácil, verdad es que María Guavaira es mujer para enfrentarse a un hombre, pero necesita un tizón encendido. Bien podía ocurrir, que no se libraran los viajeros de un ataque supitaño, y que quedaran allí desbaratados, en su perdición última, míseras y violadas las mujeres, heridos y vejados los hombres, pero estaba el perro, que, viendo acercarse gente, salía de debajo de la galera y, adelante o atrás, parado o andando, con el hocico bajo como un lobo, clavaba sus ojos de fuego frío en viandantes casi siempre inocentes, pero tanto pavor sentían éstos como miedo los facinerosos. Este perro, si consideramos cuanto hasta hoy ha hecho, merecería el título de ángel de la guarda, pese a las constantes insinuaciones que se siguen haciendo sobre su pretendido origen infernal. Se objetará, con citas tomadas de la autoridad de la tradición cristiana y no cristiana, que los ángeles siempre fueron representados con alas, pero en aquellos casos, que muchos son, en los que el ángel necesario no precisara volar, qué mal hay en que apareciese, familiarmente, en figura de perro, sin tener la obligación de ladrar, lo que, por otra parte, no quedaría bien en tan espiritual entidad. Admítase, no obstante, y al menos, que los perros que no ladran son ángeles en funciones.

Acamparon al caer la tarde a orillas del Miño, en las afueras de una villa llamada Portomarín. Mientras José Anaiço y Joaquim Sassa desuncían y cuidaban de los caballos, preparaban el fuego, pelaban las patatas y picaban las berzas, las mujeres, acompañadas por Pedro Orce y por su ángel de la guarda, aprovecharán la última luz del atardecer para llamar en algunas puertas del pueblo. Joana Carda no abría la boca, por causa de la lengua, probablemente las dificultades de comunicación fueron el origen de la equivocación de antes, pero está aprendiendo para el futuro, que es el único lugar donde uno puede enmendar sus yerros. No les fue mal el negocio, lo que vendieron fue a justo precio. Cuando volvieron, el campamento parecía un hogar, la hoguera los confortaba entre las piedras, el candil colgado de la galera lanzaba hacia el espacio despejado un semicírculo de luz, y el olor de la pitanza era como la presencia de Dios Nuestro Señor.

Cuando después de la cena conversaban alrededor del fuego, Joaquim Sassa tuvo una súbita inspiración y preguntó, De dónde te vino ese nombre de Guavaira, qué significa, y María Guavaira respondió, Guavaira, por lo que sé, es un nombre que sólo llevo yo, lo soñó mi madre cuando todavía estaba dentro de ella, quería que me llamara Guavaira, sólo así, pero mi padre se empeñó en que también tenía que ser María, y me quedé como no debía, María Guavaira, Entonces, no sabes qué quiere decir, Mi nombre vino de un sueño, Los sueños siempre significan algo, Pero no el nombre que aparece en el sueño, ahora decidme de vuestros nombres. Se lo dijeron, cada cual el suyo, uno tras otro. Entonces María Guavaira, atizando el fuego con un tizón, dijo, Los nombres que tenemos son sueños, con quién estaré yo soñando si sueño con tu nombre.

Cambió el tiempo, fórmula de concisión ejemplar que, de modo suave o neutramente objetivo, nos dice que, habiendo mudado, fue para peor. Llueve, y es una lluvia mansa, de otoño iniciado, que mientras no empape las tierras nos da ganas de pasear por esos campos, con botas e impermeable, recibiendo en el rostro la polvareda suavísima del agua y gozando la melancolía de las distancias brumosas, los primeros árboles dejan caer las hojas y aparecen desnudos, frioleros, como si estuvieran pidiéndonos caricias, alguno hay al que apetecería apretar contra el pecho con tierna piedad, acercamos el rostro a la corteza húmeda y es igual que un rostro mojado de lágrimas.

Pero el toldo de la galera viene de los primeros tiempos de los toldos, la tecnología, sólida en la tela y en la trama, cuidaba poco de impermeabilidades, era el siglo y el lugar de las personas capaces de secarse la ropa en el cuerpo teniendo por toda protección, y no siempre, un vaso de aguardiente. Se acrecentó el efecto de las estaciones, se resecaron las fibras, se descosieron las costuras, es fácil ver que la lona retirada del automóvil no puede remediar tanto daño. Por eso empieza a gotear dentro de Dos Caballos, y continúa goteando, contra la convicción de Joaquim Sassa, que defendía que, al empaparse la tela y engrosar los hilos, con la consiguiente reducción del espacio entre ellos, la lluvia iba a tener su lado benéfico si había paciencia para esperar. Teóricamente, nada más exacto, pero la evidencia práctica es otra, si no hubieran tenido el cuidado de enrollar y recoger los colchones, nadie iba a poder dormir en ellos.

Cuando la lluvia cae con más fuerza y surge la oportunidad, los viajeros se meten bajo un puente, pero son raros en esta carretera, es sólo un camino vecinal, fuera de las grandes rutas, esas que, para evitar cruces y permitir grandes velocidades, hacen pasar por encima de sí las vías secundarias. Uno de estos días se le ocurrió a José Anaiço la idea de comprar un barniz o una pintura impermeable, y así lo hará, pero la única untura apropiada que encontró, de un rojo estridente, no llega siquiera para la cuarta parte del toldo. Si Joana Carda no hubiera tenido mejor y más razonable idea, coser trozos anchos de plástico unos a otros hasta formar una cobertura completa, y de paso una segunda para los caballos, y adivinando que no sería posible encontrar en treinta kilómetros a la redonda untura impermeable del mismo color y tonalidad, podría ocurrir que acabaran paseando la galera por el vasto mundo con un toldo abigarrado, a rayas, círculos y cuadrados, según inspiración del artista, verde, amarillo, naranja, azul, violeta, blanco sobre blanco, castaño, tal vez negro. Mientras tanto, llueve.

Después del breve e inconcluso diálogo sobre el sentido de los nombres y el significado de los sueños, se ha discutido qué nombre habrán de dar al sueño que este perro es. Se dividen las opiniones, las cuales, como también deberíamos saber ya, son simple cuestión de gusto, digamos incluso que la opinión es la expresión aparentemente racionalizada del gusto. Pedro Orce propone y justifica un nombre rústico y tradicional, Fiel, o Piloto, ambos muy pertinentes si consideramos las características morales del animal, guía infalible y de lealtad sin mácula. Joana Carda duda entre Centinela y Combatiente, nombres de bélica resonancia que no parecen ajustarse a la personalidad de quien los sugiere, pero el alma femenina tiene profundidades insondables, Margarita en el telar va a luchar toda su vida para reprimir los ímpetus de la lady Macbeth que lleva dentro, y hasta su última hora no tendrá seguridad de que va a ganar. En cuanto a María Guavaira, aun no sabiendo explicar por qué, cosa que no es la primera vez que le acontece, propuso, medio avergonzada con su propia idea, que se le llamara Ángel de la Guarda, y se ruborizó al decirlo, se había dado cuenta qué ridículo sería, sobre todo en público, llamar al ángel de la guarda y en vez de un ente luminoso, vestido de túnica inmaculada, anunciándose con un frufrú de alas, apareciera, sucio de barro y de la sangre del último conejo, un terror canino que sólo a sus dueños respeta, si éstos lo son. Quiso José Anaiço echar agua a aquel hervor de risas que la sugerencia de María Guavaira provocó, y propuso que se le diera el nombre de Constante, recordaba haber leído este nombre en algún libro, Ahora no me acuerdo, pero Constante, si entiendo bien la palabra, contiene todos los nombres que fueron sugeridos, Fiel, Piloto, Centinela, Combatiente, y hasta Ángel de la Guarda, porque si ninguno de éstos es constante, se pierde la fidelidad, se desorienta el piloto, el centinela abandona el puesto, el combatiente rinde las armas, y el ángel de la guarda se deja seducir por la muchacha a quien debía defender de la tentación. Todos aplaudieron, aunque Joaquim Sassa opinaba que lo mejor sería llamarle simplemente Perro o Can, porque siendo el único que allí hay, no puede haber posibilidad de confusión en llamadas y respuestas. Le llamarán por fin Constante, pero realmente no valió la pena tanto trabajo de bautismo, pues el animal responde a todos los nombres que le den si ha oído que la palabra, cualquiera que sea, va por él, aunque otro nombre asome a veces a su memoria, Ardent, pero ése no se le ocurrió a nadie. Razón tenía quien una vez dijo, contra la opinión de María Guavaira, que un nombre no es nada, ni siquiera un sueño.

Siguen, y no lo saben, el antiguo Camino de Santiago, pasan por tierras que tienen nombres de esperanza o recuerdo malo, según los episodios que en ellas vivieron los viajeros de aquel primitivo tiempo, Sarriá, Samos, o la privilegiada Villafranca del Bierzo, donde el peregrino enfermo o cansado que llamara a la puerta de la iglesia del apóstol quedaba dispensado de llegar a Compostela, ganando las mismas indulgencias que si hubiera ido. Ya la fe, entonces, tenía sus acomodos, pero nada comparable a los días de hoy, cuando la acomodación es más retributiva que la misma fe, esta o cualquier otra. Al menos, estos viajeros saben que si quieren ver los Pirineos tendrán que llegar allí, ponerles la mano encima, que el pie no basta, por ser menos sensible, y los ojos, mucho más de lo que se cree, se dejan engañar. La lluvia, al cabo de un rato, empezó a disminuir, cae ahora en gotas espaciadas, hasta que cesa del todo. El cielo está aún encapotado, la noche viene más de prisa. Acampan bajo unos árboles para protegerse de otros posibles chaparrones, aunque Pedro Orce cite el refrán ibérico, Quien bajo un árbol se abriga, dos veces se moja, ésta es la versión portuguesa, modificada. No fue fácil encender el fuego, pero las artes de María Guavaira acabaron por vencer la resistencia de la leña mojada, que estallaba y hervía en las puntas como si derramara la savia. Comieron como pudieron, lo suficiente para que el estómago no gimiera de hambre durante la noche, porque, como enseña otro refrán, Quien se acuesta sin cenar, pasa una noche de rabiar, versión auténtica. Comieron dentro de la galera, a la luz del candil humeante, en una atmósfera pesada de ropas húmedas, los colchones enrollados y sobrepuestos, los restantes haberes en un montón, para una buena ama de casa sería una puñalada este espectáculo. Pero no hay mal que siempre dure ni lluvia que no se acabe, espera a que venga un poco de buen tiempo y ya verás qué actividad, los colchones abiertos para que pueda secarse hasta el más fino hilo de paja, las ropas tendidas sobre arbustos y piedras, cuando vayamos a recogerlas tendrán aquel buen olor cálido que el sol deja por donde pasa, y esto se hará mientras las mujeres, componiendo un hermoso cuadro familiar, ajustan y cosen las anchas bandas de plástico que han de resolver los problemas hidráulicos, bendito sea quien inventó el progreso.

Han estado hablando con la indolencia y la vaguedad de quien tiene que matar el tiempo mientras la hora de dormir no llega, y entonces Pedro Orce interrumpe lo que él mismo estaba diciendo y va a empezar a hablar, Leí una vez no sé dónde que la galaxia a que pertenece nuestro sistema solar se dirige hacia una constelación de cuyo nombre tampoco me acuerdo ahora, y esta constelación se dirige a su vez hacia cierto punto del espacio, me gustaría ser más exacto, pero mi cabeza no retuvo los detalles, pero lo que quería decir era lo siguiente, mirad, nosotros aquí vamos andando sobre la península, la península navega sobre el mar, el mar rueda con la tierra a que pertenece, y la tierra va rodando sobre sí misma, y, mientras rueda sobre sí misma, rueda también alrededor del sol, y el sol también gira sobre sí mismo, y todo esto junto va en dirección de la tal constelación, entonces lo que yo pregunto, si no somos el extremo menor de esa cadena de movimientos dentro de movimientos, me gustaría saber qué es lo que se mueve dentro de nosotros y hacia dónde va, no, no me refiero a las lombrices, microbios y bacterias, esos seres vivos que habitan en nosotros, hablo de otra cosa, de una cosa que se mueve y que tal vez nos mueve, como se mueven y nos mueven constelación, galaxia, sistema solar, sol, tierra, mar, península, Dos Caballos, qué nombre tiene lo que a todo mueve, de un extremo de la cadena a otro, o no hay tal cadena y el universo quizá sea un anillo, simultáneamente tan delgado que parece que sólo nosotros, y lo que en nosotros cabe, cabemos en él, y tan grueso que pueda contener la máxima dimensión del universo que él mismo es, qué nombre tiene lo que viene detrás de nosotros, Con el hombre empieza lo que no es visible, fue la respuesta sorprendida de José Anaiço, que la dio sin pensar.

Sobre el toldo caen, espaciadas, las grandes gotas de agua que vinieron resbalando de hoja en hoja, se oyen allá fuera los movimientos de Pig y Al bajo los hules que no los cubren por entero, para esto es para lo que el silencio sirve realmente, para poder oír lo que se dice que no tiene importancia. Cada uno de los que aquí se hallan creen que es obligación suya contribuir con el saber que tenga a tan alto concilio, pero temen todos que, al abrir la boca, les salgan, si no los sapos de la leyenda, unas banalidades surtidas sobre el ser, ontológicas, aunque tenga uno sus dudas sobre la pertinencia de la palabra en un contexto primario de carromato, gotas de lluvia y caballo, sin olvidar al perro, que duerme. María Guavaira, por ser la menos instruida, fue la primera en hablar, A lo no visible le daríamos el nombre de Dios, pero es curioso cómo se introdujo en la frase un cierto tono interrogativo, O voluntad, la propuesta vino de Joaquim Sassa, O inteligencia, añadió Joana Carda, O historia, remató José Anaiço, Pedro Orce no tenía ninguna sugerencia que hacer, se limitó a preguntar, y quien crea que eso es lo más fácil está muy engañado, no tienen cuenta el número de respuestas que sólo están a la espera de las preguntas.

Enseña la prudencia que el examen de tan complejas materias se suspenda antes de que cada uno de los que intervienen empiece a decir cosas diferentes de las que antes había sustentado, y no porque sea necesariamente equivocado cambiar de opinión, sino porque, variando tanto estas diferencias, puede ocurrir, y generalmente ocurre, que la discusión vuelva al inicio sin que los participantes se hayan dado cuenta. En este caso, aquella inspirada primera frase de José Anaiço, después de haber hecho la rueda de los amigos, acabó banalmente en la evidencia más que obvia de la invisibilidad de Dios, o de la voluntad, o de la inteligencia, y quizá menos banal y un poco menos evidente, de la historia. Mientras atrae hacia sí a Joana Carda, que se queja de frío, José Anaiço intenta no quedarse dormido, quiere expresar su idea, si la historia es realmente invisible, si los visibles testimonios de la historia le confieren visibilidad suficiente, si la visibilidad así relativa de la historia no pasará de ser un mero encubrimiento, como las ropas que el hombre invisible vestía, y seguía siendo invisible. No soportó mucho tiempo estos volteos cerebrales, y menos mal, porque en los últimos instantes, antes de caer en el sueño, su pensamiento se había concentrado de manera absurda en precisar la diferencia que hay entre visible e invisible, cosa que, siendo patente para quien piense un poco, no tenía particular relevancia para el caso. A la luz del día todos los líos tienen mucha menos importancia, Dios, el más ilustre de los ejemplos, creó el mundo porque era de noche cuando tuvo tal ocurrencia, sintió en aquel supremo instante que ya no podía aguantar más las tinieblas, si fuese de día Dios lo habría dejado todo como estaba. Y como este cielo de aquí amanece libre y descubierto, y el sol salió sin impedimento de nubes, y así se conservó, las filosofías nocturnas se disiparon, ahora toda la atención se centra en la buena andadura de Dos Caballos sobre la península, tanto da que bogue o que no bogue, que aunque la ruta de mi vida me lleve a una estrella, no por eso he sido dispensado de recorrer los caminos del mundo.

Aquella tarde, cuando estaban en sus negocios, supieron que la península, tras alcanzar un punto al norte de la más septentrional de las Azores, Corvo, en línea recta, debiendo entenderse por esta descripción sumaria que el extremo sur de la península, la Punta de Tarifa, se encontraba en otro meridiano al este, al norte del extremo norte de Corvo, Punta dos Tarsais, ahora bien, la península, tras lo que intentamos explicar, volvió inmediatamente a su desplazamiento hacia occidente, en dirección paralela a la de su primera ruta, es decir, y a ver si nos entendemos de una vez, siguiéndola unos grados más arriba. Con este acontecimiento triunfaron los autores y defensores de la tesis del desplazamiento en línea recta, quebrada en ángulos rectos, y si hasta ahora todavía no se ha comprobado ningún movimiento que fundamente la hipótesis de un regreso al punto de partida, enunciada, más como demostración de lo sublime que como confirmación previsible de la tesis general, esto no significaba la imposibilidad de retrocesos, siendo admisible incluso que la península no llegue a detenerse nunca, vagabundeando eternamente por los mares del mundo, como el tantas veces citado Holandés Errante, irá la península, con otro nombre, aquí por prudencia no puesto para evitar explosiones nacionalistas y xenófobas, que serían trágicas en las circunstancias actuales.

A la aldea donde los viajeros se encontraban no llegaron noticias de estos cambios, sólo que los Estados Unidos de América habían anunciado, por boca del propio presidente, que los países que por el mar venían podían contar con el apoyo y la solidaridad moral y material de la nación norteamericana, Si continúan navegando hacia aquí, serán recibidos con los brazos abiertos. Pero esta declaración, de extraordinario alcance, tanto desde el punto de vista humanitario como geoestratégico, vino a apagarse un poco con el súbito alborozo de las agencias de turismo de todo el mundo, asediadas por clientes que querían viajar a Corvo lo más rápidamente posible, sin reparar en medio ni en gastos, y por qué, Porque, si no hay modificación de rumbo, la península va a pasar a la vista de la isla de Corvo, espectáculo que no puede ser comparado con el insignificante desfile de la roca gibraltareña, cuando la península se apartó del peñón y lo dejó allí abandonado a las olas. Ahora es una masa inmensa lo que pasará ante los ojos de los privilegiados que consigan un rinconcito en la mitad norte de la isla, pero, pese a la amplitud de la península, el suceso va a durar pocas horas, dos días cuanto más, porque, teniendo en cuenta la configuración peculiar de esta balsa, sólo la parte extrema del sur podrá ser observada, y eso si está claro el día. El resto, a causa de la curvatura de la tierra, pasará lejos de la vista, imagínense lo que sería si, en vez de aquella forma esquinada, la península tuviera al sur una costa cortada en línea recta, no sé si siguen el dibujo, serían dieciséis días viendo pasar el desfile, unas vacaciones, si sostiene la velocidad de cincuenta kilómetros por día. Sea como fuere son grandes las posibilidades de un aflujo de dinero sobre la isla de Corvo como nunca se vio, lo que ha obligado ya a los habitantes a pedir que les manden cerraduras para las puertas y cerrajeros que se las pongan, con trancas y señales de alarma.

Caen de vez en cuando chaparrones, en el peor de los casos es un aguacero rápido, pero la mayor parte del día está hecha de sol, cielo azul y nubes altas. La cobertura de plástico fue armada, cosida y reforzada, ahora, si amenaza lluvia, se para la marcha y, en tres tiempos, primero desdobla, luego alza, tercero ata, está el toldo protegido. En la galera van los colchones más secos que se hayan visto jamás, el relente de vaho y de humedad ha desaparecido, este interior, limpio y ordenado, es verdaderamente un hogar. Pero ahora se ve bien cuánto ha llovido por aquí. La tierra está empapada, hay que tener cuidado con la galera, no meterla, sin sondeo previo, en los terrenos blandos de los bordes de la carretera, que luego todo serían trabajos para sacarla de allí, dos caballos, tres hombres y dos mujeres no valen un tractor. Ha cambiado el paisaje, quedaron atrás las montañas y los cerros, las últimas ondulaciones van desmayando, y lo que empieza a aparecer ante los ojos es una llanura que parece no tener fin, y arriba un cielo tan grande que duda uno de que el cielo sea sólo uno, lo más seguro es que cada lugar, si no cada persona, tengan su propio cielo, mayor o menor, más alto o más bajo, y esto sí que ha sido un gran descubrimiento, sí señor, el cielo como una infinidad de cúpulas sucesivas e imbricadas, la contradicción en los términos es sólo aparente, basta mirar. Cuando Dos Caballos alcanza la cima de la última colina se creería que nunca más, hasta el fin del mundo, la tierra volvería a levantarse, y, siendo tan común que tengan diferentes causas el mismo efecto, aquí se nos cortó la respiración, como si nos hubieran llevado a lo alto del monte Everest, dígalo quien allá estuvo, si no le aconteció lo mismo que a nosotros en este suelo raso.

Buenas cuentas echa Pedro, pero otras mejores hace el patrón. Digamos, no obstante, que este Pedro no es Orce, ni sabe siquiera el narrador quién pueda ser, aunque admita que tras el dicho pueda estar aquel apóstol del mismo nombre que a Cristo negó tres veces, y éstas son también las cuentas que Dios hizo, probablemente por ser trino y no andar fuerte en ciencia aritmética. Se suele decir que echa Pedro buenas cuentas cuando las cuentas que los Pedros hacen salen falsas, es un modo popular e irónico de significar que no deberían unos decidir lo que sólo a otros cabe cumplir, es decir, si erró Joaquim Sassa al estipular ciento cincuenta kilómetros de marcha por día, tampoco acertó más María Guavaira cuando corrigió a noventa. De la tienda sabe el tendero, de tirar saben los caballos, y así como se dice, o decía, que la mala moneda elimina la moneda buena, también la andadura del caballo viejo moderó la andadura del caballo joven, si no fue conmiseración de éste, bondad de corazón, respeto humano, alardear de fuerzas el fuerte ante el débil es señal de perversión moral. Todas estas palabras fueron consideradas necesarias para explicar que vamos yendo más vagarosamente de lo que estaba previsto, pero la concisión no es una virtud definitiva, a veces lo que le pierde a uno es hablar demasiado, de acuerdo, pero cuánto no se ha ganado por haber dicho sólo lo suficiente. Los caballos van al paso que quieren, los pusieron al trote y ellos obedecieron al capricho o necesidad del cochero, pero poco a poco, tan sutilmente que nadie se da cuenta, Pig y Al van reduciendo la andadura, es un misterio el cómo lo consiguen tan armoniosamente, no se oyó que el uno le dijese al otro, Más despacio, y el otro respondiera, Pasado aquel árbol.

Afortunadamente, los viajeros no tienen prisa. Al principio, cuando salieron de las ya distantes tierras gallegas, aún les parecía que había fechas que cumplir e itinerarios que respetar, incluso tenían una cierta sensación de urgencia, como si cada uno tuviera que llegar a tiempo de salvar a su padre de la horca y llegar al patíbulo antes de que el verdugo abriese la trampilla. Aquí no se trata de padre o madre, que de éstos nada sabemos, excepto de la madre de María Guavaira, que está loca y no la tienen ya en A Coruña, o quizá haya vuelto, pasado el peligro. De las otras madres y de los otros padres, antiguos y modernos, nada fue revelado, cuando los hijos se callan deben callarse igualmente las preguntas y recogerse las indagaciones, realmente en cada uno de nosotros empieza y acaba el mundo, si con esta declaración no quedan mortalmente ofendidos el espíritu de la familia, el interés de la herencia y la limpieza del nombre. La carretera, en pocos días, se ha convertido en un mundo fuera del mundo, como cualquier hombre que, estando en el mundo, descubre que él es también un mundo, y no es difícil, basta crear un poco de soledad a su alrededor, como estos viajeros que, yendo juntos, van solos. Por eso no tienen prisa, por eso han dejado de echar cuentas sobre el camino andado, las pausas son para el negocio y para el reposo, y no es raro que apetezca parar sin más motivo que ese mismo deseo, para lo que siempre hay razones y en general no perdemos el tiempo en buscarlas. Todos acabamos por llegar a donde queremos, y todo es cuestión de tiempo y de paciencia, la liebre va más rápida que la tortuga, quizá llegará primero, siempre que no encuentre en el camino un cazador con escopeta.

Dejamos el páramo leonés, vamos ahora por Tierra de Campos, donde nació y floreció aquel famoso predicador fray Gerundio de Campazas, cuyos hechos y dichos relató por lo menudo el no menos célebre padre Isla, para escarmiento de oradores prolijos, citadores impenitentes, refranistas convulsos y escritores descomedidos, malo es que nos haya aprovechado tan poco la lección siendo tan clara. Cortemos, pues, apenas nacido, el divagante exordio, y digamos, con recta simplicidad, que los viajeros irán a dormir esta noche a un pueblo llamado Villalar, no lejos de Toro, Tordesillas y Simancas, lugares todos ellos que a la historia portuguesa tocan de cerca, por batalla, tratado y archivo. Siendo José Anaiço profesor de oficio, son nombres que despiertan en él fáciles evocaciones, sin gran desarrollo, por otra parte, pues su ciencia histórica en general no pasa de los rudimentos, poco más abastecida de pormenores que la de sus oyentes, españoles y portugueses, que algo habrán aprendido, y no del todo olvidado, respecto a Simancas, Toro y Tordesillas, de acuerdo con la prodigalidad informativa y el interés nacional de los manuales de historia patria de un lado y otro. Pero de Villalar ninguno sabe nada, salvo Pedro Orce que, pese a ser oriundo de tierras andaluzas, tiene las luces de quien anduvo, en cualquier tiempo, por las tierras todas de la península, el hecho de que dijera que no conocía Lisboa, cuando allí estuvo hace dos meses, nada supone contra esta hipótesis, puede simplemente no haberla reconocido, como no la reconocerían hoy sus fundadores fenicios, los pobladores romanos, los dominadores visigodos, quizá con algunos vislumbres sí los musulmanes, y cada vez de manera más confusa los portugueses.

Están sentados en torno a la hoguera, dispuestos por parejas, Joaquim y María, José y Joana, Pedro y Constante, la noche está un poco fría, pero el cielo es sereno y límpido, casi no se ven estrellas, porque la luna, que salió pronto, inunda de claridad los campos rasos y, aquí cerca, los tejados de Villalar, cuyo alcalde, hombre cabal, no puso objeciones a que se instalaran tan cerca de la población las gentes de la caravana hispano-portuguesa, pese al oficio que practican, de nómadas y buhoneros, competidores, en esta especialidad mercantil, con el comercio local. La luna no va alta, pero tiene ya el aspecto con que más nos gusta verla, un disco luminoso inspirador de versos fáciles y sentimientos facilísimos, cedazo de seda que va empolvando una harina alba sobre el paisaje rendido. Decimos entonces, Qué hermosa luna, e intentamos olvidar el escalofrío de miedo que sentimos cuando el astro aparece enorme, rojo, amenazador, sobre la curva de la tierra. Después de tantos y tantos milenios, la luna naciente todavía sigue surgiendo hoy como una amenaza, una señal del fin, menos mal que la ansiedad dura sólo pocos minutos, asciende el astro en el cielo, se vuelve pequeño y blanco, podemos respirar descansados. Y los animales también se afligen, hace poco, al salir la luna, el perro se quedó mirándola, tieso, yerto, tal vez habría aullado si no le faltaran las cuerdas vocales, pero todo él se erizaba como si una mano helada le acariciara el lomo a contrapelo. Son momentos en los que el mundo se sale de sus ejes, nos damos cuenta de que nada está seguro, y si pudiéramos dar voz plena a lo que sentimos diríamos, con expresiva ausencia de retórica, Nos hemos librado por un pelo.

Las historias de Villalar que conoce Pedro Orce vamos a saberlas ahora, cuando acabe la cena, mientras danza la hoguera en el aire quieto, se miran pensativos los viajeros, tienden las manos hacia ella como si las impusieran o al fuego se rindiesen, hay un viejo misterio en esta relación entre nosotros y el fuego, hasta con el cielo encima, es como si estuviéramos, él y nosotros, en el interior de la caverna original, gruta o matriz. Hoy le toca lavar los platos a José Anaiço, pero no hay prisa, la hora es pacífica, casi dulce, la luz de las llamas recorre los rostros atezados por el aire libre, rostros que tienen el color que les da el sol cuando nace, el sol es de otra naturaleza y está vivo, no muerto como la luna, ésa es la diferencia.

Y dice Pedro Orce, Quizá no lo sepáis, pero hace muchos y muchos años, en mil quinientos veintiuno, hubo en estas tierras de Villalar una gran batalla, mayor por las consecuencias que por la gente muerta, y si la hubieran ganado quienes la perdieron, otro mundo habríamos heredado los vivos de hoy. De grandes batallas que han quedado en la historia tiene José Anaiço suficiente información, y si a quemarropa se lo pidieran, recitaría sin dudar una docena de nombres, empezando, clásicamente, por Maratón y las Termópilas, y, sin cuidado de la cronología, Austerlitz y Borodino, el Marne y Monte Cassino, las Ardenas y Al-Alamein, Poitiers y Alcazarquivir, y también Aljubarrota, que para el mundo no es nada y para nosotros lo es todo, aquéllas vinieron emparejadas sin ninguna razón particular, Pero esta batalla de Villalar nunca la oí, concluyó José Anaiço. Pues esta batalla, explicó Pedro Orce, ocurrió cuando las comunidades de España se levantaron contra el emperador Carlos Quinto, extranjero, pero no tanto por ser extranjero, que en los siglos de antiguamente lo más común de la vida era que vieran los pueblos cómo les entraba por la puerta un rey hablándoles en otra lengua, el negocio era todo entre casas reales que se jugaban los suyos y otros países, no voy a decir que a los dados o a la baraja, sino por intereses de dinastías, con trucos de alianzas y cosas de casamientos, por eso no vamos a decir que se alzaran las comunidades contra el rey intruso, y tampoco vamos a imaginar que fue la gran guerra de pobres contra ricos, ojalá todas las cosas, éstas y las demás, fueran tan sencillas como explicarlas, el caso es que a los nobles españoles no les gustaba nada, pero nada, que a los extranjeros del emperador les hubiesen sido distribuidos tantos cargos y oficios, y una de las primeras resoluciones de los nuevos señores fue elevar los impuestos, es remedio infalible para costear lujos y aventuras, ahora bien, la primera ciudad rebelde fue Toledo, y luego siguieron otras el ejemplo, Toro, Madrid, Ávila, Soria, Burgos, Salamanca, y más y más, pero los motivos de una no eran los motivos de la otra, algunas veces coincidían, claro, pero otras se contradecían, y si era así con las ciudades mucho más lo era con las personas que las habitaban, había caballeros que sólo defendían sus intereses y ambiciones, y por eso cambiaban de campo conforme soplaba el viento y venía el beneficio, pues bien, como siempre acontece, el pueblo estaba metido en esto por sus propias razones pero sobre todo por las ajenas, es así desde que el mundo es mundo, aunque si el pueblo fuese todo uno, estaría bien, pero el pueblo no es todo uno, ésta es una idea que cuesta mucho meterle en la cabeza a la gente, sin hablar de que los pueblos viven generalmente engañados, tantas veces llevaron sus procuradores un voto a cortes y, llegados allí, por soborno o amenaza, votaron los diputados lo contrario de la voluntad de quien los mandó, la maravilla es que a pesar de tanto descontento y contradicción, fueran las comunidades capaces de organizar milicias e ir a la guerra contra el ejército del rey, ni que decir tiene que hubo batallas ganadas y perdidas, aquí en Villalar fue donde se perdió la última, y por qué, lo de siempre, errores, incompetencias, traiciones, gente que se cansó de esperar la soldada y se marchó, se dio la batalla, unos la ganaron, otros la perdieron, nunca llegó a saberse cuántos comuneros murieron aquí, por las cuentas modernas no fueron muchos, hay quien dice que dos mil, hay quien jura que no pasaron del millar, y hasta que fueron sólo doscientos, no se sabe, no se sabrá, salvo si a alguien un día se le ocurre remover estas tierras cementeriales y contar los cráneos enterrados, que contar los demás huesos no iba a servir más que para aumentar la confusión, tres de los capitanes de las comunidades fueron juzgados al día siguiente, condenados a muerte y decapitados en la plaza de Villalar, se llamaban Juan de Padilla, toledano, Juan Bravo, segoviano, y Francisco Maldonado, salmantino, ésta fue la batalla de Villalar, que si hubiera sido ganada por quien la perdió podría haber cambiado el destino de España, con una luna como ésta quién puede imaginar lo que habrá sido la noche y el día de la batalla, llovía, los campos estaban inundados, combatían hundidos en el barro, sin duda para las cuentas modernas fue poca la gente que murió, pero a uno le dan ganas de decir que la poca gente muerta en las guerras de antiguamente pesa más en la historia que los centenares de miles y millones del siglo veinte, lo que no cambia es la luna, tanto cubre Villalar como Austerlitz o Maratón, o, O Alcazarquivir, dijo José Anaiço, Qué batalla fue ésa, preguntó María Guavaira, Si también ésa se hubiese ganado en lugar de perdido, no puedo imaginar cómo sería hoy Portugal, respondió José Anaiço, Una vez leí en un libro que vuestro rey Manuel entró en esta guerra, dijo Pedro Orce, En los libros por los que yo enseño no se habla de que los portugueses anduvieran en guerra con España en esa época, No vinieron portugueses de carne y hueso, vinieron cincuenta mil cruzados que vuestro rey prestó al emperador, Ah, bueno, dijo Joaquim Sassa, cincuenta mil cruzados para el ejército real, por eso perdieron las comunidades, los cruzados ganan siempre.

Aquella noche el perro Constante soñó que estaba desenterrando huesos en el campo de batalla. Había reunido ya ciento veinticuatro cráneos cuando la luna se puso y la tierra se oscureció. Entonces el perro volvió a dormirse. Dos días después, unos niños que andaban por el campo jugando a las guerras dijeron al alcalde que habían encontrado un montón de calaveras en un trigal, nunca se supo cómo aparecieron allí, tan juntas. Pero de aquellos portugueses y españoles que llegaron en la galera y ya partieron, las mujeres de Villalar sólo dicen bien, En precio y calidad era la gente más honrada que ha pasado por aquí.

Por bien hacer, mal haber, decían los antiguos, y tenían razón, por lo menos aprovecharon su tiempo para juzgar los hechos entonces nuevos a la luz de los entonces hechos viejos, nuestro error contemporáneo es la persistencia de una actitud escéptica en relación a las lecciones de la antigüedad. Dijo el presidente de los Estados Unidos de América que la península sería bienvenida, y a los de Canadá, ya ven, no les gustó la cosa. Lo que pasa, dijeron los canadienses, es que si el rumbo no se altera vamos a ser nosotros los anfitriones, habrá aquí dos Terranovas en vez de una, y no saben los peninsulares, pobrecillos, lo que les espera, frío mortal, hielo, la única ventaja es que los portugueses van a estar más cerca del bacalao, que tanto les gusta, lo que pierden en veranos, lo ganan en ración.

El portavoz de la Casa Blanca acudió en seguida a explicar que la declaración del presidente estuvo movida, fundamentalmente, por razones de humanidad, sin la menor intención de prevalencia política, tanto más que los países peninsulares no dejaron de ser soberanos e independientes por el hecho de andar flotando en las aguas, algún día pararán y serán iguales a los demás, y añadió, Por nuestra parte damos solemne garantía de que el tradicional espíritu de buena vecindad entre los Estados Unidos y Canadá no sè verá afectado por ninguna circunstancia, y, como demostración de la voluntad norteamericana de mantener la amistad con la gran nación canadiense, proponemos la realización de una conferencia bilateral para examinar los diversos aspectos que, en el ámbito de esta dramática transformación de la fisonomía política y estratégica del mundo constituirá el primer paso, ciertamente, para el alborear de una nueva comunidad internacional compuesta por los Estados Unidos, por Canadá y por los países ibéricos, que serán invitados a participar en esta reunión a título de observadores, dado que no se encuentra aún consumada la aproximación física a una distancia suficientemente próxima como para definir de inmediato una perspectiva de integración.

Canadá, públicamente, se dio por satisfecho con estas explicaciones, pero dijo que no consideraba oportuna la realización inmediata de la conferencia, que, en los términos en que había sido propuesta, podría ofender el ardor patriótico de España y Portugal, sugiriendo, como alternativa, una conferencia cuatripartita para estudiar las providencias que convendría tomar en previsión de la embestida violenta cuando la península arribase a las costas del Canadá. Los Estados Unidos se mostraron inmediatamente de acuerdo y en privado sus dirigentes dieron gracias a Dios por haber creado las Azores. Porque si la península no se hubiera desviado hacia el norte, si el movimiento siguiera siempre una línea recta desde la separación de Europa, la ciudad de Lisboa quedaría positivamente con las ventanas dando a Atlantic City, y de reflexión en reflexión concluyeron que cuanto más hacia el norte se desviara mejor, imagínense cómo quedarían Nueva York, Boston, Providence, Filadelfia, Baltimore, transformadas en ciudades del interior, con el consiguiente descenso del nivel de vida, no hay duda de que el presidente norteamericano se precipitó cuando hizo la primera declaración. En un consiguiente cambio de notas diplomáticas confidenciales, al que siguieron entrevistas secretas entre autoridades de los dos gobiernos, Canadá y los Estados Unidos se mostraron de acuerdo en que lo mejor sería, pudiendo ser, fijar la península en un punto de su derrota lo suficientemente próximo para dejarla fuera del área de influencia europea y suficientemente alejada para no causar daños inmediatos o mediatos a los intereses canadienses y norteamericanos, debiendo desde ya iniciarse un estudio con vista a introducir las alteraciones convenientes en las respectivas leyes de inmigración, reforzando sobre todo sus disposiciones cautelares, no se crean españoles y portugueses que van a entrarnos casa adentro sin más ni menos, con el pretexto de que ahora somos vecinos de descansillo.

Protestaron los gobiernos de Portugal y España contra la libertad con que pretendían disponer las potencias de sus, los de ellos, intereses y destino, lo hizo con más vehemencia el gobierno portugués, porque a ello estaba obligado, por ser de salvación nacional. Gracias a una iniciativa del gobierno español, se establecerán contactos entre los dos países peninsulares para la definición de una política concertada tendente a sacar el mejor partido posible de la nueva situación, pero en Madrid temen que el gobierno portugués vaya a estas conversaciones con la reserva mental de pretender, en el futuro, sacar beneficios particulares de la mayor proximidad en que se hallará de las costas canadienses o norteamericanas, depende. Y se sabe, o se cree saber, que entre ciertos medios políticos portugueses circula un movimiento auspiciando un entendimiento bilateral, aunque de carácter no oficial, con Galicia, cosa que, evidentemente, no va a gustar al poder central español, poco dispuesto a tolerar burlas, por disimuladas que se presenten, habiendo incluso quien diga, con acerba ironía, y lo haya hecho circular, que nada de esto hubiera ocurrido si Portugal estuviera al lado de los Pirineos, y, mejor aún, si se hubiera quedado agarrado a ellos al ocurrir la ruptura, sería la manera de acabar, de una vez para siempre, por la reducción a un solo país, con esta dificultad de ser ibérico, pero ahí se engañan los españoles, que la dificultad subsistiría, y no diremos más. Se echan cuentas de los días que faltan para llegar a las costas del Nuevo Mundo, se estudian planes de acción para que la fuerza negociadora pueda ejercerse plenamente y en el momento más adecuado, ni demasiado pronto ni tarde de más, cosa que, por otra parte, es regla de oro del arte diplomático.

Ajena a estos bastidores del escenario político, la península sigue navegando hacia occidente, tanto y tan bien que de la isla de Corvo se han retirado ya los observadores de todo tipo, millonarios o científicos, que allí se instalaron, en primera fila por así decirlo, para asistir al paso. El espectáculo fue asombroso, basta decir que la punta extrema de la península pasó a poco más de quinientos metros de Corvo, con gran meneo de aguas, parecía aquello un lance de ópera wagneriana, pero la mejor comparación sería otra, estar nosotros en el mar, en una barca pequeña, y ver pasar a pocos metros la enorme masa de un petrolero sin carga, con la mayor parte de la obra viva fuera del agua, un vértigo, en fin, un pasmo, poco faltó para que cayéramos de rodillas clamando, mil veces arrepentidos de las herejías y de todo el mal hecho, Dios existe, tanto pueden en el espíritu de los hombres, incluso de los civilizados, los efectos de la naturaleza bruta.

Pero mientras la península cumple así su parte en los movimientos del universo, los viajeros han pasado ya Burgos, tan prósperos en su comercio que decidieron meter Dos Caballos por la autopista, que siempre es mejor camino. Allá delante, pasado Gasteiz, volverán a las carreteras que sirven a las pequeñas poblaciones, ahí estará la galera en su natural elemento, un carro de caballos en caminos campestres, no esta insólita y chocante exhibición de tardanzas en un camino para altas velocidades, el trote cachazudo de quince kilómetros por hora, eso si no es subida y están de buenas los animales. El mundo ibérico está tan cambiado que la policía de carreteras, que a esto asiste, no les manda parar, no les pone multa, sentados en sus potentes motos los policías agitan la mano deseándoles buen viaje, y en todo caso preguntan qué quiere decir aquella pintura roja del toldo, si están del lado en que el cuadrado se ve. El tiempo está bueno, lleva días sin llover, creeríamos haber vuelto al verano de no ser por el viento a veces frío, de legítimo otoño, especialmente estando tan cerca de las altas montañas. José Anaiço, cuando las mujeres se quejaban un día de la aspereza del aire, aludió, como quien no quiere la cosa, a las consecuencias de una excesiva aproximación a las altas latitudes, dijo incluso, Si vamos a parar a Terranova se acabó el viaje, para vivir al aire libre en aquel clima hay que ser esquimal, pero ellas no le hicieron caso, quizá porque no estaban viendo el mapa.

Y quizá porque estaban hablando no tanto del frío que sentían, sino de un frío mayor que otra persona, quién, podría sentir, no de sí mismas, realmente, que todas las noches tenían el calor de sus hombres, y también durante el día si eran favorables las circunstancias, cuántas veces iba una pareja en el pescante, con Pedro Orce, mientras la otra, tumbada, se dejaba mecer por la andadura de Dos Caballos, después de medio desnudos el hombre y la mujer, haber satisfecho una exigencia súbita o aplazada del deseo. Quien supiera que en aquel carromato viajaban cinco personas así distribuidas por sexos podría, con alguna experiencia de la vida, saber qué pasaba bajo el toldo, de acuerdo con la composición del grupo que iba en el pescante, por ejemplo, si en él viajaban los tres hombres, se podía apostar que las mujeres iban entregadas a los cuidados domésticos, sobre todo a la costura, o si, como queda dicho, viajaban dos hombres y una mujer, la otra mujer y el otro hombre estarían en su intimidad, puede incluso que vestidos y conversando. No eran éstas las únicas combinaciones posibles, claro está, pero de lo que no hay memoria es de que fuese en el pescante una mujer con un hombre que no fuera el suyo, porque lo mismo tendría que estar ocurriendo bajo el toldo, y eso había que evitarlo, por el qué dirán. Estos acomodos se fueron disponiendo por sí mismos, no fue preciso reunir el consejo de familia para deliberar sobre las formas de proteger la moral dentro y fuera del toldo, y de ellos resultó, por inevitable efecto matemático, que casi siempre viajara Pedro Orce en el pescante, salvo en las ocasiones, raras, en que los tres hombres descansaban al mismo tiempo y conducían las mujeres, o cuando, pacificados los sentidos, podía ir delante una pareja, mientras la otra, bajo el toldo, no cometía, en su intimidad ahora disminuida, actos que a Pedro Orce pudieran desasosegar, ofender o alterar en su estrecho jergón puesto de través, Pobre Pedro Orce, dijo María Guavaira a Joana Carda cuando José Anaiço habló de los fríos de Terranova y de las ventajas de ser esquimal, y Joana Carda concordó, Pobre Pedro Orce.

Casi siempre acampaban antes de anochecer, les gustaba elegir un buen sitio, con agua cerca, y de ser posible a la vista de un poblado, y si un lugar les gustaba mucho se quedaban allí aunque quedaran todavía dos o tres horas de sol. La lección de los caballos fue bien aprendida, con general provecho, los animales descansaban ahora más porque los humanos habían perdido el humano vicio de la impaciencia y la prisa. Pero desde que María Guavaira dijo aquel día, Pobre Pedro Orce, una atmósfera diferente envuelve la galera en su viaje y a las personas que dentro de ella van. Da esto que pensar si recordamos que sólo Joana Carda oyó las palabras dichas y que, repitiéndolas, las oyó a su vez sólo María Guavaira, y sabiendo nosotros que ambas las guardaron para sí, que no era este asunto para diálogo sentimental, entonces concluiremos que una palabra, cuando dicha, dura más que el sonido y los sonidos que la forman, se queda por ahí, invisible e inaudible para poder guardar su propio secreto, como una especie de simiente oculta bajo tierra, que germina lejos de los ojos, hasta que de repente se abre la tierra y sale a la luz un tallo enrollado, una hoja arrugada que se va desplegando lentamente. Acampaban, desuncían los caballos, los liberaban de los arreos, encendían el fuego, actos y gestos cotidianos que todos ejecutaban ya con igual competencia, de acuerdo con las tareas diariamente distribuidas a cada uno. Pero, contra lo que desde el principio era costumbre, no hablaban mucho, y seguro que ellos mismos se quedarían sorprendidos si les anunciáramos, Hace diez minutos que no han cruzado ustedes una palabra, entonces tomarían conciencia de la naturaleza peculiar de aquel silencio, o responderían como quien no quiere reconocer un hecho evidente y busca una inútil justificación, A veces pasa, la verdad es que no puede estar uno hablando siempre. Pero si en ese momento se miraran unos a los otros, verían en el rostro de cada uno, como en un espejo, su propia compulsión, el embarazo de quien sabe que las explicaciones son palabras vacías. Aunque debe aclararse que en las miradas cambiadas entre María Guavaira y Joana Carda hay sentidos que resultan explícitos para ellas, de tal modo que no aguantan durante mucho tiempo la mirada y desvían los ojos.

Solía Pedro Orce, tras acabar el trabajo que le competía, alejarse del campamento con el perro Constante, decía él que para reconocer los alrededores. Se demoraba siempre mucho, tal vez porque anduviese despacio, tal vez porque diese grandes rodeos, tal vez porque se quedara sentado en una piedra viendo el desmayar de la tarde, lejos de la vista de los compañeros. Un día, hace pocos, Joaquim Sassa dijo, Quiere estar solo, quizá se sienta triste, y José Anaiço comentó, Si yo estuviera en su lugar haría probablemente lo mismo. Las mujeres habían acabado de lavar alguna ropa y la estaban colgando en una cuerda tendida entre el arco del toldo y una rama de árbol, oyeron y se callaron, que la charla no iba con ellas. Fue pocos días después de que María Guavaira, por lo de los fríos de Terranova, le dijera a Joana Carda, Pobre Pedro Orce.

Están solos, caso raro, que cuatro den la impresión de estar solos, esperan a que la sopa esté lista, hay aún mucha luz en el día, y para aprovechar el tiempo José Anaiço y Joaquim Sassa comprueban el estado de los arreos, mientras las mujeres hacen cuentas de lo vendido, cuentas que luego pasará a los libros el contable Joaquim Sassa. Pedro Orce se ha alejado, desapareció entre aquellos árboles hace unos diez minutos, el perro Constante fue con él, como de costumbre. Ahora no se siente frío, y la brisa que corre será tal vez el último soplo tibio del otoño, o lo sentimos así por comparación con estos días agrestes ya. María Guavaira dice, Tenemos que comprar delantales, nos quedan pocos, y después de decirlo levantó la cabeza y miró a los árboles, el cuerpo sentado hizo un movimiento, como un impulso primero reprimido y luego libre, no se oía más que el masticar áspero de los caballos, entonces María Guavaira se levantó y fue andando hacia los árboles, por donde había salido Pedro Orce. No miró hacia atrás, ni siquiera cuando Joaquim Sassa le preguntó, Adónde vas, pero tampoco la pregunta llegó a ser realmente concluida, quedó en suspenso, digamos cuando iba mediada, porque la respuesta se anticipó, y no admitía enmienda. Pasados unos minutos apareció el perro, se tumbó debajo de la galera. Joaquim Sassa se había apartado unos metros, parecía estudiar con gran atención unos cerros distantes. José Anaiço y Joana Carda no se miraban el uno al otro.

Al fin volvió María Guavaira cuando caían ya las primeras sombras de la noche. Venía sola. Se acercó a Joaquim Sassa, pero éste violentamente le dio la espalda. El perro salió de debajo de la galera y desapareció. Joana Carda encendió la lámpara. María Guavaira sacó la sopa del fuego, echó aceite en una sartén, la puso a la lumbre, esperó a que el aceite estuviese caliente, entretanto partió unos huevos, los batió, les echó unas rodajas de chorizo, al poco tiempo se extendía por el aire un olorcillo que en otra ocasión les haría la boca agua a todos. Pero Joaquim Sassa no vino a cenar, María Guavaira lo llamó y él no vino. Sobró comida. Joana Carda y José Anaiço tenían poco apetito, y cuando Pedro Orce volvió, ya el campamento estaba a oscuras, sólo en la hoguera se consumían los últimos tizones. Joaquim Sassa se echó debajo de la galera, pero empezaba a enfriar la noche, del lado de las montañas venía, sin viento, una masa de aire frío. Entonces Joaquim Sassa le pidió a Joana Carda que se acostara con María Guavaira, no dijo el nombre, dijo, Acuéstate a su lado, yo me quedo con José, y como le pareció que era el momento adecuado para un sarcasmo, añadió, No hay peligro, aquí todos somos gente seria, nada promiscua. Pedro Orce, al regresar, subió por el pescante, no se sabe por qué pero el perro Constante encontró manera de subir con él, fue la primera vez.

Al día siguiente, Pedro Orce fue siempre en el pescante. A su lado iban José Anaiço y Joana Carda, dentro de la galera, sola, María Guavaira. Los caballos iban al paso. Cuando querían, por su gusto y voluntad, marcar un trote, José Anaiço les moderaba los inoportunos ímpetus. Joaquim Sassa iba a pie, detrás de la galera, muy alejado. Hicieron pocos kilómetros aquel día. Iba aún mediada la tarde cuando José Anaiço detuvo a Dos Caballos en un sitio que parecía gemelo del otro, era como si no hubieran llegado a salir de allí o hubieran descrito un círculo completo, hasta los árboles parecían los mismos. Joaquim Sassa no apareció hasta mucho después, cuando ya caía el sol en el horizonte. Al verlo acercarse, Pedro Orce se alejó, los árboles lo ocultaron pronto, el perro se fue tras él. La hoguera ardía alta, pero era temprano aún para preparar la cena, además la sopa estaba hecha y quedaban los huevos con chorizo que sobraron. Joana Carda le dijo a María Guavaira, No hemos comprado los delantales, y sólo nos quedan dos. Joaquim Sassa le dijo a José Anaiço, Mañana me voy, me dais mi parte del dinero, me señalas en el mapa dónde estamos, por aquí habrá alguna estación de tren. Entonces se levantó Joana Carda y caminó hacia los árboles, por donde había desaparecido Pedro Orce con el perro. José Anaiço no preguntó, Adónde vas. El perro apareció unos minutos después y se tumbó debajo de la galera. Pasó un tiempo, volvió Joana Carda, venía con ella Pedro Orce, que se resistía, pero ella tiraba de él mansamente, como si no necesitara hacer mucha fuerza, o era una fuerza diferente. Llegaron delante de la hoguera, Pedro Orce con la cabeza baja, despeinado su pelo blanco que a la luz inestable de las llamas parecía danzarle en la cabeza, y Joana Carda, que llevaba la blusa fuera de los pantalones por un lado, dijo, y mientras hablaba se dio cuenta del desarreglo en que se hallaba, sin dejar de hablar, lo remedió, sin disimular, naturalmente, La vara con la que rayé el suelo ha perdido su virtud, pero va a servir aún para hacer aquí otra raya, y vamos a saber quién se queda de un lado y quién del otro, si es que no podemos quedarnos todos juntos del mismo lado, A mí me da lo mismo, me voy mañana, dijo Joaquim Sassa, No, soy yo quien me voy, dijo Pedro Orce, Nos unimos un día, y del mismo modo podemos separarnos, dijo Joana Carda, pero si hay que buscar un culpable para justificar la separación, ese culpable no es Pedro Orce, si hay algún culpable, somos nosotras dos, María Guavaira y yo, y si creéis que lo que hicimos necesita explicación, es que estábamos todos equivocados desde el día mismo en que nos conocimos, Yo me voy mañana, dijo Pedro Orce, No te vas, dijo María Guavaira, y, si te vas, lo más seguro es que nos separemos todos, porque ni ellos van a ser capaces de quedarse con nosotras, ni nosotras con ellos, y no porque no nos amemos, será porque no somos capaces de comprender. José Anaiço miró a Joana Carda, tendió bruscamente las manos hacia el fuego como si de pronto se le hubieran enfriado, y dijo, Yo me quedo. María Guavaira preguntó, Y tú, te vas o quieres quedarte. Joaquim Sassa no respondió de inmediato, acarició la cabeza del perro que se le había acercado, luego pasó la punta de los dedos por el collar de lana azul, hizo lo mismo con el brazalete que llevaba en la muñeca, y dijo al fin, Me quedaré, pero con una condición. No tuvo que decir cuál, Pedro Orce estaba hablando, Soy un viejo, o casi un viejo, estoy en esa edad en que no se sabe bien, pero más viejo que joven, Por lo visto, no tan viejo, sonrió José Anaiço, y su sonrisa era melancólica, Son cosas que pasan, y a veces de tal modo que no vuelven a repetirse, parecía que iba a continuar, pero se dio cuenta de que ya lo había dicho todo, movió la cabeza y se alejó de allí para poder llorar. Si fue mucho o poco, no se sabe, para llorar tenía que estar solo. Aquella noche durmieron todos dentro de la galera, pero aún sangraban las heridas, se quedaron juntas las dos mujeres, juntos los hombres traicionados, y Pedro Orce, de cansado, pasó la noche en un sueño, hubiera querido que lo mortificase el insomnio, pero la naturaleza fue más fuerte.

Los despertaron los pájaros temprano, primero, cuando apenas clareaba, salió Pedro Orce, por la parte de delante de la galera, luego Joaquim Sassa y José Anaiço por detrás, y finalmente las mujeres, como si vinieran todos de mundos diferentes y tuvieran que encontrarse aquí por primera vez. Al principio casi sin mirarse, sólo a hurtadillas, se diría que la visión de un rostro completo sería insoportable, excesiva para las flacas fuerzas con que habían salido de la crisis de estos días. Después del café de la mañana empezaron a oírse palabras sueltas, una recomendación, una petición, una orden cautelosamente formulada, pero el primer problema delicado iba a surgir ahora, cómo se colocarían los viajeros en la galera, teniendo en cuenta las complicadas variantes de organización de los grupos, como antes tuvimos la ocasión de explicar. Que fuese Pedro Orce al pescante, ahí no habría duda, pero los hombres y las mujeres, con el rescoldo del conflicto, no podían seguir separados, reparen en la desagradable y equívoca situación, viajar Joaquim Sassa y José Anaiço con Pedro Orce en el pescante, qué charla podrían tener, o, embarazo peor aún, ir delante Joana Carda y María Guavaira, qué conversación sería la de ellas con el cochero, qué evocaciones, y entretanto, debajo del toldo, qué roer de uñas habría, los dos maridos preguntándose el uno al otro, Qué se estarán diciendo. Son situaciones que dan risa cuando las vemos desde fuera, pero se acaban las risas cuando nos imaginamos a nosotros mismos en el angustioso trance en que éstos se hallan. Afortunadamente, todo tiene remedio, sólo la muerte no lo tiene aún. Ya Pedro Orce estaba sentado en su lugar, empuñando las riendas, a la espera de lo que decidieran los otros, cuando José Anaiço dijo, así, como dirigiéndose a los espíritus invisibles del aire, Que vaya andando la galera, Joana y yo seguiremos un rato a pie, Nosotros también, dijo Joaquim Sassa. Pedro Orce agitó las riendas, los caballos dieron el primer tirón, luego el segundo más convincente, pero ni aunque quisieran podrían ir de prisa, la carretera sube ahora en pendiente fuerte, entre montes que crecen a la izquierda, Estamos en los contrafuertes de los Pirineos, piensa Pedro Orce, sin embargo es tan grande la serenidad de estas alturas que ni parece que haya sido éste el lugar de las dramáticas rupturas relatadas. Detrás vienen las dos parejas, no juntas, claro está, lo que tienen que hablar es para hacerlo entre hombre y mujer, sin testigos.

Las montañas no son buenas para el negocio, y éstas lo serían menos que cualquier otra. A la escasa población que afecta en general a estas encrespadas geografías, se une, en este caso, el susto de las poblaciones que todavía no se han habituado a la idea de que a los Pirineos del lado de aquí les falta el complemento y el apoyo del lado de allá. Las aldeas están casi desiertas, algunas del todo abandonadas, es lúgubre la impresión que causa el ruido de las ruedas de Dos Caballos en el empedrado de las calles, entre puertas y ventanas que no se abren, Mejor estaría en Sierra Nevada, piensa Pedro Orce, y estas mágicas y deslumbrantes palabras le llenaron el pecho de saudade, o añoranza, para usar el vernáculo castellano. Si de tal desolación alguna ventaja se puede sacar, será que los viajeros van a dormir, después de tantas noches de incomodidad y alguna promiscuidad, no nos referimos a una reciente y particular manifestación sobre la que se dividen los juicios y que precisamente andan ahora los interesados discutiendo, la ventaja será que puedan dormir en estas casas abandonadas por sus habitantes, bienes y valores fueron llevados en el éxodo, pero las camas, generalmente, las dejaron. Qué lejos estamos de aquel día en que María Guavaira enérgicamente rechazó la sugerencia de dormir en casa ajena, ojalá esta fácil complacencia de ahora no sea indicio de relajación moral, sino simple efecto de las lecciones de la dura experiencia.

Pedro Orce se quedará solo en una de estas casas, a elegir, en compañía del perro, si se le ocurre dar un paseo nocturno, puede salir y volver cuando quiera, y esta vez no dormirán separados los otros hombres de sus mujeres, van al fin a acostarse juntos Joaquim Sassa y María Guavaira, José Anaiço y Joana Carda, tal vez ya se hayan dicho todo lo que tenían que decirse, tal vez noche adentro continúen hablando pero, si la naturaleza humana sigue siendo lo que ha sido siempre, es natural que por fatiga y tristeza, por comprensible ternura e instante amor, mujer y hombre se aproximen, cambien un primer beso temeroso, luego, bendito sea quien así nos hizo, el cuerpo despierta y pide el otro cuerpo, será una locura, será, las cicatrices laten aún, pero el aura crece, si a esta hora anda Pedro Orce por esas laderas verá resplandecer dos casas de la aldea, acaso sentirá celos, acaso se le llenen otra vez de lágrimas los ojos, pero no sabrá que en este momento sollozan de pesar feliz y de liberada pasión los amantes reconciliados. Mañana será realmente otro día, ya no tendrá importancia decidir quién irá dentro de la galera y quién en el pescante, todas las combinaciones son posibles y ninguna dudosa.

Los caballos están cansados, no acaban las cuestas, y todas son de subir, José Anaiço y Joaquim Sassa fueron a hablar con Pedro Orce, con mucho tacto y cuidado para no confundir unas razones con otras, querían preguntarle si él consideraba suficiente lo que del Pirineo estaba visto, o si quería continuar más para arriba, hacia las alturas superiores, y Pedro Orce les respondió que no eran tanto las alturas lo que le atraía, sino el fin de las tierras, aunque no ignoraba que desde el fin de las tierras siempre se ve el mismo mar, Por eso no fuimos hacia Donostia, qué gracia iba a tener ver la playa cortada, estar en la punta de las arenas con agua a un lado y al otro, Pero para ver el mar así desde tan arriba, no sé si los caballos van a aguantar, dijo José Anaiço, No necesitamos subir a dos mil o tres mil metros, suponiendo que haya carreteras en los picos, pero realmente me gustaría que siguiéramos subiendo, hasta ver. Abrieron el mapa, Joaquim Sassa dijo, Debemos estar por aquí, más o menos, el dedo viajó de Navascués a Burgui, luego se movió hacia la frontera, No parece que haya grandes alturas por aquí, la carretera va bordeando un río, el Esca, luego lo deja y sube, y ahí sí que puede complicarse la cosa, al otro lado hay un pico de más de mil setecientos metros, Hay, no, había, dijo José Anaiço, Claro, había, concordó Joaquim Sassa, le pediré a María unas tijeras para cortar el mapa por la frontera, Podemos intentar ese camino, si resulta muy difícil para los caballos, nos volvemos atrás, dijo Pedro Orce.

Tardaron dos días en llegar a donde querían. Por la noche oyeron aullar a los lobos en los cerros, y sintieron miedo. Gentes de tierras bajas, comprendieron al fin el peligro en que estaban, si las fieras llegaban al campamento empezarían por matar a los caballos, luego les tocaría a las personas, y no tenían siquiera un arma de fuego para defenderse. Pedro Orce dijo, Por mi culpa corremos estos peligros, volvámonos, pero María Guavaira respondió, Seguiremos, ahí está el perro para defendernos, Un perro no puede hacer nada frente a una manada de lobos, recordó Joaquim Sassa, Éste sí puede, y, por extraordinario que el caso parezca a quien de estas materias sepa más que el narrador, María Guavaira tenía razón, que una noche se acercaron los lobos, los caballos aterrorizados empezaron a relinchar, una aflicción, y a dar tirones a las cuerdas que los sujetaban, los hombres y las mujeres buscaban dónde abrigarse del asalto, sólo María Guavaira seguía diciendo, aunque trémula, No vendrán, y repetía, No vendrán, la hoguera ardía alta, que así la mantenían en la noche insomne, y los lobos no se acercaron más, el perro parecía crecer en el círculo de luz, a causa de las sombras movedizas era como si se le multiplicaran las cabezas, las lenguas y los dientes, todo eran ilusiones ópticas, y el cuerpo engrosaba, se hinchaba desmedido, los lobos continuaban aullando, sí, pero de su miedo de lobos.

Estaba cortada la carretera, cortada en el sentido literal de la palabra. A derecha e izquierda los montes y los valles se interrumpían súbitamente, en una línea nítida, como un corte de navaja o un recorte de cielo. Los viajeros habían dejado la galera atrás, guardada por el perro, y avanzaban con temor y prudencia. A unos cien metros del corte había un puesto de aduanas. Entraron. Aún quedaban allí dos máquinas de escribir, una de ellas con una hoja en el carro, un formulario de aduana, con algunas palabras escritas. El viento frío entraba por una ventana abierta y revolvía los papeles caídos en el suelo. Había plumas de ave. Es el fin del mundo, dijo Joana Carda, Pues vamos a ver cómo acabó, dijo Pedro Orce. Salieron. Andaban con cuidado, preocupados por la posibilidad de que aparecieran grietas en el suelo que previniesen de una inestabilidad del terreno, fue José Anaiço quien tuvo esa idea, pero la carretera aparecía lisa y continua, sólo con las irregularidades resultantes del uso. A diez metros del corte, Joaquim Sassa dijo, Es mejor que no avancemos de pie, porque puede venirnos un mareo, yo voy a gatas. Lo mismo hicieron todos, y siguieron avanzando, apoyándose primero en las manos y las rodillas, luego arrastrándose, sentían que el corazón les latía de miedo y ansiedad, llevaban el cuerpo cubierto de sudor, pese al frío intenso, y dudaban si serían capaces de asomarse al borde del abismo, pero ninguno de ellos quería mostrarse débil, y en una especie de sueño se encontraron mirando al mar, a casi mil ochocientos metros de altura, con un escarpe cortado a pico, en vertical, y el mar refulgente, las olas minúsculas a lo ancho, y la espuma blanca, una línea de espuma, de las olas oceánicas que golpeaban contra la montaña y parecían querer empujarla. Pedro Orce gritó, exaltado, con jubiloso dolor, Es el fin del mundo, repetía las palabras de Joana Carda, las repetían todos, Dios mío, la felicidad existe, dijo la voz desconocida, y puede que no sea más que esto, mar, luz y vértigo.

El mundo está lleno de coincidencias, y si una cosa no coincide con otra que le esté próxima, no neguemos por eso las coincidencias, sólo quiere decir que la cosa coincidente no está a la vista. En el momento exacto en que los viajeros se inclinaban para ver el mar, la península se detuvo. Nadie allí se dio cuenta de lo que había ocurrido, no hubo ningún tirón de frenos, ninguna señal súbita de inestabilidad del equilibrio, ninguna impresión de rigidez. Sólo dos días después, habiendo descendido de las alturas magníficas, al llegar al primer lugar habitado tuvieron información de la formidable noticia. Pero Pedro Orce dijo, Si dicen que se ha parado, será verdad, pero la tierra sigue temblando, y eso lo juro yo, por mí y por este perro. La mano de Pedro Orce descansaba sobre el lomo del perro Constante.

Los periódicos de todo el mundo publicaron, algunos con título a toda plana, la histórica fotografía que mostraba la península, si es que definitivamente no deberemos llamarle isla, allí quieta en medio del océano, manteniendo, con milimétrica aproximación, su posición para con los puntos cardinales por los que se rige y orienta el orbe, Porto tan al norte de Lisboa como siempre estuvo, Granada al sur de Madrid desde que Madrid nació, y el resto por la misma conocida conformidad. La potencia imaginativa de los periódicos encontró salida casi exclusiva en la armazón estentórea de los títulos, dado que los secretos del desplazamiento geológico, o mejor dicho, del enigma tectónico, seguían sin desvelar, tan indescifrables hoy como el primer día. Afortunadamente, la presión de la llamada opinión pública había menguado, el vulgo dejó de hacer preguntas, le bastaba el estímulo de las sugestiones directas e indirectas suscitadas por los formidables parangones, Nació La Nueva Atlántida, En El Ajedrez Mundial Se Ha Movido Una Piedra, Un Trazo De Unión Entre América y Europa, Entre Europa y América Una Nueva Manzana De La Discordia, Un Campo De Batalla Para El Futuro, pero el título que mayor impresión causó fue el de un gran periódico portugués, Se Necesita Nuevo Tratado de Tordesillas, fue realmente la simplicidad del genio, el autor de la idea miró el mapa y comprobó que, milla más, milla menos, la península estaba sobre lo que fue la línea que dividió el mundo en aquellos gloriosos tiempos, esto para mí, esto para ti, para mí esto.

En editorial no firmado proponía la adopción, por los dos países peninsulares, de una estrategia conjunta y complementaria que los convirtiera en el fiel de la balanza de la política mundial, Portugal vuelto hacia Occidente, hacia los Estados Unidos, España vuelta hacia Oriente, hacia Europa. Un diario español, para no quedarse atrás en cuanto a originalidad, defendió la tesis administrativa que hacía de Madrid el centro político de toda esta maquinaria, con el pretexto de que la capital española se encuentra, por así decirlo, en el centro geométrico de la península, cosa que, por otra parte, no es verdad, basta con mirar, pero hay gente que no repara en medios para alcanzar sus fines. El coro de protestas no se limitó a Portugal, también las regiones autónomas españolas se alzaron contra la propuesta, considerada como una nueva manifestación del centralismo castellano. En el lado portugués se dio lo que sería de esperar, una súbita reviviscencia de los estudios ocultistas y esotéricos, que si no llegó a más fue sólo porque la situación se alteró radicalmente, pero incluso así aún dio tiempo para que se agotaran todas las ediciones de la Historia del Futuro del padre Antonio Vieira y de las Profecías de Bandarra, aparte de Mensagem, de Fernando Pessoa, pero esto ya ni que decir tiene.

Desde un punto de vista de política práctica, el problema que se discutía en las cancillerías europeas y americanas era el de las zonas de influencia, es decir, si pese a la distancia, la península, o isla, debería mantener sus lazos naturales con Europa, o si, sin llegar a cortarlos completamente, debería orientarse, con preferencia, hacia los designios y el destino de la gran nación norteamericana. Aunque sin esperanza de influir decisivamente en la cuestión, la Unión Soviética recordaba y volvía a recordar que nada podría resolverse sin su participación en las discusiones, y mientras tanto reforzó la escuadra que desde el principio venía acompañando el errático viaje, a la vista, claro está, de las escuadras de las otras potencias, la norteamericana, la británica, la francesa.

Fue en el ámbito de estas negociaciones donde los Estados Unidos hicieron saber a Portugal, en una audiencia urgente solicitada por el embajador Charles Dickens al presidente de la República, que ya no tenía sentido la permanencia de un gobierno de salvación nacional, dado que habían cesado las razones que, Muy discutiblemente, señor presidente, si me permite mi opinión, habían llevado a que se constituyera. De esta impertinente diligencia hubo conocimiento por la puerta excusada y no porque los servicios competentes de la Presidencia hubieran hecho público un comunicado, o por declaraciones del embajador a la salida de Belem, de hecho se limitó a decir que había sostenido con el señor presidente una conversación muy abierta y constructiva. Pero fue bastante para que los partidos que inevitablemente tendrían que abandonar el gobierno, bien por su remodelación o por elecciones generales, pusieran el grito en el cielo denunciando la injerencia intolerable consustancial a la intervención imperativa del embajador. Las cuestiones internas de los portugueses, decían, compete a los portugueses resolverlas, y añadían con despiadada ironía, El hecho de que el señor embajador haya escrito David Copperfield no le autoriza a venir a dar órdenes a la patria de Camões y de Os Lusíadas. En esto estaban todos cuando, sin avisar, la península se puso de nuevo en movimiento.

Pedro Orce tuvo razón, allá en la falda de los Pirineos, cuando dijo, Se habrá parado, sí señor, pero sigue temblando, y para no ser el único en afirmarlo, puso la mano en el lomo del can Constante, temblaba también el animal, como pudieron comprobar de inmediato los dos hombres y las dos mujeres, repitiendo la experiencia que en las áridas tierras entre Orce y Venta Micena, bajo el olivo cordovil, único, habían hecho Joaquim Sassa y José Anaiço. Pero ahora, y el asombro fue general y mundial, el movimiento no era ni hacia occidente ni hacia oriente, ni hacia el norte ni hacia el sur. La península giraba sobre sí, en sentido diabólico, es decir al contrario de las agujas del reloj, cosa que, al divulgarse, fue causa inmediata de mareos en la población portuguesa y española, aunque la velocidad de rotación no fuera precisamente vertiginosa. Ante aquel fenómeno definitivamente insólito, que ponía en cuestión, y ahora de manera absoluta, todas las leyes físicas, sobre todo las mecánicas, por las que la tierra ha venido rigiéndose, se interrumpieron las negociaciones políticas, las combinaciones de gabinete y pasillo, las maniobras diplomáticas a filo vivo o gota de agua. Convengamos, no obstante, en que no es fácil mantener la serenidad, la sangre fría, cuando se sabe, por ejemplo, que la mesa del consejo de ministros, con la casa y la ciudad, y el país, y la península entera, eran como un carrusel que iba girando lentamente como en un sueño. Las personas más sensibles juraban que notaban el desplazamiento circular, aunque reconocieran que no se enteraban del de la propia tierra en el espacio, y para demostrarlo, extendían los brazos para agarrarse, no todas lo conseguían, caían incluso, y se quedaban en el suelo tumbadas, viendo como el cielo rodaba lentamente, por la noche las estrellas y la luna, el sol también durante el día, con cristales ahumados, aunque en opinión de ciertos médicos se trataba sólo de manifestaciones histéricas.

Claro está que no faltaron escépticos más radicales, no podía ser que la península girara sobre sí misma, imposible, lo de deslizarse, pase, todos sabemos qué es un deslizamiento de tierras, lo que pasa en un talud cuando llueve mucho le puede ocurrir a la península incluso sin llover nada, pero la tan pregonada rotación significaría que la península estaría retorciéndose sobre su propio eje, y, aparte de ser esto algo objetivamente imposible, si no lo fuera también subjetivamente, el resultado sería que iba a partirse tarde o temprano el núcleo central, y entonces, sí, entonces nos quedaríamos a la deriva sin amarras, entregados al albur y a la suerte. Olvidaban éstos que la rotación podría estar haciéndose simplemente por una placa que rodara sobre otra placa, esta pizarra cenagosa, fíjense, compuesta, como su nombre indica, por laminillas superpuestas, si la adhesión entre dos placas se aflojaba, una podría perfectamente girar sobre la otra, manteniendo, al menos teóricamente, cierto grado de unión entre sí capaz de impedir el total desligamiento. Eso es lo que pasa, afirmaban los defensores de esta hipótesis. Y para poder confirmarla mandaron otra vez a los submarinistas al fondo del mar, lo más profundo que pudieran en esa región abisal del océano, y fueron también el Archimède, el Cyana, y un ingenio japonés de nombre dificilísimo, el resultado de todos estos esfuerzos fue que el investigador italiano repitiera la frase célebre, salió del agua, abrió la escotilla y dijo ante los micrófonos de las televisiones del mundo entero, No puede moverse, y sin embargo se mueve. No había ningún eje central retorcido como una cuerda, no había placas, pero la península giraba majestuosamente en medio del océano Atlántico, y a medida que iba girando se iba haciendo cada vez menos reconocible a nuestros ojos, Es realmente aquí donde hemos vivido, se preguntaba la gente, la costa portuguesa toda apuntando al sudoeste, lo que fuera el antiguo extremo oriental de los Pirineos apuntando a Irlanda. Se hizo obligatorio en los vuelos transatlánticos una observación de la península, aunque, la verdad sea dicha, el provecho no fue mucho, por faltar la indispensable referencia fija con que poder establecer la relación. Verdaderamente nada podía sustituir la imagen recogida y transmitida por satélite, la fotografía desde gran altitud, entonces sí, se tenía una idea adecuada de la magnitud del fenómeno.

Duró un mes este movimiento. Visto desde la península, el universo se iba transformando poco a poco. Todos los días el sol nacía en un punto diferente del horizonte, y la luna, y a las estrellas había que buscarlas por el cielo, no bastaba ya su movimiento propio, de traslación en torno del centro del sistema de la Vía Láctea, ahora estaba también este otro movimiento que hacía del espacio un delirio de luceros inestables, como si el universo se estuviera reorganizando de punta a punta, tal vez por encontrar que el primer orden establecido no había dado resultado. Llegó un día en que el sol se puso por el mismo lugar donde en tiempos normales había salido, de nada servía decir que no era verdad, que se trataba de una simple apariencia, que el sol seguía su trayectoria de costumbre sin poder hacer otra, la gente simplemente argumentaba, Perdón, mi estimado señor, antes el sol me entraba de mañana por la ventana de delante y ahora me entra por la de atrás, a ver si puede explicarme esto de manera que lo entienda. Explicar, lo explicaba el sabio, mostraba fotografías, hacía dibujos, desdoblaba el mapa del cielo, pero el instruendo no se convencía, y la clase terminaba rogándole al señor doctor que hiciera el favor de procurar que el sol, al nacer, volviera a iluminarle la fachada de la casa. En desespero de causa y de ciencia decía el profesor, No se preocupe, en cuanto la península dé una vuelta completa, verá el sol como lo veía antes, pero el alumno, desconfiado, respondió, Entonces, señor profesor, cree usted que todo esto está aconteciendo para acabar todo como antes. Y realmente no se quedó.

Debía de ser ya invierno, pero el invierno, que parecía estar encima, había retrocedido, no se encontraba otra explicación. No era invierno, otoño no era, primavera ni pensarlo, verano tampoco podía ser. Era una estación suspensa, sin fecha, como si estuviéramos en los inicios del mundo y no hubieran sido decididas todavía las estaciones ni sus tiempos. Dos Caballos seguía despacio, a lo largo de las estribaciones inferiores de los montes, ahora los viajeros se detenían en los lugares, les maravillaba sobre todo el espectáculo del sol, que había dejado de aparecer por encima de los Pirineos para surgir del mar, lanzando sus primeros rayos contra los contrafuertes altísimos de la montaña hasta las cimas nevadas. Fue aquí, en una de estas aldeas, donde María Guavaira y Joana Carda se dieron cuenta de que estaban encinta. Ambas. Nada tenía el caso de asombroso, incluso puede decirse que estas mujeres hicieron lo posible para que sucediera a lo largo de estos meses y semanas, entregándose a sus hombres con saludable franqueza, sin la menor precaución, tanto por parte de ellos como de ellas. Y la simultaneidad de los hechos tampoco debería sorprender a nadie, fue sólo una de esas coincidencias que constituyen el orden del mundo, bueno es que algunas puedan ser claramente identificadas de vez en cuando, para ilustración de escépticos. Pero la situación es embarazosa, como salta a la vista, y el embarazo resulta de la dificultad de deslindar dos dudosas paternidades. Si no fuera por el resbalón de Joana Carda y María Guavaira, cuando fueron, más movidas por piedad que por cualquier otro sentimiento, por esos bosques y breñales en busca de aquel hombre solo, a quien ni tuvieron que rogarle para que él, tartamudeando de emoción y ansiedad, entrara en ellas y derramase sus penúltimas savias, si no fuera por este lírico y tan poco erótico episodio, ninguna duda habría de que el hijo de María Guavaira hijo era de Joaquim Sassa y de que el hijo de Joana Carda tenía como eficaz autor a José Anaiço. Pero he aquí que aparece Pedro Orce en el camino, aunque mejor sería decir que al camino de Pedro Orce salieron las tentadoras, y la normalidad, avergonzada, ocultó el rostro. No sé quién es el padre, dijo María Guavaira, que fue la del ejemplo, Ni yo, dijo Joana Carda, que la siguió luego por dos razones, la primera por no quedar de menos en heroicidad, la segunda por enmendar el error con el error, haciendo regla de lo que era excepción.

Pero este discurrir, o incluso otro más sutil, no oculta que la cuestión principal es ahora informar a José Anaiço y a Joaquim Sassa, cómo van a reaccionar cuando sus respectivas mujeres les digan, y con qué cara, Estoy embarazada. En las circunstancias de armonía, se pondrían, según la costumbre, o lo que se dice que es costumbre, locos de alegría, y quizá bajo la sorpresa el rostro y la mirada revelen el súbito júbilo que les salta en el alma, pero inmediatamente se les cargará el rostro, los ojos se les volverán tinieblas, se anuncia una terrible escena. Propuso Joana Carda no decir nada, pasando el tiempo y creciendo las barrigas, la fuerza del hecho consumado se encargaría de ablandar las susceptibilidades, el honor ofendido, el despecho que volvía a despertar, pero María Guavaira no fue de esa opinión, le parecía mal que los procedimientos primeros, de valor y generosidad por parte de todos, tuvieran por conclusión la desmayada cobardía del fingimiento, la cobardía aún peor que la complacencia tácita, Tienes razón, reconoció Joana Carda, más vale coger al toro por los cuernos, dijo sin darse cuenta de lo que decía, éste es el peligro de las frases hechas cuando no prestamos atención suficiente al contexto.

Aquel mismo día las dos mujeres llamaron a sus hombres aparte, fueron a dar con ellos un paseo campestre, allá donde los espacios reducen a murmullos los gritos más coléricos o dilacerados, por esa triste razón las voces de los hombres no llegan al cielo, y allí sin rodeos, como habían acordado, les dijeron, Estoy embarazada, y no sé si de ti o de Pedro Orce. Reaccionaron Joaquim Sassa y José Anaiço como esperábamos, una explosión de furia, un bracear violentísimo, una punzante tristeza, no estaban a la vista uno de otro, pero los gestos se repetían, las palabras eran igualmente amargas, No te basta con lo que pasó, todavía vienes diciéndome que estás embarazada y no sabes quién es el autor, Cómo voy a saberlo, pero el día en que nazca el niño, ya no habrá dudas, Por qué, Por el parecido, Bueno, pero imagina que se parece sólo a ti, Si se parece sólo a mí será que es hijo mío y de nadie más, Y, encima, te burlas de mí, No me burlo, no sé burlarme de nadie, Y ahora, cómo vamos a resolver esta situación, Si pudiste aceptar que me acostara una vez con Pedro Orce, acepta esperar ahora nueve meses antes de tomar una decisión, si el niño se parece a ti es tu hijo, si se parece a Pedro Orce, es hijo de él y lo rechazas, y a mí también, si es ésa tu voluntad, y en lo de parecerse sólo a mí, no lo creas, siempre hay un rasgo del otro, Y con Pedro Orce, qué vamos a hacer, se lo piensas decir, No, durante los dos primeros meses no se notará, y tal vez más, de la manera como andamos vestidas, estas blusas anchas, estos chaquetones holgados, Lo mejor es no decir palabra, confieso que me molestaría mucho ver a Pedro Orce mirándote, mirándoos con aire de garañón emérito, esa frase fue de José Anaiço, que domina mejor el lenguaje, Joaquim Sassa se expresó muy a ras de tierra, Me fastidiaría ver al señor Pedro Orce con aire de gallo de corral. De este modo, al fin pacífico, aceptaron los hombres la afrenta, ayudados por la esperanza de que tal vez venga a dejar de serlo el día en que el enigma, hoy aún sin figura, se resuelva por vía natural.

A Pedro Orce, que nunca supo qué era tener hijos, no se le pasa por la cabeza que en el vientre de las dos mujeres germinen quizá fecundaciones suyas, bien verdad es que el hombre jamás llega a conocer todas las consecuencias de sus actos, he aquí un buen ejemplo, se va apagando el recuerdo de los felices momentos gozados, y el posible efecto fecundante de ellos, ínfimo todavía, pero más importante para sí que todo lo demás, si a término llega y hay confirmación, es invisible a sus ojos, está oculto a su conocimiento, el mismo Dios hizo a los hombres y no los ve. Pedro Orce, en todo caso, no es enteramente ciego, siente que ha sufrido una conmoción la armonía de las dos parejas, hay en ellos cierta distancia, no diríamos frialdad, sino más bien una reserva sin hostilidad, pero generadora de grandes silencios, empezó este viaje tan bien y ahora es como si se les hubieran acabado las palabras o no se atrevieran a decir las únicas que tendrían sentido, Se acabó, lo que estaba vivo está muerto, si es de eso de lo que se trata. También puede ser que haya reavivado el rescoldo de los primeros celos, tal vez dejando pasar un tiempo, Y tal vez pasando yo inadvertido, por eso volvió Pedro Orce a dar grandes paseos por los alrededores siempre que acampaban, hasta increíble parece que este hombre pueda andar tanto.

Un día que Pedro Orce, era éste un tiempo en el que ya habían dejado atrás las primeras ondulaciones orográficas que desde muy lejos anunciaban los Pirineos, un día que Pedro Orce se había adelantado por caminos desviados, y por poco cae en la tentación de no volver más al campamento, son ideas que se le ocurren a uno en horas de agotamiento, encontró sentado en el arcén, descansando, a un hombre que debía de andar por su edad si no más viejo, gastado y cansado parecía. Junto a él estaba un burro, de albarda y serones, rapando con los dientes amarillos la hierba reseca, que el tiempo, como queda dicho, no va propicio a nuevas reverdescencias, o las hace surgir fuera de lugar y de ocasión, la naturaleza se ha extraviado, diría un amante de las metáforas. El hombre estaba royendo un mendrugo sin compaña, debía de andar en apuros de necesidad, vagabundo sin techo ni mesa, pero tenía un aire tranquilizador, no de maleante, por otra parte no es Pedro Orce persona timorata, como bastante ha demostrado en estas grandes caminatas por los yermos, cierto es que el perro no le abandona ni por un instante, es decir, lo dejó dos veces, pero en mejor compañía y por pura discreción.

Saludó Pedro Orce al hombre, Buenas tardes, y el otro respondió, Buenas tardes, los oídos de ambos registraron el acento familiar, el tono del sur, andaluz, para decirlo en una palabra. Pero al hombre del mendrugo le pareció motivo de desconfianza ver en estos sitios, apartados de lugar habitado, a un hombre y a un perro con aire de haber sido abandonados allí por un platillo volante y, cautelosamente, pero sin ocultarlo, se acercó el bastón herrado que estaba en el suelo. Pedro Orce entendió el gesto y la inquietud del otro, debía de preocuparle la actitud del perro, con la cabeza baja, inmóvil, mirando, No le asuste el perro, es manso, es decir, manso no es, pero no ataca a nadie que no piense en hacer mal, Y cómo sabe ese animal lo que piensan las personas, Una buena pregunta, sí señor, ojalá pudiera responderle, pero ni mis compañeros ni yo sabemos qué perro es éste ni de dónde vino, Creí que andaba usted solo y que viviría por aquí, Ando con unos amigos, tenemos una galera, por estos casos que se están dando nos echamos a la carretera y todavía no hemos salido, Usted es andaluz, se lo conozco en el habla, Vengo de Orce, que está en la provincia de Granada, Yo soy de Zufre, en Huelva, Saludos, paisano, Saludos para usted, amigo, Me permite que me siente aquí un rato, Póngase a gusto, no puedo ofrecerle más de lo que tengo, pan seco, Se lo agradezco como si lo aceptara, he comido ya con mis compañeros, Quiénes son, Son dos amigos y sus mujeres, ellos dos y una de las mujeres son portugueses, la otra mujer es gallega, Y cómo se juntaron, Ah, eso es una larga historia para contarla ahora.

El otro no insistió, se dio cuenta de que no debía hacerlo, y dijo, Pensará usted por qué, siendo yo de la provincia de Huelva, estoy ahora aquí, En estos tiempos es difícil encontrar a alguien que esté donde estuvo siempre, Soy de Zufre y allí tengo mi familia, si es que está todavía allí, pero cuando empezaron a decir que España estaba separándose de Francia, decidí venir a verlo con mis ojos, España, no, la Península Ibérica, Pues eso, Y no fue de Francia de donde la península se separó, sino de Europa, parece que es lo mismo, pero hay su diferencia,

Yo de esos detalles no entiendo, pero quise ir a verlo, Y qué vio, Nada, llegué a los Pirineos y vi sólo el mar, Nosotros tampoco vimos más que mar, No había Francia, no había Europa, ahora bien, en mi opinión una cosa que no hay es como si no la hubiera habido nunca, trabajo perdido el mío andar tantas y tantas leguas para ver lo que no existía, Bueno, ahí hay un error, Qué error, Antes de que la península se separara de Europa, Europa estaba ahí, había una frontera, claro, se iba de un lado al otro, pasaban los españoles, pasaban los portugueses, venían los extranjeros, nunca vio turistas en su tierra, A veces, pero allí no hay nada que ver, Eran turistas que venían de Europa, Pero cuando yo vivía en Zufre, nunca vi Europa, y ahora que salí de Zufre tampoco la veo, dónde está la diferencia, Tampoco ha ido a la luna y la luna existe, Pero la veo, anda ahora desviada, pero la veo, Cómo se llama usted, Me llaman Roque Lozano, para servirlo, Yo me llamo Pedro Orce, Tiene el nombre de la tierra donde nació, No nací en Orce, nací en Venta Micena, que está al lado, Recuerdo ahora que al principio de mi viaje encontré a dos portugueses que iban a Orce, A lo mejor son los mismos que me acompañan, Me gustaría saberlo, Venga conmigo y saldrá de dudas, Si me invita, voy, hace ya demasiado tiempo que ando solo, Levántese lentamente, para que no crea el perro que me va a hacer daño, yo le daré el palo. Roque Lozano se echó el morral a cuestas, tiró del burro y allá fueron todos, el perro al lado de Pedro Orce, quizá debiera ser siempre así, que donde estuviera un hombre hubiese un animal con él, un papagayo posado en su hombro, una culebra enrollada en la muñeca, un escarabajo en la solapa, un escorpión hecho una bola, diríamos incluso que un piojo en la cabeza si ese animal no perteneciera a la aborrecida especie de los parásitos, que hasta de los insectos se aprovecha, pobre bicho, no tiene él la culpa, fue voluntad divina.

Al paso sin destino en que han caminado entraron en el interior de Cataluña. Prosperó el negocio, fue realmente una buena idea lanzarse al ramo del comercio. Se ve menos gente ahora por los caminos, lo que significa que, pese a que la península continúa su movimiento de rotación, las personas vuelven a sus hábitos y comportamientos normales, si es éste el nombre que debemos dar a los antiguos hábitos y comportamientos. Ya no se encuentran pueblos abandonados, pero, no se puede apostar que todas las casas hayan recibido a todos sus habitantes primitivos, hay hombres con otras mujeres y mujeres con otros hombres, los hijos andan mezclados, siempre de las grandes guerras y de las grandes migraciones resultan tales efectos. Fue esta mañana cuando José Anaiço, de modo súbito, dijo que era necesario decidir sobre el futuro del grupo, una vez que parecía no haber más peligro de abordajes y conmociones. Lo más seguro, o al menos la más plausible hipótesis, sería que la península se quedara para siempre girando sin salirse del mismo sitio, lo que no traería ningún inconveniente a la vida cotidiana de las personas, salvo que nunca más será posible saber dónde están los diversos puntos cardinales, lo que por otra parte poca importancia tiene, no hay ninguna ley que diga que no se puede vivir sin norte. Pero ahora que estaban vistos los Pirineos, y fue una gran felicidad, el mar desde tanta altura, Es como estar en un avión, dijo María Guavaira, y José Anaiço corrigió, como persona de experiencia, No se puede comparar, basta decir que en la ventana de un avión nadie siente vértigos, y aquí, si no nos agarramos con fuerza, seguro que nos lanzábamos al mar por propia voluntad. Más tarde o más temprano, concluyó José Anaiço el matinal aviso, tendremos que decidir nuestros destinos, seguro que a nadie le interesa seguir en la carretera el resto de la vida. Joaquim Sassa se mostró de acuerdo, las mujeres no quisieron opinar, sospechan que hay motivo oculto en esta súbita prisa, sólo Pedro Orce, tímidamente, recordó que la tierra seguía temblando, y que si esto no era suficiente señal de que el viaje no había acabado, entonces le gustaría que le explicaran por qué razón lo habían empezado. En otro momento la sensatez del argumento, aunque argumento por duda, habría impresionado a los espíritus, pero hay que tener en cuenta que las heridas del alma son profundas, o no serían del alma, ahora cuanto Pedro Orce diga resulta sospechoso de interés oculto, éste es el pensamiento que se puede leer en los ojos de José Anaiço mientras va diciendo, Luego, después de cenar, cada uno dirá lo que ha pensado del asunto, si seguimos como hasta ahora o volvemos a casa, y Joana Carda preguntó sólo, A qué casa.

Por ahí viene ahora Pedro Orce y trae otro hombre con él, a esta distancia parece viejo, menos mal, porque problemas de cohabitación ya tenemos de sobra. El hombre tira de un burro cargado con albarda y serones, como solían todos los burros del mundo antiguo, pero éste tiene un raro color de plata, si se llamara Platero honraría el nombre, como Rocinante, siendo antes rocín, no desmerecía el suyo. Pedro Orce se para en la línea invisible que delimita el territorio del campamento, tiene que cumplir con las formalidades de presentación e introducción del visitante, lo que siempre se ha de hacer del lado de aquí de la barbacana, son reglas que ni siquiera hay que aprender, las cumple desde dentro de nosotros el hombre histórico, un día quisimos entrar en el castillo sin autorización y recordamos el escarmiento. Dice Pedro Orce enfático, Me he encontrado con este coterráneo y lo traigo para que coma un plato de sopa con nosotros, hay evidente exageración en la palabra coterráneo, y se disculpa, a esta hora en Europa, un portugués del Minho y otro del Alentejo tienen añoranzas de la misma patria, y con todo quinientos kilómetros separaban a uno del otro, ahora son seis mil los que de ella los separan.

Joaquim Sassa y José Anaiço no reconocen al hombre, pero del burro no pueden decir lo mismo, hay algo de reconocible y familiar, con perdón, cosa que en él no tiene nada de asombroso, un burro no cambia en tan pocos meses, mientras que un hombre, si está sucio y despeinado, si se dejó crecer la barba, si adelgazó o engordó, si de melenudo pasó a calvo, la propia mujer tendría que desnudarlo para ver si la señal particular está en el mismo sitio, a veces demasiado tarde, cuando todo se ha consumado y el arrepentimiento no recogerá el fruto del perdón. Dijo José Anaiço, cumpliendo la regla de hospitalidad, Bienvenido sea, siéntese aquí con nosotros, y si quiere desalbardar al burro, hágalo sin problemas, ahí hay paja suficiente para él y los caballos. Sin los serones y la albarda el burro parecía más joven, ahora se veía bien que estaba hecho de dos calidades de plata, una oscura, otra clara, ambas de buenos quilates. El hombre fue a instalar al animal, los caballos miraron de soslayo al recién llegado y dudaron de que pudiera servirles de ayuda, por deficiencia de complexión y dificultades de collarada. Volvió el hombre a la hoguera, y antes de acercar la piedra que iba a servirle de asiento, se presentó, Me llamo Roque Lozano, lo demás mandan las técnicas elementales de la narrativa que tenga dispensa de repetición. Iba José Anaiço a preguntarle si el burro tenía nombre, si, por ejemplo, se llamaba Platero, pero las últimas palabras dichas por Roque Lozano, que por fin, siempre se repiten, Vine para ver Europa, lo hicieron callar, un súbito recuerdo alzó un dedo en su memoria y murmuró, Yo conozco a este hombre, menos mal que llegó a tiempo, sería ofensivo necesitar de un burro para reconocer a las personas. Movimientos semejantes andarían también por la cabeza de Joaquim Sassa, que dijo, dudando, Tengo la impresión de que nos hemos visto ya, También yo, respondió Roque Lozano, me recuerdan ustedes a dos portugueses a quienes encontré al principio de mi viaje, pero aquéllos iban en automóvil y no llevaban señoras, El mundo da tantas vueltas, señor Roque Lozano, y en ellas es tanto lo que se gana y lo que se pierde, que bien puede acontecer perder un automóvil Dos Caballos y encontrar una galera con dos caballos, dos mujeres y otro hombre además, dijo María Guavaira, Y lo que falta aún por ver, esta frase fue de Joana Carda, ni Pedro Orce ni Roque Lozano sabían de qué estaba hablando, lo sabían José Anaiço y Joaquim Sassa, y no les gustó aquella alusión a los secretos del organismo humano, particularmente a los del femenino.

Ya estaba hecha la presentación y reconocimiento, desvanecidas las dudas, Roque Lozano era aquel viajero que encontraron entre las sierras Morena y de Aracena, con su burro Platero camino de una Europa, que en definitiva no vio, pero queda la intención, siempre salvadora. Y ahora, adónde va, preguntó Joana Carda, Ahora vuelvo a casa, que no será por tanto dar vueltas la tierra por lo que ella deje de estar en el mismo sitio, La tierra, No, la casa, la casa está siempre donde está la tierra. María Guavaira empezó a llenar los cuencos de sopa, un poco aumentada de agua para que llegase para todos, cenaron en silencio, excepto el perro, que trituraba metódicamente un hueso, y los animales de tiro y carga que molían y remolían la paja, de vez en cuando se oía estallar un haba seca, no se pueden quejar estos animales de mal pasar, teniendo en cuenta las dificultades de la hora presente.

Una de esas dificultades, pero particular, intentó resolverla el consejo de familia convocado para esta noche, no será impedimento la presencia del extraño, al contrario, ya hemos dicho que Roque Lozano va de regreso a casa, y nosotros, qué vamos a hacer nosotros, seguir como gitanos, comprando y vendiendo ropas hechas, o volvemos para casa, al trabajo, a la regularidad de la vida, pues aunque la península no deje ya de dar vueltas, la gente acabará habituándose, como la humanidad se habituó a vivir en una tierra que está siempre en movimiento, ni siquiera somos capaces de imaginar lo que habrá costado al equilibrio de cada uno vivir en una peonza zumbadora que gira alrededor de un acuario con un pez-sol allá dentro, Perdone que le interrumpa, dijo la voz desconocida, pero eso del pez-sol no existe, hay un pez-luna, pero pez-sol, no, Pues mire, yo no voy a discutir, pero si no lo hay, hace falta, Desgraciadamente no se puede tener todo, resumió José Anaiço, comodidad y libertad son incompatibles, esta vida vagabunda tiene sus encantos, pero cuatro paredes sólidas, con un techo encima, protegen mejor que un toldo vacilante y con agujeros. Dijo Joaquim Sassa, Empezamos por llevar a Pedro Orce a su casa, y luego cortó la frase, no sabía cómo completarla, fue entonces cuando intervino María Guavaira, y dijo claramente lo que era necesario decir, Muy bien, dejamos a Pedro Orce en su farmacia, luego seguimos hasta Portugal, José Anaiço se quedará en la escuela, en un lugar del que no sé ni el nombre, continuamos hacia lo que antes se llamaba norte, Joana Carda tendrá que elegir entre quedarse en Ereira, con sus primos, o volver a los brazos de su marido en Coimbra, resuelto el asunto, tomamos rumbo a Porto, y dejamos a Joaquim Sassa a la puerta de la oficina, ya habrán vuelto los jefes desde Peñafiel, y luego, yo vuelvo sola a casa, donde un hombre me está esperando para casarse conmigo, dirá que se quedó guardando mis bienes mientras yo estaba ausente, Ahora, señora, cásese conmigo, y yo con un tizón plantaré fuego a esta galera como quien quema un sueño, quizá luego consiga empujar hasta el mar la barca de piedra y embarcar en ella.

Un discurso así, continuo, corta la respiración a quien habla y no deja respirar a quien oye. Durante unos minutos permanecieron todos callados, finalmente José Anaiço recordó, En una balsa de piedra ya vamos todos, Es demasiado grande para sentirnos marineros, respondió

María Guavaira, y Joaquim Sassa observó, sonriendo, Bien dicho, tampoco nos convirtió en astronautas el andar dando vueltas por el espacio encima del mundo. Otro silencio, ahora le tocaba hablar a Pedro Orce, Hagamos una cosa detrás de otra, Roque Lozano puede unirse a nosotros, lo llevamos a su familia que debe estar en Zufre esperándolo, y luego decidimos sobre nuestra vida, Pero dentro de la galera no cabe otro a dormir, dijo José Anaiço, No se preocupen, si otra razón no tienen para que los acompañe, por mí estoy habituado a andar al aire libre, basta con que no llueva, y ahora, con la galera, durmiendo debajo, es como si tuviera todas las noches un techo, ya me estaba cansando de tanta soledad, qué quieren que les diga, confesó Roque Lozano.

Al día siguiente reanudaron el viaje. Pig y Al murmuran contra la suerte de los burros, éste viene trotando tras la galera, suavemente atado a ella y aliviado de carga, en pelo como vino al mundo, con su brillo de plata bonita, el dueño, en el pescante, habla de la vida con Pedro Orce, las parejas conversan bajo el toldo, el perro va delante, de batidor. De un momento a otro, casi por milagro, ha vuelto la armonía a la expedición. Ayer, tras la última deliberación, trazaron un itinerario, no muy riguroso, sólo para no ir a ciegas, primero bajar a Tarragona, ir por la costa hasta Valencia, meterse hacia el interior por Albacete, hasta Córdoba, bajar a Sevilla, y finalmente, a menos de ochenta kilómetros, Zufre, allá diremos, Aquí viene Roque Lozano, sano y salvo regresa de su gran aventura, pobre fue y pobre vuelve, no ha descubierto Europa ni Eldorado, no todos los que buscaron encontraron, pero la culpa no es siempre de quien busca, cuántas veces no hay riqueza alguna donde, por maldad o por ignorancia, nos habían dicho que la había, después nos quedaremos a un lado para ver cómo lo reciben, querido abuelo, querido padre, querido marido, lástima que hayas vuelto, creí que habrías muerto en un descampado, comido por los lobos, no todo esto es para ser dicho en voz alta.

Entonces, en Zufre, se volverá a reunir el consejo de familia, a ver adónde vamos, qué van a decir de nosotros cuando lleguemos, dónde, para qué, para quién, Es en las preguntas que haces donde mientes, porque ya sabías por anticipado la respuesta, en tan poco tiempo dos veces ha hablado la voz desconocida.

Cuando, girando y rodando, de oriente a occidente, fue completada media vuelta perfecta, la península empezó a caer. En ese preciso instante, y en sentido absolutamente riguroso, si es que pueden las metáforas ser rigurosas como transportadoras del sentido literal, Portugal y España fueron dos países patas arriba. Dejemos a los españoles que siempre han desdeñado nuestras ayudas, el encargo y la responsabilidad de evocar, lo mejor que sepan y alcancen, los avatares del espacio físico en que viven, y digamos nosotros aquí, con la modesta simplicidad que siempre ha caracterizado a los pueblos elementales, que el Algarve, país del sur del mapa desde la noche de los tiempos, fue, en aquel sobrenatural minuto, la región más al norte de Portugal. Increíble, pero verdad, como hasta ahora viene doctrinando un padre de la Iglesia, no porque esté vivo, los Padres de la Iglesia murieron todos, sino porque en cualquier momento sacan la lección y se sirven de ella tanto para los intereses divinos como para las conveniencias humanas. Si los hados hubieran querido que la península se inmovilizara definitivamente en aquella posición, las consecuencias del hecho, sociales y políticas, culturales y económicas, sin olvidar los aspectos psicológicos, a los que no siempre prestamos la debida atención, las consecuencias, decíamos, en su multiplicidad y efectos, habrían sido drásticas, radicales, en una sola palabra, cósmicas. Baste recordar, por ejemplo, que la célebre ciudad de Porto se vería despojada, sin la menor posibilidad de recurso lógico y topográfico, de su más amado título de capital del norte, y si la referencia, a ojos cosmopolitas, peca de provincianismo y vista corta, imaginen entonces lo que sería encontrar Milán al sur de Italia, en Calabria, y a los calabreses prosperando en el comercio y la industria del norte, transformaciones no del todo imposibles, si tenemos en cuenta lo acontecido en la Península Ibérica.

Pero fue, como hemos dicho, un minuto sólo. Caía la península, pero la rotación no se interrumpió. No obstante, antes de proseguir, convendrá explicar qué significado debemos atribuir, en este contexto, al verbo caer, no desde luego su sentido inmediato, el de la caída de los graves, que literalmente, estaría diciéndonos que la península había empezado a hundirse. Ahora bien, si tras tantos días de navegación, no pocas veces atribulada y con riesgo inmediato de catástrofe, tal calamidad no se produjo, ni otra de calibre semejante, sería el colmo del infortunio relatar ahora la odisea de una inmersión completa. Aunque mucho nos cueste, ya nos resignamos a que Ulises no llegue a la playa a tiempo de encontrar a la dulce Nausací, pero permítase al menos que el cansado mareante llegue a tierra en la isla de los feacios, y, no pudiendo ser ésa, otra cualquiera, basta que repose la cabeza en su propio antebrazo, si un regazo femenino, ofrecido, no lo espera. Tranquilicémonos, pues. La península, lo juramos, no se está hundiendo en el mar cruel, donde, si tal cataclismo aconteciera, desaparecería toda sin dejar siquiera como muestra el más alto pico de los Pirineos, tan hondos son aquí los abismos. La península cae, sí, no hay otra manera de decirlo, pero hacia el sur, porque así dividimos el planisferio, en alto y bajo, en superior e inferior, en blanco y negro, hablando en sentido figurado, aunque debería causar cierto asombro el que no usen los países de debajo del ecuador mapas al contrario, que justicieramente diesen del mundo la imagen complementaria que falta. Pero las cosas son como son, tienen esa irresistible virtud, y hasta un niño de la escuela entiende la lección a la primera, sin más explicaciones, el mismo diccionario de sinónimos, tan livianamente despreciado, nos lo confirmaría, para abajo, se cae, y suerte para nosotros que esta balsa de piedra no se vaya al fondo, borbotando por cien millones de pulmones, mezclando las dulces aguas del Tajo y del Guadalquivir en la onda amarga del infinito mar.

No faltará por ahí, nunca faltó, quien afirme que los poetas, realmente, no son indispensables, y yo pregunto qué sería de todos nosotros si no viniera la poesía a ayudarnos a comprender cuán poca claridad tienen las cosas que llamamos claras. Hasta este momento, cuando ya van escritas tantas páginas, la materia narrativa ha quedado reducida a la descripción de un viaje oceánico, aunque no del todo banal, e incluso en este dramático instante en que la península retoma su camino, ahora hacia el sur, al mismo tiempo que sigue rodando alrededor de su imaginario eje, ciertamente no sabríamos rebasar y enriquecer el simple enunciado de los hechos si no viniera en nuestra ayuda la inspiración de aquel poeta portugués que comparó la revolución y descenso de la península a un niño que, en el vientre de su madre, da la primera voltereta de su vida. El símil es magnífico, aunque tengamos que censurar en él la sumisión a las tentaciones del antropomorfismo, que todo lo ve y juzga en relación obligatoria con el hombre, como si, de hecho, la naturaleza no tuviera más cosa que hacer que pensar en nosotros. Sería todo más fácil de entender si confesáramos, simplemente, nuestro infinito miedo, el que nos lleva a poblar el mundo de imágenes a la semejanza de lo que somos o creemos ser, salvo si tan obsesivo esfuerzo es, al contrario, una invención del coraje, o la simple obstinación de quien se niega a no estar donde el vacío esté, a no dar sentido a lo que sentido no tiene. Probablemente, el vacío no puede ser llenado por nosotros, y eso a lo que llamamos sentido no pasará de ser un conjunto fugaz de imágenes que en cierto momento parecen armoniosas, o en las que la inteligencia, presa del pánico, intentó poner razón, orden, coherencia.

Generalmente, la voz de los poetas es una voz incomprendida, cosa que, siendo regla, tiene también sus excepciones, como se ve en este episodio lírico, cuando la feliz metáfora fue glosada de todas las maneras y repetida por todas las bocas, sin que, pese a todo, participaran de este entusiasmo la mayor parte de los poetas, cosa que no nos debe sorprender, teniendo en cuenta que no están libres de los muy humanos sentimientos de envidia y despecho. Una de las más interesantes consecuencias de la inspirada comparación fue la resurgencia, aunque mitigada por las transformaciones que la modernidad llevó a la vida familiar, del espíritu matriarcal, del influjo matrio, del que, viendo los hechos conocidos, hay muchas razones para pensar que han sido Joana Carda y María Guavaira precursoras, por sus modos de sutileza natural, no a base de dureza y razón pensada. Las mujeres, decididamente, triunfaban. Sus órganos genitales, con perdón por la crudeza anatómica, eran expresión, simultáneamente reducida y ampliada, de la mecánica expulsatoria del universo, de esa maquinaria que procede por extracción, ese nada que va a ser todo, ese paso ininterrumpido de lo pequeño a lo grande, de lo finito a lo infinito. En este punto, hay que verlo, los glosadores y hermeneutas perdían pie, no es de extrañar, porque hasta con exceso nos ha enseñado la experiencia cuán insuficientes son las palabras a medida que nos acercamos a la frontera de lo inefable, queremos decir amor y no tenemos lengua bastante, queremos decir quiero y decimos no puedo, queremos pronunciar la palabra final y nos damos cuenta de que ya habíamos vuelto al principio.

Pero en la acción recíproca de causas y efectos, otra consecuencia, al mismo tiempo hecho y factor, vino a aligerar la gravedad de las discusiones y poner a todos, por así decirlo, a repartir sonrisas y abrazos. Fue el caso que, de una hora a otra, descontando la exageración que estas fórmulas tan expeditas siempre encierran, todas o casi todas las mujeres fértiles se declararon grávidas, pese a no haberse comprobado ninguna alteración importante en las prácticas contraconceptivas de ellas o de ellos, nos referimos, claro está, a los hombres con quienes cohabitaban regular o accidentalmente. En el punto en que están las cosas, ya nadie se sorprende de nada. Han pasado unos meses desde que la península se separó de Europa, hemos viajado millares de kilómetros por este mar violentamente abierto, y por poco no choca el leviatán contra las asustadas islas Azores, o no tenía que chocar, como luego se vio, pero eso no lo sabían los hombres y las mujeres que de un lado y de otro fueron obligados a huir, ocurrieron estas y tantas cosas más, esperar el sol por la izquierda y verlo aparecer por la derecha, y la luna, a la que no le basta la inconstancia en que anda desde que se separó de la tierra, y también los vientos que de todas partes soplan, y las nubes que corren desde todos los horizontes y giran sobre nuestras cabezas deslumbradas, sí, deslumbradas, porque encima de nosotros hay un fuego vivo, como si el hombre, definitivamente, no hubiese tenido que salir con histórica lentitud de la animalidad y pudiera ser puesto otra vez, entero y lúcido, en un mundo recién formado, limpio y de belleza intacta. Habiendo todo esto acontecido, diciendo el tal portugués poeta que la península es un niño que viajando se formó y ahora se revuelve en el mar para nacer, como si estuviera en el interior de un útero acuático, qué motivos habría para asombrarnos de que los humanos úteros de las mujeres se ocupasen, quizá las fecundó la gran piedra que baja hacia el sur, ni siquiera sabemos si son hijas de los hombres estas nuevas criaturas, o si su padre es el gigantesco tajamar que va empujando las olas hacia delante, penetrándolas, aguas murmurantes, el soplo y el suspiro de los vientos.

De esta preñez colectiva tuvieron información por radio los viajeros, y por los diarios también, y la televisión no dejaba el caso, apenas veía una mujer por la calle le ponía un micrófono en la cara, la asaltaba con preguntas, cómo fue y cuándo, y qué nombre le va a poner al niño, pobre mujer, con las cámaras devorándola, se ruborizaba, balbuceaba, si no invocaba la constitución es porque sabía que no iban a tomarla en serio. Entre los viajeros de la galera se nota el regreso de una cierta tensión, si todas las mujeres de la península estaban grávidas, estas dos que aquí van no abren la boca sobre sus propios accidentes, y se comprende el silencio, si declaran su preñez, inevitablemente Pedro Orce iba a incluirse en la lista de paternidad, y la armonía tan dolorosamente restablecida una primera vez no sobreviviría a un segundo golpe. Por eso Joana Carda y María Guavaira, una noche, cuando estaban sirviendo la cena a los hombres, dijeron con tono de sonriente despecho, Ya veis, todas las mujeres embarazadas en España y Portugal, y nosotras aquí sin esperanza. Acéptese este minuto de fingimiento, acéptese que finjan José Anaiço y Joaquim Sassa su propio despecho, el despecho de quien ve puesto en duda por la mujer su propio poder fecundador, y lo peor es que hay algunas posibilidades de que el fingido sarcasmo acierte, porque si bien es verdad que las dos mujeres están grávidas, también es verdad que ninguna sabe de quién. Con tantos qués no parece que la atmósfera se haya aliviado, pasado el tiempo se verá que estaban grávidas Joana Carda y María Guavaira cuando negaron que lo estuviesen, qué explicaciones darán entonces, la verdad está siempre a nuestra espera, hasta que un día no podemos ya huir de ella.

Visiblemente embarazados aparecieron los ministros de los dos países en la televisión, y no es que debiera ser motivo de vergüenza hablar de la explosión demográfica que se va a verificar en la península dentro de nueve meses, nacerán de doce a quince millones de criaturas prácticamente al mismo tiempo, gritando en coro a la luz, la península convertida en una casa de maternidad, las felices madres, los sonrientes padres, en los casos en que aparezcan suficientes las certezas. Desde este punto de vista es posible extraer incluso algún efecto político, exhibir cierta demagogia, apelar a la austeridad en nombre del futuro de nuestros hijos, disertar sobre la cohesión nacional, comparar esta fertilidad con la esterilidad del resto del mundo occidental, pero no es posible evitar que cada uno de nosotros se complazca en el pensamiento de que, para que se opere esta explosión demográfica, tuvo que haber antes una explosión genesíaca, dado que nadie cree que la fecundación colectiva haya sido de orden sobrenatural. Está el primer ministro hablando de las medidas sanitarias que hay que adoptar, desde el plano de la asistencia obstétrica nacional, del encuadramiento y distribución, llegado el momento, de brigadas de ginecólogos y parteras, y se le ve en la cara una contradicción de sentimientos, la gravedad de la expresión oficial lucha con las ganas de reír, parece que de un momento a otro va a decir, Portugueses, portugueses, grande va a ser nuestro provecho, y espero que no haya sido menor el gusto, que hacer hijos sin la buena alegría de la carne es la peor de las condenas. Hombres y mujeres escuchan, cambian sonrisas y miradas, está claro lo que en este momento están recordando, aquella noche, aquel día, aquella hora en la que movidos por súbito impulso se allegaron e hicieron lo que debía hacerse, bajo un cielo que lentamente iba rodando, un loco sol, una loca luna, las estrellas en torbellino. A primera vista se dirá que todo viene siendo ilusión y sueño, pero cuando aparezcan por ahí las mujeres con la barriga empinada, entonces se verá que no dormíamos.

El presidente de la América del Norte habló también al mundo, dijo que, pese a la mudanza de rumbo de la península, en dirección a un ignoto lugar del sur, nunca los Estados Unidos harán dejación de sus responsabilidades para con la civilización, la libertad y la paz, pero que los pueblos peninsulares no podían contar, ahora que penetraban en áreas conflictuales de influencia, No pueden contar, repito, con una ayuda igual a la que les esperaba cuando parecía que su futuro iba a ser indisociable del de la nación americana. Éstas fueron, tropo más, tropo menos, las declaraciones que hizo al auditorio mundial. Pero, en privado, en el secreto del despacho oval, y mientras agitaba el hielo en el bourbon, el presidente dijo a sus consejeros, Si ésos acaban encallando en la Atlántida, se acabaron nuestras preocupaciones, adónde iríamos a parar con el mundo vagando de un lado a otro, no habría estrategia que aguantara, por ejemplo, las bases que aún tenemos en la península, de qué nos sirven ahora, sólo para soltarles una carga de misiles a los pingüinos. Uno de los consejeros observó que el nuevo rumbo, vistas bien las cosas, no era tan malo, Están bajando entre África y la América Latina, señor presidente, Sí, el rumbo puede traernos beneficios, pero también puede agravar las indisciplinas de la región, y tal vez a causa de este recuerdo irritante, el presidente dio un puñetazo en la mesa que hizo saltar el sonriente retrato de la primera dama. Un consejero viejo se sobresaltó, paseó los ojos a su alrededor, y dijo, Cuidado, señor presidente, un puñetazo así sabe Dios qué consecuencias puede tener.

Ya no es la piel desollada del toro sino un guijarro gigantesco, que tiene la forma de uno de aquellos artefactos de sílex que usaban los hombres prehistóricos, lascado a golpes pacientes, sucesivos, hasta convertirlo en una herramienta de trabajo, la parte superior llena y compacta para recibir lo cóncavo de la mano, la inferior en punta para las tareas de rascar, excavar, cortar, marcar, dibujar, y también, y hasta hoy no hemos logrado aún escapar de la tentación, herir y matar. La península detuvo su movimiento de rotación, baja ahora a plomo, en dirección al sur, entre África y la América Central, como debería haber dicho el consejero del presidente, y su forma inesperada para quien aún tenga en los ojos su antigua posición, parece gemela de los dos continentes que tiene al lado, vemos Portugal y Galicia al norte, ocupando toda la anchura, de occidente a oriente, luego la gran masa se va estrechando, a la izquierda hay aún un saliente en panza, Valencia y Andalucía, a la derecha la costa cantábrica, y, en la misma línea, la muralla de los Pirineos. El pico de piedra, la proa cortadora, es el cabo de Creus, traído de las aguas mediterráneas para estos mares encrespados, tan lejos del ciclo natal, él que fue vecino de

Cerbère, aquella población francesa de la que tanto se habló al inicio de este relato.

Baja la península, pero lentamente. Los sabios, aunque con mucha prudencia, prevén que el movimiento está a punto de detenerse, fiados en la universal evidencia de que si el todo, como tal, nunca se detiene, las partes que lo componen han de detenerse algún día, siendo demostración de este axioma la vida humana, riquísima, como se sabe, en posibilidades comparativas. Con tal anuncio de la ciencia, nació el juego del siglo, una idea surgida al mismo tiempo en todo el mundo, y que consistió en establecer un sistema de apuestas dobles sobre el momento y el lugar en que se operará la suspensión del movimiento, una hipótesis para entenderlo mejor, si será a las diecisiete horas, treinta y tres minutos y cuarenta y nueve segundos, hora local del apostante, claro está, y el día, mes y año, y las coordenadas, limitadas a la indicación del meridiano, en grados, minutos y segundos, sirviendo como referencia el ya mencionado cabo de Creus. Estaban en juego trillones de dólares, y si alguien acertara ambos resultados, es decir, el preciso instante y el exacto lugar, lo que, según el cálculo de probabilidades era poco menos que impensable, esa persona de presciencia casi divina se vería en posesión de la mayor riqueza que se hubiera podido reunir jamás sobre la faz de la tierra, que tantas riquezas ha visto. Se comprende que nunca haya habido juego más terrible que éste, porque cada minuto que pasa, cada milla recorrida, reduce el número de apostantes con probabilidades de ganar, aunque deba advertirse que son muchos los excluidos que vuelven a apostar, haciendo así crecer el bote hasta cifras astronómicas. Claro que no todos consiguen reunir el dinero para una nueva apuesta, claro que mucha gente no halla más salida que el suicidio para el estado de ruina al que los llevó el juego. La península baja hacia el sur dejando tras de sí un rastro de muertes de las que es inocente, mientras en el vientre de sus mujeres van creciendo esos millones de criaturas que inocentemente engendró.

Pedro Orce anda inquieto, desasosegado. Habla poco, se pasa horas fuera del campamento, regresa extenuado y no come, sus compañeros le preguntan si está enfermo, y él responde, No, no estoy enfermo, sin más explicaciones. Las pocas palabras que dice las reserva para Roque Lozano, siempre son conversaciones sobre la tierra de ambos, como si no supieran de otro tema. El perro lo acompaña a todas partes, se ve que la agitación del hombre ha contagiado al animal, antes tan plácido. José Anaiço ya le ha dicho a Joana Carda, Si éste se cree que va a repetir la historia, está equivocado, ahí lo tienes, haciéndose el hombre solo y abandonado, luego viene la mujer caritativa y aliviadora de acumulaciones glandulares, y ella responde con una sonrisa alegre, Tú sí que estás equivocado, que el mal de Pedro Orce, si es que lo tiene, será otro, Cuál, No lo sé, pero lo que te aseguro es que no anda tirándonos los tejos, esto una mujer lo ve en seguida, Entonces, lo mejor será hablar con él, obligarle a que nos diga qué le pasa, quizá esté enfermo de verdad, Quizá, pero ni eso es seguro.

Caminan por la sierra de Alcaraz, hoy acamparán a la altura de una aldea que se llama, de acuerdo con la información del mapa, Bienservida, al menos de nombre ya lo es. En el pescante Pedro Orce le dice a Roque Lozano, Desde aquí no falta mucho para entrar en la provincia de Granada, si fuéramos hacia allí, Mi tierra está aún lejos, Ya llegarás, Llegaré, pero me gustaría saber si valdrá la pena, Esas cosas sólo luego las sabemos, dale un toque ahí al pigarzo, que va descompasado. Roque Lozano sacudió las riendas, tocó con la punta de la tralla los cuartos traseros del caballo, casi una caricia, y Pig, obediente, ajustó el trote. Dentro de la galera van las parejas, hablan en voz baja, y dice María Guavaira, Tal vez preferiría quedarse en casa y no se atreve a decírnoslo, tiene miedo de que nos ofendamos, Puede ser, respondió Joaquim Sassa, debemos hablar con él francamente, decirle que lo entendemos, y que no se lo tomamos a mal, aquí no hay juramento ni contrato para toda la vida, amigos somos, amigos quedamos, un día volveremos a visitarlo, Ojalá no pase de eso, murmuró Joana Carda, Se te ocurre otra cosa, No, es sólo un presentimiento, Qué presentimiento, preguntó María Guavaira, Pedro Orce va a morir, Todos estamos muriendo siempre, Pero él será el primero.

Bienservida queda fuera de la carretera principal. Hicieron allí su negocio, compraron algunos alimentos, renovaron las reservas de agua y, como era aún temprano, volvieron al camino. Pero no se alejaron mucho. Un poco más allá había una ermita, de Turruchel llamada, lugar ameno para pasar la noche, allí hicieron alto. Pedro Orce bajó del pescante, contra lo habitual lo ayudaron José Anaiço y Joaquín Sassa, que saltaron de la galera apenas paró, y dijo, al tiempo que aceptaba las manos que le tendían, Qué pasa, amigos, aún no estoy inválido, no se dio cuenta que la palabra amigos llenó súbitamente de lágrimas los ojos de los dos, estos hombres que guardan en el pecho el dolor de una infidelidad, pero que reciben en sus brazos el cuerpo cansado que se les entrega, pese a la orgullosa declaración, hay siempre una hora en que el orgullo no tiene más que palabras, es sólo palabras. Pedro Orce pone pie en tierra, da unos pasos, y se detiene, con una expresión de asombro en el rostro, en el gesto, como si lo inmovilizara y ofuscase una luz intensa, Qué tienes, preguntó María Guavaira acercándose, Nada, no es nada, Te sientes mal, preguntó Joana Carda, No, es otra cosa. Se inclinó, apoyó en el suelo las dos manos, luego llamó al perro Constante, le puso la mano en la cabeza, con los dedos recorrió el cuello del animal, luego siguió a lo largo del espinazo, el lomo, la grupa, el perro no se movía, pesaba sobre la tierra como si quisiera enterrar en ella las patas. Ahora Pedro Orce se ha tumbado por completo, la cabeza blanca apoyada en un matorral del que salían unos retoños que darán flores en tiempo que debiera ser de invierno, Joana Carda y María Guavaira se arrodillaron a su lado, le sostuvieron las manos, Qué tienes, te duele algo, le dolía, tenía un dolor muy grande si era eso lo que revelaba la expresión de su rostro, abría mucho los ojos y miraba al cielo, las nubes que pasaban, para verlas no precisaban María Guavaira y Joana Carda mirar hacia arriba, bogaban lentamente en los ojos de Pedro Orce como las luces de las calles de Porto se habían deslizado en los ojos del perro, hace tanto tiempo, en qué vivir, y ahora están juntos, reunidos, más Roque Lozano, que tiene experiencia de la vida y de la muerte, el perro parece hipnotizado por la mirada de Pedro Orce, lo mira, con la cabeza baja y con el pelo encrespado como si fuera a enfrentarse con todas las manadas de lobos que en el mundo haya, y entonces Pedro Orce dijo con voz clara, palabra a palabra, Ya no la siento, la tierra, ya no la siento, se le oscurecieron los ojos, una nube cenicienta, plomiza, pasaba por el cielo, despacio, muy despacio, María Guavaira, con levísimos dedos, bajó los párpados de Pedro Orce, dijo, Está muerto, fue entonces cuando el perro se aproximó y gritó, como se dice que una persona aúlla.

Muere un hombre, y luego. Lloran los cuatro amigos, hasta Roque Lozano, de tan reciente fecha conocido, se frota furioso los puños contra los ojos, el perro gritó sólo una vez, ahora está de pie al lado del cuerpo, dentro de poco se acostará y apoyará la cabezota enorme sobre el pecho de Pedro Orce, pero hay que pensar y decidir qué hacemos con el cadáver, dice José Anaiço, Lo llevamos a Bienservida, se lo decimos a las autoridades, no podemos hacer más por él, y Joaquim Sassa recordó, Me dijiste un día que la sepultura de Antonio Machado debería estar bajo una encina, hagamos lo mismo con Pedro Orce, pero fue Joana Carda quien dijo la última palabra, Ni a Bienservida ni al pie de un árbol, lo llevaremos a Venta Micena, vamos a enterrarlo en el lugar donde nació.

En su jergón atravesado va Pedro Orce. Están junto a él las dos mujeres, sostienen sus manos frías, estas manos que, ansiosas, apenas conocieron sus cuerpos, y en el pescante van los hombres, Roque Lozano conduce los caballos, creían que iban a tener descanso y ya están en camino, adentrándose en la noche, nunca tal cosa les aconteciera antes, puede que el alazán se acuerde de una otra noche, por ventura dormía y soñaba entonces que estaba atado para curarse con ungüento y relente una dolorosa matadura, cuando lo vinieron a buscar un hombre y una mujer, y el perro, lo liberaron de las trabas, no sabía si era ahí donde el sueño empezaba o acababa. El perro va debajo de la galera y debajo de Pedro Orce, como si lo llevara él, tal es el peso que siente sobre el cuello. Llevan una vela encendida, fijada en el arco de hierro que sostiene el toldo, delante. Tienen que andar aún más de ciento cincuenta kilómetros.

Los caballos sienten la muerte tras ellos, no precisan de otro látigo. El silencio de la noche es tan denso que apenas se oyen las ruedas de la galera sobre el suelo áspero de los viejos caminos, y el trote de los caballos suena sofocado como si llevaran los cascos envueltos en trapos. No habrá luna. Viajan en tinieblas, es el apagón, el negrum, la primera de todas las noches antes de que haya sido dicho, Hágase el sol, no fue grande la maravilla, pues Dios sabía que el diurno astro tendría forzosamente que nacer de ahí a dos horas. Desde que se inició el viaje van llorando María Guavaira y Joana Carda. A este hombre que llevamos muerto le dieron ellas su cuerpo misericordioso, con sus propias manos lo atrajeron hacia sí, le ayudaron y tal vez sean hijos suyos los que van en sus vientres estremecidos por los sollozos, Dios mío, Dios mío, cómo vienen ligadas todas las cosas de este mundo, y creemos nosotros que cortamos y atamos cuando queremos, por nuestra sola voluntad, ése es el mayor de los errores, cuando tantas lecciones nos han sido dadas en contrario, una raya en el suelo, una bandada de estorninos, una piedra lanzada al mar, un calcetín de lana azul, y todo como si lo mostráramos a ciegos, como si lo pregonásemos a gente endurecida y sorda.

Estaba aún el cielo oscuro cuando llegaron a Venta Micena. En todo el camino, casi treinta leguas, no encontraron un alma viva. Y Orce, adormecido, era un fantasma, las casas como paredes de laberinto, ventanas y puertas cerradas, el castillo de las Siete Torres, encima de los tejados, parecía una aparición sin consistencia. Las farolas del alumbrado público temblaban como estrellas a punto de apagarse, los árboles de la plaza, reducidos a troncos y ramas gruesas, podían ser lo que quedó de una selva petrificada. Pasaron frente a la farmacia, esta vez no necesitaban pararse, las indicaciones del itinerario estaban aún frescas en su memoria, Sigan todo derecho, hacia María, anden tres kilómetros después de pasadas las últimas casas, verán un pequeño puente, junto a un olivo, dentro de un momento voy para allá. Ya ha llegado. Pasada la última curva, vieron el cementerio, los muros blancos, la enorme cruz. Estaba el portalón cerrado, tenían que forzarlo. José Anaiço fue a buscar una palanca, la introdujo entre los batientes, pero María Guavaira lo tomó del brazo, No lo vamos a enterrar aquí. Señaló las colinas blancas, hacia el lado de la Cueva de los Rosales, donde se encontró el cráneo del europeo más antiguo, aquel que vivió hace más de un millón de años, y dijo, Se quedará allí, es el lugar que él habría elegido. Llevaron la galera hasta donde les fue posible, los caballos apenas podían andar ya, arrastraban las patas en el polvo. En Venta Micena no vive nadie que pueda asistir al funeral, todas las casas fueron abandonadas, casi todas están en ruinas. En el horizonte apenas se distingue la silueta de las serranías, aquellas que el Hombre de Orce vio al morir, ahora es aún de noche, Pedro Orce está muerto, dentro de sus ojos quedó sólo una nube oscura, nada más.

Cuando la galera ya no pudo seguir avanzando, los tres hombres retiraron el cuerpo. María Guavaria ampara de un lado, Joana Carda tiene en la mano la vara de negrillo. Suben a lo alto de una colina, rasa en la parte superior, la tierra reseca se deshace bajo sus pies, se desliza por la pendiente, el cuerpo de Pedro Orce oscila, casi resbala y arrastra a los porteadores, pero consiguen izarlo hasta arriba, lo dejan en el suelo, están empapados en sudor, blancos de polvo. Es Roque Lozano quien abre la sepultura, pidió que le dejaran hacer ese trabajo, la tierra cede fácilmente, la palanca sirve de azadón, las manos sirven de pala. El cielo, por oriente, está aclarándose, la silueta imprecisa de la sierra se ha vuelto negra. Roque Lozano sale del agujero, se sacude las manos, se arrodilla y las mete por debajo del cuerpo, José Anaiço sostiene a Pedro Orce por los brazos, Joaquim Sassa lo levanta por los pies, y despacio lo van bajando a tierra, la sepultura no es muy honda, si un día vuelven los antropólogos a estos lugares no será difícil encontrarlo, dirá María Dolores, Aquí hay un cráneo, y el jefe de la brigada de excavadores echará un vistazo, No interesa, de ésos tenemos muchos. Cubrieron el cuerpo, alisaron el suelo para que se confundiera con la tierra de alrededor, pero tuvieron que alejar al perro que quería excavar con las uñas la sepultura. Luego Joana Carda clavó la vara de negrillo a la altura de la cabeza de Pedro Orce. No es cruz, como bien se ve, no es una señal fúnebre, es sólo una vara que perdió la virtud que tenía, pero aún puede servir para esto, ser reloj de sol en un desierto calcinado, tal vez árbol renacido, si un palo seco, clavado en el suelo, es capaz de milagros, echar raíces, liberar de los ojos de Pedro Orce la nube oscura, mañana lloverá sobre estos campos.

La península se detuvo, los viajeros descansarán aquí este día, la noche y la mañana siguiente. Llueve cuando se ponen en marcha. Llamaron al perro que durante todas estas horas no se ha apartado de la sepultura, pero no los siguió, Es lo de siempre, dijo José Anaiço, los perros se resisten a separarse del amo, a veces incluso se dejan morir. Se equivocaba. El perro Ardent miró a José Anaiço, después se alejó lentamente, con la cabeza gacha. No lo volverán a ver. El viaje continúa. Roque Lozano se quedará en Zufre, llamará a la puerta de su casa, He vuelto, ésa es su historia, alguien ha de querer contarla un día. Los hombres y las mujeres, éstos, seguirán su camino, qué futuro, qué tiempo, qué destino. La vara de negrillo está verde, tal vez florezca para el año que viene.

A MODO DE EPÍLOGO

De Orce a Castril por el camino más largo[*]

No existe ni una sola novela que no tenga palabras de más y siempre es de sobra prolijo el discurso oral común. Quitarle quinientas palabras a cualquier enredo novelesco no le alteraría el sentido ni las intenciones, aunque una mayor concisión en el débito verbal podría aumentar su eficacia. En el caso de la novela, que es lo que aquí nos interesa, el lector nunca podrá echar de menos algo de cuya previa existencia no tenía conocimiento, y el autor, si es el responsable de la reducción del texto, no tendría mayores dificultades en justificarla en nombre del supuesto interés de la narrativa. También puede suceder que, contrariando la afirmación inicial de que todas las novelas tienen palabras de más, alguna se haya podido presentar ante los lectores con palabras de menos. Esto no significa que no contenga palabras dispensables en las páginas en que la historia es contada, pero lo que se pretende proponer a la consideración de quien esté leyendo estas líneas es la eventualidad de que el autor, en las tareas de redacción, se haya olvidado de un capítulo

[*] Texto escrito para el catálogo de la exposición "Una Geografía. Ocho viajes andaluces" de la Fundación Lara, Sevilla, 2002

entero o de una parte sustancial. Si la memoria, en un último instante, no le socorre con el súbito recuerdo de lo que antes había sido olvidado, el libro andará por ahí con la doble y paradójica situación de, al mismo tiempo, decir de más y decir de menos.

Hay autores, no obstante, a quienes una casualidad providencial decide agraciarlos, ofreciéndoles inesperadamente la suerte de poder llenar la ausencia, enmendar el error, corregir la falta, poner, por fin, las cosas en sus lugares. Eso le ha sucedido a éste. Cuando me llegó a las manos la invitación para escribir algunas páginas sobre Castril y sus cercanías, descubrí de repente que un episodio importante de las andanzas de Joaquim Sassa, José Anaiço y Pedro Orce por tierras de Andalucía se me había quedado en el tintero. Quienes han leído *La balsa de piedra* quizá se acuerden de que, tras el frustrado intento de ver desfilar el Peñón de Gibraltar a lo largo de la costa, Sassa y Anaiço regresaron a Orce para dejar al viejo farmacéutico en casa y seguir después viaje, de vuelta a Portugal. «Fue en ese momento cuando Pedro Orce les dijo, Si tienen sitio para mí, voy con ustedes, no seré una carga, sólo tienen que llevarme y dejarme en Lisboa, donde nunca he estado, Por qué esa decisión repentina, quiso saber Joaquim Sassa, No quiero quedarme aquí, con este suelo siempre temblando bajo mis pies y las personas diciendo que son fantasías de mi cabeza, Y la familia, y la farmacia, preguntó José Anaiço, Familia no tengo, en cuanto a la farmacia todo se arreglará, tengo un mancebo, él se hará cargo. No habiendo discusión ni ninguna razón para negarse, Joaquim Sassa dijo, Tendremos mucho gusto en que nos acompañe.

José Anaiço desdobló el mapa sobre la mesa, ahí estaba la Península Ibérica entera, dibujada y coloreada en el tiempo en que todo era tierra firme y en el que la cicatriz ósea de los Pirineos reprimía cualquier tentación vagabunda. El mapa extendido mostraba las dos patrias, Portugal incrustada, suspendida, España, desmandibulada al sur, y las regiones, las provincias, las comarcas, la grava gruesa de las ciudades mayores, la polvareda de los pueblos y aldeas, pero no todos, que muchas veces es invisible el polvo para el ojo desnudo, como ha quedado demostrado con Venta Micena, que no aparece. Las manos alisan y recorren el papel, pasan sobre el Alentejo y siguen hacia el norte, como si acariciaran un rostro, desde la mejilla izquierda a la mejilla derecha, es ese el sentido de las agujas del reloj, el sentido del tiempo, las Beiras, el Ribatejo antes, y después Trás-Os-Montes y el Miño, Galicia, Asturias, el País Vasco y Navarra, Castilla y León, Aragón, Cataluña, Valencia, Extremadura, la nuestra y la suya, Andalucía donde ahora estamos, el Algarve, entonces José Anaiço puso un dedo en la desembocadura del Guadiana y dijo, Entraremos por aquí.»

Entraron, realmente, como en el capítulo siguiente se explica, pero antes deberán hacer los descubrimientos y vivir las revelaciones que, por distracción o flaca memoria del narrador, quedaron en blanco cuando la redacción de la novela.

Al oír la perentoria decisión del amigo, Entraremos por aquí, Sassa se frotó la frente, señal evidente de perplejidad, y observó, No creo que tengamos tanta prisa en volver, Está claro que no tenemos que apagar ningún incendio, dijo José Anaiço, pero lo que nos trajo aquí ya está hecho, y, de todos modos, tendremos que regresar tarde o temprano, Es que a mí me gustaría ir a ver dónde nace el Guadalquivir, es un viejo deseo que nunca he podido cumplir, un río con tanta historia, El Tajo no tiene menos, Sí, pero a mí me interesa el Guadalquivir, Muy bien, se cumplirá tu voluntad, además tú eres el dueño del coche, nosotros sólo vamos de acompañantes, Si te contraría tanto hagamos como que no he abierto la boca, No me contraría, lo que pasa es que me ha sorprendido la idea. Pedro Orce sonreía vagamente, con aire de quien sabe más y no le importa que se le note, y dijo, Yo ya he estado allí, Ya ha estado, dónde, preguntó Joaquim Sassa, Trátame de tú, vivimos en el mismo siglo, Dónde has estado, En el nacimiento del Guadalquivir, Y qué tal, Si vamos, lo verás con tus propios ojos. Se hizo un silencio. Después Pedro Orce dijo, Hay vivir y morir, quien parte nunca tiene garantía de que volverá, Qué quieres decir, preguntó José Anaiço, Por si acaso, me gustaría pasar por Venta Micena antes de emprender camino a Portugal, Como quien se despide, Sí, más o menos.

Todavía no había clareado la madrugada cuando llegaron a Venta Micena. El sol tardaba en romper, pesadas nubes grises, inmóviles, lo esperaban. Las casas son escasas y dispersas, se confunden con el color del suelo, una torre de iglesia allá abajo, un cementerio inconfundible aquí a la vera de la carretera, cruz y muros blancos. Las tierras ondulan como un mar petrificado cubierto de polvo, si esto era así hace un millón cuatrocientos mil años no es necesario ser paleontólogo para jurar que el Hombre de Orce murió de sed, pero esos eran los tiempos de la juventud del mundo, el arroyo que corre ahí delante sería entonces un ancho y generoso río, habría grandes árboles, herbazales más altos que un hombre, todo esto sucedió antes de que trajeran aquí el infierno. En la estación apropiada, si llueve, algún verdor se extenderá por estos campos cenicientos, pero ahora sólo aparecen cultivadas las orillas del río y a duras penas, las plantas se resecan y mueren, luego renacen y viven, el hombre es quien todavía no ha conseguido aprender cómo se repiten los ciclos de la vida, con él es una vez y nunca más. Dentro de un millón cuatrocientos mil años alguien realizará excavaciones en este cementerio pobre, y como ya hay un Hombre de Orce quizá se nombrará Hombre de Venta Micena el cráneo encontrado. No pasa nadie, no se oye ladrar un perro, un profundo estremecimiento recorre la espina dorsal de Joaquim Sassa, y José Anaiço pregunta, Cómo se llama aquella sierra que está al fondo, Es la sierra de Sagra, respondió Pedro Orce, Y esta, a nuestra derecha, la sierra de María, Cuando el Hombre de Orce murió, seguramente fue esa la última imagen que sus ojos se llevaron de este mundo, Me pregunto cómo llamaría él a estos montes cuando hablaba con los otros hombres de Orce, los que no tuvieron la suerte de dejar cráneos, dijo Joaquim Sassa, En ese tiempo todavía nada tenía nombre, respondió José Anaiço, Cómo se puede mirar una cosa sin darle nombre, Hay que esperar a que el nombre nazca. Se quedaron los tres mirando, finalmente Pedro Orce dijo, Vamos. Era el tiempo de dejar el pasado entregado a su inquieta paz.

No basta, sin embargo, decir Vamos. Es necesario tener ideas claras sobre dos cuestiones fundamentales, responder a dos preguntas igualmente determinantes, Vamos adónde, Vamos por dónde. La respuesta a la primera ya la conocemos, Vamos al nacimiento del Guadalquivir, la respuesta a la segunda es la que Joaquim Sassa espera que le den ahora para, con perfecta conciencia de los medios, de los fines y de las responsabilidades, poner el coche en marcha. El mapa volvió a ser abierto, la mañana ya está bastante clara para permitir a los cansados ojos de Pedro Orce reconocer orientaciones en el enmarañamiento de la red de carreteras. Hay dos caminos principales para llegar, dijo, uno va por el norte, otro por el sur, el primero pasa por Huéscar, Puebla de Don Fadrique, Pontones y Hornos, el segundo baja hasta Cúllar Baza, se desvía por Benamaurel y Zújar, después comienza a subir por Cuevas del Campo, Pozo Halcón, Puerto de Tíscar, Quesada, Peal del Becerro, Cazorla, Puerto de las Palomas, y a partir de ahí la carretera va entre la sierra de Cazorla y la sierra del Pozo, hasta prácticamente el nacimiento, Cuál es el más corto, preguntó José Anaiço, Con diferencia, el del norte, Iremos entonces por ahí. Joaquim Sassa se acercó el mapa, lo miró con atención y dijo, El itinerario del norte es más corto, sin duda, pero yo preferiría ir por el sur, Por qué, quiso saber el amigo, Me gustan más los nombres de los lugares por donde pasaríamos, He aquí una buena razón, dijo José Anaiço con una sonrisa benévola, Puedo dar otra, acudió Pedro Orce, el camino es mucho más bonito, Esa todavía es mejor. José Anaiço examinó a su vez el mapa y observó, Lo que no entiendo es por qué tendremos que hacer este desvío por Benamaurel, cuando podríamos aprovechar un trecho de autovía entre Cúllar Baza y Baza, Hace muchos años pasé allí una temporada, dijo Pedro Orce, era una tierra casi tan pobre como Venta Micena, me gustaría ver cómo está ahora, No recuerdo haber tenido nunca compañeros de viaje tan caprichosos, sonrió José Anaiço, parecéis dos niños, Para algo nos tendrá que servir que seas profesor, dijo Joaquim Sassa.

El sol se había escondido tras las nubes oscuras. Parece que va a llover, dijo José Anaiço, pero Pedro Orce negó con la cabeza, Lo dudo, estas van a descargar lejos de aquí el agua que llevan en la barriga. Entraron en Dos Caballos, el viaje comenzaba. Ya estaban cerca del pueblo cuando vieron un rebaño de ovejas con su pastor, Ese es Domingo Arrés, dijo Pedro Orce, Quieres que paremos, preguntó Joaquim Sassa, Si no te importa. Envuelto en una manta para defenderse del frío matinal, el pastor se acercó al coche detenido en el arcén de la carretera, saludó, Necesitan algo, preguntó, No, gracias, dijo Joaquim Sassa, pero viene aquí un amigo suyo que le quiere hablar. Pedro Orce abrió la puerta del coche, Buenos días, Domingo, cómo va la herida, Mejor, pero todavía muerde, Pues yo me voy de viaje a Lisboa con estos amigos portugueses, Ojalá pudiera ir yo también, pero no tengo dinero, y las ovejas no me dejan, Con Dios, Domingo, hasta pronto, Va a estar mucho tiempo por ahí, Nunca se sabe, Y la farmacia, y mi herida, Carlos, el mancebo, sabe tanto como yo, habla con él, Entonces, buen viaje, hasta la vuelta, Hasta ese día, cuidado con las ovejas, que no se descarríen, No se preocupe, el perro está con el ojo puesto. Un poco más adelante la carretera pasaba al lado de una fila de casas excavadas en la ladera, algunas con fachada normal, con ventanas y balcones, otras con una simple puerta ciega. José Anaiço comentó, Todavía existen trogloditas en este siglo de viajes al espacio, La palabra es un poco fuerte, censuró Joaquim Sassa, las personas que viven ahí no son trogloditas, Vamos a ver, dime qué es un troglodita, preguntó José Anaiço, Troglodita es un hombre primitivo, de la Prehistoria, Troglodita es la persona que vive en grutas o en agujeros, no es ningún insulto, si no sabes, aprende, Gracias, profesor, hasta ahí llega mi ciencia, pero siempre he oído decir que las palabras tienen que ser empleadas adecuadamente, por ejemplo, aquí estamos tres indiscutibles primates, pero esa no sería seguramente la palabra que usaríamos si tuviéramos que decir lo que somos, Seres humanos, Sí señor, Pero primates, Como primates son los chimpancés, los gorilas y compañía, Si viviese como estas personas, en una cueva, podrían llamarme troglodita profesor que no me ofenderían, Pero con certeza no te gustaría que te llamaran profesor troglodita, Eso no, Entonces, Entonces, a veces no sabemos bien qué hacer con las palabras, ese es el problema, Sobre todo cuando depende de si van antes o después de otras, Eso mismo.

Pasaron por Benamaurel, y Pedro Orce, comparando con lo que recordaba del tiempo pasado, no encontró grandes diferencias, Era pobre y pobre sigue siendo, dijo, estas tierras parecen maldecidas, Despreciadas sería tal vez más exacto, sugirió José Anaiço, Sí, despreciadas, y ese es uno de los misterios que nunca se resolverá, por qué unos con tanto y otros con tan poco. Hacia Cuevas del Campo la carretera comenzó a subir. Dos Caballos jadeaba, echaba el pie valientemente, pero estaba claro que no había nacido para estas brutas ascensiones. Todos los coches que subían le adelantaban con un relincho sarcástico, de tal manera que Joaquim Sassa entendió que debía dar una explicación, Este cochecito va muy bien en terrenos llanos, pero le falta potencia en las cuestas, sobre todo en estas, que son matadoras, con una curva tras otra, Quizá hubiese sido mejor ir por el norte, dijo José Anaiço, No sería mucho mejor, enmendó Pedro Orce, en estos parajes los caminos van todos por serranías y despeñaderos, aquí y allá es lo mismo, esta es la sierra de Segura, Tranquilos, este cacharro nunca me ha dejado tirado en la carretera, es un poco lento, sí señor, pero tan seguro como una mula, No sé por qué no le has puesto entonces el nombre de Dos Mulas, dijo José Anaiço, Es que ya estaba bautizado como Dos Caballos cuando lo compré. El paisaje era inmenso, deslumbrante, los enormes cabezos parecían trepar encaramados unos a otros como si pretendiesen escalar el cielo, pero Dos Caballos resollaba sierra arriba, indiferente a los esplendores de la geografía, a las mulas también les ponen unas anteojeras para que no se distraigan del camino. Dos veces Joaquim Sassa detuvo el coche en el arcén, más para sosiego de los amigos que por precaución con las posibilidades del motor. Demasiado conocía a su Dos Caballos para saber que esos gemidos, esos ronquidos súbitos, esos arranques, formaban parte, todos, de la propia naturaleza de la máquina. La mañana ya iba alta cuando, esforzadamente, alcanzaron el final de la subida, en el camino a Quesada. La carretera, estrecha como un pasadizo, serpenteaba por los flancos escarpados de un afloramiento titánico de rocas verticales paralelo a otro de características idénticas, como monstruosas estalagmitas que, a un lado y a otro, hubiesen irrumpido desde las profundidades de la compacta masa pétrea subyacente. Podía pensarse incluso que la Península había ensayado aquí un intento de partirse en dos, pero después cambió de idea y buscó en los Pirineos el lugar de una fractura más radical. El primero en expresar los sentimientos unánimes de asombro que se agitaban dentro del coche, siendo cierto, sin embargo, que para Pedro Orce el espectáculo no era novedad, fue José Anaiço cuando se desahogó, Valdría la pena haber dado dos vueltas al mundo para ver esto, y Joaquim Sassa añadió, No podía imaginar cuánta razón iba a tener cuando quise venir por aquí. Atrás quedaba el Puerto de Tíscar, la carretera se multiplicaba en vueltas y revueltas, pero ya era llana, de las que mejor servían a Dos Caballos para exhibir sus cualidades de trotador.

En Quesada pararon para proceder a un abastecimiento doble, es decir, de alimento para el depósito de los primates, de gasolina para el estómago de la máquina. Estacionado enfrente del restaurante, Dos Caballos excitaba la atención de cuantos quesadenses de todas las generaciones pasaban por allí, curiosidad más que justificada si tenemos en cuenta que desde hace mucho no se veía por estos montañosos páramos una figura de automóvil tan excéntrica, en todos los aspectos merecedora de ser acogida sin tardanza en un museo de rarezas. Joaquim Sassa no podía oír los comentarios dentro del restaurante pero, para sus entretelas, decidió que todos eran elogiosos, por ejemplo, Quien caras ve, no ve corazones, realmente fue una lástima que nadie lo dijera porque hubiera sido el mejor homenaje que podría habérsele dedicado al corazón valiente y generoso de Dos Caballos. Cuando salieron del restaurante, José Anaiço le preguntó a Joaquim Sassa, Me dejas conducir, y esta petición era también un homenaje al modestísimo vehículo, con su aire de coleóptero dudoso de su propia identidad, con su carrocería lisa, sin artificios, con su aire de estar pensando, No me agradezcáis que os haya traído hasta aquí, lo mejor de mí es la lealtad, cumplo mis obligaciones, y basta. Tres chavales que habían estado experimentando la flexibilidad de la suspensión haciendo fuerza arriba y abajo en los guardabarros, aplaudieron el arranque del coche como si una acción tan simple fuese una proeza sobrenatural y corrieron detrás hasta el final de la calle, mientras Dos Caballos decidía cambiar del paso corto al trote suelto y luego al galope. El camino para Peal del Becerro era más reposado, más monótono también el paisaje todo en colinas suaves, no fue sorprendente, pues, que el viaje se realizara casi siempre en silencio, Dos Caballos ponía sordina en los asmáticos resuellos del motor y los viajeros iban entregados al bienaventurado sopor de la digestión del almuerzo. En Peal del Becerro giraron a la derecha, en dirección a Cazorla. Delante tenían la sierra del mismo nombre, no quedaría más remedio que trepar otra vez. Esta no es tan alta como la de Segura, dijo Pedro Orce ya soñoliento, el Puerto de Tíscar, que hemos pasado, tiene más de dos mil metros, el Puerto de las Palomas no llega ni a mil trescientos. Dos Caballos oyó la información, la comunicó al carburador, este, a su vez, la transmitió a los émbolos a través de la chispa generada en las bujías. La noticia fue recibida con general satisfacción, puesto que el esfuerzo exigido por la sierra de Segura había sido simplemente arrasador. A Dos Caballos todavía le dolían las bielas. Sin especiales motivos de contrariedad para Joaquim Sassa, salvo algún gruñido ocasional de la caja de cambios producto de la falta de familiaridad con el mecanismo, José Anaiço seguía ocupando el lugar del conductor. Pedro Orce comenzó a cabecear en el asiento de atrás. En todos los viajes, incluso en los más excitantes y más venturosos, suceden momentos así, un aburrimiento, una especie de fatiga triste, una voluntad de dejar caer los brazos y parar hasta que aparezca alguien que tome las decisiones que no fuimos capaces de adoptar o que simplemente no nos apetecen. Entonces lo que nos salva es que la vigilante carretera no se calle recomendando, Atención, atención, el camino es este, no te desvíes, y, al contrario de lo que pueda parecer, no se está refiriendo a las mortales fascinaciones del precipicio que la bordea, ella sólo dice, No te desvíes. A cada conductor, después, ya sea de automóvil, ya sea de la vida, competerá interpretar el recado y aplicarlo a las circunstancias de su viaje personal. Ya habían atravesado Cazorla y subían una vez más en vueltas tortuosas hacia el Puerto de las Palomas cuando Pedro Orce despertó. Cómo va eso, preguntó, Bien, dijo José Anaiço, y a continuación a Joaquim Sassa, Mira cuántos kilómetros nos faltan para llegar a las Fuentes del Nilo. Joaquim Sassa no se dio por aludido, desdobló el mapa, hizo las cuentas y respondió con la mayor seriedad del mundo, Para llegar al nacimiento del Nilo nos faltan unos cincuenta o sesenta kilómetros, Egipto está cerca, dijo José Anaiço, vamos a ver qué cara tiene el faraón.

Comenzaron a descender hacia el valle. A la altura del desvío del parador, Joaquim Sassa retomó el volante, a él le correspondía guiar la expedición en este último tramo. Ayudado por la fuerza de la gravedad, Dos Caballos ronroneaba satisfecho. El cielo seguía cargado, pero la lluvia se negaba a caer. Menos mal, pensó Joaquim Sassa, si cayese en tromba entraría por todas las junturas. Joaquim Sassa está siendo injusto. Realmente hay una puerta mal ajustada por donde la lluvia quizá podría entrar en caso de venir de determinada manera, pero nunca provocaría un diluvio interior. La severidad con que Joaquim Sassa juzga a veces a su Dos Caballos no es más que una prueba del cariño que le tiene. Al fondo del valle corre un río cuyo nombre el mapa se ha olvidado de mencionar, sólo dice que un poco al norte hay un pantano que se llama del Tranco, y como a ninguno de los dos portugueses se le ocurrió preguntar, Este río, cómo se llama, a Pedro Orce, que lo conoce, no le pasó por la cabeza que debería enmendar la falta. Sobre todo teniendo en cuenta que el mapa lo lleva Joaquim Sassa y no él. El río sin nombre se pierde en la extensión acuática del pantano. Subiendo por la montaña que se levanta a mano izquierda, a mil cuatrocientos metros de altitud, está el nacimiento del Guadalquivir, el faraón, como le había llamado José Anaiço. Dos Caballos apeló a todas las fuerzas de su mecánica, no porque fuesen las últimas, es que quería presentarse al encuentro con la dignidad de quien acaba de vencer en combate leal a potencias muy superiores, una carretera en meandros y rodeos que parecían garabatos de loco, un subir y un bajar como de montaña rusa, un uso constante de pedal de freno y de palanca de cambios capaces de confundir hasta al más rápido de los malabaristas. No se debería pedir tanto a un coche que sólo lleva dos caballos de tiro.

El nacimiento es allí, dijo Pedro Orce. Salieron del coche, y Joaquim Sassa preguntó, indeciso, mirando en la dirección que el dedo del compañero apuntaba, Dónde, no veo nada, Allí. Anduvieron unos cuantos metros más, y el farmacéutico repitió, Ahí está. La decepción de Joaquim Sassa se leyó en su cara, Esto es el nacimiento del Guadalquivir, preguntó desilusionado, Esto es, dijo el farmacéutico con una media sonrisa de comprensión, y seguramente no es lo que suponías. Joaquim Sassa no dijo que esperaba encontrarse con torrentes y aguas rugidoras brotando a chorros desde las profundidades, la tierra desentrañándose en tumultuosas y espumeantes linfas, mil arco iris suspendidos en el polvo de gotículas lanzadas al aire por el choque de la veloz corriente contra las piedras, Joaquim Sassa sólo dijo, Lo siento, no valía la pena haber andado tantos kilómetros para ver este riachuelo, este insignificante hilo de agua, No viene al caso disculparse, socorrió José Anaiço, decepciones todos tenemos, y ojalá nunca las sufras peores, de cualquier forma llamar a esto riachuelo es forzar la nota, Por qué no nos avisaste, preguntó Joaquim Sassa a Pedro Orce, podías habernos dicho cómo era, nos habríamos evitado el viaje, Y tú tal vez no me creyeras, pensarías que sólo quería quitarte la idea de la cabeza, He perdido una ilusión, Tendrás otras, pero la culpa, en este caso, también es tuya, si no hubieras imaginado maravillas te habría bastado la realidad. Se quedaron oyendo el murmullo del agua corriendo y Pedro Orce dijo, Los ríos nacen casi todos así, son los afluentes los que les van dando fuerza, es como en la vida, nacemos, venimos al mundo, y a partir de ahí, hasta la muerte, todo serán afluentes, las personas que conocemos, los encuentros, las situaciones, los afectos, hasta los rencores y las envidias, Con la diferencia, dijo José Anaiço, de que en la vida de cada uno no hay sólo afluentes, hay también vertientes, además nosotros mismos somos afluentes de otras vidas, la especie humana es como una red de ríos cubriendo el mundo, Nuestras vidas son los ríos, dice Pedro Orce en tono de recitación, Qué es eso, preguntó Joaquim Sassa, El arranque de un poema de Jorge Manrique, respondió José Anaiço, pero no se habla en él de afluentes, sólo de donde todos los ríos van a dar, a la mar, Que es el morir, concluyó Pedro Orce, Eso es lo que nos faltaba, que cayésemos ahora en la melancolía, dijo Joaquim Sassa, por mi parte tengo de sobra con el disgusto de ver cómo un gran río puede nacer de tres gotas de agua, con perdón por la falta de respeto, Y de objetividad, añadió José Anaiço, Las personas nunca saben para qué nacen, conozco un río que irrumpe a la luz del día como si tuviera por delante un amazónico futuro y no tiene más remedio que contentarse con ser, no ya afluente de un curso de agua principal, sino un simple afluente de afluente, Qué río es ese, preguntó Joaquim Sassa, Se llama Castril, nace no muy lejos de aquí, al sur, en la sierra del mismo nombre, y acaba en otro, el Guadiana Menor, que es afluente del Guadalquivir, incluso hay quien dice, comparando los caudales de nacimiento, que, si hubiera justicia en el mundo de los ríos, deberíamos llamar Castril al Guadalquivir, Tendría gracia, exclamó José Anaiço, después de todos estos siglos llamando Guadalquivir a lo que aquí vemos, No sería la primera vez que el grande usurpa el lugar del pequeño para impedirle ser mayor. Aunque seguía prestando atención a lo que los otros decían, Joaquim Sassa se había retirado de la conversación. Examinaba el mapa, comparaba distancias, la misma urgencia que le hizo venir a este lugar lo impelía ahora a irse lejos de allí. Hay que imaginar, pues, cuál sería su desconcierto cuando oyó a José Anaiço decir, Me gustaría ver ese río, Qué río, preguntó bruscamente, Este del que habla Pedro, el Castril, Dime por qué tenemos que ir a ver ese Castil, o como se llame, No es Castil, es Castril, y en cuanto a razón para querer ir allí, digamos que es la misma que nos ha traído hasta aquí, Será otra decepción, dijo Joaquim Sassa bajando el tono, Todos tenemos derecho a nuestras decepciones, tú ya tienes la tuya, deja que ahora me toque a mí, Y vamos a tener que recorrer otra vez todo ese camino, atravesar todas estas sierras, De las sierras no podemos librarnos, dijo Pedro Orce, no hay mucho donde elegir, pero mi idea sería que regresáramos por el itinerario del norte, lo recordáis, de atrás hacia delante, es decir, Hornos, después Pontones, luego La Puebla de Don Fadrique y finalmente Huéscar, Y a partir de ahí, A partir de ahí seguimos en dirección a Castril, Al río, Sí, al río, a la sierra, al pueblo, allí todo lleva el nombre de Castril, Parece que no les falta nada para declararse independientes, comentó José Anaiço, Y dará tiempo, quiso saber Joaquim Sassa, la tarde ya está entrada, con el cielo nublado la noche no tardará, Por aquel lado está descubierto, tendremos claridad durante unas cuatro horas, Cuatro horas son más que suficientes, dijo Pedro Orce, Cuántos kilómetros vamos a tener que andar, Tengo una idea aproximada, pero es mejor mirar el mapa. Joaquin Sassa hizo las cuentas, Desde aquí a Hornos son catorce, de Hornos a La Puebla de Don Fadrique treinta y siete, de La Puebla a Huéscar veinticuatro, y de Huéscar a ese Castril veintidós, en total ciento diecisiete, Pongamos ciento treinta con lo que será necesario andar para llegar al nacimiento del río, Andar andando o andar en coche, Andar en coche, unos doce kilómetros, el resto será a pie, Cuántos kilómetros, Casi tres, Eso quiere decir, observó José Anaiço, una hora andando, me pregunto si vale la pena, llegaremos cuando sea de noche, No me digas que quieres desistir, protestó Joaquim Sassa, Sólo he puesto en duda si merece la pena. Dijo Pedro Orce, El asunto tiene remedio, sea como sea, dado que no volveremos a mi pueblo, podemos dormir en Castril, así que no habrá problema, si no llegamos con luz para ver el nacimiento hoy, lo vemos mañana. La lógica de la conclusión era impecable, la palabra le compete ahora a Dos Caballos, no sería mala idea que Joaquim Sassa tuviera una conversación privada con él, apelando otra vez a sus ya demostrados bríos, Tienes dos horas para recorrer ciento treinta kilómetros por carreteras de montaña, diría, espero que no me hagas quedar mal, Dame gasolina y despreocúpate del resto, respondería Dos Caballos.

Exactamente dos horas después Dos Caballos, con todas sus chapas trémulas por el esfuerzo, se detenía en los Cortijillos del Nacimiento, desde donde el camino debería ser hecho a pie. Pedro Orce consultó el reloj, observó la altura del sol y dijo, Tenemos tiempo, vamos. Ya iba delante cuando pronunció la última sílaba. José Anaiço y Joaquim Sassa se miraron maravillados, Cómo es posible tal agilidad en un cuerpo ya cargado de años, no se le han dormido las piernas en el viaje, estos pasos ni largos ni cortos que parecen no cansar, este súbito vigor juvenil que no se sabe de dónde le llega, un farmacéutico vive encerrado en su laboratorio, es como un alquimista que apenas ve la luz del día, pero este va ahí como si hubiese vivido toda su vida en las cumbres más altas de las montañas y respirase un aire diferente del común de los mortales de las llanuras. Pedro Orce ganó rápidamente una delantera de cincuenta metros, suficiente para mantenerse siempre a la vista de los cansados Joaquim Sassa y José Anaiço, y pese a las cuestas, la mantuvo hasta casi el final. El camino era accidentado, había que prestar atención al sitio donde ponían los pies. Había pasado menos de una hora cuando de repente Pedro Orce se detuvo para esperar a los compañeros. A partir de ahí seguirán juntos, acompañando siempre al río Castril, con el que se encontraron frente a los Cortijillos del Nacimiento, donde Dos Caballos quedó aguardando. El río no seguía un cauce trazado con tiralíneas, aquí y allí se recogía en charcos hondos y brillantes, después el agua, siempre rumorosa, bajaba en cascada, borboteando entre piedras y declives, y, a cada paso, el ruido iba en aumento. Ahora enfrente tienen una escarpa altísima, erizada de pitones rocosos. Y un torrente despeñándose entre rocas. El agua corre tumultuosa como Joaquim Sassa había soñado para el Guadalquivir, tan tumultuosa que no se ve más que la espuma fluyendo velocísima, la misma y otra a cada instante, estas son finalmente las aguas rugientes que Joaquim Sassa quiso ver saltar desde las profundidades de la tierra, esta es la hendidura por donde el Castril irrumpe y se manifiesta al mundo entre serranías áridas, secas, como una especie de milagro que ninguna ley natural puede explicar, y no es cierto, como dirá después Pedro Orce, estas aguas son de la sierra de Segura y las rocas calizas que constituyen el macizo de la sierra de Castril se comportan como una esponja que absorbe y se empapa del acuífero del otro lado, lo guarda en galerías y cavernas, tal vez en lagos subterráneos, y violentamente lo lanza afuera por esta abertura principal y por otras, secundarias, donde el agua mana de la roca como si hubiese sido transportada por el más prosaico de los caños. Joaquim Sassa se limpia la cara con las manos, cualquiera diría que son gotas del torrente, pero el agua del Castril es dulce y fría, no tibia y salada como la que sigue mojando las mejillas de este hombre finalmente feliz. José Anaiço no llora, pero mira fijamente los borbotones espumosos que saltan de la grieta, como si con ellos viera aparecer una idea de vida, el agua que fluye de la mineral profundidad de las montañas como una dádiva, sin pedir nada a cambio, excepto que la amen y la protejan. Entonces Pedro Orce dice, El nacimiento del Guadalquivir es realmente poca cosa al lado de esto, es verdad que el destino de este río no es el destino de aquel, pero aquí, entre estas peñas, mirando estas aguas, el tiempo tiene otro sentido, como un instante de eternidad en la atroz brevedad de la duración humana. La nuestra.